U0443939

老妇还乡

Der Besuch der alten Dame

〔瑞士〕迪伦马特/著
叶廷芳 韩瑞祥/译

名著名译
丛书

人民文学出版社

Friedrich Dürrenmatt
ROMULUS DER GROSSE；EIN ENGEL KOMMT NACH BABYLON；DER
BESUCH DER ALTEN DAME；DIE PHYSIKER；DER METEOR
Copyright © 1986 by Diogenes Verlag AG Zürich
All rights reserved
Diese Sammlung erscheint mit Förderung von Pro Helvetia, Zürich.

图书在版编目（CIP）数据

老妇还乡/（瑞士）迪伦马特著；叶廷芳，韩瑞祥译．—2版．—北京：人民文学出版社，2017（2025.5重印）
（名著名译丛书）
ISBN 978-7-02-012504-3

Ⅰ.①老… Ⅱ.①迪…②叶…③韩… Ⅲ.①喜剧—剧本—作品集—瑞士—现代 Ⅳ.①I522.35

中国版本图书馆CIP数据核字（2017）第040623号

责任编辑　欧阳韬
装帧设计　刘　静　陶　雷
责任校对　杨益民
责任印制　苏文强

出版发行　人民文学出版社
社　　址　北京市朝内大街166号
邮政编码　100705

印　　刷　三河市中晟雅豪印务有限公司
经　　销　全国新华书店等

字　　数　317千字
开　　本　890毫米×1290毫米　1/32
印　　张　13.5　插页3
印　　数　21001—24000
版　　次　2002年6月北京第1版
　　　　　2018年8月北京第2版
印　　次　2025年5月第7次印刷

书　　号　978-7-02-012504-3
定　　价　39.00元

如有印装质量问题，请与本社图书销售中心调换。电话：010-65233595

迪伦马特

迪伦马特（1921—1990）

瑞士戏剧家、小说家。代表作有戏剧《老妇还乡》《罗慕路斯大帝》《密西西比先生的婚姻》，小说《隧道》《法官和他的刽子手》《诺言》等。

本书收入迪伦马特戏剧代表作《老妇还乡》《天使来到巴比伦》《罗慕路斯大帝》《物理学家》和《流星》。

译　者

叶廷芳（1939—　），浙江衢州人。1961年毕业于北京大学西语系德语专业。1964年入中国社会科学院外文所。历任中国德语文学研究会会长、名誉会长。著有《卡夫卡——现代文学之父》《现代审美意识的觉醒》等；译有《迪伦马特喜剧选》《卡夫卡传》等。

韩瑞祥（1952—　），陕西礼泉人。北京外国语大学德语系教授，中国德语文学研究会副会长。先后就读于西安外国语学院、北京外国语学院、奥地利萨尔茨堡大学。主编有《卡夫卡小说全集》《彼得·汉德克作品集》，译有《上海，远在何方？》《地方法院》《卡尔腾堡》等。

出版说明

人民文学出版社从上世纪五十年代建社之初即致力于外国文学名著出版，延请国内一流学者研究论证选题，翻译更是优选专长译者担纲，先后出版了"外国文学名著丛书""世界文学名著文库""二十世纪外国文学丛书""名著名译插图本"等大型丛书和外国著名作家的文集、选集等，这些作品得到了几代读者的喜爱。

为满足读者的阅读与收藏需求，我们优中选精，推出精装本"名著名译丛书"，收入脍炙人口的外国文学杰作。丰子恺、朱生豪、冰心、杨绛等翻译家优美传神的译文，更为这些不朽之作增添了色彩。多数作品配有精美原版插图。希望这套书能成为中国家庭的必备藏书。

为方便广大读者，出版社还为本丛书精心录制了朗读版。本丛书将分辑陆续出版。

人民文学出版社
2015 年 1 月

译 本 序

第二次世界大战以来的西方德语剧坛明显存在着三代作家,以成就而论,其中第二代是奠基性的。这一代人一般出生在两次大战之间,在五十年代中期到六十年代中期这十来年时间内,他们以资本主义叛逆者的姿态,竞相写出一部部杰作,造成了战后德语戏剧园地的鼎盛时期,为现当代德语戏剧赢得了世界声誉。这一代人中名声最大的,当推瑞士德语作家弗里德里希·迪伦马特,在西方评论界,有人称他是"布莱希特死后最重要的德语戏剧天才",有人认为他是"当代最受人欢迎的两个欧洲作家"之一,甚至有人把他同阿里斯托芬、易卜生和萧伯纳相提并论。迪伦马特作为西方作家,他的艺术在资本主义世界备受赞扬当然是不难理解的,令人瞩目的是,他的戏剧在不同社会制度的国家也广受欢迎,以至有的国家把他的全部剧作都搬上了舞台。这不禁使人想到另一位德语戏剧家布莱希特,他与迪伦马特在政治信仰和基本艺术观上格格不入,但他的艺术也越过政治和意识形态的层峦叠嶂,在迪伦马特所隶属的世界里受到普遍的尊重。这种现象在现代世界戏剧史上并不常见。奥秘在哪里?恐怕是:这两位戏剧大师都是独树一帜的巨匠,他们继承传统,又不抱残守缺;着眼于创新,立足于实践,以至在戏剧理论、戏剧创作和舞台实践方面都有独特的建树,构成自己的体系,成为德国现代戏剧史上不同发展阶段的代表。

一

迪伦马特是个道地的瑞士人,祖辈居住在主要讲德语的伯尔尼州,为政治家和作家世家;他父亲则为牧师。迪伦马特一九二一年一月五日生于伯尔尼市附近的科诺芬根,一九三五年随家庭迁往伯尔尼市,在那里读完中学。一九四一年起在苏黎世度过一个学期后，又回伯尔尼攻读哲学、文学和自然科学。他同时对美术很感兴趣，作了许多具有"怪诞"特征的绘画和雕刻。毕业后在苏黎世《世界周报》担任过美术和戏剧编辑。这时期他也写了些尝试性的剧作和小说，后收集在一九五二年出版的《城市》（四卷）一书。青年时期的迪伦马特文学上主要受古希腊喜剧家阿里斯托芬影响，哲学上接受了十九世纪丹麦哲学家克尔恺郭尔的存在主义学说，并对表现主义艺术发生兴趣。一九四七年，迪伦马特的第一部剧作《立此存照》被搬上舞台，作者随即走上文坛。从这一年起，他开始了专业写作生活。先后在巴塞尔和比勒湖畔一个村子居住几年以后，于一九五二年迁至诺因堡居住，其间一九六八年至一九六九年任巴塞尔剧院经理。一九七〇年任苏黎世话剧院艺术顾问。一九七二年他谢绝了这个剧院要他担任的领导职务，决心从事具体的舞台实践工作。

迪伦马特比他许多同时代的德语作家幸运，由于瑞士的中立地位，他的家园没有遭受过纳粹铁蹄蹂躏，他的精神没有受过法西斯奴役的创伤。他在安静的环境和气氛中接受着缪斯一次又一次的拜访，收获着一个又一个艺术硕果。截至他去世时的一九九〇年，这位勤奋的作者已写出戏剧、小说、广播剧、电视剧、电影剧本、儿童文学作品以及戏剧理论著作等达三十六种。尤其是小说和戏剧的写作交替进行，仿佛二者在进行着比赛一样。因此，仅仅说迪伦马特是戏剧家显然是不全面的，凡读过他那脍炙人口的小说《隧道》(1950)、《法官和他的刽子手》(1952)、《择偶记》(1955)、《抛锚》(1956)和《诺言》(1958)等的人，谁都不会怀疑：他是个出色的小说家。但在迪伦马特的创作中表现了他杰出才能的，使他的艺术着上了独特的色彩，并把他的名字远远带出了国界的则是戏剧，是他那令人啼笑交迸的"喜剧"。

二

迪伦马特的舞台戏剧作品已发表或上演过的除改编者外约有十七部，其中大部分都收集在自一九五七年至一九七〇年出版的《喜剧集》

一至三卷中。这个译本所收的迪伦马特的五部剧作主要选自他的《喜剧集》。一九八〇年编纂二十九卷集时，作者普遍进行了修改，作为最后的定稿本。这次本书再版时，译者根据他的一九八〇年的修订版作了校订。下面分别予以分析、介绍。

四幕喜剧《罗慕路斯大帝》(*Romulus der Große*) 是迪伦马特的成名作，成于一九四八年，上演和发表于一九四九年。作者对自己的写作要求十分严格，他的许多剧作发表后，都一改再改。《罗慕路斯大帝》直到一九八〇年先后经过了五次修改。剧本主人公罗慕路斯·奥古斯都是西罗马帝国的末代皇帝，他在一座乡村别墅里饱食终日，专心致志饲养着一群母鸡。一天，专差从早到晚不断飞报：前线失守，日耳曼人正向罗马进军……他却无动于衷，依然向古董商出售他的历代皇祖们的胸像。东罗马皇帝向他要求联合抗击入侵，他不予理会。廷臣们和他的妻女以及从敌狱逃回的未婚驸马爱弥良心急如焚，一致要求退到西西里岛去组织抵抗，他也不答应。这时"实业家"鲁普夫趁火打劫，他愿意替皇帝出一千万金币换回被敌人占领的意大利领土，条件是：公主必须嫁给他。皇后和爱弥良为了挽救"祖国"，忍辱负重，愿意接受这个苛刻的条件。但罗慕路斯皇帝却予以拒绝，并且反驳了大家对他的斥责，认为：当罗马已变成了罪恶深重的帝国时，我当一个只知吃喝的无为皇帝，正是为了充当"罗马的法官"来宣判这个帝国的死刑的。不久，他的家属们在逃往西西里的途中葬身鱼腹。后来，正当众人对他以匕首相见的时候，日耳曼人到了。罗慕路斯要求日耳曼首领鄂多亚克把他杀死。对方说，不，我是和我的侄子特奥德里希与全体百姓来归顺你的。但紧接着他又要求罗慕路斯搭救他，因为他预见到他的侄子一旦继承了皇权以后，必将恢复旧罗马的一切，那时他会把他杀死。最后罗慕路斯在日耳曼人的军礼前宣告引退。

《罗慕路斯大帝》选择的历史背景是欧洲奴隶制向封建制过渡的转折时期。公元三世纪以后，以奴隶制为基础的西罗马帝国已过了它的全盛期而走向衰落，社会内部封建性的生产关系已开始萌芽。这时他面对北方处于原始公社末期的日耳曼人的迅速崛起和不断入侵已不能抵御，到了公元四七六年，罗慕路斯皇帝终于被鄂多亚克所废，一度称霸欧洲的西罗马帝国随之宣告灭亡。但鄂多亚克却于四九三年被东哥特国王特奥德里希所杀。从作品看,作者所展示的历史背景的大轮廓是真实的,他把日耳曼首领鄂多亚克塑造成正面形象也是正确的,因为日耳曼人对罗马的入侵符合历史发展的趋势。但故事情节无疑是虚构的,所以作者加了个副标题:"非历史的历史剧",并作过如下的说明:

> 罗慕路斯·奥古斯都十六岁登基,十七岁退位,迁往坎帕尼亚,住进卢古鲁斯①别墅。年俸六千金币。他把他最心爱的母鸡叫作罗马。这是史实。历代称他为奥古斯都鲁斯。我则把他当作成人来写,将他的统治时间延长二十年,并称他为"大帝"。

作者的用意显然不是想通过这个剧来再现历史,而是借用历史来阐述某种政治的、历史的和哲学的观点。为此,他让主人公代表正义,穿上"傻瓜"的外衣,主持"审判世界的法庭",揭露暴力统治的反人民本质,谴责"世界帝国"的强权政治,批判沙文主义和盲目的爱国主义等等。但是这个审判世界的法官最后却不得不接受"世界法庭"对自己的审判。因为在作者看来,历史的轨道是无法改变的,任何人在这方面的努力都必然得到悲剧的结局。因此鄂多亚克还在胜利之时,就预感到他的悲惨之日。这是作者强加给他的人物的宿命论哲学。

《罗慕路斯大帝》在形式上采用了古典主义"三一律"的原则:故事发生在一昼夜之间(时间统一);始终在皇帝的乡村别墅(地点统一);情节始终围绕着主人公单线发展(情节统一)。人物不是根据情节的发展而刻画的性格典型,而是按照主题的需要设计的思想类型,例如东罗马皇帝泽诺是沙文主义的化身,皇帝的未婚驸马爱弥良是狭隘爱国主义的代表,骑兵队队长马玛是盲目英雄主义的样板,皇后是小市民功名欲的标本。主人公开始是个滑稽可笑、为人所不齿的废物。但第三幕以后,他逐渐显示出是个捍卫正义的"法官",越来越高大起来,人们对他由厌恶到同情到尊敬。迪伦马特认为,整体世界是不可把握的,但个人世界是可以驾驭的,所以每个人都应"做他所应做的事情"。罗慕

---

① 卢古鲁斯(前114—前57),古罗马大将,以好享受著称。

路斯大帝做了他应做的事情,因此他在整体世界中是失败者,而在个人世界中却是胜利者。迪伦马特的其他作品也往往以个人世界的成功与整体世界的灾难或政治领域的失败相对峙。

在创作《罗慕路斯大帝》以前的许多年里,迪伦马特就被一个更为古老的历史题材所吸引,这就是古巴比伦的塔楼。一九四八年,在写完了《罗》剧以后,作者即着手这一题材的写作,但不成功。五年以后,即一九五三年,作者在完成了一部艺术上更臻成熟的喜剧《密西西比先生的婚姻》(1952)以后,终于实现了他的久蓄之志:写成了三幕喜剧《天使来到巴比伦》,这是一部交织着美丽童话和历史传说色彩的浪漫主义之作,它显示了作者非凡的想象力和巨大的戏剧才能。

一个乞丐打扮的天使下凡到人间,他带着上帝赋予的使命,要把上天刚从虚无中创造出来的少女库鲁比作为恩赐交给人类中最卑贱的人。这时,正值内布卡德内察尔推翻了他的前任尼姆罗德,在巴比伦称王。他声称要创造一个"完美无缺"的"福利国家",为此下令禁止行乞,所有的乞丐必须为国家供职,但最后只剩下一个名叫阿基的乞丐顽固到底,拒绝服从。国王在惩罚他以前,想表示一点"人道"的姿态,当面劝诫一次。于是他化装成"尼尼微的乞丐",在幼发拉底河的岸上坐等阿基。结果两个"乞丐"聚到了一起。阿基向"尼尼微的乞丐"提出条件:两人进行一场行乞比赛,如果我输了,就照你的意见办;你输了,你就回尼尼微继续行乞。在比赛中,阿基心灵嘴巧,从各行各业的人的手中乞得大量金钱,以至把被绑的废王尼姆罗德也乞到了手,"尼尼微的乞丐"根本不是对手。于是天使以为这个赌输了的无能又无助的乞丐就是人类中的最卑贱者,就把"上天的恩赐"库鲁比交给了他。但内布卡德内察尔却嫉恨上帝把礼物赐给乞丐,而不赐给国王,便拿库鲁比来出气,把她踢翻在地。这时阿基就乘机用废王向内布卡德内察尔把库鲁比交换了过来。但库鲁比的美丽倾倒了巴比伦全城。大家一致要求这位"仙女"必须当王后。阿基因为拒绝放弃行乞而面临着绞刑,但他巧妙地换取了刽子手的职务。库鲁比被带到宫廷后,发现"尼尼微的乞丐"原来是国王,一下都懵了。她要求国王放弃宝座,和她一同逃走去行乞。国王虽然爱她,但他不肯放弃已经夺得的权力。这时底下爆发了起义，群众冲进宫廷，要求立库鲁比为王后，但"不一定要陛下当国王"。起义遭到了镇压。于是大家又骂库鲁比是带来不幸和死亡的"女妖"。国王要把她处以绞刑，这样她又落到当了"刽子手"的阿基手中。阿基带着她向茫茫的沙漠奔逃，而她则仍然以为那个"尼尼微的乞丐"才是她的归属。可那个曾经伪装成"尼尼微的乞丐"的国王内布卡德内察尔则一心想着"统治世界"。他决心把人类统统赶进一个圈栏里，在它的中心建造一座摩天高塔，"直插我的敌人的心脏"。

在《天使来到巴比伦》中，迪伦马特塑造了他全部作品中一个最有光彩的形象。作者把他作为人类历史上卑贱者的代表，赋予他被压迫者所具有的一切智慧和美德，使他在精神力量上不仅远远超过所有统治阶级的人物，而且也使上天的使者相形见绌。你看这位天使多么愚钝，他只看到了地球表面的自然的美，却看不到人间的缺陷，甚至连礼物也错给了人。而阿基，他始终都没有失去他应得的礼物，虽然他并不需要这样的恩赐。显然，这个人没有任何救世主也是能自救的。迪伦马特通过阿基的形象，既否定、讽刺了地上的主宰者——国王，也否定、讽刺了天上的主宰者——上帝。他向人们揭示：像内布卡德内察尔这样的庸人，只知争权夺利、涂炭生灵，而不会接受爱，不知享受美的俗物却主宰着世界，而像阿基这样富有聪明才智的人却流落在底层，那么，这个世界是多么颠倒！他又向人们揭示：上天既然连它所要救济的对象都看不准，也找不到，那么它要充当人类的施主又何从谈起！而且上帝的赐物是从虚无中创造出来的，人类即使得到它，也不过是一种虚幻罢了。因此信仰上天，指望上帝的恩赐无非是一种精神安慰而已。

但作者没有停留在仅仅对一种离我们久远的历史的谴责和对遥远的上苍的贬抑上。他没有忘记也没有回避现实：他揭露了所谓"福利国家"的欺骗性，他抨击了财富的惊人集中，他嘲弄了无休止的权力斗争，等等。为此他把现实的图案描到历史的背景上去，于是古巴比伦的街头响起了有轨电车的铃铛，幼发拉底河沿岸的古寺庙与现代的摩天大楼竞相辉映，使舞台呈现一幅色彩斑驳的画面。

故事生动有趣，情节发展不是很快，但结构上跌宕有致。抒情和叙事交替进行，诸多的插段和大量的奇思妙想穿插其间，诙谐的语言夹带着尖锐的词句,骧歌的诗文配以圣经的音调,无聊的叙述紧跟着诗的激情,闹剧和悲剧的音响此起彼落,既有杂耍性的插科打诨,又有宗教性的严肃寓言……总之,作者力图运用多样化的风格避免传统的表现形式,取得了成功的艺术效果,从这点上说,它较之《罗慕路斯大帝》更具特色。

一九五五年,迪伦马特以演讲方式发表了他的代表性的戏剧论著《戏剧问题》,作者从时代特点出发,强调艺术不能永远囿于传统,他在自己创作实践的基础上,提出了他的喜剧理论和主张。这篇著作可以说是迪伦马特的创作进入"黄金时代"的导言。在此后的六七年的时间里,他的作品(无论戏剧还是小说)社会批判色彩明显加强,艺术上也臻于完美,以至产生了他一生中最有光彩的两部剧作《老妇还乡》(1956)和《物理学家》(1962)。这两部典型的迪伦马特式的喜剧不仅很快风行西方世界,而且也轰动了当时苏联东欧各国的剧坛。它们奠定了作者在现当代世界戏剧史上的地位。

《老妇还乡》的故事发生在中欧某国一个名叫居伦的小城。这个城市正面临着灾难性的经济危机:工厂倒闭,国库空虚,失业和饥饿威胁着全市居民。人们把摆脱危机的惟一希望寄托在一个出生于本地的美国最富有的女亿万富翁的回乡访问上。这个女富翁名叫克莱尔·察哈纳西安。四十五年前她与本地小商人伊尔有情,怀孕后遭遗弃,流落他乡,沦为妓女,后嫁给美国一个最为豪富的石油大王。她这次带着扈从、证人和总管回乡复仇:以弄死伊尔为条件,宣布"捐助"给居伦人十亿巨款。她亲自在居伦人中物色了一个运动员为刽子手和一个替她掩盖死因的医生。市长开始"以人道的名义拒绝接受";但不久,原来生意萧条,每况愈下的伊尔小百货店突然变得生意兴隆起来,人们纷纷赊账买这买那,包括市长在内,人人都"阔"了起来,甚至连伊尔的儿子也买了漂亮的小汽车。原来对女富翁想入非非的伊尔越来越明白人们要以他为牺牲品,便要求警察局以"挑唆谋杀罪"逮捕她。警察局却奉命去进行全市性的所谓"抓黑豹"的围猎活动,伊尔进一步明白他们"要抓的是我,是我"。接着他又在市政厅看见人们在装饰他的棺材,制订全市建设的计划蓝图;他要出国,全城都去车站"送行",伊尔领悟,这是不许他离开本地……在对他的精神围困的恐怖气氛的包围圈日益收紧的情况下,伊尔的精神逐渐瓦解,从而醒悟:"一切都是自己的过错惹出来的。"他决心以自己的死赎回自己的罪过。最后在众目睽睽之下,在那位"运动员"面前他终于倒下了。市长在全市大会上宣布了女富翁捐赠十亿美元的喜讯,并领呼口号:接受捐赠"不是为了钱","而是为了主持公道"。

从构思角度看,《老妇还乡》这个戏并不新颖,它近似古希腊悲剧《美狄亚》(女主人公遭遗弃而发生仇杀),但思想内容、人物形象和表现手法都不同于《美狄亚》。欧里庇得斯笔下的美狄亚是个反抗的女性,是个被同情的形象,而《老妇还乡》的女主角则纯粹是个复仇狂,是个令人憎恶的形象。作者通过这个女富翁的复仇欲的如愿以偿,生动揭示了资本主义社会"钱能通神"的规律,无情揭露了大资产阶级凭恃金钱力量无恶不作的凶残面目。

这出由女富翁克莱尔·察哈纳西安导演的,由居伦城的头面人物(市长、警察局长、前法院院长,甚至还有那位校长)参加演出的所谓"主持公道"的把戏,是对资产阶级法律的辛辣嘲弄。像伊尔这样的人,当然是应当为他以前的罪过承担道德甚至法律责任的,但他的罪过显然远远没有构成死罪。然而法律依附于金钱,他的生命受不到法律的保护。而上述那些执法的人明明知道这是一件极不公道的谋杀,却昧着良心高唱"为了主持公道";他们明明为了钱,却恬不知耻声称"不是为了钱"。这些上流社会的正人君子有一副多么伪善的面孔!

作者通过这个剧本探讨了金钱与道德的关系。居伦人得到了金钱的好处,但道德良心受到腐蚀;伊尔为这场交易付出了生命,但他从中认识到"一切都是自己的过错",愿意以生命来赎罪。因此他是金钱势力的受害者,却是精神道德的胜利者。居伦人在最后对"主持公道"进行表决时,人人都举起了手,惟独伊尔除外。在作者看来,这时的伊尔"表现了一种伟大精神",一种"庄严的气派"。在金钱的浊流滚滚而来之际,他反而成了惟一没有被席卷的顶风者。这是用生命换来的人格。

《老妇还乡》是以情节的双线对比发展为其基本结构的:一条是居伦人在贫穷中经不起金钱势力的引诱而良心被收买的过程,一条是男主人公伊尔在恐怖气氛的包围中逐渐认识到自己的罪过而终于以生命来赎罪的过程；前一条线索展示的是道德的不断下降，后一条线索展示的是道德的逐渐上升；前者导致的是喜剧的结局，后者导致的是悲剧的收场。这是一出典型的悲喜剧。剧中真实的细节描写杂以漫画式的夸张，滑稽的场面透露着庄严的气氛，轻松的言笑包含着尖刻的讽刺……而它们又交响着希腊悲剧中经常出现的音调：天命和审判，罪愆和赎罪，复仇和牺牲。这一切构成了剧本动人的戏剧力量和绚丽的色彩。它因此被称为"现代的古典剧"。

　　如果说，具有明显的瑞士地方色彩的《老妇还乡》已经部分采用了国际性的题材（选择世界上最大的富翁为主人公），那么这种题材在《物理学家》中就占着显著地位了。一个没有说明国籍的、名叫约翰·威廉·默比乌斯的核物理学家，发明了一种能够据以发明一切的万能体系。但他惟恐他的这一科学成果被东西方的大国用于军事目的，导致人类的毁灭，出于一个正直的科学家对人类的责任感，他决心放弃个人的一切，抛妻弃子，假托"所罗门"向他"显灵"，装疯躲进了一家精神病院。但他的发明已被东西方的科学情报机构获悉，它们分别派了一名著名的物理学家装疯打进了这家疯人院；他们一个自称爱因斯坦，一个自称牛顿。后来，三个分别护理这些物理学家的护士识破了他们，并先后一一爱上他们。物理学家们为了自己的使命和信念，不得不忍痛把她们勒死。这三起"病案"接连在三个月内发生，不能不引起警察当局和司法部门的注意。他们把护士换成了男看护，而且给每个病房加了铁窗。物理学家们见势不妙，便利用一次吃饭的机会，彼此亮了身份。两个间谍科学家都要默比乌斯去自己的国家，默比乌斯则用自己的信念和观点说服了他们，指出今天的物理学家的惟一出路就是住疯人院，因为"我们不住疯人院，世界就要变成一座疯人院"。但就在这时，疯人院女院长突然宣布他们被捕，因为他们的谈话已被她所窃听。原来这个名门望族的后裔、五十多岁的驼背老处女是垄断托拉斯的股东，她有自己的特务机构和打手，那三位被勒死的护士原是她派去监视物理学家的。现在她撕下了假面具，宣称她已偷拍了默比乌斯发明体系的所有资料，并利用这些资料"开办了一个又一个工厂，建立起一个强大的托拉斯",而且说,"我引导你们杀人",因此,"你们将永远关在这里"。爱因斯坦悲呼:"世界落入了一个癫狂的精神病女医生手里。"

《物理学家》这个剧本是在西方普遍笼罩着核恐怖的气氛下写出来的。它以超级大国的争霸为背景,描写了资本主义国家中一部分正直的科学家为了避免人类的灾难,宁愿牺牲个人的一切,拒绝为大国的军事目的服务而遭到的悲惨结局。剧本的构思是有生活原型作基础的。四十年代末,被称为"原子弹之父"的著名美国物理学家J.罗伯特·奥本海默同样出于对人类的责任感,毅然拒绝美国当局委任他担任一项更宏大的计划——制造氢弹的负责工作,他因此在五十年代前期美国实行麦卡锡主义期间受到"亲共""叛国"等罪名的指控和审讯(1954),九年后才恢复名誉。一九六四年西德剧作家海纳·基普哈特根据这一案件的审讯记录写成的文献剧《奥本海默案件》轰动一时。人们如果把这两个剧本比较着阅读,不难发现它们的异曲同工之处,它们以不同的艺术手法,反映了当代国际舞台上的争霸局面及其对部分科学家和普通人造成的思想上和心理上的强烈反应。所不同的是《奥》剧政治气氛很浓,而《物》剧则哲理性较强;前者追索的是主人公遭遇的政治因素,后者除此以外还追索了主人公命运的社会根源。但《物》剧的作者过分渲染了核武器的毁灭作用,因而在一定程度上削弱了剧本的思想性。

《物理学家》的主人公默比乌斯同罗慕路斯、伊尔一样,都是属于作者所提倡的所谓"勇敢的人"。在他们的处境里,因为他们的职责和人类的命运是矛盾的,所以他们的惟一办法是不行动,但不行动本身也是一种行动,因为它需要勇气,需要自我牺牲。所以默比乌斯决定"收回"他的天才发明,并决心一辈子住疯人院。作者在后记《关于〈物理学家〉的二十一点说明》中说:物理学的"后果涉及一切人","凡涉及一切人的问题,只能由一切人来解决","个别人想自己解决的任何尝试都必然失败"。可是迪伦马特又认为,每个人必须"做他所应做的"(《赫刺克勒斯和奥革阿斯的牛圈》后记)。所以迪伦马特笔下的所谓"勇敢的"主人公在现实面前都是失败的英雄。

德国著名文艺评论家汉斯·迈耶尔认为,《物理学家》是对布莱希特《伽利略传》的"逆转":伽利略在人类迫切需要他的科学发现的时候,屈服于反动势力的压力,被迫宣布"收回"他的理论,而默比乌斯则是在他的发明可能构成对人类命运的威胁的时候,自觉地下决心"收回"他的科学成果。因此,不同的时代条件赋予两位主人公的相同行动以不同的意义。但从另一方面看,伽利略"收回"科学,却并没有停止他的科学研究,而且后来把他的成果遗交给他的弟子安德烈,因此归根到底伽利略对人类历史是有贡献的,而默比乌斯实际上并没能收回他的发明,反倒被别人窃据并加以利用。从这一点上说,迪伦马特所塑造的这个科学家形象,其内在的精神力量并不如伽利略。迈耶尔的这一分析普遍认为是中肯的。

《物理学家》是一部哲理剧,不是性格剧。作者又一次采用了古典主义的"三一律"形式,写成了又一部悲喜剧力作。它在艺术上的成功首先应归功于作者构思的巧妙:疯人院由科学家的避风港变成终身监狱,有力地突出了悲的思想主题,又具有强烈的"喜"的戏剧效果。那三个"疯子"的人物设计别具匠心,他们使剧情的发展始终响着悲剧的基调,又伴以轻松幽默的气氛;他们那真真假假的疯言疯语,既有滑稽的笑料,又有严肃的哲理,不时闪耀着智慧的火花。剧本上演后,立即轰动欧美剧坛,成为二十世纪六十年代初德语国家舞台上演得最多的剧目。

在《老妇还乡》与《物理学家》这两部杰作之间,迪伦马特于一九五八年至一九六○年写出了他惟一的一部讽刺性喜歌剧《弗兰克五世》,又名《一家私人银行的歌剧》。这是一部有争议的作品,它在西方评论家那里往往遭到否定,但在迪伦马特所有的作品中,恰恰是这部作品思想性最强。它以夸张的画面,讽刺的语言,揭露了大资产阶级敛取财富、积聚资本过程中的卑劣而残酷的手段和血淋淋的罪恶。作品写的那家"私人银行""曾经统治过华尔街","控制过全中国",到弗兰克五世时,它已经历了两个世纪,五个世代,而从第三个世代起就开始走下坡路,负债"突破五亿大关"。它的继承者们为挽回这种颓势,经营管理上越来越不择手段,诈骗、偷窃、窝赃直至谋杀,无所不用其极,实际上它成了一家"盗匪银行"。弗兰克五世对他手下的人,或者为谋取钱财，或者怕人泄露内幕，害了一条又一条人命，以至这家银行的襄理、弗兰克五世"最好的朋友"伯克曼也不能幸免。于是，银行由弗兰克五世接管时的一百多人，四十年后只剩下了六人。这时，被弗兰克五世夫妇有意安排在国外学习的一对儿女赫伯特和弗兰齐斯加偶然从父亲的日记中发现了他的劣迹。兄妹俩对父亲这种"不诚实"的愚蠢做法感到气愤，决心推翻他取而代之，为此他们买通了银行职员波伊利。最后，正当弗兰克五世和他仅存的两个职员为抢劫金库火并时，赫伯特来到，波伊利立即把枪口掉转，于是弗兰克五世成了儿子的囚犯。儿子把他锁进了钱柜处死了他，自己成为弗兰克六世，当了这家银行的老板。但父亲是死而瞑目的，因为他"怀着钦佩的心情"在儿子身上看到了"祖宗的英灵"。

  这似乎是作者构思中的同一条思路：在《老妇还乡》中他让人们看到了资本家手中的金钱的威力，在《弗兰克五世》中他又让人们看到资本家的金钱是怎样取得的。诚然，资本家做生意，并非都是，甚至主要不是通过这种盗匪行径进行的，而是通过"合法"的、"诚实"的手段进行的。但《弗兰克五世》的意义恰恰在这里：它揭示了资产阶级特别是垄断资产阶级作为一个整体，其牟利的手段总是以"合法"与非法、"诚实"与欺诈、"温和"与残杀的方式交替进行的。弗兰克银行的历程就是这样，起初它是"诚实"的，后来亏本了，一步步才有了"五世"这一手，现在这一手又证明不行了，因此又呼唤祖先的"英灵"，于是来了"讲诚实"的弗兰克六世。而迪伦马特的观察力在这一问题上的深刻性就在于：他揭示了资产阶级所谓"诚实"的经营方式比之赤裸裸的强盗行径更为"冷酷无情"。弗兰克五世进冥府前，他儿子与他的一段对话是全剧的画龙点睛之处。赫伯特说："你向我隐瞒你的银行，这不是你的罪过，爸爸……你的罪过是，你不是去改变我们这家祖传银行的经营方式，而是要解散它。"他所主张的"经营方式"是所谓"诚实"。而在他看来，"讲诚实比作恶更要求冷酷无情，只有真正的无赖才能够行善"。他的话果然使父亲开了窍。弗兰克五世自认"苍天没有赋予我以行动的力量，而你则将成为我们这个时代所需要的那个大无赖，你将规规矩矩、披荆斩棘地领导着我们这家祖传的银行……去做本世纪最大的买卖"。果然,弗兰克六世在"保持姓氏纯洁""避免家业破产"的名义下处死他"亲爱的爸爸"时的那种毫不犹豫的态度,表明这位"诚实"的新老板在"冷酷无情"方面比起他的老子的确有过之而无不及。剧本在这方面的刻画有人会感到不合乎情理,其实这是符合资产阶级的商业道德和生活哲学的。

《弗兰克五世》这部歌剧由于它的揭露和讽刺的尖锐性,由于思想内容和风格上的某些特点,人们很容易把它与布莱希特的《三角钱歌剧》相联系,并常常因此而遭到否定。作者对此不以为然,他在一九六三年对这个剧的批评家们作了一次讲演,提供了理解这个剧的钥匙,他特别提到关于伯克曼的一场,指出:"从这关键性的一场出发去评判《弗兰克五世》的话,则全剧就清楚了。谁领会我这句话,那全剧就开始同他说话了。谁在这一场中不理解我,那就根本理解不了我。"所谓"关键性的一场",即伯克曼忏悔的那一场。这个"襄助"弗兰克五世干了大量坏事的帮凶,经过事实教训,终于醒悟过来,发现自己受了主子的欺骗和利用,进而认识到自己的罪行:"在死神了结我以前,我想了结一下我的罪孽。"这种所谓"原罪感"是迪伦马特作品中的普遍音响(如《老妇还乡》中的伊尔、小说《抛锚》中的特拉普斯、《诺言》中的封·龚登等)。这是他的哲学思想,也是他塑造人物的重要原则之一。迪伦马特在表现方法上经常采用绘画中的色彩对比手段和作曲中的对位法,表现两个对比性的主题及其分别体现的两个对比性的人物。弗兰克五世和伯克曼就是按照这一原则设计的。这里是一个至死不变的元凶和一个能够悔罪的从犯的对比。通过伯克曼的悔罪,作者写出了坏人变成好人的可能性。所以他的《弗兰克五世》以"公民本来是盗匪"这一命题反驳了布莱希特《三角钱歌剧》的"盗匪本来是公民"的命题。没有伯克曼悔罪这一场,《弗兰克五世》的命题便不能成立,所以它是理解全剧的关键,也是上述两部歌剧之间表面相似而实质不同之所在。

六十年代以后,除《物理学家》外,迪伦马特还创作了几部喜剧,其中《流星》(1965)仍不失为其高峰时期的作品。他以基督教哲学为背景,写了一部富有诗意的喜剧。此后的作品有:《一颗行星的肖像》

(1971)、《同伙》(1973)、《期限》(1975)等。同时,他还根据他的"悲喜剧"原则改写了好几部自己的和别人的作品,如《赫剌克勒斯和奥革阿斯的牛圈》(1963;原为同名广播剧)、《再洗礼派》(1966;原为《立此存照》)、莎士比亚的《约翰王》(1968)、《泰特斯·安德洛尼克斯》(1970)和《斯特林堡戏剧》(1969;原名《死之舞》)。据报道,一九七九年迪伦马特把他写于一九五六年的小说《抛锚》(Die Panne)改编成喜剧。从总的倾向看,《流星》以后,迪伦马特的戏剧创作越来越虚妄,越来越荒诞,以至《同伙》上演后立即遭到一致的否定,说它"毫无生活气息"。[1] 不过也有人不同意这样的看法,认为它们只是审美取向不同罢了。

三

迪伦马特自己曾经说过:他是个叛逆者,不是革命者。应该说,作者的这个自我鉴定是中肯的。这是我们观察他的创作的基本出发点。

这里需要加点注脚的是,迪伦马特并不是那种人们所习见的某个家庭、某个阶级或某个特定社会的叛逆者,而是整个世界的叛逆者。他视野里的世界没有不同社会制度之分,有的只是罪恶、不公、荒诞,总之,是个被全面否定的对象。他从"道德家"的角度,向它提出挑战,对它进行讥讽、揭露和抨击。因此被称为"令人不舒服的迪伦马特"。

但迪伦马特毕竟生活在资本主义社会,他观察最具体、最真切,感受最深刻的是资本主义社会的现实,尤其是资本的罪恶。在《罗慕路斯大帝》中他指出"资本主义"是"灾难性"的,并把剧中那个"实业家"鲁普夫当作"资本化的灾难"的象征。《老妇还乡》中的女主角,那个亿万富翁直言不讳地对她的牺牲品伊尔说:她的权势像藤蔓一样围绕着她的"几十亿家私无限制地到处蔓延,它的触须现在找到了你,要夺走你的生命"。这里作者用形象的语言深刻地揭示了资本的血淋淋的本质。类似的描写贯穿着迪伦马特的大部分创作。在他的戏剧作品中出现了一系列的大资本家形象,他们一个个都无比富有,都是国际性大财

---

[1] 见杨·克诺普夫:《弗里德里希·迪伦马特》第142页。

阀。《立此存照》中的大财主科尼泊多林克是"国王和公爵的债权人","皇帝也要光顾他的便宴";《罗慕路斯大帝》中的鲁普夫是个"世界性商人",他的经济力量可以左右一个帝国的政治和军事决策;《天使来到巴比伦》中的银行家恩吉比"比国王豪富十倍";《老妇还乡》中的女主角是"世界上最有钱的女人";弗兰克家族"无情的托拉斯遍布全球";《物理学家》中的疯人院女院长,是个托拉斯的股东,她经营的是"世界业务",如此等等。这些垄断资本家在迪伦马特那里都是反面形象。首先,他们都有囊括一切的欲望:那个寡廉鲜耻、趁火打劫的投机家鲁普夫声言"要把整个大罗马帝国都买下";恩吉比恨不得"携国库潜逃";克莱尔一到居伦城就买下了这个城市所有关闭的工厂、矿山、街道、房屋和仓库;疯人院女院长利用所窃取的科学家的发明成果,不仅"开设了一个又一个工厂",而且还要"拿下太阳系"。其次,这些人都是金钱拜物教的信徒,"什么东西都可以用钱买到"(克莱尔),这是他们的共同信条。因此他们一方面疯狂地施展金钱的魔法,为所欲为;一方面千方百计地去谋取金钱。第三,在手段上他们都是冷酷无情、卑鄙龌龊的:有的乘人之危,当面夺走人家的未婚妻(鲁普夫);有的为报私仇,凭恃金钱,借刀杀人(克莱尔);有的为窃取科学资料,以特务手段"引导"科学家杀人。至于弗兰克的家世更充满劣行恶德:弗兰克一世以贩卖黑奴起家;二世乘友人病重,将他的银行洗劫一空;三世开赌窟,办妓院,贩毒品,"赚取九十亿";四世搞石油黑市,搞颠覆活动,独揽大权……这一切都是垄断资产阶级的典型特征。迪伦马特当然并不理解马克思主义,但他的这些描写与马克思主义经典作家关于资本来源的阐述是不矛盾的。值得注意的是,在人物刻画上,作者的矛头非常集中。在《老妇还乡》中,他认为居伦人在困难情况下受到金钱引诱是可以理解的,即使像伊尔这样有过罪过的人经过一次"震动"也是可以改恶从善的。"只有那个老太婆的确是个罪恶的家伙","她始终置身于人类之外……变成了一个完全僵化、无法改移的人物"(《作者后记》)。因此作者用象征的手法,让她以一个全身用象牙装配起来的形象出现,说明她已失去人的一切特性而完全"异化"成了物(即金钱)的化身。在弗兰克的那家"盗匪银行"里,作者甚至让那些有严重罪恶的从犯,如银行襄理伯克曼、弗兰克五世的妻子奥蒂丽等最后也有忏悔的表现,只有银行老板弗兰克是个永远"不可能洗心革面"的人物。迪伦马特在人物处理上的这种区别对待做法是颇为耐人寻味的。

引起迪伦马特对大资产阶级采取这样激烈的叛逆态度不是偶然的,这是当代西方世界的现实刺激的结果。二次大战后,西方不少国家包括瑞士、联邦德国在内都经历了所谓"经济奇迹"的过程,国际资本的竞争十分激烈,大鱼吃小鱼,小企业被大企业吞并的急剧托拉斯化是这个过程中的普遍现象。尤其是瑞士,长期以来是一块"安全的绿洲",在变幻莫测的国际紧张局势中,它成为国际资本"避风"的场所,所以这里银行的垄断势力十分强大,它无疑包含了迪伦马特剧作中所反映的那些罪恶现象。

迪伦马特作品中另一个强大音响是对强权帝国的谴责。这是《罗慕路斯大帝》的中心主题。作者借用这样一个"非历史"的历史故事,目的是让他的主人公充当"法官"来抨击这个当时称霸欧洲的"大罗马帝国",控诉它"以牺牲别国人民为代价"所犯下的"种种压迫、谋杀、抢劫、焚烧"的累累罪行。作者说:"这不是一出反对国家的戏,但却是一出反对强权帝国的戏。"①古巴比伦在历史上也曾经是强国。在《天使来到巴比伦》中,它的统治者正出动大军向东西南北四个方向进发,想夺取任何已知的"村庄"。尼姆罗德国王在倒台的情况下仍不死心,叫嚷"我将重新夺取地球"。内布卡德内察尔国王之所以不愿离开宝座去同他所爱的美女库鲁比缔结良缘,他的理由是"我要统治世界"。作者通过一个工人的口反映人民群众对这种帝国主义政策表示反感和厌倦:"我们再也不要掠夺世界了。"在《密西西比先生的婚姻》中,作者揭露了一个"权欲熏心"、一心觊觎总理的高位,后来果然得逞的司法部长的"拥抱全世界"的野心。在《立此存照》中,作者勾勒了一个皇帝沾沾自喜地自夸是"日不落帝国"的统治者的嘴脸。迪伦马特对历史上那些称霸世界的谴责无疑是有感于现实而发的。在迪伦马特的心目中,当前世界上有两大强权帝国,一个是西方的,一个是"红色"的。在

---

① 迪伦马特:《关于〈罗慕路斯大帝〉的第二次说明》。

《物理学家》中从一个侧面反映了这两个帝国主义所进行的争霸行径,作品揭示了这种大国争霸局面构成了人类生存的主要威胁。

垄断资产阶级和帝国主义实质上是互为一体的,迪伦马特把二者作为他"叛逆"的主要对象,把它们当作今天世界罪恶的主要祸根,应该说他的观察是很敏锐的,他至少看到了这个时代的症结之所在。在这一点上,迪伦马特比起同时代的任何有世界影响的大作家来都毫不逊色。

但是,当迪伦马特把他对世界的直观引进哲学思路的时候,他得出的结论就值得商榷了。在他看来,这个充斥着"谋杀、通奸、抢劫、卖淫、说谎、放火、剥削以及亵渎上帝"等罪恶的世界是"无法看透"的,是"不可改变"的,因此任何人的主观努力都是徒然的。虽然,迪伦马特也指出,每个人有采取"勇敢"态度的必要性(因为"对于无情的现实,固然不能战胜它,但也不能向它投降"①。但由于前提是"不可战胜"的,所以"勇敢"的结果也必然以失败告终),罗慕路斯和默比乌斯都以"无为"的自我牺牲精神来回答现实提出的问题,不可谓不勇敢,但结果也没有避免失败的结局。阿基无疑是勇敢的,但最后也只能以逃走告终。因此,走投无路和悲剧命运构成了迪伦马特的人物的基调。

迪伦马特是个勤于思考的作家,他的视野很广阔,想的都是些世界性的问题:人类的命运,世界的前途,历史的规律等。但当他企图通过作品来阐述他的历史观点的时候,他的哲学上的不可知论把他推进了历史循环论的迷宫。在他看来,历史总是喧嚣不已,以至无穷;人同样是无能为力的。在《罗慕路斯大帝》里,罗慕路斯好不容易以自己的消极态度促进了西罗马帝国的灭亡时,又预见到了一个"大日耳曼世界帝国将取而代之"。《天使来到巴比伦》中,作者有意安排了两个国王,这个在上,那个在下;那个在上,这个在下……改朝换代,不过是换汤不换药,历史就是这样永远地"周而复始"。这个观点如果用来概括阶级社会的规律无疑有对的一面,但可惜迪伦马特把它用在整个历史的发展规律上,这显然是错误的。

---

① 迪伦马特:《戏剧问题》。

迪伦马特是个具有典型的"瑞士性格"的人,他对世界上的两大社会制度和各种政治势力自称是中立的,这当然并不妨碍他思考一些国际政治问题。但不可知论的哲学前提导致了他政治上的无是非观。他既挑资本主义的错,又不买社会主义的账;既否定西方的基督教为救世良方,又不承认共产主义是人类发展的必然趋向。这种各打五十大板的态度在五十年代初尤为突出,集中反映在喜剧《密西西比先生的婚姻》中(《天使来到巴比伦》中也有所旁敲侧击),那个"既美貌又犯罪"的妓女(她象征今天的世界),三个代表世界上三种不同政治信仰的人都想通过对她的"爱情"来挽救她,使她由"罪犯变为天使",以"造福于人类",但一个个都遭到惨败。

核武器的出现和发展使中立国的人在心理上也失去安全的保障。五十年代起,特别是六十年代以后,迪伦马特对大国间有增无已的核军备竞赛感到忧虑,作品中常常流露出一种危机感。他的中篇小说《抛锚》对这一点讲得很明确很具体;他的短篇名作《隧道》以譬喻的手法写得惊心动魄;《物理学家》《一颗行星的肖像》等剧都有充分的阐述。这是一种国际思潮的反映。

迪伦马特具有一定的敏感的观察力,他尖锐地看到了当代的一些国际性问题,感觉到资本主义世界走向衰亡的不可挽回,并以"叛逆"的姿态予以无情的揭露和尖刻的嘲讽,这使他的戏剧创作具有了社会批判的性质,因而具有一定的积极意义。但由于作者以"中立"的立场站在时代的矛盾和两大阶级的斗争之外,他不能透过大量的消极现象看到客观存在的积极因素,看到无产阶级作为新兴阶级的兴起,看到人民群众的历史主人公作用,因此对于当代许多重大的社会的、政治的问题,表现了保守的、狭隘的资产阶级偏见和历史唯心主义的世界观。迪伦马特思想上、政治上的这种局限把他与"革命者"区别了开来,使他那些"以一种显然很不平凡的方式表达着主观"的作品只能起到一个资本主义社会的"叛逆者"所能起到的"伤害社会"的作用,而不能发挥一个革命者所能发挥的"治疗社会"的效能。——引号里的这些话是《流星》中一个剧中人对主人公的评价,人们往往把它们当作迪伦马特的自我剖白。

四

　　这似乎有点矛盾:迪伦马特戏剧创作的基本倾向是"悲"的主题,为什么他的戏剧作品却用了"喜"的形式?这一问题的答案恐怕还得从他的"叛逆"性格中去寻找。作为艺术上的"叛逆者",他不愿因袭传统,或步他人后尘,而是标新立异,另辟蹊径,经过创作实践和舞台试验,建立起"一套自己的理论",从而形成自己独特的艺术个性。因此,我们既不能把他看作是文学史上某个戏剧大师的继承者,也不能看作同时代某个流派的追随者。他是独树一帜的。

　　关于喜剧,迪伦马特有他自己的逻辑,他认为:"一种悲剧所赖以存在的肢体齐全的社会共同体的整体已经是属于过去的时代了",今天的世界已经变成"肢体不全的","喧嚣不已的",一切都变得荒谬的了,因此"还只有喜剧才适合于我们"。这是迪伦马特的代表性戏剧理论著作《戏剧问题》里的中心思想。

　　迪伦马特喜剧风格的主要特点是,用喜剧的手法表现悲剧的主题,借用作者自己的话说,即:"情节是滑稽的,而人物形象则相反,是悲剧性的。"这就是迪伦马特的独特的"悲喜剧"(Tragikomödie)。《老妇还乡》《物理学家》等都是典型的悲喜剧。

　　就喜剧表现手段本身而言,迪伦马特采用的表现手法不是一般喜剧中常见的夸张与谐谑,而是"怪诞",即把现实中的普遍性事物加以变形,使之怪异、荒唐,以造成和现实之间的某种距离(即失去真实感或舞台幻觉),换一句通俗的说法就是:给描写对象戴上一种假面具。迪伦马特认为:"怪诞是一种极致的风格,一种突然出现的形象化的东西;正因为如此,它能够抓住时代的,尤其是当前的问题。"又说,"它是思想诙谐和敏锐的表现,它是令人不舒服的,但却是必要的。"[①]西方评论家莱因哈德·格林对于文艺中的怪诞作过这样的描写:"比喻学中不同领域的割裂和混淆,丑陋事物的美化,崇高和滑稽的矛盾联合,孤

[①] 迪伦马特:《喜剧解》。

立的细节的畸形夸张和魔怪化……"他对迪伦马特作了这样的概括："怪诞……构成迪伦马特戏剧的基本结构,一如间离法体现为贝托尔特·布莱希特戏剧的基本结构。"①

"怪诞"在迪伦马特那里是通过"即兴奇想"(Einfall)取得的,所以,"即兴奇想"可以说是迪伦马特的"绝招"。他说:"悲剧克服距离","喜剧创造距离",而"即兴奇想是喜剧用以创造距离的手段"。所谓"即兴奇想"就是"一些突如其来的想法,犹如炮弹射入世界,形成一个漏斗形的图像,遂使现实生活变得滑稽可笑"②。实际上它是"灵感"的另一种表达;迪伦马特有时也把它叫作"偶然事件"。他说:"剧作家的艺术就在于:在情节中恰到好处地插入偶然事件。"这是"故事的进展骤然间发生极坏的转折"的关键③。作者认为,对于一出喜剧这种转折是必不可少的。

怪诞的手法并不是迪伦马特所独有的,它是西方现代文艺流派中并不少见的一种表现方法。所以有人把迪伦马特归入"荒诞派""先锋派"不是没有道理的。但多数人并不这么看,作者本人也不同意。这也是有理由的,因为迪伦马特的艺术个性显然多于共性。他的多数戏剧不像一般"荒诞派"或"先锋派"那样令人费解。它们都有比较明确的主题思想,完整的故事情节,紧张的戏剧冲突,严谨的戏剧结构和生动、幽默的语言。人物性格一般也有发展。作者善于造成一种情势和气氛(也可以说舞台幻觉),使一些显然不合情理的事情,让人们感觉到完全在情理之中。他的奇妙的想象,别出心裁的比喻,尖刻的讥讽和富有智慧的哲理,常常掩盖了怪诞形象给人带来的心理上的暗影,而使人啧啧称奇。国外文艺界有人赞扬他揭露资本主义社会的那种"独特的尖刻而俏皮的讽刺手法"④;有人惊叹他在表现现实世界的荒唐和混

---

① R.格林:《迪伦马特作品中的滑稽与怪诞》,见评论集《令人不舒服的迪伦马特》,1962,巴塞尔。
② 这是阿里斯托芬的话,引自曼弗雷德·杜尔察克《迪伦马特、弗里施、魏斯》,1972,斯图加特。
③ 迪伦马特:《关于〈物理学家〉的二十一点说明》。
④ 见1963年2月21日苏联《文学报》:《在欧洲的十字路口上》。

乱时能以"无比丰富的想象,随时创造出新奇怪诞的情境和人物"①。迪伦马特的这种艺术个性,往往在人们心目中排除了他的许多不为人所欢迎的道德说教,填补了他某些作品的思想内容上的缺陷。这恐怕是为什么他的作品在世界上,在不同社会制度的国家里都获得广大的读者和观众的重要原因。

迪伦马特在建立自己戏剧法则的过程中,他反对一切僵死的、凝固的艺术教条,否认"有一种适用一切的、每个戏剧家都必须遵循的谐调原理"②。他强调创作实践,强调创新,认为"不是先有亚里士多德定律才有古希腊悲剧,而是先有古希腊悲剧,而后才有亚里士多德定律"③。他反对把任何前辈和同行当作"不公正的特权"而五体投地,而应当把他们当作"对话者"和"激发者"④看待。他强调现代题材,反对上演过多的古典戏,他批评"今天的剧院已经完全变成了以往戏剧黄金时代的艺术古董的展览馆",认为这样会使人们"永远只看到过去",而忘记"活生生的现在"⑤。应该说,迪伦马特的这些意见都是尖锐而中肯的,尤其在五十年代的时候。

但迪伦马特这样"叛逆"传统并不意味着他拒绝一切传统的东西。例如,他不承认古典主义的"三一律"为万古不变的艺术法则,但他自己就采用"三一律"写过不止一个戏剧。他反对把古今名家当偶像,但他自己提到的"对话者"的名单就有一长串。评论界都公认他从莎士比亚、塞万提斯、斯威夫特、卡尔·克劳斯等大师那里吸收过养料,而阿里斯托芬、奥地利的奈斯特洛伊(1801—1862)和德国的魏德金德(1864—1918)三位喜剧家对他的影响尤其强烈。例如,他把以阿里斯托芬为代表的古希腊旧喜剧和以米南德为代表的新喜剧作了比较,阐明了二者之间的不同特征:前者是政治的、进攻性的喜剧,后者是非政治的世态喜剧;前者着眼于当前现实,后者则与现实无关,而诉诸社会

---

① 见1963年1月11日《纽约时报书评周刊》:《劝世剧》。
② 迪伦马特:《戏剧问题》。
③ 迪伦马特:《戏剧问题》。
④ 迪伦马特:《戏剧论文、演讲集》第146页。
⑤ 迪伦马特:《戏剧问题》。

学和心理学因素。在结构上,前者用的是一种世界性的、集中而强大的"即兴奇想",后者则是多种"即兴奇想",五花八门的噱头。迪伦马特排斥任何心理学的因素和程式化的框框,他的喜剧创作的基本特征倾向于阿里斯托芬的艺术原则,他一再强调"即兴奇想"的自发性,强调想象的"自由"飞翔,强调"诗人的讥讽"。他是进攻型的。迪伦马特从奈斯特洛伊那里吸取了奥地利"大众戏"(Volksstück)那种闹剧性的夸张和民间性的通俗,所以他在《老妇还乡》的《后记》里特别指出:"演出者和导演如果按照演大众戏的格调来上演我的剧本,把我看作是一个自觉追随奈斯特洛伊的剧作家,那他们大概是一定会获得成功的。"我们看到迪伦马特戏剧中许多插科打诨的东西,这与奈斯特洛伊的特点是相接近的。魏德金德对他的影响主要是早期,两人共同之处是拒绝文学决定戏剧,追求舞台效果,偏爱悲喜剧的情境,要求激情和可笑性,人物没有心理差异,可以随时被夸张为畸形的庞然大物,作为傀儡出现,或者作为强权势力的代理人,或者作为某种思想观念的承担者,等等。迪伦马特最初在小说创作方面还深受过很负盛名的奥地利小说家卡夫卡的影响:人的走投无路、人的危机感、"原罪感"等在他的创作中都留下明显的烙印。迪伦马特称布莱希特为当代"最伟大的德语戏剧家",但在艺术上他对布莱希特既赞赏又拒绝,虽然表现手法上两人有不少相似之处,但迪伦马特却不愿把他的艺术与布莱希特相联系。由于世界观的不同,决定了两人艺术观的基本出发点的歧异,因而在体系上是无法完全相容的。

迪伦马特对待艺术传统和别的源流既不盲目崇拜,又不绝对排斥,而是有选择地吸收,立足于创造,这种态度是可取的。从总的倾向看,他的艺术随着时间的推移而趋向独立,强调个性。他后来主张创立一种"世界戏剧",在这基础上建立他的体系。《天使来到巴比伦》可以说是他的"世界戏剧"的代表作:空间和时间无限广远,场面是地球,背景是宇宙。巴比伦既有古代七大奇观之一的"空中花园",又有现代的高楼大厦和车辆;阿基不知有几千岁,是个历史的化身;首相任凭改朝换代,他从来不下台,是个王朝的象征。迪伦马特的许多戏剧都没有地理边界,人物都是国际性的,《密西西比先生的婚姻》和《物理学家》的主要人物都没有国籍,《老妇还乡》里的"老妇"是"世界上最有钱的女人",《流星》中的主人公是"一个世界著名的作家"……至于《一颗行星的肖像》干脆在"天"上了。

迪伦马特在艺术表现上用的是非传统方法,所以他的人物不是按照"典型论"的原理塑造,而是让它们常常充当他的思想观点的传声筒,成为作者道德说教的化身或图解,因而不是个性,而是类型。与此相联系,由于作者强调自己的观点,就使剧中出现了较多的哲学争辩,因而显得对话过多,而动作较少。《一颗行星的肖像》中许多场面流于无稽。此外,他的剧本几乎都有大段的说明,有时不免令人感到冗长。

叶 廷 芳

一九八〇年八月

二〇〇一年秋略作修改

目 录

罗慕路斯大帝 …………………………………… 001

天使来到巴比伦 ………………………………… 087

老妇还乡 ………………………………………… 171

物理学家 ………………………………………… 269

流星 ……………………………………………… 333

罗慕路斯大帝

非历史的四幕历史喜剧
（1980年新稿）

叶廷芳　译

Friedrich Dürrenmatt
Romulus der Große
Eine ungeschichtliche
historische Komödie
in vier Akten
Neufassung 1980
根据苏黎世第欧根尼出版有限公司 1998 年版译出

把真实的各种微小偏离现象看作真实本身,乃是整个微分学的基础,这一巨大的技巧也是我们的诙谐思想的基础,如果我们用一种哲学的严谨性来看待各种偏离现象,那么我们这种诙谐思想的整体常常就会站不住脚。

利希滕贝格①

---

① 利希滕贝格(1742—1799),十八世纪德国启蒙运动时期重要诗人和艺术史家。

关于我的喜剧1980年定稿本通则

  与先前在阿尔歇出版社出的各种稿本的单行本相反,在为本文集确定稿本的时候,我不再出那些适合于戏剧的,即那些动用过的稿本,而出那些适合于文学的稿本。文学和戏剧是两个不同的世界:除了那些我仅仅为了剧院而写的喜剧,诸如《斯特林堡戏剧》《一颗行星的肖像》,即为演员训练和为自己做导演而写的以外,下面——最初几个剧我没有动过——再现的是文学稿,是各种稿本的一个总结。

人 物 表

罗慕路斯·奥古斯都——西罗马皇帝
尤莉娅——其妻
蕾　娅——其女
泽诺·德·伊绍里尔——东罗马皇帝
爱弥良——罗马贵族
马雷斯——国防大臣
图利乌斯·罗通多斯——内务大臣
史普里乌斯·梯图斯·马玛——骑兵队队长
阿基勒斯——侍从
皮拉穆斯——侍从
阿波利翁——艺术商人
凯撒·鲁普夫——实业家
菲拉克斯——演员
鄂多亚克——日耳曼君主
特奥德里希——其侄
福斯福里多斯——侍臣
苏尔富里德斯——侍臣
厨师一名,仆役若干,日耳曼人若干

时间　公元四百七十六年三月十五日晨至十六日晨
地点　罗慕路斯皇帝在坎帕尼亚的别墅。

作于1948/1949年冬,1949年4月25日于巴塞尔市立剧院首演。

第 一 幕

公元四百七十六年三月的一天清晨,骑兵队队长史普里乌斯·梯图斯·马玛骑着一匹即将倒毙的马,到达皇帝在坎帕尼亚①的避暑别墅(陛下冬季也住在此地)。他跳下马,满身污垢,筋疲力尽,左臂缠着被血染红的绷带,步履踉跄,惊起了一大群叽叽嘎嘎乱叫的母鸡。他匆匆忙忙地进了别墅,因为找不到人,终于走进皇帝的办公室。他起初觉得这里的一切空荡荡的,一片荒凉。只有几把椅子,歪歪扭扭,近乎散架。周围墙上悬挂着罗马历史上的政治家、思想家和诗人等的雕塑胸像,每个人物的脸都有点过于严肃……

史普里乌斯　喂!喂!

　　〔沉默。但他终于发现在舞台背景中间的门两侧各站着一个年迈的宫廷侍从,皮拉穆斯和阿基勒斯,在灰暗的光线中一动不动,犹如塑像。他们侍候皇帝们已有很多年头了。骑兵队队长惊奇地凝视着他们,不由得肃然起敬。

史普里乌斯　喂!
皮拉穆斯　安静点,年轻人!
阿基勒斯　您是谁呀?
史普里乌斯　我是史普里乌斯·梯图斯·马玛,骑兵队队长。
皮拉穆斯　您有什么事吗?
史普里乌斯　我一定得见皇帝。
阿基勒斯　事先通报过了吗?

---

① 意大利西部沿海城市,以产红葡萄酒著名。

史普里乌斯　没有工夫讲那些个形式了。我从帕维亚①带来了坏消息。

〔两个侍从沉思着相对而视。

皮拉穆斯　从帕维亚来的坏消息。

〔阿基勒斯摇了摇头。

阿基勒斯　帕维亚这个城市太不重要了,这不可能是什么真正的坏消息。

史普里乌斯　大罗马帝国正在崩溃呢!

〔他对这两人的平静态度简直毫无办法。

皮拉穆斯　不可能。

〔阿基勒斯又摇了摇头。

阿基勒斯　像罗马这样的伟大帝国根本就不会完全崩溃。

史普里乌斯　日耳曼人来了!

阿基勒斯　他们来了已经五百年了,史普里乌斯·梯图斯·马玛。

〔骑兵队队长抓住宫廷侍从阿基勒斯猛摇,就像摇动一根腐朽的柱子那样。

史普里乌斯　我的爱国义务是跟皇帝说话!赶快!

阿基勒斯　那种跟有教养的举止格格不入的爱国主义,我们不认为是值得欢迎的。

史普里乌斯　啊,上帝!

〔他沮丧地放开阿基勒斯,这时,皮拉穆斯招呼他。

皮拉穆斯　给您指点一下,年轻人,您去找宫廷侍从长,填一张来客登记表,再去请求内务大臣批准您向宫廷转达重要消息,也许会准许您亲自向皇上启奏,恐怕得等到几天后了。

〔骑兵队队长已不知道该想什么了。

史普里乌斯　那我去找宫廷侍从长!

皮拉穆斯　向右走拐角第三道门即是。

史普里乌斯　去找内务部长!

---

①　意大利城名。

皮拉穆斯　右边第七道门就是。

史普里乌斯　（依然手足无措）为了在今后几天内报告坏消息。

阿基勒斯　在今后几个星期过程中报告坏消息。

史普里乌斯　不幸的罗马！你竟垮在两个侍从的手上！

〔他绝望地从左边跑了出去，两位侍从又像石头一样站立在那里。

阿基勒斯　我发现：这个世纪的岁月越增长，它的道德越下降。这使我感到震惊。

皮拉穆斯　谁看错我们的价值，他就是在给罗马掘墓。

〔罗慕路斯·奥古斯都皇帝①经由那两位侍从把守的门走了进来。他身穿绛紫色皇袍，头戴一顶金灿灿的桂冠。陛下五十开外，安详、愉快、开朗。

皮拉穆斯和阿基勒斯　万岁，陛下。

罗慕路斯　二位好。今天是三月十五？

阿基勒斯　是，皇上，今天是三月十五。

〔他躬了躬身子。

罗慕路斯　一个历史性的日期。根据法律，这一天必须犒赏我的帝国官吏。这是老迷信啰，说是为了防止谋杀皇帝。宣财政大臣。

〔阿基勒斯向他耳语了一下。

罗慕路斯　逃跑了？

皮拉穆斯　携带国库的银箱逃走的，皇上。

罗慕路斯　为什么？那银箱早就空空如也了。

阿基勒斯　他希望用这种办法来掩饰国家财政上的全面破产。

罗慕路斯　真是个聪明人。要掩盖大丑闻，最好的办法是演一则小丑闻。应该授予他"祖国的拯救者"称号。他现在在哪里？

阿基勒斯　他已经在叙拉古②的一家葡萄酒出口公司谋得了一个全权代表的职位。

---

① 罗慕路斯·奥古斯都(461？—？)，西罗马帝国末代皇帝(475—476 在位)。
② 意大利西西里岛上的名城。

罗慕路斯　那就希望这位忠诚的官员能够,在市民贸易中把当官时给国家造成的亏损弥补过来。来呀!

〔他从头上取下桂冠,折下两片叶子,递给他们俩。

罗慕路斯　你们各自把这金桂叶兑换成塞斯泰尔兹①,但是把还债后剩下的钱还给我,我还得用这些钱付给厨师,他是我的帝国的最重要的人。

皮拉穆斯和阿基勒斯　遵命,啊,皇上。

罗慕路斯　在我登基的时候,这顶象征着皇权的金冠上有三十六片叶子,现在只剩下五片了。

〔他一边沉思,一边察看着他的桂冠,然后又把它戴上。

罗慕路斯　开早膳。

皮拉穆斯　用早点。

罗慕路斯　开早膳。在我的家里,哪个词选用古典拉丁语,由我说了算。

〔老人端进来一张小桌子,上面摆着早餐食品,主要是火腿,面包,芦笋酒,一碗牛奶,一只坐在杯子上的鸡蛋②。阿基勒斯搬来一把椅子。皇帝坐下,敲鸡蛋。

罗慕路斯　奥古斯都③一个蛋也没下吗?

皮拉穆斯　一个也没下,皇上。

罗慕路斯　提比略④呢?

皮拉穆斯　朱理亚家族⑤都没有下。

罗慕路斯　弗拉维家族⑥呢?

---

① 古罗马的一种货币单位。
② 西方人的一种饮食方式。将鸡蛋竖放在一只杯口比鸡蛋略小的杯子里,然后敲开上端的蛋壳,用羹匙舀。
③ 奥古斯都(前63—14),古罗马皇帝(前27—14在位),为恺撒大帝之养子。这里罗慕路斯以历代先皇的名字来命名他养的母鸡。
④ 提比略(前42—37),古罗马皇帝(14—37在位),奥古斯都前妻之子。
⑤ 即奥古斯都皇室。
⑥ 弗拉维,古罗马皇朝名。

皮拉穆斯　只有多米蒂安①下了。但陛下分明是不愿意吃它的蛋的。

罗慕路斯　多米蒂安是一个坏皇帝,它愿意下多少蛋都可以,但是我一个也不吃。

皮拉穆斯　遵命,皇上。

〔陛下用羹匙把鸡蛋舀了出来。

罗慕路斯　这个蛋是谁下的?

皮拉穆斯　像往常一样,是马可·奥勒留②下的。

罗慕路斯　一只规矩的母鸡。其他皇帝一钱不值。除此以外,还有谁下了蛋吗?

皮拉穆斯　鄂多亚克③。

〔他有点儿不好意思。

罗慕路斯　瞧瞧。

皮拉穆斯　两个蛋。

罗慕路斯　了不起。但我的元帅奥列斯特呢,他应该能战胜这位日耳曼君主吧?

皮拉穆斯　无可奉告。

罗慕路斯　无可奉告。我对他从来就评价不高。今天晚上我想看到他。

皮拉穆斯　是,陛下。

〔陛下吃火腿和面包。

罗慕路斯　以我的名字命名的母鸡你无可奉告吗?

皮拉穆斯　它是我们拥有的动物中最高贵和最聪明的,是罗马家禽饲养中的尖端产品。

罗慕路斯　下蛋吗,这高贵的动物?

〔皮拉穆斯瞅着阿基勒斯,向他求助。

---

① 多米蒂安(51—96),古罗马皇帝(81—96 在位),有名的暴君。
② 马可·奥勒留(121—180),古罗马皇帝(161—180 在位),哲学家。著有《沉思录》。
③ 鄂多亚克(434—493),东罗马帝国的日耳曼雇佣军的首领。公元四七六年废西罗马皇帝罗慕路斯·奥古斯都,四九三年败于东哥特王特奥德里希;被暗杀。这里是鸡的代号。

阿基勒斯　几乎下蛋,陛下。

罗慕路斯　几乎? 这是什么意思? 一只母鸡要么下蛋,要么不下蛋。

阿基勒斯　还没有下蛋,皇上。

　　　　　〔陛下做一坚决的手势。

罗慕路斯　根本不下蛋。谁没有用处,就到锅里去发挥作用。厨师应该把罗慕路斯和奥列斯特,还有卡拉卡拉①一起煮了吃。

皮拉穆斯　前天您已经把卡拉卡拉与菲利普·阿拉卜斯②和芦笋一起煮了吃了,陛下。

罗慕路斯　那就把我的前任尤利乌斯·尼波斯③拿来下锅,他也已经不中用了。将来,我要在我的早餐桌上见到鄂多亚克母鸡下的蛋,它使我十分喜欢。这里准有一种惊人的才智,既然日耳曼人就要来了,我们应当从他们那里吸取一切好的东西。

　　　　　〔左边冲进了内务大臣图利乌斯·罗通多斯,脸色苍白得像死人一般。

图利乌斯　陛下!

罗慕路斯　你找皇帝有什么事吗,图利乌斯·罗通多斯?

图利乌斯　不得了呀! 可怕极了!

罗慕路斯　我明白,亲爱的内务大臣,我已经两年没有付给你薪饷了,今天我本来想付给你,不料财政大臣携国库潜逃了。

图利乌斯　我们正大难临头,谁还会想到钱,我的皇上。

　　　　　〔陛下喝牛奶。

罗慕路斯　那么我又一次交了好运了。

图利乌斯　骑兵队队长史普里乌斯·梯图斯·马玛为了给陛下送来帕维亚的坏消息,快马飞奔,两天两夜了。

罗慕路斯　两天两夜? 了不起。为了他这一体育成绩,应当封他骑士称号。

图利乌斯　我这就去把骑士史普里乌斯·梯图斯·马玛领来谒见

---

① 卡拉卡拉(186—217),罗马皇帝(211年起在位),后被谋杀。
② 菲利普·阿拉卜斯(204—249),罗马皇帝,后战死。
③ 尤利乌斯·尼波斯,罗马皇帝,生卒年不详。

陛下。

罗慕路斯　难道他不疲倦吗,内务大臣?

图利乌斯　他肉体上和精神上都到了崩溃的边缘了。

罗慕路斯　那么,图利乌斯·罗通多斯,在我家里给他找一间最安静的客房,即便是运动员也得睡觉呀。

〔内务大臣惊愕。

图利乌斯　但他还没禀报紧急情况呢,陛下!

罗慕路斯　即使是最可怕的消息,若出之于一个经过充分休息、身上洗得干干净净、脸上刮得光光溜溜,并且吃饱喝足的人的口,听起来也还是蛮舒服的。让他明天来吧!

〔内务大臣不知如何是好。

图利乌斯　陛下!这是关系到世界毁灭的消息啊!

罗慕路斯　报来的消息从来推翻不了世界,只有我们无力改变的事实才能推翻世界。如果消息已经送到,那么事实已经发生了。消息只能激动世界,因此还是尽量戒掉爱听禀报的癖好吧。

〔图利乌斯·罗通多斯迷惘地躬一躬身,从左边下。皮拉穆斯把一大块烤牛肉摆在罗慕路斯的面前。

阿基勒斯　艺术商人阿波利翁到。

〔艺术商人阿波利翁从左边上,他衣冠楚楚,希腊装束。鞠躬。

阿波利翁　陛下。

罗慕路斯　我不得不等了你三个星期,艺术商人阿波利翁。

阿波利翁　请原谅,陛下,我在亚历山大港①办理一桩拍卖业务。

罗慕路斯　你宁可在亚历山大港搞拍卖,而不关心罗马帝国的破产?

阿波利翁　生意啊,陛下,这是生意。

罗慕路斯　生意又怎样?你是不是对我卖给你的那些胸像不满意?尤其是西塞罗像②,那可是一件珍贵的艺术品呢。

---

① 埃及港口。
② 西塞罗(前106—前43),古罗马著名雄辩家、政治家和哲学家。

阿波利翁　这是一个例外啊。陛下,现在日耳曼原始森林中到处在建立中学,我已经设法把五百尊石膏像送到那些中学去了。

罗慕路斯　天呀,阿波利翁,日耳曼尼亚正在开化吗?

阿波利翁　理性之光是阻止不住的。假如日耳曼人使他们的国家文明起来,他们就不会再来攻打罗马帝国了。

〔陛下割烤牛肉。

罗慕路斯　如果日耳曼人来到意大利或高卢①,就由我们来教化他们,但如果他们留在日耳曼尼亚,就得依靠自己走向文明,而这必将是可怕的。你想不想买下其余的胸像?

〔艺术商人环视了一下。

阿波利翁　我还得详详细细地再检查一遍,陛下。有几尊我觉得风格上有问题。

罗慕路斯　每尊像都有它应有的风格。阿基勒斯,给阿波利翁一把梯子。

〔阿基勒斯递给艺术商人一把矮梯子,这个希腊人用这把梯子一会儿上,一会儿下,不断移动着梯子忙碌地挨个儿检查胸像。这时皇后尤莉娅从右边上。

尤莉娅　罗慕路斯!

罗慕路斯　什么事,亲爱的夫人?

尤莉娅　你至少在这样的时刻就别吃早饭了吧!

〔陛下放下刀叉。

罗慕路斯　就听你的吧,我的尤莉娅。

尤莉娅　我忧虑万分,罗慕路斯。侍从长埃比乌斯暗示我,传来了一个骇人听闻的消息。我吧,虽然并不十分相信埃比乌斯,因为他是日耳曼人,并且原来的名字叫埃比——

罗慕路斯　埃比乌斯是惟一能够流利地用五种世界通用语言说话的人:拉丁文、希腊文、希伯来文、日耳曼文和中文,当然我承认,其中

---

① 古代克尔特人(印度日耳曼族的一支)所在区域,包括今法国、比利时和意大利北部一带。

　　　　日耳曼文和中文在我看来似乎是一回事。但不管怎么样，埃比乌斯在文化教养上，我们罗马人能够与他比肩的一个也没有。

尤莉娅　我看你简直就是日耳曼狂了，罗慕路斯。

罗慕路斯　胡说，我爱日耳曼还远远不如爱我的母鸡呢。

尤莉娅　罗慕路斯！

罗慕路斯　皮拉穆斯，把我夫人的餐具拿来，加上鄂多亚克下的第一个蛋。

尤莉娅　我不得不请求你想一想我的心脏病。

罗慕路斯　因此你坐下来吃嘛。

　　　　〔皇后一边叹气，一边在桌子的左边坐下。

尤莉娅　现在你终于要告诉我那个骇人听闻的消息了吧？

罗慕路斯　我不知道那消息的内容。送消息来的急使在睡觉。

尤莉娅　那么让人唤醒他，罗慕路斯！

罗慕路斯　照顾一下你的心脏吧，亲爱的夫人。

尤莉娅　作为国母……

罗慕路斯　作为国父，我也许是罗马的末代皇帝，正由于这个原因，我已经在世界历史上占了一个有点可怜巴巴的地位。无论如何，我正在不利情况下退位。只有**一种**荣誉我没有让人夺走，那就是没人能说我什么时候曾经毫无必要地打扰了一个人的睡眠……

　　　　〔公主蕾娅从右边上。

蕾　娅　您好，父亲。

罗慕路斯　你好，我的女儿。

蕾　娅　您睡得好吗？

罗慕路斯　自从我当了皇帝，睡眠一向很好。

　　　　〔蕾娅在桌子的右边坐下。

罗慕路斯　皮拉穆斯，给公主拿餐具来，还有鄂多亚克下的第二个蛋。

蕾　娅　哟，鄂多亚克下了第二个蛋了？

罗慕路斯　日耳曼品种就是这样，一直下蛋。你要火腿吗？

蕾　娅　不要。

罗慕路斯　凉烤牛肉呢？

蕾　娅　不要。

罗慕路斯　来条小鱼？

蕾　娅　也不要。

罗慕路斯　芦笋酒？（他皱着眉头）

蕾　娅　不喝，父亲。

罗慕路斯　自从演员菲拉克斯给你上戏剧课以来，你就食欲不振了。你在学什么呀？

蕾　娅　安提戈涅①的悲歌，她在就刑之前唱的。

罗慕路斯　不要学这种古老、悲伤的剧本，要练习喜剧，这对我们合适得多。

〔皇后发火。

尤莉娅　罗慕路斯，你很清楚，这对一个未婚夫三年来一直在日耳曼人的监狱里受折磨的姑娘是不合适的。

罗慕路斯　别急嘛，夫人。凡是像我们大家这样穷途末路的人，只能看懂喜剧。

阿基勒斯　国防大臣马雷斯求见陛下，说有急事。

罗慕路斯　真怪，每当我谈到文学的时候，国防大臣就来求见。他应当在早膳以后来。

尤莉娅　阿基勒斯，告诉国防大臣，皇帝一家很高兴见他。

〔阿基勒斯鞠了一躬，从左边下。陛下用餐巾擦了擦嘴。

罗慕路斯　你又过分好战了，亲爱的夫人。

〔国防大臣从左边上，鞠躬。

马雷斯　陛下。

罗慕路斯　奇怪，今天我的廷臣们脸色多么苍白。刚才内务大臣来时我就注意到了。什么事，马雷斯？

马雷斯　作为负责对日耳曼人作战的大臣，我要求陛下立即接见骑兵队队长史普里乌斯·梯图斯·马玛。

罗慕路斯　难道这位运动员一直还没有睡觉吗？

---

① 古希腊著名悲剧作家索福克勒斯的悲剧《安提戈涅》中的女主人公。

马雷斯　对一个士兵来说,当他知道他的皇帝在危难之中而去睡觉,是不光彩的。

罗慕路斯　我的军官们的责任感开始成为我的负担了。

〔皇后站了起来。

尤莉娅　罗慕路斯!

罗慕路斯　最亲爱的尤莉娅?

尤莉娅　马上接见史普里乌斯·梯图斯·马玛。

〔皮拉穆斯向皇帝耳语了一下。

罗慕路斯　这是完全不必要的,夫人。日耳曼君主鄂多亚克已经夺得了帕维亚,因为我刚刚得到的消息,以他的名字命名的母鸡已经下了三个蛋。自然界中还有这样多的谐调的地方,换句话说,人世间却没有共同的秩序。

〔众人大惊失色。

蕾娅　我的父亲!

尤莉娅　这是不真实的!

〔马雷斯整了整姿势。

马雷斯　可惜这是真实的,陛下。帕维亚已经陷落了。罗马遭受着历史上空前惨痛的失败。骑兵队队长带来了前线司令奥列斯特元帅的最后几句话,他连同全军被日耳曼人俘获。

罗慕路斯　我熟悉我的元帅被日耳曼人俘虏前最后讲的话:即使战斗到最后一人,也绝不后退。这是每个人都这样说过的呢。国防大臣,请告诉骑兵队队长,现在他终于可以躺下睡觉了。

〔马雷斯默默地鞠了一躬,从左边下。

尤莉娅　你得采取行动呀,罗慕路斯,你得马上行动起来,不然我们就完了。

罗慕路斯　今天下午我将给我的士兵们起草一份文告。

尤莉娅　你那些军团都投降了日耳曼人,连一个官兵都不剩了。

罗慕路斯　妙啊,那就让人发表一份关于我的健康状况的公报。

尤莉娅　这有什么用处!

罗慕路斯　但亲爱的夫人,你不可能要求我做那些我的统治以外的事情吧。

〔阿波利翁从他的椅子上下来,走近皇帝,举着一尊胸像给他看。

阿波利翁　陛下,这尊奥维德①我出价三块金币。

罗慕路斯　四块。奥维德是一位伟大的诗人。

尤莉娅　这是什么人,罗慕路斯?

罗慕路斯　这是艺术商人阿波利翁,叙拉古人,我把我的这些胸像卖给他。

尤莉娅　你可不能把罗马伟大历史上的重要诗人、思想家和政治家拿来拍卖呀!

罗慕路斯　我们的买卖是清仓拍卖。

尤莉娅　想想吧,这些胸像是我父亲华伦廷尼安②留给你的惟一遗产。

罗慕路斯　你不是也还在嘛。亲爱的夫人。

蕾娅　我简直再也不能容忍了!(她站起来)

尤莉娅　蕾娅!

蕾娅　我学习安提戈涅去了!(她从右边出去)

尤莉娅　看见了吧,连你的女儿都不再理解你了!

罗慕路斯　这就是上了戏剧课的结果。

阿波利翁　三块金币加六个塞斯泰尔兹。我出的价到顶了,陛下。

罗慕路斯　再拿几尊胸像去,然后我们一并结算。

〔阿波利翁又登上梯子。内务大臣从左边冲了进来。

图利乌斯　陛下!

罗慕路斯　你又有什么事,图利乌斯·罗通多斯?

图利乌斯　东罗马皇帝泽诺·德·伊绍里尔请求避难。

罗慕路斯　泽诺·德·伊绍里尔?难道他在他的君士坦丁堡也不安全吗?

图利乌斯　在这个世界上不会再有人感到安全了。

---

① 奥维德(前43—约17),罗马诗人,以写恋歌著称,晚年被奥古斯都皇帝放逐。
② 华伦廷尼安,西罗马皇帝(425—455在位)。

罗慕路斯　他到底在哪儿?

图利乌斯　在前厅。

罗慕路斯　他把他的侍臣苏尔富里德斯和福斯福里多斯也带来了吗?

图利乌斯　这是惟一能够和他一起逃跑的两个人。

罗慕路斯　如果苏尔富里德斯和福斯福里多斯留在外边,那么泽诺便可以进来。我觉得拜占庭的侍从太一本正经了。

图利乌斯　是,皇上。

〔泽诺·德·伊绍里尔皇帝从左边冲了进来,他穿着讲究,衣料名贵,与他的西罗马同事形成鲜明对照。两个侍臣在门内叫叫嚷嚷,怨天尤人,最后被皮拉穆斯和阿基勒斯推了出去。

泽　诺　向你致意,至尊的皇兄!

罗慕路斯　向你致意。

泽　诺　向你致意,尊贵的皇嫂。

尤莉娅　向你致意,至尊的皇兄!

〔互相拥抱。

泽　诺　(随即以一个要求避难的东罗马皇帝的身份出现)请助我一臂之力……

罗慕路斯　亲爱的泽诺,我并不要求你吟诵那些诗句,那些拜占庭礼仪规定皇帝在请求避难时必须吟诵的没完没了的诗句。

泽　诺　我不想欺瞒我的侍臣们。

罗慕路斯　我根本就没有让他们进来。

泽　诺　根本没有?

罗慕路斯　根本没有。

泽　诺　好极了。既然侍臣不在,我今天就要破例免去这一老套了。我已弄得精疲力竭。自从我离开君士坦丁堡①以后,我不得不在所有政治要人面前,把这"请助我一臂之力"的两千行诗句每天差不多朗诵三次,我的嗓子已经嘶哑了。

罗慕路斯　请坐。

---

①　东罗马帝国国都,即今土耳其首都伊斯坦布尔。

泽　诺　谢谢。

〔他舒了一口气,挨着桌子坐下。不料此刻两位侍臣冲了进来,每人穿着墨黑墨黑的长袍。

二　人　陛下!
泽　诺　我的上帝!侍臣们不是已经进来了吗!
苏尔富里德斯　这是挽诗,陛下。
泽　诺　这个我已经诵读过了,苏尔富里德斯和亲爱的福斯福里多斯。
苏尔富里德斯　不可能,陛下。我在为您的骄傲而呼吁。您不是逃跑的个人,您是一个流亡的东罗马帝国的皇帝,得以皇帝的身份高高兴兴地服从拜占庭的宫廷礼仪才是。哪怕这事还是这么不可思议也罢。我们现在可以请求您吗?
泽　诺　如果非如此不可的话。
福斯福里多斯　非如此不可,陛下。拜占庭礼仪不仅仅是世界秩序的象征,而且也是这种世界秩序本身。这您毕竟会明白的。那就开始吧,陛下。别再让您的侍臣没有脸见人了。
泽　诺　那好吧。
苏尔富里德斯　后退三步,陛下。
福斯福里多斯　站成哀悼的样子,陛下。
泽　诺　　助我一臂之力吧,
　　　　　哦,黑夜宇宙中的月亮哟,
　　　　　我在寻求帮助——
苏尔富里德斯　寻求恩赐——
泽　诺　我在寻求恩赐而走近你,你该是月亮——
福斯福里多斯　太阳——
罗慕路斯　马雷斯!
　　　　〔马雷斯从左边上。
马雷斯　什么事,皇上?
罗慕路斯　把这两个拜占庭侍臣赶出去,把他们关在鸡舍里!
马雷斯　是,皇上!
苏尔富里德斯　我们抗议!

福斯福里多斯　严重抗议,强烈抗议!

〔最后他们被马雷斯推出了门外。

泽　诺　谢天谢地,现在侍臣们在外面了。

罗慕路斯　为此我让所剩的一半军队都出动了。

泽　诺　侍臣们在这里我就感到像被掩埋似的,被埋在成堆的套话和规则的沙漠底下。我动要有规矩,说要有规矩,吃喝要有规矩,来来回回都要有规矩,实在让人受不了。但他们一走我就又感觉到我先辈们那伊索里尔人的古老力量在我身上苏醒了,又感觉到那古老的坚如磐石般的信仰——你的鸡舍栅栏围得还牢固吗?

罗慕路斯　这你可坚信不疑。皮拉穆斯,给泽诺拿一副餐具和一只鸡蛋来。

皮拉穆斯　我们只剩下多米蒂安下的那只蛋了。

罗慕路斯　在这样的场合吃它是对的啰。

泽　诺　七年来我们一直处于交战状态,仅仅由于我们共同面临日耳曼人入侵的危险,我们军队之间一场更大的冲突才得以避免。(他有点尴尬)

罗慕路斯　战争?对此我一无所知。

泽　诺　但我确实夺走了你的达尔玛西亚①。

罗慕路斯　难道这是属于我的领土吗?

泽　诺　在帝国最后平分天下,划分版图时,该地是划归你的。

罗慕路斯　在我们皇帝之间谈谈吧,我已经很久没有过问世界政治了。你究竟为什么非得离开君士坦丁堡不可呀?

泽　诺　我的岳母韦琳娜已经同日耳曼人结盟,并把我赶了出来。

罗慕路斯　真怪。你同日耳曼人的关系搞得倒很热火呵。

泽　诺　罗慕路斯!(他感到受了委屈)

罗慕路斯　就我所获悉的关于拜占庭宝座的复杂关系是,你为了废黜你自己的儿子为皇帝,曾经与日耳曼人结过盟。

---

① 位于亚得里亚海东岸。

尤莉娅　罗慕路斯！

泽　诺　日耳曼人潮水般地拥进了我们的国家。各条堤坝都发生不同程度的裂痕。我们不能再各管各的进军了。我们再也不可让我们两个帝国之间由于心胸狭隘而产生的猜疑无节制地继续下去了。我们现在必须拯救我们的文化。

罗慕路斯　什么，难道文化是一种可以拯救的东西吗？

尤莉娅　罗慕路斯！

〔这时艺术商人抱着几个胸像走到皇帝跟前。

阿波利翁　这两个格拉古①，两个庞培②，两个西庇阿③和两个伽图④，我出价两个金币零八十塞斯泰尔兹。

罗慕路斯　三个金币。

阿波利翁　好，不过得加上马略⑤和苏拉⑥。（他再次爬上了梯子）

尤莉娅　罗慕路斯，我要求你现在立即把这个古董商打发走。

罗慕路斯　这是我们办不到的事情，尤莉娅，鸡饲料的钱还没有付呢。

泽　诺　我很惊讶。一个世界燃起了熊熊大火，而你还在这里开起无耻的玩笑。每天有成千上万的人死于火海，而你还在这里继续得过且过。鸡饲料和那些节节挺进的野蛮人有什么相干呢？

罗慕路斯　我毕竟也有我的忧虑啊。

泽　诺　这里的人对于日耳曼主义给世界造成的危险似乎还远远没有充分认识到。（他用手指把桌子敲得咚咚作响）

尤莉娅　我也一直这么说。

泽　诺　日耳曼人的成功是不能用物质原因来解释的。我们必须看得更深刻些。我们的城市投降了，我们的士兵投诚了，我们的民众不再相信我们了，因为我们自己在怀疑自己。我们一定要振作

---

① 指分别于公元前一三三年和公元前一二二年任罗马执政官的格拉古兄弟。
② 指庞培（前106—前48），罗马大将、政治家，及其父（死于前87年）。
③ 指罗马统帅大西庇阿（前236—前184）和小西庇阿（约前183—前129）。
④ 指罗马政治家和作家大伽图（前234—前149）及其曾孙，罗马哲学家和护民官小伽图（前95—前46）。
⑤ 马略（前157—前86），古罗马政治家和统帅。
⑥ 苏拉（前138—前78），古罗马统帅和独裁者。

起来,罗慕路斯,想想我们的伟大祖先吧,想想恺撒①、奥古斯都、图拉真②、君士坦丁③这些大帝吧。不相信我们和我们在世界政治中的意义,我们就完了。

罗慕路斯　那好,让我们相信吧。

〔沉默。人们以虔诚的姿势端坐着。

泽　诺　你相信吗?(他有点不安起来)

罗慕路斯　岩石般坚定。

泽　诺　相信我们祖先的伟大精神?

罗慕路斯　相信我们祖先的伟大精神。

泽　诺　相信我们的历史使命?

罗慕路斯　相信我们的历史使命。

泽　诺　那么你呢,尤莉娅皇后?

尤莉娅　我从来就是这样信仰的。

〔泽诺松了一口气。

泽　诺　一种崇高的感情,不是吗? 我们庄严地感觉到忽然吹过这些房间的一阵劲风! 但刚才那真是到了最后的时刻了!

〔所有三个人都虔诚地坐着。

罗慕路斯　那么现在呢?

泽　诺　你这话是什么意思?

罗慕路斯　现在我们信了。

泽　诺　这是主要的。

罗慕路斯　现在该怎么办?

泽　诺　这并不重要。

罗慕路斯　既然坚持这种精神,我们现在就得干点什么。

泽　诺　该干的事自会有人干的。我们惟一需要做的,是找出一种思

---

① 恺撒(前100—前44),罗马历史上有名的统帅、政治家和作家。
② 图拉真(53—117),古罗马皇帝(98—117在位),依靠武力征服许多地方,使罗马帝国的疆土大为扩展。
③ 君士坦丁(280—337),通称君士坦丁大帝,即君士坦丁一世,通过许多改革措施,统一了罗马帝国,加强了中央集权,使后期罗马帝国出现稳定局面。

想观念来对付日耳曼人的那句口号:"为了自由和农奴制"。我建议:"为了奴隶制和正义!"

罗慕路斯　我不明白。

泽　诺　"赞成专制,反对野蛮。"

罗慕路斯　仍不明白。我倾向于一种务实的、切实可行的口号,比如:"为了养鸡和农业。"

尤莉娅　罗慕路斯!

〔马雷斯从左边冲了进来,他非常激动。

马雷斯　日耳曼人朝罗马开来了!

〔泽诺和尤莉娅万分惊骇地跳了起来。

泽　诺　下一只船什么时候去亚历山大港?

罗慕路斯　早上八点半。你要去那里干什么?

泽　诺　向阿比西尼亚①的皇帝请求避难。我要以那里为据点,继续对日耳曼主义进行不屈不挠的斗争。

〔皇后渐渐地镇静下来。

尤莉娅　罗慕路斯,日耳曼人朝罗马开来了,而你的早饭还吃个没完。

〔罗慕路斯庄严地站了起来。

罗慕路斯　政治家有特权:马雷斯,我擢升你为帝国元帅。

马雷斯　我将拯救罗马,啊,皇上!(他双膝跪下,挥舞宝剑)

罗慕路斯　你偏偏这个时候又来给我添麻烦。(他又坐了下去)

马雷斯　现在只有总动员还能有救!(他站起来,样子坚决)

罗慕路斯　此话怎讲?

马雷斯　这句话刚才才想出来的。总动员就是一个民族的各种力量集中于军事目的的提法。

罗慕路斯　纯粹从修辞学上来说,我也不满意你这样的说法。

马雷斯　总动员就是必须抓住一切尚未被敌人占领的部分。

泽　诺　元帅说得对。我们能够通过总动员来挽救自己。这正是我们所寻求的观念。"全副武装起来",人人都会明白是什么。

---

① 阿比西尼亚,埃塞俄比亚的古代名称。

罗慕路斯 自从发明棍棒的那一天起,战争就已经是一种罪行,假如我们现在还搞总动员,战争将成为一件荒唐事。我把我的五十名贴身警卫交给你去支配,帝国元帅。

马雷斯 陛下,那五十人早就跑掉了。

罗慕路斯 没有他们也行嘛。

马雷斯 陛下!鄂多亚克拥有一支十万装备精良的日耳曼人的军队呢!而我只剩下我的副官可以指挥了。

罗慕路斯 统帅越大,他所需要的部队越小。

马雷斯 一个罗马元帅还从来没有受到过这样深的污辱。

〔马雷斯敬了个礼,然后从左边出去。

〔这期间阿波利翁把所有的胸像都拿了下来,只留下最中间的一个。

阿波利翁 我出十个金币全部包圆儿。

罗慕路斯 假如你讲到罗马的伟大历史时,出言更尊敬些,我一定会称心如意,阿波利翁。

阿波利翁 包圆儿这个词仅仅涉及眼前这些遗产作为古董的价值,并不意味着对历史的评价。

罗慕路斯 可是你得马上将十个金币付给我呀。

阿波利翁 一如既往,陛下。有一尊像我留在那里,它是罗慕路斯国王①。(他数出十个金币来)

罗慕路斯 可是我的这位同名者毕竟是缔造了罗马的啊。

阿波利翁 那是一种小学生的作品罢了。因此,它已经开始剥落了。

〔这当儿东罗马皇帝变得不耐烦起来。

泽 诺 你还根本没有向我介绍过这位先生,罗慕路斯。

罗慕路斯 这位是东罗马皇帝泽诺·德·伊绍里尔,阿波利翁。

阿波利翁 陛下。(他冷冷地躬了躬身)

泽 诺 请光临一下始终忠于我的帕特莫斯岛②吧,亲爱的阿波利翁。

---

① 指传说中的罗马城的建造者,古罗马第一个国王。
② 爱琴海多德卡尼斯群岛之一。现属希腊。

　　　　　　我在那里拥有很多独特的希腊古玩。
阿波利翁　可以去看看,陛下。
泽　诺　由于我明天要去亚历山大港,也许我可以要求预付一
　　　　　小笔——
阿波利翁　很抱歉。原则上我的钱是不预付给皇室的。时代纷纷扰
　　　　　扰,政治局势动荡不定,顾客的兴趣从古希腊罗马的艺术转向日耳
　　　　　曼艺术,原始艺术品成了热门货。令人可怖啊!然而,艺术鉴赏无
　　　　　法让人争论。好,我可以向两位陛下告辞了。
罗慕路斯　很遗憾,阿波利翁,你卷入了我的帝国的全面崩溃之中了。
阿波利翁　啊,可别这样说了,陛下。作为古董商我毕竟是靠此为生的
　　　　　呀。沿墙边放的那些胸像我派几个仆役来拿。
　　　　　〔他又鞠了一躬,从左边下。东罗马皇帝一边沉思,一边
　　　　　摇头。
泽　诺　我不明白,罗慕路斯,我已经好几年没有获得贷款了。我越来
　　　　　越看透了:我们干的这一行是无利可图的。
　　　　　〔内务大臣图利乌斯·罗通多斯从左边上。
图利乌斯　陛下!
罗慕路斯　运动员终于睡觉了吗,图利乌斯·罗通多斯?
图利乌斯　不是为史普里乌斯·梯图斯·马玛的事,而是凯撒·鲁普
　　　　　夫有事求见。
罗慕路斯　此人我不认识。
图利乌斯　一位重要人物。他写了一封信给陛下。
罗慕路斯　自从我当了皇帝以来,不看任何信件。他到底是什么人哪?
图利乌斯　裤子工厂主。他生产那种套在两腿上的日耳曼式服装,这
　　　　　种服装现在在我们这里也很时髦。
罗慕路斯　他富有吗,内务大臣?
图利乌斯　无限富有。
罗慕路斯　终于来了一位有头脑的人。
尤莉娅　你马上见他吧,罗慕路斯。
泽　诺　我本能地感到:他将拯救我们。

罗慕路斯　请裤子工厂主。

〔凯撒·鲁普夫，一个肥头胖耳、穿着阔绰的人物从左边上。他把泽诺当作是他要见的皇帝，径直向他走去，泽诺则窘迫地向他指指罗慕路斯。凯撒·鲁普夫手里拿着一顶很宽的古希腊式的旅行帽，微微躬了躬身。

凯　　撒　罗慕路斯皇帝。

罗慕路斯　欢迎。这是我的夫人尤莉娅皇后，这位是东罗马皇帝泽诺·德·伊绍里尔。

〔凯撒·鲁普夫微微点了点头。

罗慕路斯　你找我有什么事儿，凯撒·鲁普夫？

凯　　撒　我的家族原出身于日耳曼族，但在奥古斯都皇帝时代就已迁到了罗马，并从公元一世纪以来主管纺织部门的事情。（他把帽子递给罗慕路斯）

罗慕路斯　我对此很高兴。（把帽子递给泽诺，泽诺惊异地接住了它）

凯　　撒　作为裤子工厂的老板我做事是毅然决然的。

罗慕路斯　那当然啰。

凯　　撒　我非常扫兴地意识到，罗马的守旧派是反对裤子的，只要又有一种智慧似晨曦破晓，他们总要这样做。

罗慕路斯　哪里出现裤子，那里的文化就停止。

凯　　撒　您身为皇帝当然可以戏用这样的双关语，但是我作为一个冷静务实的人，我十分清醒地对自己说，未来是裤子的天下。一个现代国家，不穿裤子，是注定要灭亡的。日耳曼人之所以穿裤子并取得了如此惊人的进步，是由于凭借了一种古老的联系。这种联系在那些从不深入思考的终身政治家来说固然是完全朦胧不明的，但对于一个实业家来说却是清楚不过的。罗马只有穿上裤子才能抵御日耳曼游牧民族的袭击。

罗慕路斯　假如我有你这样一种乐观主义的态度的话，亲爱的凯撒·鲁普夫，那么我自己也会套上一件这种神奇服装的。

凯　　撒　我已经明明白白地发过誓，当最愚蠢的人也开了窍，懂得腿上不穿东西人类就要倒楣，那时我才穿上一条裤子。这是职业的荣誉,陛下。在这上头我不懂得说瞎话。要么裤子胜利,要么我凯撒·鲁普夫下台。

罗慕路斯　你到底想要对我进谏什么呢?

凯　撒　陛下,这里是凯撒·鲁普夫世界商号,这里是大罗马帝国,这点您必须承认。

罗慕路斯　对。

凯　撒　让我们打开天窗说亮话吧,趁事情还没有被温情脉脉的东西弄模糊的时候。在我的背后堆着的是几十亿塞斯泰尔兹,而在您的背后则纯然是深渊。

罗慕路斯　这个区别讲得再好没有了。

凯　撒　我起先想过,干脆把大罗马帝国全部买下。

　　　〔皇帝不能完全抑制他兴奋激动的心情。

罗慕路斯　关于这个问题我们得严肃地谈谈。凯撒·鲁普夫,无论如何我册封你为骑士。拿把剑来,阿基勒斯!

凯　撒　谢谢,陛下,我已经一古脑儿把所有的勋章都买下了。您瞧,很遗憾,我又三句不离本行了。大罗马帝国经济上弄到这步田地,以至要把它改革一下,世界商号得付出沉重的代价,我不知道,这样做是否值得。再说,我们有了一个庞大的国家的话,这又是虚无的。要么世界商号,要么大罗马帝国。这里我不得不明确地说,宁要世界商号,它更有利于赚钱。我反对买下大帝国,罗慕路斯皇帝,但我不反对联合。

罗慕路斯　你是怎样设想大罗马帝国跟你的商号之间的联合的呢?

凯　撒　纯粹是有机的联合,既然我是一个实业家,我只能考虑这有机的东西。想想有机的问题吧,否则你会破产,这是我的格言。首先我把日耳曼人逐出门外。

罗慕路斯　正是这点相当困难。

凯　撒　一个世界性的商人是不懂得困难这个词的,如果他拥有足够的金钱的话,鄂多亚克对我的询问已经作了书面声明:撤出意大利的条件是一千万金额的代价。

罗慕路斯　鄂多亚克?

凯　撒　日耳曼统帅。

罗慕路斯　奇了。恰恰是他我以为是不可收买的。

凯　撒　今天所有的人都是可以收买的,陛下。

罗慕路斯　那么你要求我用什么来报答你的这一帮助呢,凯撒·鲁普夫?

凯　撒　如果我付出这一千万巨款并塞给帝国几百万小款,那么整个局面还只是刚刚能维持下去,不致毁灭,还不能达到每个健康国家的情况那样。作为条件——除了裤子必须宣布接受外——我要求娶您的女儿蕾娅为妻,因为事情十分明显,只有这样才能为我们的联合建立起有机的基础。

罗慕路斯　我的女儿已经同一个破落贵族订婚了,三年来他在日耳曼人的监狱里熬日子。

凯　撒　您瞧,陛下,我是不讲情面的。您必须痛痛快快地向我承认:罗马帝国只有通过跟一家富有经验的厂商建立牢固的联合方能得救。否则,日耳曼人已经大兵压境,就要长驱直入开进罗马了。今天下午您给我答复。如若不然,我就同鄂多亚克的女儿结婚。鲁普夫商号必须考虑到一个继承人。我正处于黄金时代,商业生活的一次次惊涛骇浪——你们的一次次战役与之相比不过是小巫见大巫而已——使我至今不可能在一个忠实的夫人的怀抱里寻找幸福。在这两种可能性之间进行选择,那是不容易的。尽管说,毫不犹豫地娶这位日耳曼女子在政治上也许比较自然一些,可另一方面对我的东道国的感激促使我向您提出这一建议,因为我不想让鲁普夫商号在历史论坛上受到偏袒一方的嫌疑。

〔他微微鞠一躬,从泽诺手里一把夺过帽子,从左边出去。其余三人愕然地仍坐在他们的桌旁,一言不发。

尤莉娅　罗慕路斯,你现在马上同蕾娅说去。

罗慕路斯　我到底跟蕾娅说什么呢,亲爱的夫人?

尤莉娅　她马上要同这位凯撒·鲁普夫结婚!

罗慕路斯　为了一把塞斯泰尔兹,我当场就可以把罗马帝国出卖给他,但我还没有想到要把我的女儿兜售给他。

尤莉娅　蕾娅会自愿为帝国做出牺牲的。

罗慕路斯　几百年以来我们已经为国家做出了那么多的牺牲,现在该是国家为我们做出牺牲的时候了。

尤莉娅　罗慕路斯!

泽　诺　假如你的女儿现在不出嫁,世界就要灭亡。

罗慕路斯　是我们就要灭亡。这是一个很大的区别。

泽　诺　我们是世界。

罗慕路斯　我们是些听任世界摆布的乡巴佬。他们不能理解这个世界。

泽　诺　像你这样的人不应该当罗马的皇帝!

〔他用拳头猛击桌子,从右边出去。左边来了五个大腹便便的仆役。

仆役甲　我们是来取胸像的。

罗慕路斯　噢,请吧。它们排列在墙根。

仆役甲　这都是些皇帝胸像。一个都不能摔坏,一定要完好无损。

〔房间挤满了仆役,他们把胸像搬了出去。

尤莉娅　罗慕路斯,人家叫我尤莉娅为国母,我对这个光荣称号感到骄傲。现在我也要以国母名义跟你说话。你成天坐着吃早饭,只对你的母鸡感兴趣,急差来了你不接见,你拒绝进行全国总动员,你不迎击敌人,你不肯把你的女儿嫁给那惟一能救我们的人。你到底想干什么?

罗慕路斯　我不想搅乱世界历史,亲爱的尤莉娅。

尤莉娅　当你的妻子我感到羞耻。(她迅速走了出去)

罗慕路斯　把餐桌搬出去,皮拉穆斯,我已经用完早膳了。

〔他用餐巾擦了擦嘴。皮拉穆斯把桌子搬走。

罗慕路斯　水,阿基勒斯。

〔阿基勒斯端来了水,罗慕路斯洗手,史普里乌斯·梯图斯·马玛从左边的门冲了进来。

史普里乌斯　我的皇上!(他跪倒在他的跟前)

罗慕路斯　　你是谁？

史普里乌斯　　骑兵队队长史普里乌斯·梯图斯·马玛。

罗慕路斯　　你想干什么？

史普里乌斯　　整整两天两夜我从帕维亚骑马跑到这里，七匹马先后倒在我的身边，三支箭射中了我的身体，而当我到达时，人家不让我见你。这里，皇上，你的最后一个统帅奥列斯特在被俘前的奏折！

〔他向罗慕路斯递上一卷羊皮纸。皇帝仍然一动不动地坐着。

罗慕路斯　　你受了伤，精疲力竭。你为什么要这样过度劳顿呢，史普里乌斯·梯图斯·马玛？

史普里乌斯　　为了罗马的生存。

罗慕路斯　　罗马早已死亡了。你为一个死人做出了牺牲，你为一个影子而战斗，你为一个塌陷了的坟墓而生存！睡觉去吧，骑兵队队长，现今的时代已经使你的英雄行为变成了一种故作姿态！

〔他庄严地站立起来，穿过背景中间的门走了出去。史普里乌斯·梯图斯·马玛完全惊慌失措地站起来，然后突然把奥列斯特的奏折掷在地上，狠狠地踩踏，并且喊了起来。

史普里乌斯　　罗马有一个可耻的皇帝！

第 二 幕

公元四百七十六年三月灾难深重的一天的下午。皇帝夏季别墅前的花园。满目是苔藓、常青藤、杂草，处处是母鸡嘎嘎嘎、公鸡喔喔喔的啼叫声。这些鸡间或在舞台上飞过，尤其是当有人来的时候。舞台背景被家禽弄得狼藉不堪；前景是一幢歪歪斜斜的别墅，它只有一扇门，门口有台阶通往花园。墙壁上用粉笔写着："农奴制万岁！自由万岁！"但这里给人的突出的印象是，仿佛置身于养鸡场之中，虽然前台有几把招待客人用的精致的椅子，它们经历了比较好的年代。舞台上有时弥漫着从一幢低矮的房子冒出来的浓烟。办公处也许可以想象到设在别墅右角的左边。总而言之：思想上悲观绝望，世界末日像魔术般变幻，我们正面临灭顶之灾。

人物：一张椅子上坐着内务大臣图利乌斯·罗通多斯，另一张椅子上坐着国防大臣马雷斯，我们知道，他现在是帝国元帅，全副武装，打着瞌睡，膝盖上摊着一张意大利地图，头戴钢盔，身边地上有一支帅杖。一面盾牌靠在墙上，上面也刻有日耳曼人的口号。史普里乌斯·梯图斯·马玛还一直浑身脏污，扎着绷带，艰难地沿着办公处的墙壁行走，继续支撑着疲惫不堪的身体。

史普里乌斯　我累啊，我累啊，我累死了。

〔一个厨师从别墅的左边门出来，他头戴高帽子，身穿白围裙，背上别着刀子；边走边招引着，朝右边走进花园。群鸡叽叽嘎嘎地拼命叫了起来。

厨　师　尤利乌斯·尼波斯,奥列斯特,罗慕路斯,比比比比①……
〔泽诺·德·伊绍里尔从左侧上,他停下来在地面上擦去展履底上的东西。
泽　诺　我又踩到鸡蛋了!这里除了鸡到底还有别的东西没有?
图利乌斯　养鸡是皇上的惟一嗜好。
〔一个急使从左边上,跑入宫内。
急　使　日耳曼人已经到罗马了!日耳曼人已经到罗马了!
图利乌斯　一个新的不幸消息。成天就是这样下去。
泽　诺　但愿皇帝现在至少也得在宫廷礼拜堂为他的黎民百姓做祈祷了吧。
图利乌斯　皇上在睡觉呢。
泽　诺　在睡觉?那只有我一个人祈祷啦?
图利乌斯　恐怕是的,陛下。
泽　诺　为了想办法拯救文明,大家像热锅上的蚂蚁——这里烟味这样重,到底是怎么回事儿?
图利乌斯　我们在烧毁文件。
〔泽诺像被惊雷触了一下。
泽　诺　你们——在烧——文件?
图利乌斯　罗马统治方法的珍贵文献无论如何不能落到日耳曼人手里,而我们又缺乏经济力量把它们运走。
泽　诺　于是乎就干脆付之一炬,仿佛对善的东西最终会取得胜利的信念根本就不存在。你们的西罗马确实是不可救药了,它已经病入膏肓了。没有激情,没有勇气——哦,还有一个鸡蛋哪!
（他擦鞋底）
〔两个侍臣从台右上。
二　者　陛下。
泽　诺　侍臣。从养鸡场里逃出来的。（他大吃一惊）
〔两人抓住他的手。

---

① 这几个名字在这里都是鸡的代号;"比比比比"为对鸡的呼语。

苏尔富里德斯　我们想温习一下抱怨词,陛下,我们迫切需要这个。

福斯福里多斯　我可以不可以请您来开头,伊索里尔人①泽诺。

泽　诺　我请求帮助,哦,太阳——

苏尔富里德斯　哦,月亮——

泽　诺　哦,黑夜宇宙中的月亮,我在寻求恩赐而趋近你啊,月亮——

福斯福里多斯　太阳——

泽　诺　太阳——看,又是一个鸡蛋!

〔他擦了擦鞋底,由两个侍臣陪着从台左出去。

史普里乌斯　我已经一百个钟头没有睡觉了。一百个钟头啊。

〔一阵可怕的鸡叫,厨师从右边上,又进了别墅;他双手各拿一只鸡,此外右腋下还夹着一只,围裙上溅满血迹。

史普里乌斯　这没完没了的叽叽嘎嘎的鸡叫声,把我烦死了!我累啊,我累得没法说了。从帕维亚纵马飞奔到这里,同时还流了大量的血。

图利乌斯　我知道。

史普里乌斯　七匹马呢。

图利乌斯　我知道。

史普里乌斯　挨了三支箭。

图利乌斯　您到别墅后头去。那里鸡的吵闹声要小一些。

史普里乌斯　已经去过了。公主在那里上戏剧课。而水池附近东罗马皇帝在练习哀歌呢。

马雷斯　静一点!(他又睡着了)

图利乌斯　您最好别这么大声说话,不然帝国元帅要被惊醒的。

史普里乌斯　我是说不出的疲倦啊,加上这股烟,这股既难闻又呛人的烟!

图利乌斯　那么您好歹还是坐下吧。

史普里乌斯　要是我坐下,就会睡着的。

图利乌斯　您不顾疲劳,能这样做,我认为这是最自然不过的。

---

① 伊索里尔,古代小亚细亚山区的一个民族。

史普里乌斯　我不想睡觉,我要复仇。

〔帝国元帅绝望地站起来。

马雷斯　我到底能不能在这里安安静静地运筹帷幄呢?战略是一种敏捷的直觉,同外科学的道理一样,面对流血的手术需要精神集中,没有比在司令部里的吵闹对于战争更有害的了。

〔他气恼地把地图卷了起来,拿起头盔,朝房子走去,拿起盾牌,惊愕。

马雷斯　有人把敌人的标语写在我的盾牌上了。屋墙上也乱涂起来了。

图利乌斯　那是从瑞士来的女佣写的。

马雷斯　我们要召开军事法庭。

图利乌斯　我们现在实在没有时间搞这些了,元帅。

马雷斯　这是破坏行为!

图利乌斯　缺少人手。毕竟还得有人帮助侍从长打点行李呀。

马雷斯　您自己就能帮他嘛。我真不知道,您作为内务大臣还有别的什么事可干。

图利乌斯　我必须制订法律基础条款,以便把皇宫迁到西西里去。

马雷斯　我不会让你们的失败主义把我搞糊涂。战略形势一刻比一刻对我们有利,我们正在从节节败退中好转起来。日耳曼人敢于下半岛的人越多,陷入死胡同的人就越多。我们可以从西西里岛和科西嘉岛这一头轻而易举地推翻他们。

史普里乌斯　您还是首先推翻皇帝吧?

马雷斯　我们根本不可能失败。日耳曼人没有舰队。因此我们在岛上是固若金汤的。

史普里乌斯　但我们也没有舰队呀!没有舰队岛屿对我们有什么用处呢?日耳曼人在意大利将是固若金汤呢。

马雷斯　那我们就建造一支舰队好了。

史普里乌斯　建造?国家破产了!

图利乌斯　这个留待我们以后考虑吧。当前的主要问题是我们如何去西西里岛。

马雷斯　我将下令造一艘三桅船。

图利乌斯　造一艘三桅船？这个我们可造不了，这类船贵得要命。您还是张罗一艘双帆船吧。

马雷斯　现在你们还把我贬成一个船只经纪人了。（他摇摇晃晃地进了别墅）

史普里乌斯　一个日耳曼人在我头上砍了一刀。

图利乌斯　我知道。

史普里乌斯　七匹马在我的胯下毙命。

图利乌斯　这件事您别唠叨个没完。

史普里乌斯　我实在累呀！

图利乌斯　我只希望，我们到了西西里岛能找到一幢租金不太昂贵的别墅。

〔一阵绝命的鸡叫声。浑身头破血流的爱弥良一瘸一拐地从左边走了进来，他消瘦、苍白，衣衫褴褛，戴着一顶黑便帽，东张西望。

爱弥良　这就是皇帝在坎帕尼亚的别墅？

〔内务大臣惊愕地打量着这一神秘的形象。

图利乌斯　您是谁？

爱弥良　一个鬼魂。

图利乌斯　您想要干什么？

爱弥良　皇帝是我们大家的父亲，是不是？

图利乌斯　对于每个爱国者来说，是这样。

爱弥良　我是一个爱国者，我来这里是为了拜访我的祖国。（他又东张西望起来）一个醒里醒酲的养鸡场。一座肮里肮脏的别墅。一间办公室。池塘上面有一尊残破的爱神像，常青藤，苔藓，乱草中鸡蛋星星点点，满目皆是——有几个已挤进我的鞋底。什么地方鼾声如雷。一定是皇帝睡得正酣。

〔门口出现皇后。

尤莉娅　埃比乌斯！埃比乌斯！有人看见侍从长埃比了吗？

爱弥良　国母。

图利乌斯　难道他没有帮助陛下收拾一下吗?
尤莉娅　他从今天早晨起就不见了。
图利乌斯　那么他已经逃跑了。
尤莉娅　典型的日耳曼作风。
　　　　〔皇后重又消失。
史普里乌斯　逃跑的都是罗马人!
　　　　〔他发了一通火,很快又蔫儿了。然后为了不使自己睡着,他绝望地来回跑动。
　　　　〔爱弥良坐在帝国元帅的圈手椅上。
爱弥良　您是内务大臣图利乌斯·罗通多斯?
图利乌斯　您认识我?
爱弥良　我们经常在一起喝酒,在一起唱歌,夏天,常常一起坐到深夜。
图利乌斯　我记不起来了。
爱弥良　您怎么还记得起来呢。在这期间,一个世界帝国沉沦了。
史普里乌斯　我累啊,我简直要累死了。
　　　　〔又传来群鸡乱叫声。
　　　　〔元帅从别墅回来。
马雷斯　我已经忘了我的元帅杖了。
爱弥良　没关系。
　　　　〔他给将军递去元帅杖,后者正躺在他身边的地上。
　　　　〔马雷斯摇摇晃晃地进了别墅。
图利乌斯　我理解。您是从前线来的。您为祖国流了血。我能为您效点劳吗?
爱弥良　您能为反对日耳曼人效点劳吗?
图利乌斯　今天谁也不能直接这样做。我们的抵抗得从长期考虑。好事多磨嘛。
爱弥良　那么您不能为我做任何事情啰。
　　　　〔别墅里出来几个提着箱子的仆役。
仆役之一　我们应该把这些皇后的箱子往哪里运呀?
图利乌斯　下那不勒斯。

〔仆役扛起箱子,接了小费,下。在下面的几个场面中还可看见个把人来回忙乎。

图利乌斯　这是个艰难的时代、悲哀的时代,但尽管如此:一个像罗马帝国这样完美的、组织完备的法制国家由于其内在的诸多价值也要经受最坏的各种危机。我们更高的文化会战胜日耳曼人的。

史普里乌斯　我已经累得不行了。

爱弥良　您喜爱贺拉斯①吗?您用意大利最好的文体写作吗?

图利乌斯　我是法学家。

爱弥良　我喜爱贺拉斯,我用最好的意大利文体写作。

图利乌斯　您是一位诗人?

爱弥良　我具有较高的文化修养。

图利乌斯　那么您还是写作吧,那么您还是作诗吧。精神战胜肉体。

爱弥良　我所来的那个地方,屠夫们已经战胜了精神。

〔又是一阵叽叽嘎嘎的鸡叫。群鸡又到处乱飞。蕾娅跟演员菲拉克斯沿着别墅从右边上。

蕾　娅　祖国的公民们,你们有没有看到:

我正穷途末路,

太阳最后的光辉

正在消失。

难道这一切都一去不复返?

史普里乌斯　我现在不能听任何古典作品,不然我立刻就会睡着!

（他摇摇晃晃从左边走了出去）

菲拉克斯　继续朗诵下去吧,公主,有力些,动人些!

蕾　娅　那对谁都不说话的死神

活生生地领我

去苦海岸边,(没有人

叫我去唱"婚礼赞")他还让我

听一首新娘唱的赞美歌,相反

---

① 贺拉斯(前65—前8),罗马大诗人,被称为完美的语言艺术大师。

　　　　　我已同冥河结了婚。
菲拉克斯　相反的我已同冥河结了婚。
蕾　娅　相反的我已同冥河结了婚。
菲拉克斯　再悲一些,公主,节奏感再强一些,多一些从内心发出的叫喊,多一些灵魂中的东西,否则就没有人购买您这些不朽的诗句。我觉得,您对冥河,对死神还没有正确的想象。您说到他时就像说某种抽象的东西。您还没有在内心里经历到他。他对您还只停留在文学层面上,还没有变成真实。可惜啊,可惜极了。请注意吧:相反我已同冥河结了婚。
蕾　娅　相反我已同冥河结了婚。
　　　　〔这时爱弥良站了起来,站在正在朗诵的蕾娅的面前,惊异地呆呆望着出现在他面前的这个人物。
蕾　娅　您想干什么?
爱弥良　你是谁?
蕾　娅　我是蕾娅,皇帝的女儿。
爱弥良　蕾娅,皇帝的女儿。我已经认不出你来了。你是美丽的,但我已经忘了你的面相了。
蕾　娅　我们曾经认识?
爱弥良　我相信我记得起来。
蕾　娅　你是拉文纳①人吗?小时候我们在一起玩耍过?
爱弥良　当我还是人的时候,我们确实在一块儿玩耍过。
蕾　娅　你不愿意对我说出你的名字?
爱弥良　我的名字写在我的左手上。
蕾　娅　让我看看。
　　　　〔他伸出他的左手。
蕾　娅　哟,它真可怕呀,你的手!
爱弥良　我应当把它缩回去吗?
蕾　娅　我不能再看它啦。

---

① 意大利城名。

〔她转过身去。

爱弥良　那么你将永远不知道我是谁了。
　　　　〔他把手重新藏起来。
蕾　娅　那你把手伸给我。
　　　　〔她伸出她的右手。爱弥良把左手递给她。
蕾　娅　戒指！爱弥良的戒指！
爱弥良　你的未婚夫的戒指。
蕾　娅　他已经死了。
爱弥良　一命呜呼了。
蕾　娅　戒指有的地方都长到肉里去了。
　　　　〔她呆呆地看着那只在她手中的手。
爱弥良　它和我受过屈辱的肉合而为一了。
蕾　娅　爱弥良！你是爱弥良！
爱弥良　我曾经是的。
蕾　娅　我认不出你来了，爱弥良。
　　　　〔她凝视着他。
爱弥良　你永远也认不出我来了。我从日耳曼人的监狱里回来了，皇帝的女儿。
　　　　〔他们相对而立，你看着我，我看着你。
蕾　娅　我已经等了你三年了。
爱弥良　在日耳曼人的监牢里，三年就是永久啊。对一个人是不应该等这么长久的。
蕾　娅　好了，你到底回来了。现在咱们一起到我父亲的屋子里去吧。
爱弥良　日耳曼人就要来了。
蕾　娅　我们知道的。
爱弥良　那么去拿把刀来。
蕾　娅　（骇然地盯着他）你这是什么意思，爱弥良？
爱弥良　我的意思是，一个女人也能拿把刀战斗去。
蕾　娅　我们不能再战斗了。罗马军队已经被打败了。我们已经没有士兵了。

爱弥良　士兵是人，而人是能战斗的。现在这里人还多着呢。女人，奴隶，老人，残废者，儿童，大臣。去吧，拿把刀来。

蕾　娅　这是毫无意义的，爱弥良。我们必须向日耳曼人投降。

爱弥良　三年前我就不得不向日耳曼人投降了，他们把我弄成什么样，皇帝的女儿？去吧，拿把刀来。

蕾　娅　我等了你三年，一天又一天，一刻又一刻，可是现在我害怕你了。

爱弥良　"相反，我已经同冥府结了婚。"你没有引用过这些诗句吗？它们已经变成现实了，这些诗句。去吧，去拿把刀来，去吧，去吧！

〔蕾娅跑进别墅。

菲拉克斯　可公主！课还没有结束呢。现在才达到高潮，整个一场都是关于冥府的，是古典文学最精彩的地方。

〔她在别墅中消失。演员向她冲去。

图利乌斯　马尔库斯·尤尼乌斯·爱弥良，从日耳曼人的监狱里回来了。我真是激动万分啊。

爱弥良　那么请您赶紧上前线去，不然您的万分激动不过是一种奢侈。

图利乌斯　我亲爱的朋友，这些年您确实历尽艰辛，因而赢得我们的尊敬。但您切不可马上就认为，我们在都城什么也没有做。坐在这里不得不接收一起接一起的凶报，而又无能为力，一个政治家所能遇到的事情大概没有比这更糟糕的了。

〔一个急使从左边出来跑入别墅。

急　使　日耳曼人沿阿庇亚大道朝南开来了！日耳曼人沿阿庇亚大道朝南开来了！

图利乌斯　您看吧。朝南来的。他们径直朝我们开来了。我们刚刚说到凶报，就来一件新的凶报。

〔别墅门口出现马雷斯。

马雷斯　远近哪里也征募不到双桅方帆船。

图利乌斯　但在那不勒斯港确实是有一艘的。

马雷斯　驶往日耳曼人那边去了。

图利乌斯　天哪，帝国元帅，我们必须有一艘船啊！

马雷斯　　我要弄一只渔船来试一试。

　　　　　〔他又不见了。内务大臣发起火来。

图利乌斯　　说是一切都已准备好了在西西里岛重新组织帝国,说是正在考虑社会改革,关心码头苦力的残废保险云云。可现在,因缺一只船一切都成了问题!

　　　　　〔骑兵队队长踉踉跄跄从左边走过舞台。

史普里乌斯　　这股烧东西的烟味。这股没完没了的呛人的烟味。

　　　　　〔一阵叽叽嘎嘎的群鸡惊叫。凯撒·鲁普夫从左边上。

凯　撒　　先生们,希望诸位头脑清醒地认识到这一事实:罗马陷落以后,帝国就连一只纸糊鞋都不值了。罗马帝国再也不能揪着自己的头发从它那导致经济破产的军事困境中自拔了。

爱弥良　　您是谁?

凯　撒　　凯撒·鲁普夫,鲁普夫世界商号的老板。

爱弥良　　您想做什么?

凯　撒　　每一个哪怕稍微了解情况的政治家都十分清楚,我不捐出几百万块钱,罗马就不能得救。我要求对于我提出的最诚恳的条件做出正式的答复:同意还是不同意。要万众欢呼,还是要世界没落。让我带个新娘回家,还是让帝国灭亡。

爱弥良　　这里玩的什么把戏,内务大臣?

图利乌斯　　鄂多亚克表示同意,以一千万块钱为条件他撤出意大利。这位——裤子工厂主——准备支付这笔款项。

爱弥良　　条件呢?

图利乌斯　　他想跟公主结婚。

爱弥良　　您把公主带走吧。

图利乌斯　　您是说——

爱弥良　　您去把宫廷的人集合起来吧。

　　　　　〔内务大臣走进别墅。

爱弥良　　您应该得到对您提的条件的答复,裤子工厂主。

　　　　　〔骑兵队队长从右边踉踉跄跄走过舞台。

史普里乌斯　　我已经一百个钟头没有睡觉了,一百个钟头。我累啊,我简直要累倒了。

〔别墅的门口出现了蕾娅和图利乌斯·罗通多斯、泽诺、马雷斯、两位侍臣苏尔富里德斯和福斯福里多斯。

蕾　娅　是你叫我来的吗,爱弥良?

爱弥良　到我这里来。

〔蕾娅慢慢地走到爱弥良跟前去。

爱弥良　你已经等了我三年,皇帝的女儿。

蕾　娅　三年,每日、每夜、每时。

爱弥良　你爱我。

蕾　娅　我爱你。

爱弥良　用你整个身心?

蕾　娅　用我整个身心。

爱弥良　凡是我对你要求的一切,你都能做到吗?

蕾　娅　我将一切照办。

爱弥良　刀你也肯拿了?

蕾　娅　只要你要我那样做,我会拿起刀的。

爱弥良　你的爱情这样坚贞不渝,皇帝的女儿?

蕾　娅　我对你的爱情是无限的。我不再认识你了,但是我爱你。我害怕你,但是我爱你。

爱弥良　那么你跟这个大腹便便的人结婚,并给他生儿育女。

〔他指着凯撒·鲁普夫。

泽　诺　终于遇见一个明智的西罗马人了。

全体宫廷的人　结婚吧,公主,结婚吧!

图利乌斯　为了祖国,宝贵的祖国,做出这一牺牲吧,我的姑娘!

〔所有的人都满怀希望地盯着蕾娅。

蕾　娅　我应该丢弃你?

爱弥良　你应该丢弃我。

蕾　娅　我应该爱另一个人?

爱弥良　你应该爱那个能够拯救你的祖国的人。

蕾　娅　但我爱你呀!

爱弥良　因此我要抛开你。

蕾　娅　你愿意像你自己被污辱那样来污辱我?

爱弥良　我们不得不做那些必要的事情。我们的耻辱将喂养着意大利。通过我们的耻辱,它将重新获得力量。

蕾　娅　要是你爱我的话,你就不能要求我这样做。

爱弥良　正因为你爱我,我才能要求你这样做。

　　　　〔她悚惧地凝视着他。

爱弥良　你会听从的,皇帝的女儿。你的爱情是无限的。

蕾　娅　我将听从。

爱弥良　你将做他的妻子。

蕾　娅　我将做他的妻子。

爱弥良　那么把你的手递给这个冷若冰霜的裤子工厂主吧。

　　　　〔蕾娅照办。

爱弥良　好,凯撒·鲁普夫,现在你已经得到皇帝惟一的女儿了,于是,一个皇家千金的花环佩在一个金牛犊①的身上,原来今天正是这样的时候:以金钱为媒,诈诱成婚,由于冒天下之大不韪而成了一种美德。

　　　　〔凯撒·鲁普夫被感动。

凯　撒　公主,您就相信我好了:我的眼泪是出于一片真诚,鲁普夫世界商号通过这一婚姻而登峰造极,这在我这个部门是破天荒的。

　　　　〔一股巨大的烟雾涌进。

马雷斯　帝国得救了!

泽　诺　西方世界保住了!

苏尔富里德斯　吟诵《得救颂》吧,陛下。

　　　　〔泽诺和两位侍臣赶紧站好。

三　人　欢呼吧,欢乐吧,啊,拜占庭!
　　　　你的荣誉在上升,你的光耀
　　　　　　与星斗交映。

---

① 金牛犊是一种财富的象征,典出《旧约·出埃及记》第三十二章。

> 我们的信念,我们的希望
> 　　化为奇迹莅临,
> 救国功业就此告成。

图利乌斯　马上停止焚烧文件!

阿基勒斯的声音　皇上!

〔烟雾逐渐消散,门口宫廷成员中出现了罗慕路斯,阿基勒斯和皮拉穆斯跟随在后,后者提着浅篮。一片寂静。

蕾　娅　父亲。

爱弥良　欢迎在炎热的中午吃得好、睡得香的皇帝。向你致敬,鸡的统帅和下蛋的战略家!祝你长寿,你这位被士兵称作渺小人物的罗慕路斯。

罗慕路斯　(瞪眼盯着他)你是爱弥良,我孩子的未婚夫。

爱弥良　你是认出我的第一人,罗慕路斯皇帝。你的女儿也没有认出我来。

罗慕路斯　不要怀疑她的爱情。只有年龄才有敏锐的眼睛,欢迎你,爱弥良。

爱弥良　请原谅,世界之父,也许我不能像通常那样来回答你的问候。我在日耳曼人的监狱里蹲得太久了,已记不起你宫廷里那些规矩了。但罗马的历史会继续帮助我。曾经有过那样一些皇帝,人们向他们欢呼:胜仗打得好吗,崇高的皇上?也有过那样一些皇帝,人们向他们呼喊:屠杀顺利吗,陛下?而如今,人们将这样向你呼喊:睡觉睡得香吗,罗慕路斯皇帝?

〔皇帝在门后的一张圈手椅上坐下,并久久察看着爱弥良。

罗慕路斯　你曾经忍饥挨饿。

爱弥良　你很遵守你的吃饭时间。

罗慕路斯　你受到过严刑拷打。

爱弥良　你的鸡养得红红火火。

罗慕路斯　你很灰心。

爱弥良　我离开了日耳曼的监狱,罗马皇帝。我杀死了看守我的士兵。我打死了追踪我的警犬。我步行来到你这里,高贵的皇帝。我一码一码地、一步一步地走过了你的帝国的无限广阔的国土。我看到了你的帝国的威权,世界之父。

罗慕路斯　自从我当了皇帝以来,我就没有再离开过我的乡村别墅。谈谈我的帝国吧,爱弥良。

爱弥良　我悄悄通过被摧毁的城市和燃烧着的村庄,我走过被滥伐的森林,越过被蹂躏的田园。

罗慕路斯　讲下去。

爱弥良　我看到男人被残杀,妇女被污辱,儿童挨着饿。

罗慕路斯　讲下去。

爱弥良　我听见受伤者的叫喊,囚徒们的叹息,投机商的醉语,战争牟利者的马嘶。

罗慕路斯　你所讲的我不是不知道。

爱弥良　你怎么能知道你从未见过的东西,罗马皇帝?

罗慕路斯　我能想象,爱弥良。好,上我家里去吧,我的女儿一直都在等着你,所有这些年。

爱弥良　我已经不配娶你的女儿了,罗马皇帝。

罗慕路斯　你不是不配,而是不幸。

爱弥良　我受尽凌辱。日耳曼撕下了我的头皮,强迫我在一个血迹斑斑的轭下爬过去,一丝不挂,像头野兽。看吧!

〔他从头上扯下帽子,裸露着被剥掉了皮的头并拿着带头发的头皮站着,但观众看不见这一惨状。

爱弥良　现在我站在你的面前,周围全是你的到处乱飞的鸡,你的可笑的廷臣们。一个人,他热爱和平并相信理智。为使日耳曼人和罗马人和解,我悄悄地去找他们。

罗慕路斯　皇帝看到了,但皇帝不动心。

马雷斯　复仇!

蕾　娅　爱弥良!(她紧紧抱住她的未婚夫)

爱弥良　我是一个罗马军官。我已经丧失了我的荣誉。到你所属的那个人那里去吧,皇帝的女儿。

〔蕾娅慢慢地走回到凯撒·鲁普夫身边。

爱弥良　你的女儿已成为裤子工厂主的妻子,而你的帝国则由我的耻辱获得拯救。

〔皇帝站了起来。

罗慕路斯　皇帝不批准这门婚姻。

〔所有的人都站着发呆。

凯　撒　爸爸!

蕾　娅　我将嫁给他,父亲。你不能阻止我拯救我的祖国。

罗慕路斯　我的女儿将服从她父亲的意志的安排。皇帝知道,当他把他的帝国付之一炬的时候,当他让那必须打碎的东西毁掉的时候,他该如何处置。他正踩烂那属于死亡的东西。

〔蕾娅耷拉着脑袋走进房子里去。

罗慕路斯　做我们的事情去,皮拉穆斯。去把饲料拿来。奥古斯都!提比略!图拉真①!哈得良②!马可·奥勒留!鄂多亚克!

〔他一边撒着饲料,一边从右边下,他的侍从们跟着下。大家一动不动地站着。

图利乌斯　赶紧继续烧文件吧!

〔一切又处在浓浓黑烟之中。

爱弥良　这个皇帝必须滚蛋!

---

① 图拉真(约53—117),原名马尔库斯·乌尔皮乌斯·图拉伊阿努斯。第一位出生于意大利以外的罗马皇帝(98—117在位)。

② 哈得良(76—138),最有文化修养的一位罗马皇帝(117—138在位)。

第 三 幕

　　公元四百七十六年三月十五日夜……皇帝的卧室。左边有一排窗子。背景是门。右边是床,也有一扇门。房间的中央是两张长沙发,一头相接,呈一个开口的大角面对观众。它们的中间摆着一张低矮而纤巧的小桌。房间的前端左右各有一个壁橱。夜,满月当空。卧室里一片黑暗,只有从窗子射进来的几道亮光投在地上和墙壁上。背景上的门开了。皮拉穆斯举着一个三权枝形烛台进来,他用这烛台上的灯点燃床跟前另一个烛台上的灯。然后他来到前面把灯放在桌上。皇帝从右边的门进来,身穿一件可以说有点破旧的睡衣。阿基勒斯跟随其后。

罗慕路斯　　晚饭后洗个澡备觉舒服。今天是个哀伤的日子,我不喜欢这样的日子。因此除了洗澡就没有别的办法来消磨它了。我不是一个悲哀的人,阿基勒斯。
阿基勒斯　　陛下想穿皇袍还是睡衣?
罗慕路斯　　拿睡衣来。我今天不再上朝了。
阿基勒斯　　陛下还得签署一份给罗马百姓的公告呢。
罗慕路斯　　明天再签。
　　　　　　〔阿基勒斯想帮他套上睡衣,皇帝惊愕。
罗慕路斯　　拿帝国睡衣来,阿基勒斯。这一件穿在我身上太鄙陋了。
阿基勒斯　　那件帝国睡衣皇后已经装进箱子里了,陛下。说是属于她父亲的。
罗慕路斯　　哦,这样。那就帮我穿这件破玩艺儿吧。
　　　　　　〔他套上睡衣,摘下桂冠。
罗慕路斯　　你看,桂冠还戴在我的头上呢。洗澡时我忘了把它摘下来了。把它挂到床的上面去,皮拉穆斯。

〔他把桂冠递给他。皮拉穆斯把它挂在床上面的墙上。

罗慕路斯　桂冠上还有几片叶子?

皮拉穆斯　两片。

〔皇帝叹着气,走近窗边。

罗慕路斯　我今天支出甚巨啊。最后空气新鲜了,风向一改变,烟就被吹走了。今天过的这个下午真烦人啊。但得到的代价是那些档案资料也被烧掉了。这是我的内务大臣所颁布的政令中惟一理智的措施。

皮拉穆斯　历史学家将会叫苦不迭,皇上。

罗慕路斯　胡说,他们将会找到比我们的国家档案馆更好的资料来源。

〔他坐在右边沙发上。

罗慕路斯　来一段卡杜尔①的诗,皮拉穆斯。是不是我老婆也把它装进箱子里了,因为那是属于她父亲的图书馆的?

皮拉穆斯　是装进去了,皇上。

罗慕路斯　不要紧。我尽量在我记忆中复述出卡杜尔的诗句来。凡是好的诗句从来都不会全忘掉。来一杯酒,阿基勒斯。

阿基勒斯　陛下想要法勒纳酒还是叙拉古酒?

罗慕路斯　要法勒纳酒。今天这样的日子得喝最上等的酒。

〔阿基勒斯在皇帝面前的桌上放了一只高脚杯。皮拉穆斯斟酒。

皮拉穆斯　七〇年度出产的法勒纳酒,我们只剩这一瓶了,我的皇上。

罗慕路斯　那就留着它吧。

阿基勒斯　国母想跟陛下说话。

罗慕路斯　请皇后进来吧。这第二盏灯我不需要了。

〔两个侍从鞠了一躬走了出去。皮拉穆斯带走了床前的那盏灯。剩下前景还明亮。后部分月光越来越强。尤莉娅从后面上。

---

① 卡杜尔(前84—前54),罗马诗人。

尤莉娅　侍从长跑到日耳曼人那边去了。我一直警告过你要提防这个埃比。

罗慕路斯　那又怎么样？他作为日耳曼人难道会为我们罗马人去死？

〔沉默。〕

尤莉娅　我来这里是为了最后一次跟你谈谈。

罗慕路斯　你穿着旅行的服装，亲爱的夫人。

尤莉娅　今晚我就要去西西里岛。

罗慕路斯　渔船准备好了？

尤莉娅　一只木筏。

罗慕路斯　这样不是有点儿危险吗？

尤莉娅　呆着不走更危险。

〔沉默。〕

罗慕路斯　我祝你一路平安。

尤莉娅　我们也许长期见不到了。

罗慕路斯　我们永远也见不到了。

尤莉娅　我决心在西西里继续抵抗敌人。不惜一切代价。

罗慕路斯　不惜一切代价的抵抗是最没有意义的。

尤莉娅　你是个失败主义者。

罗慕路斯　我只是在考虑，如果我们进行抵御，我们只会流更多的血而灭亡。这也许是可歌可泣的，但为了什么呢？不要把一个已经无法挽回的世界投入火海嘛。

〔沉默。〕

尤莉娅　那么说你不愿意把蕾娅嫁给凯撒·鲁普夫？

罗慕路斯　不愿意。

尤莉娅　而且你也拒绝去西西里？

罗慕路斯　皇帝是不逃跑的。

尤莉娅　你这样要掉脑袋的。

罗慕路斯　哦？那么因此我现在就该没有头脑地行事？

〔沉默。〕

尤莉娅　我们结婚已经二十年了，罗慕路斯。

罗慕路斯　你提这件不愉快的事情想干什么呢？

尤莉娅　我们一度相爱过。

罗慕路斯　你很清楚，你在说谎。

〔沉默。〕

尤莉娅　那么你仅仅是为了当皇帝才娶了我的！

罗慕路斯　不错。

尤莉娅　你竟敢脸不变色心不跳，当面对我说这样的话？

罗慕路斯　当然。我们的婚姻是可怕的，但是我从来没有造过这样的孽，让你有过一天的怀疑：为什么我要娶你为妻。我娶了你，为了当上皇帝；而你嫁给我，则是为了当上皇后。你成为我的妻子，因为我出身于最上流的罗马贵族，而你则是华伦廷尼安皇帝和一个女奴隶的女儿。我使你的身份合法化，而你则使我加冕。

〔沉默。〕

尤莉娅　我们都是互相利用而已。

罗慕路斯　一点不错。

尤莉娅　那么你和我一起去西西里也是责无旁贷的，我们是休戚相关的一家子呢。

罗慕路斯　我对你已不再有任何义务了，你想从我这里得到的，我已经给了你了。你当上皇后了嘛。

尤莉娅　你不能对我有任何责难。我们是彼此彼此啊。

罗慕路斯　不，我们所干的不是一码事。在你和我的行动之间存在着根本的区别。

尤莉娅　我看不出有这种区别。

罗慕路斯　你是出于功名心才嫁给我的。你的所作所为无不出于功名心。就是现在你也是仅仅为了功名心不肯放弃这场打输了的战争。

尤莉娅　我去西西里是因为我热爱我的祖国。

罗慕路斯　你懂什么祖国，你所爱的是一种抽象的国家观念，它使你通过结婚途径取得皇后地位成为可能。

〔双方再次沉默。〕

尤莉娅　好吧。为什么我不该说出真情呢。我们为什么不应该互相开诚布公呢。我是有功名心。对我来说,没有比皇权更重要的东西了。我是最后一位伟大皇帝朱理安①的曾孙女。我为此而骄傲,而你是什么呢?一个没落贵族的儿子。但你也是有功名心的,不然你就不会成为凌驾于世界帝国之上的皇帝,并且什么也算不上。

罗慕路斯　我这样做并不是出于功名心,而是出于必要性。在你是目的的东西,在我则是手段。我仅仅是出于政治上的明智才当了皇帝的。

尤莉娅　你什么时候有过一种政治上的明智呀?你在位的这二十年里除了吃喝、睡觉、读书和养鸡以外什么也没有做过。你从来没有离开过你的别墅,从来没有去过你的都城,国库弄得这样山穷水尽,以致我们现在不得不像打短工那样过活。你的惟一的拿手好戏就是,用你的俏皮话去扼杀任何旨在废黜你的思想。但是竟然还说你的行为是从一种政治上的明智出发的,岂不是天大的谎言。尼禄②的狂暴和卡拉卡拉③的暴躁比起你的养鸡热情来政治上要成熟得多。你骨子里头无非是懒惰而已。

罗慕路斯　正是这样。我政治上的明智就明智在:无为。

尤莉娅　既然这样,你当初何必要当皇帝。

罗慕路斯　只有这样我的无为才有意义,这是当然之事。若不担任公职,游手好闲是不起任何作用的。

尤莉娅　可是作为皇帝游手好闲却危害国家。

罗慕路斯　你有眼力。

尤莉娅　你这话是什么意思?

罗慕路斯　你对我的游手好闲的意义可是说到点子上了。

尤莉娅　但怀疑国家的必要性是说不通的。

罗慕路斯　我并不怀疑国家的必要性,我怀疑的仅仅是我们国家的必

---

① 朱理安,罗马皇帝(361—363 在位),因反对基督教而被称为"背教者"。
② 尼禄,罗马暴君(54—68 在位),曾将基督徒当作罗马大火的纵火者加以迫害,让人杀害他母亲、妻子和许多议员,最后自杀。
③ 卡拉卡拉,罗马皇帝(211—217 在位),曾授予帝国一切自由民以公民权,后被谋杀。

要性。这个国家已经变成一个世界帝国,从而成了一种以牺牲别国人民为代价,从事屠杀、掳掠、压迫和洗劫的机器,直到我登基为止。

尤莉娅　我不理解,你既然对大罗马帝国抱这样的想法,为什么又偏偏要当皇帝。

罗慕路斯　几百年来,大罗马帝国之所以还存在着,就因为它有一个皇帝。因此对我来说除了自己当皇帝,以便有条件消灭帝国以外,别无其他选择的可能。

尤莉娅　不是你发疯,就是世界发疯。

罗慕路斯　我坚决认为是后者。

尤莉娅　这么说你娶了我,仅仅是为了摧毁罗马帝国。

罗慕路斯　没有别的原因。

尤莉娅　从一开始你所算计的无非就是罗马的灭亡。

罗慕路斯　没有想到过别的。

尤莉娅　你是故意破坏拯救帝国。

罗慕路斯　是故意的。

尤莉娅　你装作玩世不恭和饕餮不止的丑角,都是为了从背后给我们插一刀。

罗慕路斯　你也可以这样来解释。

尤莉娅　你欺骗了我。

罗慕路斯　你把我看错了。你以为我和你一样权迷心窍。你精于算计,但你算错了。

尤莉娅　你算得对。

罗慕路斯　罗马正在走向灭亡。

尤莉娅　你是罗马的叛徒!

罗慕路斯　不,我是罗马的法官!

〔他们沉默着。然后皇后绝望地喊叫了起来。

尤莉娅　罗慕路斯!

罗慕路斯　现在你去西西里吧。我跟你再也没有什么可说的了。

〔皇后缓步走了出去。阿基勒斯从后面上。

阿基勒斯　皇上。

罗慕路斯　酒杯已经空了。再给我斟上一杯。

〔阿基勒斯给他斟酒。

罗慕路斯　你在颤抖。

阿基勒斯　一点不假,陛下。

罗慕路斯　怎么啦,你?

阿基勒斯　要是我报告军事形势的话,陛下会不高兴的。

罗慕路斯　你知道,我是明确禁止你谈论这件事的。我只跟我的理发师谈军事形势。他是惟一对这件事有所理解的人。

阿基勒斯　但是卡普亚已经陷落了呀。

罗慕路斯　这无论如何不成其为把法勒纳酒洒在杯子外面的理由。

阿基勒斯　请原谅。（他鞠躬）

罗慕路斯　现在睡觉去吧!

阿基勒斯　蕾娅公主还想跟陛下说话呢。

罗慕路斯　叫我的女儿来嘛。

〔阿基勒斯出去。蕾娅从后面上。

蕾　娅　父亲。

罗慕路斯　来,我的孩子,坐到我的身边来。

〔蕾娅挨着他坐下。

罗慕路斯　你想跟我说什么?

蕾　娅　罗马危在旦夕,父亲。

罗慕路斯　奇怪,大家都算计好想在今天晚上来跟我谈政治。可谈政治是吃午饭时的事情。

蕾　娅　我到底应该谈什么呢?

罗慕路斯　就谈人家在夜晚跟他父亲所谈的事情。就谈对你来说最切身的事情吧,孩子。

蕾　娅　对我来说最切身的事情是罗马。

罗慕路斯　那么你不再爱你所等待过的爱弥良了?

蕾　娅　我爱他,父亲。

罗慕路斯　可是不像以前那么热烈了,不像你一度爱过他的时候那样爱他了。

蕾　娅　我爱他甚于爱自己的生命。

罗慕路斯　那就对我讲讲爱弥良吧。若是你爱他,他就比这样一个不可救药的大帝国更为重要。

〔沉默〕

蕾　娅　父亲,让我嫁给凯撒·鲁普夫吧。

罗慕路斯　我的女儿,鲁普夫我固然是喜欢的,因为他有钱。但是他提出了难以接受的条件。

蕾　娅　他将挽救罗马。

罗慕路斯　这正是使我对这个人不好揣摩的地方。一个裤子工厂的老板,愿意拯救罗马国家,不发疯才怪哩。

蕾　娅　没有别的挽救祖国的道路可走了。

罗慕路斯　我承认这一点,是没有别的路可走了。祖国只有用钱才能得救,不然就完了。我们必须在灾难性的资本主义和资本化的灾难之间进行选择。但是你不能嫁给这个凯撒·鲁普夫,我的孩子,你爱爱弥良呀。

〔沉默〕

蕾　娅　为了效忠祖国,我不得不离开他。

罗慕路斯　谈何容易。

蕾　娅　祖国高于一切。

罗慕路斯　瞧你,你悲剧实在学得太多了。

蕾　娅　难道一个人爱祖国不应超过爱世界上的一切吗?

罗慕路斯　不,爱祖国不应该超过爱一个人。人们应该首先不信任他的祖国。没有人会比一个祖国变成凶手更容易。

蕾　娅　父亲!

罗慕路斯　我的女儿呀?

蕾　娅　要我抛弃祖国实在是不可能的。

罗慕路斯　你不能不抛弃它。

蕾　娅　我不能没有祖国而活着!

罗慕路斯　你能够没有恋人而活着吗?对一个人忠诚比对一个国家忠

诚要伟大得多,也困难得多。

蕾　娅　　现在讲的是祖国,而不是一个国家。

罗慕路斯　　每当国家准备致力于屠杀的时候,它就称自己是祖国。

蕾　娅　　我们对祖国无条件的爱使罗马变得伟大。

罗慕路斯　　但是我们的爱没有使罗马变得善良,我们用我们的德行喂饱了野兽。我们像喝醉了酒似的陶醉于祖国的伟大,然而现在我们之所爱酿成了苦酒。

蕾　娅　　你对祖国忘恩负义。

罗慕路斯　　不,我只是不像那些悲剧中的英雄之父,当国家要吃他们的孩子时,他们还祝国家胃口好。走吧,嫁给爱弥良!

　　　　〔沉默。

蕾　娅　　爱弥良已经抛弃我了,父亲。

罗慕路斯　　只要你在你的身上哪怕保留一颗爱情之火的火星,那这火就不能把你同你的爱人分开。即使他抛弃你,你也留在他的身边,即使他是个罪犯,你也坚持留在那里。但是你可以同你的祖国脱离。如果它变成杀人犯的巢穴和刽子手的屠场,你就从你的脚上抖一抖尘土,因为你对它的爱是无力的。

　　　　〔沉默。一个人影通过左边的窗子爬入室内,他藏在房间后面的某一暗处。

蕾　娅　　要是我回到他那里去,他又会把我赶走的。去多少次他也会把我赶走的。

罗慕路斯　　那就干脆不断地上他那儿去。

蕾　娅　　他不再爱我了,他一心只爱着罗马。

罗慕路斯　　罗马就要灭亡,他除了你的爱情将什么也不会再有了。

蕾　娅　　我害怕呀。

罗慕路斯　　那么就学会战胜恐惧。这是在我们今天这个时代必须掌握的惟一的本领。无所畏惧地观察事物,无所畏惧地去做那些正确的事情。这方面我身体力行,磨炼了一生。现在你也在这方面磨炼吧。到他那里去吧。

蕾　娅　　是的,父亲,我要那样去做。

罗慕路斯 这就对了,孩子。这样我才爱你。到爱弥良那里去吧。向我告别吧。你将再也见不到我了,因为我就要死去。

蕾　娅 父亲!

罗慕路斯 日耳曼人会把我杀死,我早就预料到会这样死去。这是我的秘密。我牺牲罗马,通过牺牲我自己。

　　　　〔静场。

蕾　娅 我的父亲!

罗慕路斯 但你会活下去的。好,走吧,我的孩子,找爱弥良去。

　　　　〔蕾娅缓步走出去。皮拉穆斯从后面上。

皮拉穆斯 陛下。

罗慕路斯 什么事?

皮拉穆斯 皇后已经走了。

罗慕路斯 那好嘛。

皮拉穆斯 陛下不想就寝吗?

罗慕路斯 不就寝。我还得跟一个人谈谈。再给我拿只高脚杯来。

皮拉穆斯 是,陛下。

　　　　〔他拿来第二只高脚杯。

罗慕路斯 放在我的杯子的右边,斟满它。

　　　　〔皮拉穆斯照办。

罗慕路斯 现在把我这杯也斟上。

　　　　〔皮拉穆斯照办。

皮拉穆斯 但现在七十年代的酒瓶子都空了,陛下。

罗慕路斯 那么睡觉去。

　　　　〔皮拉穆斯鞠了鞠躬走了出去。罗慕路斯动也不动地坐着,直到脚步声消失了为止。

罗慕路斯 你过来,爱弥良。现在就我们俩。

　　　　〔爱弥良从后面的暗处出来,他身穿一件黑外套,脚步缓慢,沉默不语。

罗慕路斯 不多一会儿之前,你从窗口爬进了我的房间,我喝酒的高脚杯映出了你的像来。你不想坐下吗?

爱弥良　我站着。

罗慕路斯　你来得这么晚,都已经午夜了。

爱弥良　有一种造访是专在午夜进行的。

罗慕路斯　你看,我接待你了。为了表示对你的欢迎,我已经斟满了一杯上等的法勒纳酒。我们就互相碰碰杯吧。

爱弥良　也许。

罗慕路斯　让我们为你的归来干杯吧。

爱弥良　为这个午夜要实现的事干杯吧。

罗慕路斯　哦?

爱弥良　我们要为正义而碰杯,罗慕路斯皇帝。

罗慕路斯　正义是有点可怕的事情,爱弥良。

爱弥良　像我的伤口那样可怕。

罗慕路斯　那好吧:为正义干杯。

　　　　〔他用手指灭了灯。只有月亮还在照耀着房间。

爱弥良　就我们俩了。除了这个午夜,没有人充当见证人,此时此刻,罗马皇帝和从日耳曼人的监狱里回来的男子用这两杯血红的法勒纳酒,为正义干杯。

　　　　〔罗慕路斯站了起来,两人碰杯。这当儿只听得有人一声叫喊,从皇帝的沙发底下探出个内务大臣图利乌斯·罗通多斯的脑袋来。

罗慕路斯　哎呀,内务大臣,你发生什么事啦?

图利乌斯　陛下踩着我的手指了。(他呻吟着)

罗慕路斯　很抱歉。但我确实不可能知道你就在我的脚底下,只要人们为正义干杯,任何内务大臣都会喊叫起来。

图利乌斯　我只是想要建议陛下为罗马帝国建立一种广泛的老年保险。

　　　　〔他爬了出来,不无窘困,身穿一件类似于爱弥良的黑外套。

罗慕路斯　你手上流血了。

图利乌斯　由于害怕用我的匕首割破的。

罗慕路斯　亲爱的图利乌斯·罗通多斯,使用匕首得特别小心才是。

（他朝左边走去）

爱弥良　你想叫侍从来吗,罗慕路斯皇帝?

〔他们彼此相对而立,爱弥良怀着敌意,态度坚决,罗慕路斯则微笑着。

罗慕路斯　何必喊侍从,爱弥良。你不是知道的嘛,深更半夜的,他们都在睡觉。不过我们倒要把我的受伤的内务大臣包扎一下。

〔他走向前面左边的壁橱,打开壁橱门,里面站着泽诺·德·伊绍里尔;身子站得不太直。

罗慕路斯　请原谅,东罗马皇帝。我不知道你在我这壁橱里睡觉。

泽　诺　啊,不要紧,从君士坦丁堡逃出来以前所过的不安定生活,已经使我习惯这样了。

罗慕路斯　你的忧患使我非常难过。

〔泽诺从壁橱里下来,同样穿着黑外套,惊奇地环顾四周。

泽　诺　哦,莫非这儿还有人?

罗慕路斯　不碍你的事。他们完全是偶然进来的。

〔他从壁橱的上层掀去一块布。

罗慕路斯　啊,这里还有一个人呢。

泽　诺　我的侍臣苏尔富里德斯。

〔苏尔富里德斯从壁橱里出来,他是个彪形大汉,他穿着一件黑外套,他庄重地向罗慕路斯鞠躬。罗慕路斯打量着他。

罗慕路斯　你本来可以让他好好利用另一个壁橱的,皇兄。可你把你的侍臣福斯福里多斯安置在哪里呀?

泽　诺　他还在你的床底下呢,罗慕路斯皇帝。

罗慕路斯　他不应当怕难为情嘛。他可以从从容容地爬出来啊。

〔福斯福里多斯——一个小侏儒——从皇帝的床底下爬了出来,也穿着一件黑外套。

苏尔富里德斯　陛下,我们到这儿来……

福斯福里多斯　为了朗诵抱怨诗。

苏尔富里德斯　陛下还没有从头到尾听一下这富有乐趣的诗呢。

罗慕路斯　我会听的,只是不在这静谧的午夜。

〔他又坐了下来,把那块布递给图利乌斯·罗通多斯。

罗慕路斯　把你的伤口包扎一下。我对血是没有好感的。

〔右边的壁橱像自动打开,史普里乌斯·梯图斯·马玛当啷一声整个身子倒在地上。

罗慕路斯　哦,这位运动员原来还没有睡啊?

史普里乌斯　我累啊,我简直要累死了。(他颤巍巍地站起来)

罗慕路斯　你的匕首掉地上了,史普里乌斯·梯图斯·马玛。

〔史普里乌斯·梯图斯·马玛神色仓皇地捡起了匕首,并赶紧把它藏在黑外套里。

史普里乌斯　我已经一百一十个钟头没有睡觉了。

罗慕路斯　如果还有谁藏在我的房间的某个地方,那就请你们都出来吧。

〔马雷斯从沙发底下爬了出来。后面跟着一个士兵,两个人也都穿着黑外套。

马雷斯　请原谅,皇上,我想跟您讨论总动员的事。

罗慕路斯　那么你带了谁来参与这样的讨论呀,帝国元帅?

马雷斯　我的副官。

〔这时还有一位戴着高高的白帽子的厨师从皇帝的沙发底下慢慢爬出来,也穿着一件黑外套。这时皇帝第一次明显地吃了一惊。

罗慕路斯　厨师,你也在这儿?

〔厨师眼睛下垂,走进那已把皇帝围了个半圆形的行列中去。

罗慕路斯　我发现你们统统穿着黑衣服。你们从我的床底下、沙发底下和壁橱里爬了出来。你们在那些非常局促、极不舒服的处境中待了半夜。这是为了什么呢?

〔鸦雀无声。

图利乌斯　我们要跟你说话,罗马皇帝。

罗慕路斯　皇帝不知道宫廷礼仪给那些要跟他说话的人规定了体操练习。(他站起来摇铃)

罗慕路斯　皮拉穆斯!阿基勒斯!

〔阿基勒斯和皮拉穆斯吓得发抖,急忙从里面冲出来;身上还穿着睡衣,头上戴着尖顶小帽。

阿基勒斯　皇上!

皮拉穆斯　陛下!

罗慕路斯　皇袍,阿基勒斯!桂冠,皮拉穆斯!

〔阿基勒斯把皇袍给他披在肩上,皮拉穆斯给他戴上桂冠。

罗慕路斯　把桌子和酒搬出去,阿基勒斯。眼下是庄严的时刻。

〔阿基勒斯和皮拉穆斯抬着桌子向右边走去。

罗慕路斯　现在继续睡觉去吧。

〔皮拉穆斯和阿基勒斯鞠躬并重新迷惘而惊愕地从背景中间的门出去。

罗慕路斯　皇帝准备听听你们的意见。你们想跟他说什么呢?

图利乌斯　我们要求归还各省领地。

马雷斯　交出你的军团。

爱弥良　交出你的帝国。

〔鸦雀无声。

罗慕路斯　皇帝没有向你们述职的义务。

爱弥良　你有向罗马述职的义务。

泽　诺　你必须对历史负责。

马雷斯　你曾经依靠过我们的权力。

罗慕路斯　我没有依靠过你们的权力。如果我靠了你们的帮助夺得世界,你们也许有权利这样说。但是我已经失去了一个世界,这世界不是你们所赢得的。我把它像一个坏钱币那样从手中交出去。我自由了。我跟你们一点儿关系都没有。你们无非是围着我的亮光跳舞的飞蛾,无非是一旦我不再发光就消灭的影子。

〔谋叛者们慑于他的威严,紧靠着墙壁退缩。

罗慕路斯　你们中我只有义务向**一个人**陈述一下我的行为的理由,我现在就要跟他谈谈。你过来,爱弥良。

〔爱弥良从右边缓步向他走去。

罗慕路斯　我爱你如子啊,爱弥良。我想在你身上看到一种伟大的素质,它导致了反对一个像我这样的不抵抗主义者,一个一再受凌辱的人,一个千百次被玷污的权力的牺牲品。你对你的皇帝有什么要求,爱弥良?

爱弥良　我要求你作出回答,罗慕路斯皇帝。

罗慕路斯　你应当得到这种回答。

爱弥良　为了不致使你的人民落入日耳曼人之手,你做了些什么?

罗慕路斯　什么也没有做。

爱弥良　为了使罗马不致像我这样受凌辱,你做了些什么?

罗慕路斯　什么也没有做。

爱弥良　那么你打算怎样进行申辩呢?你已经是背叛了你的帝国的被告了。

罗慕路斯　背叛了我的帝国的不是我。罗马是自己背叛了自己的。它曾懂得真理,但选择了暴力;它曾懂得人性,但选择了暴政。它双倍地降低了自己:在自己人面前和在那些落入了它的势力范围的国家的人民面前。你站在一个看不见的宝座面前,爱弥良,站在罗马历代皇帝——我则是其中的末代皇帝——的宝座面前。要不要我来帮你一下,让你睁开眼睛,看看这个宝座,这座由层层头盖骨堆成的山头,看看在它的踏级上奔腾、冒气的血流,罗马权力的永恒的瀑布?你从罗马历史的庞大建筑的尖顶居高临下,你想得到一种什么样的回答呢?皇帝对于你的创伤该说什么呢?宝座建立在自己的和别人的儿女们的尸体之上,建立在无数牺牲者的骸骨之上,他们在为罗马的荣誉的战争中遭到屠杀,在为罗马的娱乐中让野兽撕裂。罗马已经变得虚弱不堪了,变成了一个龙钟的老太婆。但是它的债务还没有偿还,它的罪行还没有清算。一夜工夫时代就已破晓,牺牲者的咒语已经实现。无用之树已经砍倒。一切不良状况已彻底铲除。日耳曼人就要来了,我们已经让别人流了血,这回我们得用自己的血来偿还,不要转过身去,爱弥良。不要在我的威严面前退缩,它肩着我们历史的古老的罪过,出现在你的面前,比你的肉体的创伤更可怕。万物以正义为本,我们曾经为它举杯祝愿。请回答我的问题:我们还有权利进行抵抗吗?我们除了做一个牺牲者,还有权利要求别的吗?

〔爱弥良不语。

罗慕路斯　你沉默了。

〔爱弥良缓步回到那把皇帝围成半个大圆圈的人群当中。

罗慕路斯　你回到他们当中,这些人深更半夜像贼一样窜到我这儿来。我们做人应当诚实嘛。在我们之间不应再有一星半点欺骗与虚伪。我知道在你们的黑大衣里面藏着什么东西,现在你们的手里紧握着的是什么。但是你们搞错了。你们以为来到了一个手无寸铁的人的面前。现在我以真理之爪把你们抓住了,用正义之牙把你们逮住了。不是我受到进攻,而是我进攻你们;不是我被控告,而是我控告你们。你们抵抗吧!难道你们不知道你们站在谁的面前?我已经存心把你们所要保卫的祖国置于死地。我打破你们所赖以行走的冰块,放火烧掉你们的根底。是什么使你们噤若寒蝉,把你们贴在我房间的墙上,脸色苍白得如同冬天的月亮?对于你们只有一种回答。如果你们认为我是不对的,你们就把我杀死,或者,如果真理是:我们再也没有权利进行抵抗,你们就向日耳曼人投降。回答我吧。

〔他们沉默。

罗慕路斯　回答吧!

〔这时爱弥良拔出匕首,高高举起。

爱弥良　罗马万岁!

〔大家拔出匕首,向泰然自若地坐着的罗慕路斯逼近,一致把匕首指向他的头顶。这时从后面传来一声充满恐怖的闻所未闻的凄厉喊叫:"日耳曼人来了!"大家一下乱作一团,一哄而逃:有的挤门,有的跳窗。皇帝仍一动不动地坐在那里。皮拉穆斯和阿基勒斯吓得脸色煞白,从后面出来。

罗慕路斯　他们到底到了哪里啦,那些日耳曼人?

皮拉穆斯　到了诺拉,陛下。

罗慕路斯　那你叫喊什么呀?他们不是得明天才到这里嘛。我现在要睡觉了。(他站起身来)

皮拉穆斯　是,陛下。

　　　　〔他把皇袍、桂冠和睡衣从皇帝手里拿走。罗慕路斯上床。愕然。

罗慕路斯　我的床上还躺着一个人呢,阿基勒斯。

　　　　〔侍者把灯点亮。

阿基勒斯　那是史普里乌斯·梯图斯·马玛,陛下。他在打呼噜呢。

罗慕路斯　谢天谢地,现在运动员终于睡了。那就让他只管躺着吧。

　　　　〔他上床跨过他去。皮拉穆斯一一吹灭了灯台上的灯,他摸着黑和阿基勒斯走了出去。

罗慕路斯　皮拉穆斯!

皮拉穆斯　皇上?

罗慕路斯　如果日耳曼人来到这里的话,就让他们进来吧。

第 四 幕

翌日早晨,即公元四百七十六年三月十六日。皇帝的办公室同第一幕。只剩下罗马城的缔造者罗慕路斯王的胸像还挂在后门门楣上面的墙上。现在那少数家具也都东倒西歪了,较好一些的已统统被弄走。门的两旁伫立着阿基勒斯和皮拉穆斯,他们在等候皇帝。

阿基勒斯　这是个美丽而清新的早晨。
皮拉穆斯　我一点也不能理解,在这天下沉沦的一天,太阳还高高升起。
阿基勒斯　连大自然也不可靠了。
　　　　〔沉默。
皮拉穆斯　我们已经在十一个皇帝的手下为罗马国家服务了六十年。我感到历史真不好理解:现在我们还活着,而这个国家就要停止存在。
阿基勒斯　我是清清白白地做人的,我一直是个完美的侍从。
皮拉穆斯　不论从哪方面讲,我们都是皇室惟一的、真正稳固的柱石。
阿基勒斯　我们如果下台,人们就可以说:希腊罗马时代从此休矣!
　　　　〔沉默。
皮拉穆斯　想想看吧,现在到了这样的时代:人们再也不说拉丁语和希腊语,而是说些像日耳曼语这样的不成语言的语言!
阿基勒斯　想象一下吧,日耳曼的头领们、中国人和祖卢人①掌握了世界政治的舵柄。他们的文化教养还不及我们的千分之一呢!我歌

---

① 分布在东南非洲的一些黑人部族的统称。

颂战士的武功①,全部维吉尔的作品我都能背诵下来。

皮拉穆斯　请吟诵关于阿喀琉斯的愤怒②,我能背下整个荷马!

阿基勒斯　无论如何,现在开始的是一个恐怖的时代!

皮拉穆斯　这就是道道地地的黑暗的中世纪。不是要当悲观主义者:人类今天所遭到的灾难是永劫不复的。

〔罗慕路斯身穿皇袍,头戴桂冠出现。

阿基勒斯和皮拉穆斯　皇帝万岁!

罗慕路斯　你们好!我来晚了。一大堆额外的接见缠住了我。我刚刚睡眼惺忪地跨过还一直睡在我的床上的运动员准备睡觉。我在这最后一夜所办的政务比我当朝二十年来加起来还要多。

阿基勒斯　千真万确,陛下。

罗慕路斯　现在静谧得这样奇特。这样冷冷清清。一切都显得荒凉。

〔沉默。

罗慕路斯　我的孩子蕾娅在什么地方?

〔沉默。

阿基勒斯　公主——

皮拉穆斯　还有爱弥良——

阿基勒斯　还有皇后——

皮拉穆斯　内务大臣、帝国元帅、厨师以及一切其他的人——

〔沉默。

罗慕路斯　怎么啦?

阿基勒斯　他们乘船去西西里途中淹死了。大海把他们卷走了。

皮拉穆斯　一个渔夫带来了这个消息。

阿基勒斯　惟独泽诺·德·伊绍里尔跟他的侍臣们乘坐开往亚历山大港的航船幸免于难。

〔沉默。皇帝始终平静。

罗慕路斯　我的女儿蕾娅和我的儿子爱弥良。(他打量两位侍臣)

---

① 原文为拉丁文,出自古罗马著名诗人维吉尔(前70—前19)的《伊尼特》第一章。
② 原文古希腊语,出自荷马《伊利亚特》第一卷。

罗慕路斯　我看不到你们眼睛里有眼泪。

阿基勒斯　我们老了。

罗慕路斯　我死定了。日耳曼人将把我杀死,就在今天,所以我不会再感到痛苦了。谁若不久必死,他就不会去哭死人。我从来都没有像现在这样镇定,像现在这样爽快,因为一切都过去了。开早膳。

皮拉穆斯　早点?

阿基勒斯　但是日耳曼人,陛下,日耳曼人随时都会——

皮拉穆斯　而且考虑到帝国举国上下的哀伤。

罗慕路斯　胡扯。帝国已不存在了,它岂能哀伤,而我自己也愿意灭亡,就像我已经生活过那样。

皮拉穆斯　您说得很对,皇上。

〔罗慕路斯在前面中间的圈手椅上坐下。皮拉穆斯端来一张小桌子,上面摆着皇帝日常吃的早点。皇帝看着早餐的餐具沉思。

罗慕路斯　这是我最后一顿早膳,你们何故给我拿这种陈旧的铁皮碟子,这种破得不成样子的盘子?

皮拉穆斯　帝国的瓷器餐具皇后已经带走了。那是属于她父亲的。

阿基勒斯　现在它们躺在海底。

罗慕路斯　没关系。这种旧餐具与我的诀别筵倒更为相称些。(他敲开一个鸡蛋)

罗慕路斯　奥古斯都当然又是什么蛋都没有下。

〔皮拉穆斯带着求助的目光看着阿基勒斯。

阿基勒斯　什么也没有下,皇上。

罗慕路斯　提比略呢?

皮拉穆斯　朱理亚没有下。

罗慕路斯　弗拉维呢?

皮拉穆斯　多米蒂安下了。但这只鸡的蛋陛下曾明确表示一口也不吃的。

罗慕路斯　这个蛋是谁下的?(他用羹匙把它吃尽)

皮拉穆斯　一如往常,是马可·奥勒留下的。

罗慕路斯　此外还有别的鸡下过吗？
皮拉穆斯　鄂多亚克。（他有点儿难为情）
罗慕路斯　看吧！
皮拉穆斯　三个鸡蛋，陛下。
罗慕路斯　请注意，这只母鸡今天下蛋创最高纪录。（他喝牛奶）你们都这样庄严。
阿基勒斯　到现在，我们已经侍候陛下二十个年头了。
皮拉穆斯　还为陛下的十位前任侍候了四十个春秋。
阿基勒斯　六十年来，我们为皇室效劳，忍受着最贫困的生活。
皮拉穆斯　任何一个营业马车夫收入都比宫廷侍从强。这是不得不说一下的，陛下。
罗慕路斯　我承认这点。然而你们必须想到，一个皇帝的收入也是比不上一个马车夫的。
　　　　〔皮拉穆斯看着阿基勒斯，恳求帮助。
阿基勒斯　工厂主凯撒·鲁普夫向我们提供了一个职位：在他罗马的家里当侍从。
皮拉穆斯　每年四千个塞斯泰尔兹，每周三个下午休息。
阿基勒斯　这个职位该使我们有时间撰写回忆录了。
罗慕路斯　这些条件太好了。你们请便吧。
　　　　〔他从头上摘下桂冠，给每个人一片叶子。
罗慕路斯　这是我的金冠的最后两片叶子，同时这也是我的王朝的最后的财政支出。
　　　　〔人们听见喊杀声。
罗慕路斯　这到底是什么声音？
阿基勒斯　日耳曼人，陛下，日耳曼人已经来了。
皮拉穆斯　陛下也许要帝国宝剑吧？
罗慕路斯　难道它还没有典当出去吗？
　　　　〔皮拉穆斯以求助的目光看着阿基勒斯。
阿基勒斯　没有一个典当行肯收它。它已经生锈了，而上面的帝国宝石陛下自己已经给摘出来了。

皮拉穆斯　要不要我去把它拿来?

罗慕路斯　亲爱的皮拉穆斯,这帝国宝剑最好就让它放在它的角落里吧。

皮拉穆斯　陛下还有什么吩咐?

罗慕路斯　再来一点芦笋酒。

〔皮拉穆斯颤抖着斟酒。

罗慕路斯　你们可以走了。皇帝不需要你们了。你们都是无可指责的侍从。

〔两位侍从战战兢兢下。皇帝喝着一小杯芦笋酒,这时从后面走出来一个日耳曼人。他举止大方,毫无顾忌。他很体面,身上除裤子外别无野蛮的东西。他审视着整个房间,仿佛他在参观一座博物馆,同时他用他那从一个皮兜里掏出来的日记本不时记点什么。他穿着裤子和一件肥大而轻便的上衣,头戴一顶宽檐的旅行帽,除了佩在腰间的一柄剑之外,全身装束都是非武装的。其后跟着一位年轻人,他身穿军服,却没有任何歌剧装束的味道。这位日耳曼人瞥见皇帝时,就像在别的东西中偶然发现了他似的。两人面面相觑。

日耳曼人　罗马人!

罗慕路斯　欢迎。

〔年轻的日耳曼人拔出剑来。

年轻人　死去吧,罗马人!

日耳曼人　收起你的剑,侄子。

年轻人　是的,亲爱的叔父。

日耳曼人　你出去!

年轻人　好的,亲爱的叔父。

日耳曼人　请原谅,罗马人。

〔他疑惑地看着他。

罗慕路斯　你是个地道的日耳曼人?

日耳曼人　最古老的日耳曼血统。

罗慕路斯　这我一点儿也弄不明白。你们在塔西图①的笔下是蓝眼睛、褐头发、傲慢、野蛮的金刚巨人,可当我看见你时,我真要把你当作化了装的拜占庭植物学家呢。

日耳曼人　罗马人跟我想象的也完全两样。我一直听说他们很勇敢,可现在你是惟一没有跑的人了。

罗慕路斯　我们对种族的观念显然是完全错误的。现在你腿上套着的这东西大概就是裤子吧?

日耳曼人　正是。

罗慕路斯　这真是一种稀奇的衣装。在什么地方你把它扣上的呢?

日耳曼人　前面。

罗慕路斯　你是怎样把它固定在你身上的呢?

日耳曼人　用一副背带。

罗慕路斯　我可不可以看一下这种——背带?我压根儿想象不出这是一种什么样的玩意儿。

日耳曼人　请吧。

〔日耳曼人把剑递给罗慕路斯,解开上衣。

日耳曼人　背带是一种发明,由于这一发明裤子在技术上就不再有问题了。好,往后看吧。(转过身)

罗慕路斯　很实用。(他把剑交还给他)你的剑。

日耳曼人　谢谢。你喝的是什么呀?

罗慕路斯　芦笋酒。

日耳曼人　我可以尝一尝吗?

罗慕路斯　没问题。

〔皇帝给他斟酒。日耳曼人举起杯就喝。连连摇头。

日耳曼人　不行!这号酒放不住。啤酒更好些。

〔日耳曼人在罗慕路斯身边的桌子旁坐下并摘掉帽子。

日耳曼人　我必须为你公园里那池子上的维纳斯像表示祝贺。

---

① 塔西图(50—116),罗马历史学家。所著《日耳曼尼亚》一书记述了早期日耳曼的历史。

罗慕路斯　难道她有什么特别的地方吗？
日耳曼人　一件真正的普拉克西泰利斯①的作品。
罗慕路斯　真不走运。我一直以为它是一件不值钱的复制品，而现在古董商已经走了！
日耳曼人　请允许。（他检查已经掏空了的鸡蛋）不错啊。
罗慕路斯　你是养鸡的？
日耳曼人　一种嗜好。
罗慕路斯　奇了！我也是养鸡的。
日耳曼人　你也是？
罗慕路斯　我也是。

　　　　〔他们相对凝视着。

日耳曼人　花园里的鸡属于你的？
罗慕路斯　从高卢进口的。
日耳曼人　它们下蛋吗？
罗慕路斯　你怀疑吗？
日耳曼人　说实话吧。按照鸡蛋判断，它们的下蛋率中等。
罗慕路斯　嗯。它们下蛋日见其少，这真叫我忧虑。我不知道是不是因为饲料的关系。只有一只母鸡是真正好样的。
日耳曼人　就是那只带黄斑的灰鸡吧？
罗慕路斯　你怎么会想到它的？
日耳曼人　因为是我让人把这只鸡带到意大利的。我想看看，它对南方的气候是怎样适应的。
罗慕路斯　我只能向你祝贺。这实在是一种适于饲养的好品种。
日耳曼人　自养的。
罗慕路斯　你像是个养鸡行家。
日耳曼人　作为一国之主我总得从事这些事情。
罗慕路斯　作为一国之主？你究竟是谁？
日耳曼人　我是鄂多亚克，日耳曼的君主。

---

① 公元前四世纪的古希腊雕刻家。

罗慕路斯　认识你我很高兴。

鄂多亚克　那你呢?

罗慕路斯　我是罗马皇帝。

鄂多亚克　跟你结识我同样感到高兴。虽然我刚才很快就知道,站在我面前的是谁。

罗慕路斯　你已经知道了?

鄂多亚克　请原谅我佯装不知。两个敌人一下子面对面站着,那是令人尴尬的,所以我想,先谈些养鸡方面的事情,比一上来就谈政治更为有益。

罗慕路斯　我原谅你。

〔沉默。

鄂多亚克　我等了多年的时刻现在来了。

〔皇帝用餐巾擦了擦嘴,站了起来。

罗慕路斯　我已经准备好了。

鄂多亚克　准备好什么?

罗慕路斯　去死。

鄂多亚克　你期待着你的死亡?

罗慕路斯　日耳曼人怎样对待他们的俘虏,这是举世皆知的。

鄂多亚克　你对你的敌人的印象这样肤浅,以致你竟根据世人的判断来行事,罗慕路斯?

罗慕路斯　除了把我处死,难道你还能有别的打算吗?

鄂多亚克　应该让你看看。侄儿!

〔年轻人从台右上。

侄　儿　什么事,亲爱的叔父?

鄂多亚克　侄儿,向罗马皇帝鞠躬。

侄　儿　是,亲爱的叔父。(他鞠躬)

鄂多亚克　鞠得再深些,侄儿。

侄　儿　遵命,亲爱的叔父。

鄂多亚克　你向罗马皇帝下跪吧。

侄　儿　是,亲爱的叔父。(他双膝跪下)

罗慕路斯　这算什么呀？

鄂多亚克　起来，侄儿。

侄　儿　是，亲爱的叔父。

鄂多亚克　还是出去吧，侄儿。

侄　儿　遵命，亲爱的叔父。（他走出去）

罗慕路斯　我不理解。

鄂多亚克　我不是来杀你的，罗马皇帝。我是和我的全体人民来归顺你的。

〔鄂多亚克也跪了下去，罗慕路斯惊愕不已。

罗慕路斯　这实在是疯了！

鄂多亚克　一个日耳曼人也能够听从理智的支配的，罗马皇帝。

罗慕路斯　你在挖苦。

鄂多亚克　（又站起来）罗慕路斯，刚才我们关于鸡的问题谈得很投机。难道我们不能同样融洽地谈谈我们的人民吗？

罗慕路斯　谈吧。

鄂多亚克　我可以再坐下吗？

罗慕路斯　你不用问，你是胜利者。

鄂多亚克　你忘了，我刚才已经归顺你了。

〔沉默。

罗慕路斯　坐下吧。

〔双方坐下。罗慕路斯脸色阴沉，鄂多亚克注意地打量着罗慕路斯。

鄂多亚克　你已经见到我的侄儿啦。他叫特奥德里希。

罗慕路斯　见到了。

鄂多亚克　一个有礼貌的青年人。开口"遵命，亲爱的叔父"，闭口"很对，亲爱的叔父"，成天就这样。他的行为是无可指责的。他想通过他的操守来感染我的百姓。他不接触姑娘，只喝淡水，睡在地上，他每天练武。就是现在，他在前厅等我的这会儿也将进行操练。

罗慕路斯　他不愧是个英雄。

鄂多亚克　他是日耳曼人的理想。他梦想着统治世界,而百姓跟他做着同样的梦。因此我不得不发动这次出征。惟独我一个人站在我的侄儿和诗人们以及公众舆论的对立面,并被迫做了让步。我希望战争合乎人道地进行。罗马人的抵抗是很小的,但我向南方挺进得越远,我的军队的暴行就越严重,不是因为他们比别的军队残酷,而是因为**任何**战争都是残忍的。我感到惊惧。我打算撤军。我已准备接受裤子工厂主的巨款。我的将领们还可以贿赂,事情也许还可以按照我的意愿改变,事不宜迟。因为不久我就再也无能为力了。以后我们将最终成为英雄的人民。救救我吧,罗慕路斯,你是我唯一的希望了。

罗慕路斯　希望什么?

鄂多亚克　活着离开这里。

罗慕路斯　你受到威胁了?

鄂多亚克　我的侄儿现在还是顺从我的,现在他还是个有礼貌的人。但几年以后,有朝一日他会把我杀害的,我了解日耳曼人的忠诚。

罗慕路斯　正因为如此,你想归顺于我,是吗?

鄂多亚克　我一生都在探寻人的真正品格,不是虚假的品格,不是我侄儿的那种品格,我的侄儿他们会有一天要把他称为特奥德里希大帝的,我认识这些历史学家。我是一个农民,我仇恨战争。我找寻一种人性,在日耳曼原始森林里我不能找到它。在你身上,罗慕路斯皇帝,我找到它了。你的侍从长埃比乌斯把你看穿了。

罗慕路斯　埃比是带着你的使命住在我的宫廷里的?

鄂多亚克　但他尽向我报告好的。他讲到一个真正的人,一个公正的人,讲到你,罗慕路斯。

罗慕路斯　他向你报告了一个傻瓜,鄂多亚克。我一生都算计着罗马帝国崩溃的那一天。我授予自己充当罗马法官的权利,因为我已做了死的准备。我要求我的国家做出巨大的牺牲,因为我自己也要变成牺牲品。我把我的人民弄得手无寸铁,因而使他们流血,因为我自己也要流血。而现在却要我活着,现在却不要我做牺牲了,而要作为那唯一能够自救的人而存在。还不止这些。在你来之前我就得到消息,我所疼爱的女儿和她的未婚夫死于非命,连同我的夫人和宫廷成员。对这一消息我抱着无所谓的态度,因为我相信自己也只有死路一条。现在这一思想无情地击中了我,无情地反驳着我。我做的一切都变得荒诞不经了。杀死我吧,鄂多亚克。

〔沉默。

鄂多亚克　你这番话说得多么痛楚。克服你的悲哀,接受我的归顺吧。

罗慕路斯　你在害怕。战胜你的恐惧,杀死我吧。

〔沉默。

鄂多亚克　你已经想到了你的人民,罗慕路斯。现在你也得想想你的敌人。假如你不接受我的归顺,假如我们双方不同心协力,世界就将落到我的侄儿的手里,就会出现罗马第二,即一个大日耳曼帝国,它跟大罗马帝国同样不能长久,同样充满血腥。假如发生这种情况,那么你摧毁罗马的业绩就会变得毫无意义。罗慕路斯,你不能躲避你作为伟人的责任,你是惟一懂得统治这个世界的人物。仁慈点吧,接受我的归顺吧,当我的皇帝,让我们免遭血腥的特奥德里希大帝的祸害吧。

〔他跪下。

罗慕路斯　我不能再当了,日耳曼人。即便我想当也不行了。你已经把我的行动资格给废除了。

鄂多亚克　这是你最后的话?

〔罗慕路斯同样双膝跪下,于是他们就这样面对面跪着。

罗慕路斯　杀死我吧!我跪在这里请求你。

鄂多亚克　我不能强迫你来帮助我们。不幸事件已经发生了。但我也不能杀死你,因为我喜爱你。

罗慕路斯　让我们站起来吧。

鄂多亚克　让我们站起来吧。

罗慕路斯　如果你不愿意杀死我,还有一种解决的办法。那个惟一的,还一心想杀害我的人正睡在我的床前。我去唤醒他。

〔他站起来,鄂多亚克同样站起来。

鄂多亚克　这不是解决的办法，罗慕路斯，你绝望了。你这样去死是毫无意义的，因为只有当世界成为如你所想象的那种样子时，死才有意义。现在世界不是那种情况嘛。再说你的敌人也是一个像你一样愿意合理行事的人。现在你必须顺从自己的命运，没有别的办法。

〔沉默。

罗慕路斯　我们还是坐下来吧。

鄂多亚克　我们一点别的法子都没有啊。

罗慕路斯　你打算怎么处置我？

鄂多亚克　我将让你退休。

罗慕路斯　让我退休？

鄂多亚克　这是我们所能有的惟一出路。

〔沉默。

罗慕路斯　退休是我所能遭到的最可怕的事情了。

鄂多亚克　不要忘了，我也面临着最可怕的事情。你将不得不宣布我为意大利国王。如果我现在不行动的话，这将是我的终结的开端。因此，不管我愿意与否，我必须以一次谋杀来开始我的统治。

（他抽出宝剑想朝左边走去）

罗慕路斯　你想干什么？

鄂多亚克　杀死我的侄儿。趁我比他还强的时候。

罗慕路斯　现在是你绝望了，鄂多亚克。如果你把你的侄子杀死，只会产生成千个新的特奥德里希来对付你。你的人民与你想的不一样。他们要的是英雄主义。你是不可能改变他们的意愿的。

〔沉默。

鄂多亚克　还是让我们坐下吧。

〔他们重新坐了下来。

罗慕路斯　我亲爱的鄂多亚克，我曾想把命运当儿戏，而你想回避你的命运。如今，当失败的政治家成了我们的命运。我们相信，我们能够让世界从我们的手里沉沦，你让你的日耳曼尼亚，我让我的罗马沉沦，现在我们不得不忙于处理废墟。我们无法让废墟沉沦。我把罗马处以死刑,因为我害怕它的过去;你把日耳曼尼亚置于死地,因为它的未来使你战栗。我们让两个幽灵决定着我们的命运,因为我们既没有权力支配过去的事情,也没有权力支配将来的事情。我们只有支配当前的权力。我们以往没有想到过当前,而我们俩今天都失败于当前上。现在我必须在退休中度过当前的现实,一个我疼爱过的女儿,一个儿子,一个妻子,许多不幸的人都压迫着我的良心。

鄂多亚克　而我将不得不当朝。

罗慕路斯　现实已经纠正了我们的思想。

鄂多亚克　以最严酷的方式。

罗慕路斯　就让我们忍受更严酷的现实吧。试把真谛变成荒唐,在你活着的这有限几年里,忠实地治理世界,献给日耳曼人和罗马人以和平。致力于你的使命吧,日耳曼人的君主!你就统治好啦,将会有那么几年要被世界历史忘掉,因为那将是非英雄的几年——但这几年将被算作这混乱世界的最幸福的年代。

鄂多亚克　然后我必须去死。

罗慕路斯　你可以自慰。你的侄子将来也要杀死我的。他永远不会原谅:他曾不得不在我面前下跪过。

鄂多亚克　就让我们去履行我们可悲的义务吧。

罗慕路斯　我们赶紧干起来吧。让我们再表演一次,也就是最后一次喜剧吧。我们这样演:好像我们的计划在这尘寰旗开得胜,好像精神的人战胜了物质的人。

鄂多亚克　侄儿!

〔侄儿从右边上。

侄　儿　什么事儿,亲爱的叔父?

鄂多亚克　叫将领们进来,侄儿。

侄　儿　是,亲爱的叔父。

〔他用剑比画了一下。屋子里挤满了由于长途跋涉而疲惫不堪和满身污垢的日耳曼人。千篇一律的麻布衣,上面是胸甲,头戴简易的钢盔,把脸都遮盖了,手持斩首斧,作为整体他们就像一群杀气腾腾的刽子手。鄂多亚克站了起来。

鄂多亚克　诸位日耳曼人！经过了长途跋涉，你们风尘仆仆，晒得黝黑，劳累不过，现在，你们的出征结束了。你们站在罗马皇帝面前，向他致敬吧。

〔日耳曼人用斩首斧敬礼。

鄂多亚克　诸位日耳曼人！你们嘲笑过这个人，并且用你们在行军路上或夜间围在篝火旁唱的歌曲加以嘲弄。但是我深知他的人性。我从未见到过一个比他更伟大的人物，而且你们将来也永远看不到一个比他更为伟大的人物，不管我的后继者是谁。现在请你讲话，罗马皇帝。

罗慕路斯　皇帝取消他的帝国统治。你们再看一看这个彩色的球体，这个梦想着一个大帝国的幻影，它随着我的双唇的轻轻吹动在自由的空间摆荡；看一看这些围绕着处处有海豚腾跃的蓝色的大海的国家，这些遍地五谷金黄的富庶的行省，这些人烟稠密、熙熙攘攘、洋溢着生气的城市；还有一个太阳，当它高悬天空的时候，它曾温暖过人类，照亮过世界，为了现在在皇帝手中变成一个柔软的圆球，在虚无中消散。

〔一片肃穆气氛。众日耳曼人看着正在站起来的皇帝目瞪口呆。

罗慕路斯　我任命日耳曼人的统帅鄂多亚克为意大利国王！

众日耳曼人　意大利国王万岁！

鄂多亚克　我把坐落在坎帕尼亚的豪华别墅拨给罗马皇帝作为回报。此外，他得到一笔六千金币的年俸。

罗慕路斯　皇朝的荒年过去了。在这里你得到了皇冠和皇袍，在整理花园的工具中你找到了帝国之剑，并在罗马的地下墓穴里发现元老院。把墙上那个与我同名的先帝的胸像取下来；他缔造了罗马，而我现在正把它消灭。

〔一个日耳曼人取下胸像递给他。

罗慕路斯　谢谢。

〔他把胸像挟在腋下。

罗慕路斯　　告辞,日耳曼君主,我这就开始我的退休生活。
　　　　　　〔众日耳曼人立正致意。
　　　　　　〔史普里乌斯·梯图斯·马玛从台后冲出来,两手握着一把出鞘的剑。
史普里乌斯　　把皇帝带来!我要杀死他!
　　　　　　〔意大利国王威风凛凛地迎上去。
鄂多亚克　　把你的剑放下,骑兵队队长。没有皇帝了。
史普里乌斯　　那帝国呢?
鄂多亚克　　解体了。
史普里乌斯　　那么我这位最后的皇家军官睡过了头,没见着他祖国的灭亡!
　　　　　　〔史普里乌斯·梯图斯·马玛不胜震惊,倒下。
罗慕路斯　　因此,我的先生们,罗马帝国已经停止存在了。
　　　　　　〔皇帝低着头,腋下挟着那尊胸像,缓步走了出去。众日耳曼人充满敬畏地站立着。

作者后记(一)

这是一出严肃的喜剧,虽然它表面上是轻松的。因此它不能引起爱好德语文学的读者的兴趣。语调庄严是这出戏的风格,所以,读者在罗慕路斯身上所看到的纯粹是开玩笑,并且随随便便地把这出戏放到介乎台奥·林根和萧伯纳之间的地位上,然而这一命运对罗慕路斯来说并不完全是那么不合适的。他扮演了二十年的丑角。他周围的人没有认识到这种荒唐也不是没有道理的①。这可以引人思考。

我的角色应仅仅从形象上去表现。这一点既是对演员说的,也是对导演说的。具体地讲:诸如爱弥良这样的人物该如何表现呢?他已经跋涉几天甚至几星期之久,偷偷地走小道,通过被破坏的城市,终于到达皇帝的家门。这他明明是认识的,而现在他却问道:这是皇帝在坎帕尼亚的家吗?在这个句子里不是真切地表现了当他见到别墅那种到处是鸡、凋敝破败的状况时,对这座皇帝的行宫感到吃惊和怀疑吗?这一疑问句将起到修辞学上的反诘语气的作用。同样,当他见到他的情人时,也感到大为疑惑:你是谁?他真的不认识她了,他真的把她忘怀了,他预感到:这个人他曾经认识过,钟情过。爱弥良是罗慕路斯的对立形象。他的命运必须从人性角度去看,某种程度上要用皇帝的眼睛去看;皇帝透过被污辱的军官荣誉的表面,窥视着"成千次被玷辱的权力的牺牲品"。罗慕路斯严肃地对待爱弥良,把他当作一个被抓捕、被拷打过的不幸者。他所没有接受的是爱弥良的这一要求:"去吧,拿起刀来",和为了祖国生存而出卖他的恋人。演员可以从我的任何人物后面发现人性,否则根本无法扮演。这一点对我的所有剧作都是适用的。

---

① 典出莎士比亚《哈姆莱特》。

然而对于罗慕路斯的表演者还有一个特殊的、附带的困难。我认为困难就在于：罗慕路斯的表现不可以让观众很快就喜欢他。这说起来容易，做起来也许是很难办到的，但要作为战术加以重视。皇帝的本质只有在第三幕才可以让它显露出来。在第一幕，人们所理解的必然如骑兵队长所说："罗马有一个可耻的皇帝。"在第二幕，主调是爱弥良的那句话："这个皇帝必须滚蛋。"第三幕罗慕路斯对世界进行审判。第四幕则是世界审判罗慕路斯。人们可以清楚看到，我描画了一个什么样的人：诙谐、泰然、人道、胸有成竹，但归根结底是一个人，一个态度极为执著、办事铁面无私，即使向别人提出绝对性要求也在所不辞的人，一个决心豁出命去的血气方刚的危险硬汉；这就是这个以养鸡为业的皇帝，这个以傻瓜的伪装出现的世界法官的可怕之处，其悲剧性恰恰体现在他的结局的喜剧，即退休之中，但他后来却以英明的识见接受了退休的结局，仅仅这一点就使得他形象高大。

为苏黎世阿尔歇出版社所出《喜剧集》Ⅰ而作，一九五七年

作者后记（二）

罗慕路斯·奥古斯都十六岁登基，十七岁退位，迁往坎帕尼亚，住进卢古鲁斯别墅。年俸六千金币。他把他最心爱的母鸡叫作罗马。这是史实。历代称他为奥古斯都鲁斯。我则把他当作成人来写，将他的统治时间延长二十年，并称他为"大帝"。

让人立即明白这点也许是重要的：对我来说，重要的不在于展示一个诙谐的人。哈姆莱特的狂想是在一块红布后面藏一把剑，它适合于克劳迪乌斯，罗慕路斯给予他的世界帝国以致命的一击，这是他以他的诙谐来对付的。还有一点吸引我的是，不是让一个英雄哪年哪月毁于时代，而是让一个时代毁于一个英雄。我在为一个祖国叛徒正名。但是他不属于那些我们必须挂到墙上的人之中。不过他属于那些从未有过的人之中。皇帝是不反叛的，如果他们的国家多行不义的话；他们把此事让给门外汉去干，并称之为叛国，因为国家一贯要求听从。但罗慕路斯反叛了，尽管日耳曼人已经来了。此事有时庶几可以推荐别人去仿效。

我不想详述我的态度。我不抱怨清白的国家，而是控诉不义的国家。这是一个区别。我请大家尖锐地观察国家，直至每个指头，而不要指头看得仔仔细细，却不见国家。这不是一出反对国家的戏，但也许是一出反对大国的戏。人们会把我的话称作诡辩。我的话不是诡辩。面对国家，大家固然应该像蛇一样聪明，但谢天谢地，不要温驯得像一只鸽子。

这里涉及的不过是些肤浅道理。只可惜今天这个时代还只能跟这些肤浅道理打交道。思想深刻变成奢侈了。写作必须跟这些陈腐观念争辩，这使我们的处境有些尴尬，并且特别困难。我不想跟时代充分说出我们的缺点，不然时代也会劝阻我们说出来。它一而再再而三地用它的种种情节在我们嘴上行驶,我们所受的压力可不轻啊。

　　　　　　　　为巴塞尔市立剧院首演而作,一九四九年

作者后记(三)

在我写罗慕路斯以前,我查阅有关巴别塔的资料达几个月之久,刚刚开始写第四幕的时候,我就把手稿烧毁了。我站在那里,没有了稿子。但巴塞尔剧院已经做了排练巴别塔的计划,霍尔维茨在等着我的剧。一件偶然的事帮助了我。我曾经读过斯特林堡的一篇中篇小说《阿提拉》。小说末尾叙述两个男人——一个罗马人和一个卢基尔人的君主——在阿提拉死后回乡,然后斯特林堡是这样结尾的:"后来他们更新了他们的结识,但是在另一种更大的关系之中。原来埃代科的儿子是奥多阿克,他推翻了奥列斯特的儿子,此人除了是末代皇帝罗慕路斯·奥古斯都不会是别人。他以特殊方式称为罗慕路斯——像罗马的第一个国王——和奥古斯都——像第一位皇帝。他决心过告别者的生活,拿六千金币的退休年金,住在坎帕尼亚的一座别墅里。"

我们当时住在一座种葡萄的农舍里,每个晚上我都在农舍里度过,它位于一片草地中的马路那一边。有牛奶。那是冬天的某月,十二月或者一月,我在一团漆黑中取牛奶,但我也熟识这条路。取牛奶的时候要走五十来米,跟农民说几句话,接着不得不往回走五十米,以便回家,路上的这段时间我构思了整部喜剧。办法是,我把弄明白每一幕的结尾句作为第一要素:"罗马有一个可耻的皇帝。""这个皇帝必须滚蛋。""如果日耳曼人来到这里的话,就让他们进来吧。""罗马帝国已经停止存在了。"根据这四个结尾句来结构情节就迎刃而解了。

因此我很感谢斯特林堡的两出戏:罗慕路斯和斯特林堡戏。还有,在写罗慕路斯以前,我读过冯塔纳的小说《施太希林》:老杜卜斯拉夫·封·施太希林——我最喜爱的人物之———成为我的末代罗马皇帝的一位精神之父。

写于一九七三年

作者后记(四)

  一九五七年我为苏黎世话剧院的演出对罗慕路斯大帝作了重新加工,其时特别是第四幕我作了重写。但我觉得第四幕原稿不应完全让人忘却;因此不妨在这里予以恢复。当巴塞尔剧院在斯图加特演出这一幕的时候,激起相当大的抗议。尤其是当鄂多亚克宣布:"我率领十万大军,踏着悲哀的步伐,折回日耳曼尼亚,并和我的全体人民重新去爬树。"引起很大反感。在我下一次冒险旅行中,我惊讶地看到卡洛萨的劝告:"重回神圣的树林,重学古老的颂歌"作为标语悬挂在大街上方。如果两人写同样的……

为本次新版而作,一九八〇年

关于"罗慕路斯大帝"十条说明

一

作者不是共产党人,而是伯尔尼人。

二

作者天生就反对世界帝国。

三

罗慕路斯、伊索里尔人泽诺和鄂多亚克都是历史人物。

四

岳母韦林娜也是。

五

与此相反,罗慕路斯当皇帝时是十五岁,当他十六岁时,他已经当过皇帝了。

六

元帅奥列斯特其实是他的父亲。

七

诚然罗马士兵在此以前就已经穿了好几百年的日耳曼尼亚的裤子了。

八

尼禄就应该戴过单片眼镜了。

九

罗慕路斯和尤莉娅。

十

芦笋酒是用芦笋根酿成的。

天使来到巴比伦

断片性三幕喜剧
(1980年新稿)

叶廷芳 译

Friedrich Dürrenmatt
Ein Engel Kommt
nach Babylon
Eine fragmentarische Komödie
in drei Akten
Neufassung 1980
根据苏黎世第欧根尼出版有限公司 1998 年版译出

幼发拉底河流域的诸城啊!

——荷尔德林

人 物 表

天　使
库鲁比姑娘
阿　基
内布卡德内察尔——巴比伦国王
尼姆罗德——巴比伦废王
王储——二王之子
首　相
首席神学家乌特纳皮施蒂姆
老将军
士兵甲
士兵乙
士兵丙
一个警察
银行家恩吉比
酒商阿里
艺妓塔布图姆
工人甲
工人乙——阶级自觉者
工人甲妻
工人乙妻
穿黑礼服者
卖驴奶商贩吉米尔
许多诗人
民　众
其　他

第 一 幕

　　为了一开始就突出最重要的地点(它并不是作为演出场所,而仅仅是作为这出喜剧的背景),故舞台上是无涯无际的天空,中间飘动着仙女星座的雾霭,一如我们从威尔逊峰或帕洛玛峰的反射中或望远镜里所见到的那样,它近在眼前,几乎占据了舞台背景的一半。一次,也是惟一的一次,一位天使从这片天空翩翩而下,他化装为一个衣衫褴褛、红髯老长的乞丐,身边伴随着一位蒙面的少女。这两位漫游人刚刚到达巴比伦城,并来到幼发拉底河的码头。在这个小场地的当中点着一盏旧式的巴比伦的煤气街灯,同上面的天空相比它当然是十分幽暗的。其后的房墙和广告柱上贴满了标语(有几张已被撕碎),内容大致是:"行乞者危害祖国","行乞是危害社会的行为","乞丐们,为国家效力吧"。背景的远处隐隐约约可以见到一座几百万人口的大城市,其边缘消失在茫茫的沙漠之中,那峡谷似的市街依稀可辨,全城是一个宫殿、大厦和茅屋的混合体,既华丽,又肮脏。

天　使　孩子,因为你是在不多一会儿之前才由我的天主以一种极为令人惊讶的方式创造出来的,所以你听着:在你身边化装成乞丐大步行走的我,是一个天使,我们这里所赖以活动的坚韧的物质是地球——假如我没有太弄错方向的话——那白色的斑斑点点是巴比伦城的房屋。

少　女　是,我的天使。

天　使　(拿出一张地图查看)从我们面前流过的这宽阔的水流是幼发拉底河。(他走下堤岸,把一个手指伸进河水里,然后把它放到嘴边)这河水好像是由无数露水积聚而成的。

少　女　　是,我的天使。

天　使　　我们头顶上面那个弯弯的、明亮的形体——请你把头稍稍抬起一点儿——是月亮,我们上方那无法计量的、蔚为壮观的乳白色云团是仙女星座的雾霭,这你是认识的,因为我们是从它那边来的。(他指着地图)没有错,地图上全都画着呢。

少　女　　是,我的天使。

天　使　　而你,伴随在我身旁,自称库鲁比,并且正如我已经提及的,你是由我的天主在几分钟以前亲自创造出来的,经过是——现在可以告诉你了——他当着我的面,用右手伸进虚无里面一抓,用中指和拇指轻轻一捻,于是你就在他的手掌上优雅地跳了几步。

库鲁比　　我回忆得起来,我的天使。

天　使　　好极了,你永远要记住,因为从现在起你已经同那个把你从虚无中制造出来,而你又在他手上舞蹈过的人分离了。

库鲁比　　那么我现在该上哪儿去呢?

天　使　　到凡人当中去。

库鲁比　　凡人是什么?

天　使　　(发窘)我可爱的库鲁比,我必须向你承认,在创世这一领域我所知甚少。只有一次,那是若干千年以前,我听过一个关于这一题目的报告。据这个报告说,凡人是具有我们现在这种形态的生物,我之所以觉得这种形态不实用,是因为它附带着各种我所不理解的器官。我很高兴,不久我又可以变回天使了。

库鲁比　　那么我现在就是一个凡人了?

天　使　　你是个人形的生灵。(轻轻地清清嗓子)据我所听到过的那个报告称,人类是一代又一代繁殖起来的,而你则相反,是由上帝从虚无中创造出来的。我想称你为"虚无人",你像虚无那样永恒不灭,又像凡人那样如过眼烟云。

库鲁比　　我究竟应该给凡人带去些什么呢?

天　使　　我可爱的库鲁比,由于你的年龄还不到一刻钟,你问了那么多的话,是可以原谅的。但你必须知道,一个真正虔诚的少女是不提问题的。不是要你给人类带什么东西去,你自己就是首先被带给人类的。

库鲁比 （沉思片刻之后）我不明白你这话的意思。

天　使 出之于把你创造出来的那个人之手的东西，我们永远也理解不了，我的孩子。

库鲁比 请原谅。

天　使 我奉命把你交给凡人中间最卑贱的人。

库鲁比 我一定听从你。

天　使 （又查看地图）凡人中间最卑贱的人是乞丐。今后你将跟随一个名叫阿基的人，如果这地图上没有写错的话，他是地球上仅存的惟一乞丐。也许是一座有生命的自然纪念碑。（骄傲地）这张地图真是妙极了。这上面什么都有。

库鲁比 要是乞丐阿基是凡人中间最卑贱的，那他准是挺不幸的。

天　使 你年纪轻轻，就使用了什么样的字眼！凡是创造的东西都是好的，凡是好的东西就是幸运的。在我穿越创世的漫长旅途中，我还从未看见过一丁点儿的不幸。

库鲁比 是呢，我的天使。

〔他们折向右边，天使在乐池上面探身俯视。

天　使 这是幼发拉底河拐弯的地方。我们必须在这里等待乞丐阿基。我们坐下来睡一会儿吧。长途跋涉把我弄得精疲力竭，此外，当我们在木星那里拐弯的时候，它的一颗卫星落到了我的两脚之间。

〔他们坐在前台外边的右侧。

天　使 过来，用你的胳膊搂着我，我们要用这张奇妙的地图盖在身上。我在我的太阳群里已经习惯了另外几种气温。我好冷啊，虽说按照地图所示，这里应是地球上最温暖的地区之一。看样子这是一个寒冷的星球。

〔他们把地图盖在自己身上，互相依偎着入睡了。

〔内布卡德内察尔从右侧上，他还是个青年人，模样蛮可爱，并且有几分天真，他由一群扈从陪同着，其中有首相、老将军、首席神学家乌特纳皮施蒂姆和一个化装成全身通红的刽子手。

内布卡德内察尔　我的大军北上的已经到达黎巴嫩,南下的已逼近海滨,西进的直抵沙漠,东向的及于连绵群山,这些山高得没有止境,我已经占领了世界。

首　相　我以大臣们的名义——

乌特纳皮施蒂姆　我以教会的名义——

老将军　我以全军的名义——

刽子手　我以司法部门的名义——

四人齐　我们祝贺内布卡德内察尔国王陛下建立起世界新秩序。(他们一起鞠躬)

内布卡德内察尔　我作为尼姆罗德国王的脚凳,在弯腰曲背的极不舒服的处境下过了九百年。

首　相　(鞠躬)陛下,尼姆罗德已经被捕了。

老将军　当他把军队开往拉马施途中,军队倒戈了。

乌特纳皮施蒂姆　政局已经大翻个儿了。

首　相　为未来的九百年。

〔他们一起鞠躬。

内布卡德内察尔　我必须赶紧重振家业,弥补损失。生命是短促的。我一定要实现在我当尼姆罗德脚凳的时候心中萌发起来的理想。

首　相　陛下的愿望是要建立真正的社会福利国家。

内布卡德内察尔　我很惊讶,首相,你竟知道我的想法。

首　相　国王们处在屈辱地位的时候,是经常会想到社会福利问题的,陛下。

内布卡德内察尔　历史如此,在尼姆罗德当朝时期,私人经济很有起色,而国家则糟糕不堪。

首　相　银行家和乞丐的人数剧增,令人发愁。

内布卡德内察尔　当下我还没有可能去对付那些银行家。我只是向大家提醒我们的财政状况。但我已经下令禁止乞讨。我的禁令贯彻下去了吗?

首　相　乞丐们都已改行为国家供职了,陛下。他们现在都在征收赋税。只有一个名叫阿基的乞丐要保持他贫穷的营生。

内布卡德内察尔　他受到惩罚了吗？

首　相　惩罚不起作用。

内布卡德内察尔　鞭打过了？

首　相　毫不留情。

内布卡德内察尔　拷打过了？

首　相　他的肉体没有一处不曾皮开肉绽过；他的骨骼没有一根不曾承受过可怕的重压。

内布卡德内察尔　他还一直抗拒吗？

首　相　没有任何办法能使他有丝毫动摇。

内布卡德内察尔　这个阿基就是我为什么要在夜间去幼发拉底河岸的原因。如果现在让人把他绞死，这对我来说是轻而易举之事。但还得试一试用人道的办法感化他，这样做对于一个伟大的统治者并不是丢面子的事。因此我已决定，与我臣民中最卑贱的人共度我生命中的一个钟头。为此我已经让人从我的宫廷剧院的化妆室取来了旧的乞丐外套，现在给我穿上。

首　相　领旨。

内布卡德内察尔　把与这件行头相称的红髯给我贴到脸上。

〔内布卡德内察尔化装成了乞丐站立着。

内布卡德内察尔　看吧，我要着手建立一个没有瑕疵的帝国，一个纯洁透明的实体，它拥抱着所有的人——从刽子手到大臣——人人十分愉快地各司其职。我们不追求权力，我们追求完美。完美本身没有任何多余的东西，但一个乞丐却是多余的。我要说服这个阿基为国家效力，办法是我让他亲眼目睹一下他自己的困苦，因为我自己是以乞丐模样出现在他面前的。但如果他要坚持他的不幸生活，那就将他绞死在这根灯柱上。

〔刽子手鞠躬。

首　相　我们敬佩陛下的贤明。

内布卡德内察尔　别敬佩你们不懂得的事情。

首　相　是的，啊，国王。

内布卡德内察尔　你们走吧,但不要走得太远,万一我喊你们,你们可以随叫随到。我不喊,谁也别露面。

〔大家一齐鞠躬,旋即走到背景后面隐藏起来。

〔内布卡德内察尔在幼发拉底河左外侧坐下,此刻天使和库鲁比醒来了。

天　使　(欢乐地)你看,面前站着的就是一个凡人。

库鲁比　他穿着同样的衣衫,长着同样的红胡须。

天　使　我们已经遇到我们所寻找的人了,孩子。(转向内布卡德内察尔)认识巴比伦乞丐阿基,我很高兴。

内布卡德内察尔　(看见化装成乞丐的天使时茫然失措)我不是乞丐阿基。我是从尼尼微①来的乞丐。(严肃地)我认为,除了我和阿基之外没有别的乞丐了。

天　使　(向库鲁比)我不知道该怎么办,亲爱的库鲁比。我的地图不对头:在尼尼微也有一个乞丐。地球上有两个乞丐。

内布卡德内察尔　(自言自语)我要让人把新闻大臣处以绞刑:在我的王国里有两个乞丐。(转向天使)你是从哪里来的?

天　使　(窘迫)从黎巴嫩那一边。

内布卡德内察尔　据伟大国王内布卡德内察尔的看法,黎巴嫩是世界的极限。所有的地理学家和天文学家都是这么看的。

天　使　(查看地图)那一边还有几个村庄:雅典②、斯巴达③、迦太基④、莫斯科、北京。你看见了吗?(他指给国王看那些地点)

内布卡德内察尔　(自言自语)我还要让人把宫廷地理顾问处以绞刑。(对天使)伟大国王内布卡德内察尔也将要占领这些村庄。

天　使　(轻轻地对库鲁比)我们遇到了第二个乞丐这一情况改变了

---

① 尼尼微,古代西亚强国阿西里阿的首都,在今伊拉克境内。公元前七世纪起阿西里阿被巴比伦和米达人的联合势力征服。在这个剧里,尼尼微成为巴比伦王国的一个城市。
② 雅典,希腊首都,古代欧洲文化中心。
③ 斯巴达,古代伯罗奔尼撒首府,今希腊境内。
④ 迦太基,古代北非洲名城,在今突尼斯。

我们的处境。我必须判断出谁是更穷的,是乞丐阿基,还是这位从尼尼微来的乞丐,这一考察只能小心谨慎、细致周密地进行。

〔一个衣衫褴褛、长着红胡须的、模样粗犷的人从左边上,这样一来舞台上就有了三个红长髯的乞丐。

天　使　瞧,又来了一个人。

库鲁比　他的衣服也和你一样,我的天使,胡须也是红的。

天　使　要是现在这人又不是乞丐阿基,可真把我弄糊涂了。

内布卡德内察尔　(自言自语)如果这人又不是乞丐阿基的话,内务大臣也该绞死。

〔这人在幼发拉底河岸的舞台中间坐下,背靠着路灯柱。

内布卡德内察尔　(清了清嗓子)我毫不怀疑你是巴比伦的乞丐阿基吧?

天　使　就是那个名扬四海的著名乞丐阿基吧?

阿　基　(拿出一瓶烧酒喝起来)我从来不关心我的名字。

内布卡德内察尔　人人都有一个名字。

阿　基　你是谁?

内布卡德内察尔　也是乞丐。

阿　基　那么你是一个坏乞丐,因为从行乞的观点看,你的原则是坏原则。乞丐者,一无所有也,没有金钱,没有姓名,一会儿叫这个称呼,一会儿又叫那个。他对待自己的名字就像对待一块面包。因此我每行乞一个世纪就改用另一个名字。

内布卡德内察尔　(庄严地)每个人都要记住自己的名字,这是人类至为关切的利益之一,每个名字就代表他本人。

阿　基　我喜欢什么,我就是什么。我什么都当过。而现在我变成了乞丐阿基。但要是你愿意,我也可以当内布卡德内察尔国王。

内布卡德内察尔　(激愤地跳了起来)这是不可能的。

阿　基　没有比当上一个国王更容易的事了。这是人们在行乞生涯一开始就必须马上进行学习的最简单的技艺之一。我生平以来就已经当过七次国王了。

内布卡德内察尔　(重新镇静了下来)没有比内布卡德内察尔更伟大

的国王了!

〔背景上出现了整个朝廷的文武大臣,他们一起鞠躬,又马上消失。

阿　基　你指的是那个小小的内比?

内布卡德内察尔　内比?

阿　基　我这样来称呼我的朋友,巴比伦国王内布卡德内察尔。

内布卡德内察尔　(停了一会儿以后,十分庄严地)我实在难以相信:你认识伟大的王中之王。

阿　基　伟大?身体上和精神上都是一个侏儒。

内布卡德内察尔　在浮雕上他一向是庄严威武、身材魁伟的。

阿　基　不错,在浮雕上。谁塑造这些浮雕的呢?我们巴比伦的雕刻家。他们雕出来的国王,个个都一模一样。我认识我的内比,这事谁也骗不了我的,可惜他不听我的劝告。

内布卡德内察尔　(惊讶)你的劝告?

阿　基　每当他自己没有了主意的时候,他就让人把我召进王宫里去。

内布卡德内察尔　(迷惘)召进他的宫里?

阿　基　他是我所能想象的最愚蠢的国王。坐朝当政可把他难住了。

内布卡德内察尔　统治世界是崇高而艰巨的任务。

阿　基　内比也一直这么说。我所认识的国王个个都是这么说的。这是国王们的借口,因为每个人都需要一种借口,如果他不是乞丐的话,就要找一个他为什么不是乞丐的借口。糟糕的时代就要到了。(他喝酒,对天使)你是谁呀?

天　使　我也是一个乞丐。

阿　基　你的名字呢?

天　使　我来的那个村子现在还没有人有名字呢。

阿　基　这个叫人喜爱的村子在什么地方?

天　使　在黎巴嫩的那一边。

阿　基　一个理智的地方。你找我有什么事?

天　使　在我们村子里,乞丐这一行的景况很坏。我几乎无法靠行乞为生了,何况我还得养活一个女孩子,就是我身边蒙着面纱的这个孩子,就在你的眼前。

阿　基　一个乞丐陷入困境,是因为技艺不到家。

天　使　因此我的村公所给我盘费,要我寻访能干和有名的乞丐阿基,这样,我可以把行乞的技艺学得更到家。我请求你把我训练成一个行为端正、技艺扎实的乞丐。

阿　基　村公所做得很聪明。世界上毕竟还有那么一些村公所。

库鲁比　(惊愕地转向天使)你说谎,我的天使。

天　使　上天是从来不撒谎的,我的孩子。只是要做到使凡人理解自己,他有时感到有困难。

阿　基　(对内布卡德内察尔)你为什么来找我?

内布卡德内察尔　我是赫赫有名的、伟大的阿纳施玛施塔克拉库,是尼尼微显赫的头号乞丐。

阿　基　(怀疑地)你是尼尼微的头号乞丐?

内布卡德内察尔　阿纳施玛施塔克拉库,尼尼微的头号乞丐。

阿　基　有何贵干?

内布卡德内察尔　与黎巴嫩那边的村子里来的这位乞丐相反,我是来说服你的:我们再也不能当乞丐了。虽然我们对旅游业来说具有吸引力,但我们应当尊重古老的富有浪漫主义情调的东方,现在,一个新时代开始了。我们必须服从伟大国王内布卡德内察尔对我们这个阶层的禁令。

阿　基　是这么回事!

内布卡德内察尔　一个社会福利世界是不允许有任何乞丐存在的。继续容忍乞丐行业带来的贫穷,有损于它的尊严。

阿　基　唔!

内布卡德内察尔　在尼尼微和巴比伦,在乌尔[①]和乌鲁克[②],甚至在阿雷波[③]和苏萨[④]等地方,所有的乞丐都已经扔掉了他们的讨饭棍,因为王中之王内布卡德内察尔给他们所有的人以工作和面包。他

---

①② 均为公元前三千年的巴比伦城名。
③　叙利亚城名。
④　古代波斯城名。

们现在跟以前比较,景况好多了。

阿　基　嘻!

内布卡德内察尔　由于我们行乞的高超技艺,我们不像我们的乞丐同事们感到那么困苦了,虽然我们的苦难也真的不算小,像大家从我们的衣服上能够看出来的那样。但是哪怕我们拿出最大的本事,在当今这个经济繁荣的时代,我们再也达不到,例如——用收入最差的工人的话来说——一个诗人那样的收入水平。

阿　基　怪哉!

内布卡德内察尔　由于这个理由,高尚的人,我已决定放弃我的乞丐营生,以效力于内布卡德内察尔国王陛下。我请求你也照此办理,并在八点钟向财政大臣报到。这是你听从命令的最后机会。内布卡德内察尔是认真负责的,如若不然,他就要让人把你绞死在你倚靠着的这根灯柱上。

〔背景上刽子手鞠躬。〕

阿　基　你是尼尼微的乞丐阿纳施玛施塔克拉库?

内布卡德内察尔　是尼尼微最负盛名的头号乞丐。

阿　基　而收入不如一个诗人?

内布卡德内察尔　不如一个诗人。

阿　基　一定是你的行乞方法有问题。我一个人就可以赡养五十个巴比伦诗人。

内布卡德内察尔　(小心谨慎地)当然啰,一个尼尼微的诗人挣的钱比一个巴比伦的诗人稍稍多一点,那也许是可能的。

阿　基　你是尼尼微的头号乞丐,而我是巴比伦的头号乞丐。同另一个城市的头号乞丐比一比高低,这是我长期的愿望。我们就来比比我们的技艺吧。假如你获得胜利,我就为国家供职,就在今天八点;假如是我胜利,那你就回到尼尼微去继续行乞,就像我在巴比伦所干的一样,而不顾在从事我们的高级职业时发生什么危险。天正破晓,赶早的人们正在起床。这是个对行乞不利的时刻,但这正是我们大显身手的时候。

天　使　我亲爱的库鲁比,一个历史性的时刻到来了:你将认识我是怎样的人,即最贫穷、最下层的乞丐。

库鲁比　我怎样才能达到这一步呢,我的天使?

天　使　简单得很嘛,我的孩子:谁在这行乞赌赛中输了,他就是人类中的最卑贱者。(他骄傲地用手指点了点自己的额头,以示打赌)

阿　基　看,两个工人无精打采地穿过巴比伦城,从这头往那头,肚子里没有吃进任何东西,要走三个钟头的路程,去马什拉施砖瓦厂上早班。我让你开始,尼尼微的乞丐。

〔两个工人从左边走过来。

内布卡德内察尔　(苦苦哀求)行行好吧,可尊敬的工人,施舍一点儿给内波矿山的伙伴吧,我已经残废了。

工人甲　可尊敬的工人!别这么傻头傻脑地瞎扯。

工人乙　这些内波矿的人每周得到十多个铜板,他们应当自己关心自己的残废问题。

工人甲　现在,官府大楼用的是花岗石而不是砖瓦了。

工人乙　因为花岗石更耐久。

阿　基　每人给我一个铜子儿,无赖汉。你们想每周花一个银币填饱自己的肚子,而我呢,我珍视全体工人的荣誉,不为这种剥削卖力,而是乞讨、挨饿!要么把砖瓦厂老板赶走,要么每人交出一个铜子儿给我。

工人乙　我单独一人怎么能搞革命呢!

工人甲　我那边确实有家呀!

阿　基　难道我就没有家?我的家小满街满巷地跑。给一个铜子儿吧,否则你们就要沦为奴隶,像大洪水[①]以前那样。这简直是要让我——巴比伦的头号工人——饿死吗?

〔两位工人窘迫地交出他们的铜板。两人朝右边下。

阿　基　(把两个铜板扔得老高)第一场赌赛我赢了!

内布卡德内察尔　奇怪。尼尼微的工人反应不是这样的。

[①]　据《圣经·旧约》载,上帝为惩罚人类的罪孽,制造了一场淹没世界的大洪水,仅挪亚一家乘坐方舟得救。

阿　基　看，卖驴奶的商贩吉米尔一瘸一拐地过来了。

　　　　〔吉米尔从左边上，把他的奶瓶放在一家家的门前。

内布卡德内察尔　你这个卑鄙龌龊的卖驴奶的家伙，你把挤奶女工们虐待致死，给我十个铜板，否则我就向工资警察马尔杜克告发你。

吉米尔　向那个受了市乳酪业工会贿赂的工资警察马尔杜克？告发？我？就在现在，在喝牛奶已经成了风气，还把我搞成破产的现在？这样一个卑劣的乞丐我一个子儿也不给！

阿　基　（把两枚乞得的铜板掷在他的脚跟前）喂，吉米尔，用我的家当换你一瓶最好的驴奶。我是乞丐，你是驴奶商贩，我们俩搞的都是私人经济。驴奶万岁，私人经济万岁。巴比伦是喝驴奶长大的，巴比伦的爱国者都喝驴奶！

吉米尔　（很兴奋）给你两瓶奶和一个银币。我和这样一个巴比伦人同仇敌忾，一起反对世界上所有的国有牛奶。巴比伦爱国者都喝驴奶！妙极了。这句口号更妙，赛过"为了进步喝牛奶！"（从左边下）

内布卡德内察尔　真怪，我的竞技状态还是不佳。

阿　基　现在又有了一个简单的例子，一个行乞的典型实例。艺妓塔布图姆现正同她的侍女去阿努市场购买新鲜蔬菜。乞讨时技术上要轻巧而又优雅。

　　　　〔艺妓塔布图姆和她的侍女从后头上；侍女头上顶着一个篮子。

内布卡德内察尔　（苦苦哀求）行行好吧，高贵的太太，积德的女王。施舍一点儿给贫穷但正派的乞丐吧，他已经三天没有吃一点儿东西了。

塔布图姆　给你一个银币。为此请在伊施塔尔大庙前为我祈祷在爱情方面获得幸福。（她递给内布卡德内察尔一个银币）

阿　基　哈哈！

塔布图姆　笑什么，你这无赖？

阿　基　我之所以笑，娇媚的年轻女郎，因为你只给了这个尼尼微的贫穷的可怜虫一个银币。他是个没有经验的乞丐，美人儿，假如你要他的祈祷有所灵验的话,得给他两个银币才是。

塔布图姆　还要给一个银币?

阿　基　还要一个。

〔艺妓又给了内布卡德内察尔一个银币。

塔布图姆　(对阿基)你究竟是什么人?

阿　基　我是训练有素、深得要领的真正的乞丐。

塔布图姆　那你也将为我向爱神祈祷啰?

阿　基　我虽然很少祈祷,但为了你,美人儿,我愿意破例干那么一回。

塔布图姆　你的祈祷有结果了吗?

阿　基　那还用说,年轻的女郎,那还用说。当我开始向伊施塔尔寺祈祷时,女神那张带顶棚的卧床由于我朗诵赞美诗的激昂慷慨而颤抖。你将得到的富有男人比巴比伦和尼尼微两地富有男人的总和还要多。

塔布图姆　我也愿意给你两个银币。

阿　基　假如你能启动你的红唇,对我嫣然一笑的话,我就满足了,我就幸福了。

塔布图姆　你不想要我的钱?

阿　基　请别见怪,我的天仙。我是个高贵的乞丐,在国王们、金融巨头们、上流社会的太太们中间行乞,起码给一个金币,我才伸手去接。绝代佳人,只要你启口一笑,我就幸福了。

塔布图姆　(新奇地)上流社会的太太们给你多少呀?

阿　基　两块金币。

塔布图姆　我可以给你三块金币。

阿　基　那么你就是堂堂的上流社会的人啦,美丽的太太。

〔她给他三个金币。

阿　基　首相夫人夏穆拉比太太也不如你给得多。

〔背景上出现首相,他很感兴趣地谛听着。

塔布图姆　夏穆拉比?那个住在第五区的偷汉子的女人吗?下次给你四块金币。

〔她和她的侍女从右边下。首相愤怒地消失。

阿　基　怎么样？

内布卡德内察尔　（搔搔头皮）我承认,到现在为止你是赢了。

天　使　（对库鲁比）真是一个绝顶聪明的乞丐,这个阿基。看来地球是一颗令人激动的星星。无论如何,在经过了许多个太阳以后,地球对我来说确实是激动人心的。

内布卡德内察尔　下一步看我的。

阿　基　太好了,乞丐阿纳施玛施塔克拉库。那边路上恩吉比父子银行老行长恩吉比来了,他比伟大国王内布卡德内察尔还豪富十倍呢。

内布卡德内察尔　（叹着气）竟有这样不要脸的资本家。

　　　　　　〔两个轿夫抬着恩吉比坐的轿子从右边进来。这群人的后头一个肥胖的阉人无精打采地踽踽而行,他是总管。

内布卡德内察尔　三十块金币,银行大老板,给三十块金币！

恩吉比　什么地方人,叫花子？

内布卡德内察尔　尼尼微。我是只出入于上层社会的乞丐。三十块金币以下我还从来没有接受过。

恩吉比　尼尼微的商人们不懂得花钱。他们小处大方,大处小气。幸亏你是个外地人,我愿意给你一块金币。

　　　　　　〔他用头示意,阉人递给内布卡德内察尔一块金币。

恩吉比　（转向阿基）你也是从尼尼微来的？

阿　基　我是巴比伦本地的乞丐。

恩吉比　你是本地人,我给你一块银币。

阿　基　超过一个铜板的施舍,我从来不接受。我蔑视金钱,所以成了乞丐。

恩吉比　你蔑视金钱,叫花子？

阿　基　世界上没有比这丑恶的金属更可鄙夷的了。

恩吉比　和这位尼尼微的乞丐一样,我给你一块金币。

阿　基　我只要一个铜板,银行老板。

恩吉比　给你十块金币。

阿　基　不要。

恩吉比　二十块金币。
阿　基　你赶紧走吧,金融天才。
恩吉比　三十块金币。
　　　　〔阿基啐了一口唾沫。
恩吉比　你拒绝接受巴比伦最大的银行大老板施舍给你的三十块金币?
阿　基　巴比伦最大的乞丐只要求恩吉比父子给一个铜板。
恩吉比　你的名字?
阿　基　阿基。
恩吉比　这样一种性格的人必须受到嘉奖。总管,给他三百块金币。
　　　　〔阉人把满满一口袋金子交给阿基。队伍又开始走动,从左边下。
阿　基　怎么样?
内布卡德内察尔　我不知道。我今天晦气。(自言自语)我得让这个家伙当我的财政大臣呢。
天　使　你以后就跟这位尼尼微的乞丐,可爱的库鲁比。
库鲁比　我多高兴。我喜爱他。他这样需要帮助。
　　　　〔一个蓬头乱发、胡子拉碴的青年从左边上,他把一份古乐谱递给阿基,同时得到一块金币,接着从左边下。
内布卡德内察尔　他是谁?
阿　基　一个巴比伦诗人。他得到一笔稿费。
　　　　〔阿基把古乐谱扔给了乐池里的乐队。
　　　　〔三个士兵押着囚犯尼姆罗德从右边进来。后者身穿王服,同内布卡德内察尔开头的穿戴一模一样。
内布卡德内察尔　(豁然醒悟)可能我把学过的日常行乞技艺荒疏了。在尼尼微我正钻研艺术化的行乞术呢。那边士兵们押着一个政治犯过来了,他的恶行把世界推到了毁灭的边缘,正如历史学家们一致指出的那样。谁能乞得他,谁就赢得了这场赌赛。
阿　基　(搓着双手)同意。这算不了什么,但这倒是一次纯艺术的行乞。

士兵甲　我们押来了被制服、被捆绑的尼姆罗德,他一度是这个世界之王。

尼姆罗德　乞丐们,你们看,我自己的士兵怎样把我缚了起来,怎样打得我鲜血从我的背上直流!我离开王位,去镇压拉马施公爵的叛乱,可谁坐上了王位?我的踏凳!

内布卡德内察尔　这个人心还没死呢。

尼姆罗德　现在我在台下,但我将来要重新登上去的,现在内布卡德内察尔在台上,但他将来要重新掉到下面来的。

内布卡德内察尔　这种事永远不会发生。

尼姆罗德　几千年来事情都是这样的。我渴。

〔库鲁比用双手从幼发拉底河捧水给他喝。

尼姆罗德　你从幼发拉底河两手捧来的脏水比巴比伦国王们的葡萄酒要好喝。

库鲁比　(腼腆地)你还想喝吗?

尼姆罗德　我润一润嘴唇,这就够了。谢谢你的好意,乞丐的孩子,假如士兵们想把你带走的话,你就打他们两腿间的要害。

库鲁比　(震惊)你为什么这样说?

尼姆罗德　没有国王能够给你更多的东西了,姑娘。在这个世界上,你免不了受狗一样的待遇。

士兵甲　堵上这个废王的嘴。

库鲁比　(哭着对天使)你听见他说的话了吗,我的天使?

天　使　他的话你别害怕,我的孩子。当你见到一个不熟悉的星座的第一束光线恰好投射在幼发拉底河上的时候,你就会认识到世界是完美的。

〔转眼间阳光穿透了渐渐浓密起来的晨雾。

士兵甲　把废王押走。

内布卡德内察尔　慢着!

士兵甲　这家伙想干什么?

内布卡德内察尔　过来。

众士兵　怎么着?

内布卡德内察尔　在我面前躬下身去,我要对你们说几句话。

众士兵　(躬身站在他面前)说什么呢?

内布卡德内察尔　(轻声地)你们知道我是谁?

众士兵　不晓得。

内布卡德内察尔　(轻声地)我是你们的最高统帅内布卡德内察尔。

众士兵　嘿嘿。

内布卡德内察尔　听我的话,我擢升你们当少尉!

士兵甲　(诡谲地)有何吩咐,大人?

内布卡德内察尔　你们把废王交给我。

士兵甲　领旨。

〔他们用剑柄把内布卡德内察尔打倒在地。老将军拔剑从后面冲出来,但被首相一把拉住。

士兵甲　这样一个傻瓜蛋!

库鲁比　哟!

天　使　安静些,我的孩子。事物是和谐的,这样一件傻事算不了什么。

阿　基　我说当兵的,你们干吗把这位规规矩矩的尼尼微乞丐打翻在地呀?

士兵甲　这小子声称,他是内布卡德内察尔国王。

阿　基　你的母亲还健在吗?

士兵甲　在乌鲁克。

阿　基　你的父亲呢?

士兵甲　死了。

阿　基　你结婚了吗?

士兵甲　没。

阿　基　你有未婚妻吗?

士兵甲　跑掉了。

阿　基　那么将来只有你的母亲来哀悼你了。

士兵甲　(摸不着头脑)啊?

阿　基　你的名字?

士兵甲　穆玛比图,在内布卡德内察尔国王的军队里当兵。

阿　基　穆玛比图,你年纪轻轻,脑袋就要往沙地上滚,国王的士兵们,你们年纪轻轻,身上的肉就要变成兀鹰的食料,你们的骨头将使狗高兴。

众士兵　怎么回事?

阿　基　在我面前把你们的脑袋低下来,不久你们将不能这样做了。

众士兵　(向阿基低头)怎么着?

阿　基　你们可知,你们打倒的是谁吗?

士兵甲　一个说谎的乞丐,他想哄骗我们,相信他是内布卡德内察尔,是国王。

阿　基　他说的是实情,你们把内布卡德内察尔,把国王给打倒在地了。

士兵甲　你想这样愚弄我们?

阿　基　难道你们从来没有听说过国王们都有这样的习惯:化装成乞丐,坐在幼发拉底河岸上体察民情?

众士兵　从来没有听说过。

阿　基　整个巴比伦都知道这事。

士兵甲　我是乌鲁克人。

士兵乙　我是乌尔人。

士兵丙　我是拉马施人。

阿　基　现在你们都得死在巴比伦。

士兵甲　(战战兢兢地斜睨着内布卡德内察尔)倒这样的霉。

士兵乙　倒了这样该死的霉。

士兵丙　他在喘气。

阿　基　内比行刑时手段之残酷和在行是众所周知的。他曾把阿卡德行省总督卢加尔察基西扔给了那神圣的巨蟒。

士兵甲　内比?

阿　基　内布卡德内察尔是我最亲密的朋友,我是夏穆拉比首相,同样化装成乞丐,体察民情。

〔这下背景里的首相想冲出来,但这一回却被老将军拽住了。

众士兵　（立正姿势）阁下！

阿　基　（高贵地）你们还有什么事？

士兵甲　（恐惧地）他叹气了！

士兵乙　他呻吟了！

士兵丙　他动弹了。

阿　基　陛下醒了。

众士兵　（绝望地跪倒在地）救救我们吧，首相，救救我们吧！

阿　基　万岁爷他要你们做什么？

士兵甲　他令我们把废王交出来。

阿　基　那么就把他交出来吧。只要割掉你们的耳朵就可以了，我要下这样的命令。

众士兵　（惊恐万状）耳朵？

阿　基　你们毕竟把陛下打翻在地了嘛。

士兵甲　（恭顺地）这就把废王给您吧，阁下。他的手脚被绑着，嘴巴也被堵住，免得他乱说乱道，惹您生气。（他把尼姆罗德掷在阿基的脚边）

阿　基　现在你们就逃命吧。陛下起来啦！

〔士兵们四下逃散，内布卡德内察尔艰难地站立起来。

阿　基　（自豪地）各位瞧一瞧这位我乞讨来的勇敢的废王吧。

天　使　（高兴地）你已经赢得这场乞丐的赌赛了，巴比伦的阿基。

库鲁比　人间是美好的，我的天使。我可以跟随我所爱的乞丐。

内布卡德内察尔　（郁闷地）士兵们都是些野汉。你是怎么对付他们的？

阿　基　简单得很。我谎称你是巴比伦国王。

内布卡德内察尔　可我也这样做过。

阿　基　你瞧，你犯了错误啦。你绝不应该自称国王的，这样做是不会叫人相信的，得说一个别的人才是。

内布卡德内察尔　（阴沉地）你已经战胜我了。

阿　基　你是一个蹩脚的乞丐，尼尼微人。你疲于奔命，而无所成就。

内布卡德内察尔　（精疲力竭地）这种悲惨职业的真谛就是疲于奔命，

伤筋劳骨。

阿　基　你多么不理解乞丐。我们是秘密教师,民众的教育者。我们衣衫褴褛,浪迹天涯,为了让人们怜悯,不服从美化自由的法律,我们狼吞虎咽,狂饮暴食,显示出处在贫困之中,饥渴是如何可怕地将人折磨,我们把已经消灭的王国的家具,塞满我们睡觉的桥拱底下,这样一来,就可以让人清楚地看到,一切的一切,到了乞丐那里,都成为时代沉沦的象征。回尼尼微去行乞吧,比以前干得更出色、更聪明些。你呀,外乡来的乞丐:照你所见到的去做,黎巴嫩那一边的村庄归你。

〔艺妓和她的侍女由市场回来;从右边上。

塔布图姆　(对阿基)给你四块金币。(她递给他四块金币)

阿　基　年轻的女郎,你的善行大为发展了,我将把这件事告诉给夏穆拉比夫人。

塔布图姆　(嫉妒地)你去夏穆拉比那里?

阿　基　我应邀去吃早餐。

〔后面出现气恼的首相。

塔布图姆　那边有些什么好吃的?

阿　基　人们通常在首相那里所吃的东西。红海咸鱼、爱达姆乳酪①和洋葱。

塔布图姆　在我这儿可以吃到底格里斯梭子鱼②。

阿　基　(跳了起来)底格里斯梭子鱼?

塔布图姆　加上奶油酱和鲜萝卜。

阿　基　加上奶油酱。

塔布图姆　苏曼尔③风味小公鸡。

阿　基　小公鸡。

塔布图姆　另外还有米饭和一种黎巴嫩酒。

阿　基　好一顿乞丐席!

---

① 爱达姆为荷兰一城名,乳酪为该地的一种名产。
② 产于非洲底格里斯河,故名。
③ 古代之南巴比伦。

塔布图姆　你被邀请了。

阿　基　我跟你走。挽着你的臂膀,天仙般的美人。让夏穆拉比准备好市民的便饭去等着我吧。

〔他随身拖着尼姆罗德,跟着塔布图姆和她的侍女从左边下。首相攥紧拳头,随即消失。

天　使　(站起身来)这位令人惊异的人离开我们走了,因此该是我公开身份的时候了。

〔他扔掉身上的乞丐服和脸上的胡须,现出五颜六色、奇妙非凡的天使站立在那里。

〔内布卡德内察尔跪了下去,同时掩住面孔。

内布卡德内察尔　你的面貌使我目眩,你的衣衫的火焰把我灼伤,你振翅升腾的强大力量把我摔得跪倒在地上。

天　使　我是上帝的天使。

内布卡德内察尔　你有何贵干,崇高的人?

天　使　我是从天上来到你这儿的。

内布卡德内察尔　你为什么到我这里来,天使?你找一个尼尼微的乞丐有什么事?走吧,上帝的使者,到国王内布卡德内察尔那里去。他是惟一有资格接待你的人。

天　使　啊,阿纳施玛施塔克拉库乞丐,国王们对上天是不感兴趣的。倒是一个人越穷,他对上天越喜欢。

内布卡德内察尔　(惊讶)这是怎么回事?

天　使　(沉吟着)说不好。(继续寻思)真是奇怪。(开脱地)我不是人类学者。我是物理学家。我的专长是太阳。主要研究红色的巨星。我的使命是找人类中的最卑贱者,但上天为什么要我这样做,我却不得而知。(顿觉开窍)会不会是这个原因:人越穷,他身上表现出的天生的完美性就越强。

〔背景上出现乌特纳皮施蒂姆。他举起了一个手指头,犹如一个想要说什么的学生那样。

内布卡德内察尔　你以为我是人类中最卑贱的人?

天　使　绝对是的。

内布卡德内察尔　是最穷的人?

天　使　是最最穷的人。

内布卡德内察尔　那么你要把什么送交给我呢?

天　使　空前绝后的东西:上天的恩赐。

内布卡德内察尔　把这份恩赐给我看看。

天　使　库鲁比。

库鲁比　我的天使?

天　使　过来,库鲁比!过来,上帝亲手创造出来的人!站在人类最贫穷的人面前,站在尼尼微的乞丐阿纳施玛施塔克拉库的面前。

〔她站到内布卡德内察尔的面前,天使揭去她的面纱。内布卡德内察尔大叫一声来掩饰他的神色。乌特纳皮施蒂姆则大惊失色,悄然离去。

天　使　(高兴地)怎么样?上天的一个着着实实的恩赐,一个华美非凡的恩赐,不是吗,我的尼尼微的乞丐?

内布卡德内察尔　啊,上帝的天使,她的美丽超过了你的庄严。在她的熠熠光耀下你不过是阴影,在她的灿烂的光辉下我不过是黑夜。

天　使　一个美丽的姑娘!一个善良的姑娘,就在这一夜从虚无中创造出来的。

内布卡德内察尔　(绝望地)她不是为我这个尼尼微的穷乞丐而创造出来的!她不是为我这个一钱不值的身子而生的。走吧,她不是为我而来的,天使,到内布卡德内察尔国王那里去吧!

天　使　非君莫属。

内布卡德内察尔　(恳求地)惟独国王才配接受这样玉洁冰清的人。他将让她穿上绫罗绸缎,他将为她的脚铺起珍贵的地毯,给她的头戴上金质的凤冠!

天　使　他得不到她。

内布卡德内察尔　(辛酸地)那么你想把这位圣女交给最后一个乞丐?

天　使　上天知道他的所作所为。把她领走吧。这是一个善良的少女,一个虔诚的少女。

内布卡德内察尔　(绝望地)一个乞丐有了她怎么办呢?

天　　使　难道我是一个懂得你们的习俗的凡人？（他沉吟着）库鲁比！

库鲁比　我的天使？

天　　使　这位令人惊异的乞丐做的事情你都看见了吗？

库鲁比　全都看见了，我的天使。

天　　使　那么照着他去做吧。你就跟着这位尼尼微的乞丐，你要帮助他成为像阿基那样能干的乞丐。（转向内布卡德内察尔）她将帮助你行乞，阿纳施玛施塔克拉库。

内布卡德内察尔　（惊诧）这个宝贝儿是上天的恩赐，能让她行乞吗？

天　　使　既然上天已经把她赠给一位乞丐，我很难想象，上天对她还会有什么别的考虑。

内布卡德内察尔　跟着内布卡德内察尔她将统治世界，跟着我她讨饭！

天　　使　这你就不得不学明白点啰：统治世界乃是上天的事，而行乞则是凡人的事。因此继续勤奋地行乞吧。但事事都要做得适当。不要太多，也不要太少。假如你们通过行乞上升到殷实的中等阶层，那就适可而止。再见。

库鲁比　（恐慌）你要丢下我，我的天使？

天　　使　我走了，孩子。我已经把你带到凡人中来了，现在我要飞走了。

库鲁比　我还没有认识他们呢。

天　　使　我认识他们吗，我的孩子？我的任务是离开凡人，你的任务呢，则是留在他们中间。我们俩都必须听从。再见，我的孩子库鲁比，再见。

库鲁比　停停，我的天使。

天　　使　（展开双翼）不可能，我毕竟还有事要干。我必须调查地球。我赶紧去测量、去勘探、去收集，在崇高的宇宙之中去发现新的奇迹，因为，我的孩子，直到现在我还仅仅认识了气体状态的物质。

库鲁比　（绝望地）停停，我的天使，停停。

天　　使　我正在飞走呢！我在银白色的晨曦之中飞走。平稳地上升，周围环抱着越来越宽的巴比伦的长虹，我正在消失，一片小小的白色云雾在天空的亮光中飘散。（天使飞升，他把乞丐服和红胡子

小心翼翼地搭在一只胳膊上）

库鲁比　停停,我的天使。

天　使　（从远处）再见,库鲁比,我的孩子,再见!(正在消失)再见吧。

库鲁比　（轻声地）停停! 停停!

〔内布卡德内察尔和库鲁比在银白色的晨曦之中孤零零地相对而立。

库鲁比　（轻声地）他已经看不见了。

内布卡德内察尔　他回到他的美好天堂去了。

库鲁比　现在我在你身边了。

内布卡德内察尔　现在你在我这儿了。

库鲁比　在这早晨的雾霭之中我觉得冷。

内布卡德内察尔　擦干你的眼泪吧。

库鲁比　当上天的天使离开凡人走了,难道他们不哭吗?

内布卡德内察尔　那是要哭的。

库鲁比　（仔细察看着他的面庞）我没有看见你的眼眶里有泪水。

内布卡德内察尔　我们把学过的哭泣忘记了,学会了诅咒。

〔库鲁比退缩。

内布卡德内察尔　你害怕?

库鲁比　我全身战栗。

内布卡德内察尔　你不要害怕凡人,你要害怕上帝:他按照他的形象创造了我们。一切都是他的作为。

库鲁比　他的作为是好的。我曾经安稳地待在他的手里,那时我与他的模样相近。

内布卡德内察尔　而现在他把他的玩具扔在我的怀里,扔在我这个他在他的宇宙间所能找到的最卑贱最渺小的人物、尼尼微的乞丐阿纳施玛施塔克拉库的怀里。你来自星际,站在我的面前。你的双眸,你的脸蛋,你的玉身都显露出上天的美丽,但上天的完美对这个不完美的地球上的最贫穷的人又有何益?上天什么时候学会给予每个凡人所需要的东西? 贫穷者和无权者像羊群似的互相拥挤着,饥肠辘辘,有权有势的人饱食终日,然而孤孤单单。乞丐渴望面包,因此上天应当给他面包。内布卡德内察尔渴望一个人。为什么上天不知道内布卡德内察尔的孤独?为什么他眼下和你同时嘲笑我这个乞丐和内布卡德内察尔国王?

库鲁比　(沉思)我得到一项艰巨的任务。

内布卡德内察尔　你的任务是什么?

库鲁比　照料你的生活,为你乞讨。

内布卡德内察尔　你爱我吗?

库鲁比　你是女人生的,你永远都爱我;而我是从虚无中被创造出来的,我永远都爱你。

内布卡德内察尔　我正患麻风病,我外套里面的肉体白得像雪一样。

库鲁比　但我爱你呀。

内布卡德内察尔　人们会因为你爱我而用狼牙去咬你。

库鲁比　但我爱你呀。

内布卡德内察尔　人们会把你赶进沙漠。你将在灿烂的太阳底下死于红沙之中。

库鲁比　但我爱你呀。

内布卡德内察尔　既然你爱我,那么你吻我吧。

库鲁比　我吻你。

内布卡德内察尔　(当她吻了他后,他就把她打翻在地,并用脚踢她)我把你这样打翻在地,这就是我对你的爱超过任何人的地方。我用脚这样踢你,你这上帝的恩赐,我的幸福之所依。看吧!看吧!这些就是我给你的亲吻,我对你的爱的回答。上天当会看到,一个乞丐怎样对待他的礼物,人类中最卑贱的人怎样对待上天所赐予的女人,而内布卡德内察尔国王则会把他的爱和巴比伦的黄金给予她的!

〔阿基拖着被捕的尼姆罗德从左侧上。

阿　基　(惊奇)你为什么对这位姑娘这样乱踢乱踩,尼尼微的乞丐?

内布卡德内察尔　(讥诮地)我在用脚折磨上天的恩赐。一个恩赐来的新鲜活泼的小东西,你可以相信,她是昨天夜里才创造出来的,是为人类中最穷困的人而创造的,一个天使亲自把她交给了我。你想要她吗?

阿　基　昨天夜间才创造出来的?

内布卡德内察尔　从虚无之中。

阿　基　那么这是一件不实用的赐品。

内布卡德内察尔　所以不值钱。我用她换你的犯人。

阿　基　他是废王,但毕竟是当过王的呀。

内布卡德内察尔　外加我所乞得的金币。

阿　基　还有他的历史价值?

内布卡德内察尔　两个银币。

阿　基　一桩不划算的买卖。

内布卡德内察尔　那么你同意交换了?

阿　基　看在你这个特别没出息的乞丐的分上。拿去。(他把废王掷在他的脚跟前)而你,我的姑娘,跟我走吧。请站起来。

〔库鲁比奉拉着脑袋慢慢站立起来。

阿　基　听说是一个天使把你带来的。我是一个童话的爱好者,我愿意相信这件不可信的事情,并且还要四处叙说,是我行乞的最好宣传。我让你搀扶我,虚无中创造的人,黎巴嫩人把我弄得有点儿走不稳,有点儿摇摇晃晃。你可能对地球不熟悉,但你可放心,我熟悉它。人家把你打翻过一次,可这样的遭遇我有过上千次。来吧,我们一起到市场上去。这是一个有利的时机。今天是赶集的日子。我估计会有好东西。但我们要看一看,我们讨什么好。你有你的美貌,我有我的红胡子;你被人踢得遍体鳞伤,我则被一个国王追踪。

库鲁比　(轻声地)但我爱你呀,我的尼尼微的乞丐。

〔阿基由库鲁比搀扶着朝右边出去。

〔内布卡德内察尔孤单单地站着,脚跟前是那个手脚被缚、嘴巴被堵的尼姆罗德。

〔他扯下了乞丐衣裳,摘下红胡子,在上面踩了一通,然后陷入沉思,一动不动地站着,脸色阴沉。廊从们战战兢兢地从背景里悄悄溜了出来。

首　　相　（惊愕地）陛下！

内布卡德内察尔　应该给乞丐阿基规定十天的期限,准备一些最高的公职供他选择,要他当官,否则我就把他交给我的刽子手。而你,将军,把军队带到黎巴嫩那一边去,夺取那些可笑的村庄:斯巴达、莫斯京、卡塔高和巴卡,不管它们叫什么,统统拿下来。我们还是带着被捕的废王回到我们的宫廷里去,继续教育人类。我们疲惫不堪,悲悲戚戚,遭受了上天的污辱。

第 二 幕

让我们在幼发拉底河一座大桥底下来演出第二幕,那是在巴比伦的心脏,高楼大厦和宫殿均移到了天际,因而变得模糊不清。乐队再次表现河水的流动,拱形的桥梁从后面跨越舞台,从下面可以看到它的横断面。上面高处可听到大都市的车水马龙来往不绝,古巴比伦的有轨电车辘辘作响,轿夫们的呼叫有如歌唱。大桥左右侧各有一狭长的梯子往下通到幼发拉底河岸。阿基的住宅是由各个时代极不相同的物件构成的乱七八糟的废品堆。石棺材、黑人偶像、旧宝座、巴比伦脚踏车、汽车轮胎等等,脏得叫人难以置信,压在如山的尘土下,而且都腐烂了。在这杂乱不堪的垃圾堆之上,在宛如长虹的大桥拱顶中间,有一尊基尔加美施①头像的浮雕。旁边是用白条幅张贴的对乞丐的告示,有一半已经撕碎:"今天到期。"外边——即拱桥底下以外的地方——右首有一台炉灶,灶上有一口锅。红沙子的地上放满了罐头盒和诗人手稿。到处挂着写满诗文的羊皮纸和古乐谱。总之,看上去人们好像在一个巨大的垃圾堆上活动。前端右侧幼发拉底河里有几个蒙起来的人在洗澡,发出嘶哑的叫唤;左边两个脏兮兮的刑事犯在一口石棺上睡觉,一个是小偷,叫奥尔马;一个是强盗,叫尤素福。阿基和库鲁比从左边上,两人穿得破破烂烂,阿基背着一个袋囊。

阿　基　走开,你们这些歹徒,别在我的石棺上安然鼾睡,借以恢复你们偷窃和抢劫时带来的疲劳。

〔奥尔马和尤素福悄声溜掉。

---

① 基尔加美施,古代苏曼尔(南巴比伦)人的国王,巴比伦传说中的英雄。

阿　基　把你们的身子继续没入肮脏的水浪里去吧,你们这些花白的乌鸦,你们咿咿呀呀的叫唤是没有用的。

〔那几个蒙面的人影离去。

库鲁比　这些人到底是谁?

阿　基　麻风病患者,他们在幼发拉底河寻找希望。

库鲁比　这地球是另外的情形,跟天使想象的不一样。我每走一步,我周围的不公道、疾病、绝望都随着增长。凡人是不幸的。

阿　基　主要的是:他们是些善良的主顾。瞧,我们又讨到一大堆。中午休息一下,然后我们去空中花园①继续施展我们的手艺。(他把袋子放在地上)

库鲁比　是,我的阿基。

阿　基　你有了进步,我很满意。只有一点要挨批评:当有人扔给你一个钱币时你就微笑。这是错误的。一瞥悲惨的目光更令人同情,更震撼人心。

库鲁比　我要记住这点。

阿　基　你练习到明天吧。绝望才会得到最好的报偿。(他从口袋里取出乞得的东西)珍珠,宝石,金币,银币,铜板——统统扔进幼发拉底河里吧。(他把这一切扔进乐池里)惟一的功夫是把行乞的要求保持在顶点。诀窍就是浪费。我曾讨来几百万,扔进河里几百万。只有这样世界才能减轻对财富的负担。(他继续在他的几个口袋里摸寻)橄榄,这是更有用的东西。还有香蕉、一盒最细嫩的沙丁鱼罐头、烧酒和一尊牙雕苏曼尔人爱神像。(他察看着它)但你不许看,它不是为一个你这样年轻的姑娘而创作出来的。(他把爱神像扔进大桥的深处)

库鲁比　是,亲爱的阿基。

阿　基　是,我的阿基;是,亲爱的阿基。成天就是这样。你很忧郁吧。

库鲁比　我喜欢尼尼微的乞丐。

阿　基　你已经把他的名字给忘掉了。

---

① 相传为古巴比伦赛米拉米王后的屋顶花园,被希腊人列为世界"七大奇观"之一。

库鲁比　那是一个如此难记的名字。但我要不停地去寻找我的乞丐。有朝一日我会在某个地方找到他的。白天,在巴比伦的各个广场和宫殿的台阶上,我一直想着他;而当我夜间看到又高又远的星星时,我越过条条石铺的大街,在所有星光的海洋里寻找他的容颜。那时候他离我就近了,很快他就会来到我的身旁。将来,他——我的爱人——也会躺在地球上的某个国度里,瞧见我的脸庞,又大又白,在我和天使从中下凡的星云里。

阿　基　你的爱情就像整个巴比伦一样毫无希望。跟我一样承担后果吧:因为人们不能在这座城里生活,我才决心以这座城为生,并且成了一个乞丐。而且我还用了一种奇妙的方法将你讨来了。你属于我的,我的姑娘,打消那尼尼微的乞丐的念头吧。我们住在我所能找到的巴比伦最好的桥梁底下。我的公寓住房是不允许由于对一个男人的想念而受到亵渎的,这个男人一个钟头只讨得一个金币和两个银币。(一愣)这里乱挂着的都是些什么?哦,当然,是诗。诗人们在这里待过。

库鲁比　(高兴地)我可以念这些诗吗?

阿　基　巴比伦的诗歌面临重大危机,因此不适宜阅读。(他拿起一页诗稿,匆匆浏览了一下便把它扔进了幼发拉底河)爱情诗。自从我用废王把你换来以后,除爱情诗外,没有别的。煮一锅汤喝吧,这更实惠些。这里还有讨来的新鲜牛肉呢。

库鲁比　是,我的阿基。

阿　基　我愿意回到我最心爱的石棺材里去。

　　　　〔他打开舞台中间的石棺,但他正要爬进去的时候,一个诗人从中钻了出来。

阿　基　(严厉地)你在这棺材里干什么?

诗　人　我在写诗。

阿　基　这里不是你写诗的地方。这是我的旧情侣、心爱的李莉特的棺材,我曾经躺在里面战胜了大洪水。它载着我轻得像一只鸟儿一样渡过了大雨滂沱的海洋。快走吧,到别的地方继续写诗去!瞧,还有几个洋葱呢。

诗　　人　对不起,我正在创作我们的民族史诗剧基尔加美施,在这棺材里尤其适合苦思冥想,因此我就隐匿到这里来了。我正在琢磨凶猛的圣牛春巴巴的场景。

阿　　基　(严肃地)说到这圣牛,究竟发生什么事了?

诗　　人　它被消灭了。

阿　　基　假如我深信有一部永不传代的史诗剧的话,那便是这部基尔加美施史诗了。消灭圣牛。一股创造性的力量!假如我们的民族英雄驯服了圣牛,就无须人来工作了,圣牛凭它那肌肉就战胜了一切。走开吧,到别的什么地方去写诗!瞧,这里还有几个洋葱。

　　　　　〔他又掷给库鲁比几个洋葱,自己躺进棺材。诗人离去。库鲁比煮洋葱。警察内波从左边的台阶上下来,擦了擦汗。

警　　察　好热的天气,乞丐阿基,好厉害的天气。

阿　　基　欢迎,警察内波。我本来是很愿意站起来表示对你的尊敬的,因为我对警察是非常敬重的,但我还得稍稍怜恤一下我的脊背。在我最近一次奉命去岗警那里的时候,你用烧红的老虎钳折磨我,用重物压迫我的骨头。

警　　察　我是严格照章办理的,也就是遵照把执拗的乞丐教育成行为规矩的国家公务员那一条,还不是为了你好嘛。

阿　　基　你待我真好。我可以向你呈献一个过分热心的警察的石棺吗?

警　　察　我宁愿在这石头上坐坐。(坐下)石棺都叫我生悲。

阿　　基　这是穴居者末代首领的宝座,我从他的遗孀那里得到的。喝一口加尔底亚①的红酒吧。

　　　　　〔他从他的外套里取出一瓶酒递给警察。
　　　　　〔警察喝酒。

警　　察　谢谢。我已经精疲力竭了。我的职业一天比一天更辛苦了。方才我不得不把中小学课本搜集起来,并逮捕了地质学家和天文学家。

---

① 加尔底亚,巴比伦西南部的一个部落,公元前六世纪夺取了巴比伦的统治权。

阿　基　他们到底犯了什么罪？
警　察　世界证明自己比他们的计算要大。黎巴嫩的那一边还有几个村庄。再说在我们国家科学也应该是完美的。
阿　基　灭亡的开始。
警　察　现在正出动大军去占领这些村庄。
阿　基　他们整夜从基尔加美施桥上隆隆开过去，向北进发。我预感到一种全面的崩溃。
警　察　作为公务员我只能顺从，不必思考。
阿　基　一个国家越完美，它越需要更愚蠢的公务员。
警　察　你现在尽可以这样说。但假如有朝一日你当上公务员，你就会学会赞赏我们的国家。那时你就会对它的优越性恍然大悟。
阿　基　哦，原来这样。怪不得你来了。你想继续把我教育成一个国家公务员。
警　察　我毫不放松。
阿　基　这我在警察局就已经注意到了。
警　察　我到这里是公事公办。
阿　基　我也有同感。
警　察　（掏出一个小本）今天是最后期限。
阿　基　真的吗？
警　察　你在阿努市场乞讨过。
阿　基　出于疏忽。
警　察　我为你带来了一条新闻。
阿　基　一种新的拷打老虎钳？
警　察　一项新规定。根据你的才干，你被任命为经营和破产局的局长，财政部对你也感兴趣。衙门里大家纷纷议论说，这是非同小可的飞黄腾达呢。
阿　基　内波警察，我对飞黄腾达不感兴趣。
警　察　你拒绝接受这样高的职位？
阿　基　我宁愿继续当自由艺术家。
警　察　你要继续行乞？

阿　　基　这是我的职业。

警　　察　（又藏起他的小本）糟糕,真是糟糕。

阿　　基　（想站起来）请便,内波警察。你可以重新把我带到警察局去。

警　　察　用不着。刽子手就来。

〔沉寂。阿基不由自主地去抓自己的脖子,然后向警察探询。

阿　　基　就是那个小胖子?

警　　察　才不是呢。当刽子手的是我们国家的一个瘦高个儿,他是那一行的老手。看他行刑那真是一种乐趣。技术令人叫绝啊。

阿　　基　你指的是那个有名的吃素的人?

警　　察　（连连摇头）请别见怪,对刽子手这一行你是个低能儿,你把他同尼尼微的刽子手弄混了,我们的刽子手是喜爱好书的。

阿　　基　（松一口气）这是个能干的小子。

警　　察　他已经动身来找你了。

阿　　基　我很高兴认识他。

警　　察　这是严肃的事,乞丐阿基,我警告你! 如果他发现你没有去衙门就职,他会绞死你的。

阿　　基　悉听其便。

库鲁比　（惊恐）他们要杀掉你?

阿　　基　没有理由激动,我的姑娘。在我一生的急风暴雨中,我经常是这样受威胁的,我已不把它当一回事了。

〔几个石棺同时打开,诗人们急忙伸出头来,他们从各种各样的东西底下爬了出来。

诗人甲　一个新的主题!

诗人乙　一个重大的主题!

诗人丙　多么好的素材!

诗人丁　多么大的可能性!

诗人齐　谈谈吧,乞丐,谈一谈!

阿　　基　那么你们就听一听我这一辈子的即兴诗吧:在青年时代,我已记不清多少千年以前,我是一个商人的儿子。我父亲身穿金衣,我母亲头戴银饰,家里处处是地毯、天鹅绒和丝绸。银子发黑了,金子在流失,君不见它以前就流失过:在巴比伦,恩吉比父子商号吞噬一切。在行火刑的柴堆上,父亲焚烧了,母亲焚烧了,无人幸免于难。

众诗人　无人幸免于难。

阿　基　一位预言家来了,来自埃拉姆高地①,他收留了我,待我如子。日夜躺在祭坛前,给众神供奉祭品,衣不蔽体,蓬头垢面。宗教变黑了,恩惠在流失,君不见它以前就流失过:在巴比伦变换着牧师的宝座。在行火刑的柴堆上,预言家焚烧了,众神焚烧了,无人幸免于难。

众诗人　无人幸免于难。

阿　基　这时候抚养我的是将军,他身穿铠甲,腰佩钢刀,惟国王之命是从;从来不是一个可尊敬的母亲的儿子。他纵马刺杀敌人,拥有一座宫殿,他的辎重车队隆隆作响,车数无限。荣誉在发黑,职权在丧失,君不见它昔日就丧失过:在巴比伦变换着国王的宝座。在行火刑的柴堆上,将军焚烧了,娈童们焚烧了,无人幸免于难。

众诗人　无人幸免于难。

阿　基　当富人毁灭,信徒覆亡,连强者也不免一死的时候,我母亲的儿子在思忖:人应该像沙子,惟独沙子顶得住暴徒即国家的刽子手的脚踢。时势昏暗,权力滚走了,就让它滚走吧:整个巴比伦只留下一个乞丐,他头戴罂粟花环。在行火刑的柴堆上,他的胡子在燃烧,外套在燃烧,他死里逃生了。

诗人甲　吟诵关于你和忒提斯②公主的爱情之夜的即兴诗吧。

诗人乙　讲讲你是怎样乞得国库的。

诗人丙　谈谈你是怎样降服巨怪高格和玛高格的。

阿　基　无可奉告。我有客人。库鲁比,继续煮吧。

警　察　(发现诗人们又不见了,诧异)天呀,你的家里仿佛诗人满座。

---

①　埃拉姆,古代一个帝国,位于幼发拉底河和底格里斯河在波斯湾入口处的东北部。
②　忒提斯,希腊神话中的海神。

阿　基　一点不假。我也很惊讶。也许我又该把我的桥拱再清理一番喽。

〔警察站起身来，变得很庄重。

警　察　备受赞颂的人。你是下决心让人绞死你了？

阿　基　千真万确。

警　察　一种痛苦的决心，但我得向他表示尊敬。

阿　基　（诧异）你是怎么一回事呀，警察内波？你这样庄重，老是躬着身子。

警　察　高尚的人啊，假如你不在了，库鲁比会遭遇什么事情，这个问题将使你心境难宁，甚至闷闷不乐。我也在犯愁。巴比伦人都在嫉妒你。他们为库鲁比生活困苦大为愤慨。他们一心想把这女孩子从你身边夺走。为此你已经打倒了五个向你袭击的人。

阿　基　六个。你忘记了那个将军，我把他扔下了伊施塔尔大桥。他像一颗彗星似的呼啸着掉进了夜间的深渊。

警　察　（重又打躬）姑娘需要一个保护人，高尚的人。我从来没有见过一个比这更美丽的孩子。整个巴比伦尼亚都在谈论她，谈论乌尔和乌鲁克，人们从加尔底亚，从乌兹，从整个王国赶来赞美她。全城人都弄得神魂颠倒。人人思念着库鲁比，人人梦想着她，人人倾慕着她。一家最上层的贵族的三个公子因她而投水自尽。千家万户、大街小巷、大小广场、空中花园、幼发拉底河上的游船无不充满叹息、充满歌唱，银行家们开始赋诗，官吏们着手谱曲。

〔右首台阶上面银行家恩吉比携一把古巴比伦的吉他上。

恩吉比　从明亮的星夜中
　　　　一位少女飘飘莅临；
　　　　受天使派遣，
　　　　降落到我们古老的凡尘。

警　察　你瞧！

恩吉比　她从虚无中创造出来
　　　　不是为了国君；
　　　　金色的光芒辉映

不是为了富人。

阿　基　（诧异）银行家。

〔左首台阶上面阿里同样携一把吉他上。

阿　里　市民和商贩
得不到这位少女，
天主神威无限啊，
可它的恩赐却盲目。

警　察　又来一位。

阿　基　酒商阿里！

恩吉比　我很惊讶，酒商阿里，你使用了我的韵律。

阿　里　（庄严地）我的韵律，银行家恩吉比，我必须声明，这是我的韵律。

〔诗人们出现。

众诗人　我的韵律！我的韵律！

〔他们重又消失。

阿　基　总是老一套。如果一个人开始写诗，他就被责难为抄袭。

〔警察坚决地从制服口袋里掏出一首诗的稿子。

警　察　她与乞丐相依为命，
让我们的心烧得好凶，
像一朵雪白的绒花
从德马万德雪山上飘然而来。

阿　基　内波警察！你想到哪里去了！你必须放弃写诗的念头，一首也不要再写了。

〔警察窘迫地把他的诗稿卷起来，此外他下面那番话被银行家和酒商连续不断的叮叮当当的器乐声所干扰。

警　察　请原谅。一种突如其来的冲动。我平时是不爱好文艺的，但当昨夜又黄又大的月亮在幼发拉底河上升起，当我想到库鲁比的时候——突然间我不由得朗诵起我的诗来，仿佛我周围的一切都在作诗。

〔左首两个工人上。

工人甲　乞丐阿基在这里呢,据说他得到了一个天使带来的姑娘。
工人乙　一切都是骗局。我知道天使。他们是教士们发明出来的。
阿　里　曾有过更美丽的姑娘吗?她如果不是从上天而来,究竟从何而来呢?
工人乙　警察局得进行调查才是。
警　察　警察局认为没有理由怀疑天使。相反,恰恰是那些无神论者在警察局眼里从来都是可疑对象。
工人乙　谁还要送给那乞丐一个铜子儿,那他就是资本家。乞丐只是剥削这个姑娘。
工人甲　每天晚上他把自己的财宝一铁锹一铁锹铲进幼发拉底河!金子和银子!
工人乙　他仅仅供养诗人,好像我们就不配做诗人似的。
阿　基　(惊愕地从石棺里跳出来)请不要念!
　　　　〔这时艺妓塔布图姆从台阶上下来。
塔布图姆　一件丑闻,一种耻辱!
阿　基　你好,年轻的女郎。
　　　　〔艺妓抚摩着库鲁比,仿佛后者是一匹马。
塔布图姆　这不就是个人嘛。她比别人有一口更好的牙齿吗?有一双更结实的大腿吗?有一个更俊的身材吗?长得像这样的姑娘成千上万,有的是。
库鲁比　你别损人。我没有得罪过你。
塔布图姆　你没有得罪过我?说得倒好听,清白无辜!我不该损一下这只小绵羊!我损你,这是你自个儿招惹的。你把我同整个巴比伦都给离间了,还假装正经呢!
库鲁比　我没有离间过你跟任何人的关系。我爱的是我的尼尼微的乞丐,只爱他一个人。
塔布图姆　你爱一个尼尼微的乞丐?你看中的是巴比伦那些银行家吧,仅仅看中了他们!(她想去抓库鲁比的头发,库鲁比跑到阿基身边)
工人甲　别跟这位姑娘纠缠,婊子!

阿　　里　别当着孩子的面讲这样的话。

恩吉比　这孩子是应该生活在别的环境里的。

塔布图姆　生活在别的环境里？这样一个女人！我的环境对于银行家和酒商向来就已经是够好的了。

阿　　基　为什么生气，美人儿？

塔布图姆　难道还有比我的房子更隐秘的房子吗？我没有一对巴比伦最美的乳房吗？

阿　　基　我不理解，这些器官跟库鲁比有什么相干。

塔布图姆　我想尽办法保持美丽和年轻，吃饭有节制，洗澡洗得勤，让人给按摩，可结果呢？这个女人才刚刚露面，我的顾客就纷纷作诗赞美她了。

恩吉比　（从右侧上）库鲁比使我们高尚！

阿　　里　（从左侧上）使我们兴奋。

工人甲　现在我们知道了，我们辛辛苦苦干活是为了什么。

工人乙　一个星期得一块银币。

警　　察　我们都变得有文化修养了。

阿里、恩吉比、工人甲、警察　（平缓庄严地合诵）
　　　　一团火焰正熊熊，
　　　　深深激动着我们的心胸。

阿　　基　我再也不能容忍在我的住宅里吟诗了。

其他人　（还有正出现的诗人们）
　　　　啊，人一旦受到爱情的激励，
　　　　他就会变得高大无比，
　　　　他见到的是美，感到的是合理，
　　　　他格外虔诚，力避干坏事！

塔布图姆　你们都变得有文化教养了？我应当这样来想象你们吗？这样一来这小东西我就不予考虑了。我的职业就是老老实实地做事。

〔两位工人的妻子从左边上。诗人们大吃一惊，随即消失。

工人甲妻　我的老头就在基尔加美施大桥底下鬼混吗？在这个声名狼

藉的地方。

工人甲　老娘。我是完完全全偶然路过这里的,老娘。

工人乙妻　我的那位也在这儿哩!

工人乙　这跟你有什么相干?要我讲讲你和工人文书搞鬼的事情吗?

工人甲妻　这烧砖瓦的家里有五个孩子,他还要想找死!谁都明白,要是一个男人跟一个妖魔姑娘睡觉,他非丢命不可。这是科学,一位索多姆的教授证实过。

塔布图姆　她是从妖魔那儿来的,从妖魔那儿。

工人乙妻　这姑娘是从狮面拉巴图那儿来的。只要这鬼怪把她翅膀的羽毛插入骆驼粪堆里,就会长出一个人见人爱的姑娘。

工人乙　鬼怪拉巴图、妖魔和上帝都是教士们发明出来的!

〔卖驴奶商贩吉米尔从桥梯上下来。

吉米尔　上帝在惩罚巴比伦,这是显而易见的。他把他的恩赐给了一个乞丐。为什么?因为这个乞丐喝驴奶,而你们喝的是牛奶。乞丐阿基万岁!姑娘万岁!

塔布图姆　我不是买了你的驴奶来沐浴了吗?现在你却护着这姑娘!

工人乙　驴奶?这个乞丐!他身上散发着酒臭味儿。

工人甲　乌鸦和老鹰从天上喝醉后飞下来,吞噬他的肉。

阿　里　他把我的酒窖都喝光了!

恩吉比　他骗走我三百块金币。

塔布图姆　我给了他七块金币呢!

二位工人妻　他把这个城市都乞讨空了。

工人甲　寄生虫!

工人乙　社会渣滓。

警　察　(鞠躬)彻头彻尾的——

恩吉比　那他和这位姑娘干什么勾当?

阿　里　她必须为他煮饭!

工人甲　为他和他的诗人们!

阿　里　她竟这样四处乱窜!

工人乙　赤着脚!

恩吉比　衣衫褴褛!

工人甲、乙　他教她行乞,他教她行乞!

恩吉比　该是绞死他的时候了。

工人甲　国王的刽子手马上就来。

众　人　刽子手!

〔警察坚决地转向库鲁比,她已在阿基那里找到了庇护,蹲在阿基在其中坐过的石棺旁边。

警　察　我的姑娘。我是内波家的人。我在黎巴嫩大街有一幢小房子。新年一到,我就要被提升为警长。内波家族历来都出好丈夫。可以说,在这方面我们在我们的那些圈子里享有一定的声誉。你会感到幸福的。我们最深切的愿望是完完全全使你……

工人甲　(猛插进来)我的姑娘。我是哈桑家的,我的最深切的愿望是完完全全使你幸福。我住的地方差不多就在乡下,有一座郊外小花园。孩子他妈将为你安排一间舒适的小房间。你将健康地生活,你将简朴地生活,你将满意地生活。

工人甲妻　他发疯了。

工人乙　(挤过来)我的姑娘。我是辛白德家的人。你应生活在一个健康的无产者的家庭环境里。我的老伴将同样为你安排舒适的小房间。我将使你启蒙,我将打开你的眼睛,使你看到资本家的阴谋勾当。我要日日夜夜让你准备工人阶级的神圣斗争!

工人乙妻　现在我的老汉也被没完没了的阶级斗争热昏了!

吉米尔　(跪在库鲁比的面前)我的姑娘。我是吉米尔家族的人。我在幼发拉底住宅区有一幢出租楼房。我住在第七层,有电梯,还可以眺望空中花园。你将呼吸到资产阶级的空气,但你将呼吸得很幸福。

众妇女　把她赶出城去,把她赶出城去。

〔这时阿里和恩吉比也走到了她的身边。

阿　里　我的姑娘。我是阿里家族的人,阿里酒店的老板,我拥有市府大楼的所有权,在底格里斯河畔有一座别墅。你首先需要一块岩石,姑娘,有了一块岩石,你就可以紧紧抱住它。我便是这样的岩石,你可以把我抱住。这是我的信念……

众诗人　（突然出现）库鲁比是我们的,库鲁比是我们的。

恩吉比　我的姑娘！我是恩吉比家族的人,是遍布世界的恩吉比父子银行的老行长,不过这不是最重要的。我的宫殿,我的股票,我的农庄,这一切都是过眼烟云。重要的是你需要一颗心,一颗善于同情的、活生生的人的心;在我身上就跳动着这样一颗心!

众妇女　把她赶出城去!把她赶出城去!

众诗人　（同时）库鲁比是我们的! 库鲁比是我们的!

　　　　〔一阵巨大的、有增无已的骚动。天使突然坐在基尔加美施雕像的头上。手里握着枞树果、毛栗、向日葵、枞树枝等等。

天　使　库鲁比,我的孩子库鲁比!

众　　　（极度恐惧）一个天使!

　　　　〔除库鲁比外,人人都趴倒在地,并一心想找个地方把自己掩护起来。

库鲁比　天使,我的天使!

天　使　偶然得很,我的姑娘,当我正飞过这儿的上空时,我瞥见了你在这样欢乐的嘈杂声中。

库鲁比　救救我吧,我的天使!

天　使　这地球,我的孩子,是多么可爱的发现,我感到兴奋,感到幸福。我惊讶不已,激动万分,奇迹跟着奇迹,使我遍体发热,上帝的识见使我浑身颤动。我不能停止钻研和探索。我兴高采烈,四处翱飞,赞美着,收集着,记录着,日夜探寻,坚持不懈,不知疲倦。可我还没有一次潜入过大海,潜入周围这些水域,我只到过比较中间的地区和北极。瞧,我在那里找到了什么:冻成冰的露水。（他展示一个冰球）作为太阳系的研究者,我还从来没有找到过任何哪怕与此相近的这样宝贵的东西。

库鲁比　尼尼微的乞丐把我抛弃了,我的天使,我爱他,而他把我抛弃了。

天　使　头脑发昏,我的孩子,无非是头脑发昏。耐心点好了,他还会来的。地球的美丽是这样无与伦比,以致人们变得有点儿头脑发昏。这是很自然的。谁能直接忍受得住万物之上这样柔和的一片湛蓝,这红色的沙子和银色的溪流。谁在这里不祈祷,谁在这里不战栗。而尤其是那各色各样的植物和动物!洁白的百合花,黄色的狮子,棕色的瞪羚。甚至凡人也有各种颜色。只要看一看这个奇迹就够了。(他指着一朵向日葵)金牛星座上会有这样的东西吗?卡诺普星座①、天鹰星座上会有吗?

库鲁比　凡人们都在盯着我,我的天使。我给巴比伦城带来了不幸。幼发拉底流着眼泪入海。不管我找到了什么,爱也好,恨也好,都在杀害我。

天　使　会澄清的,我的姑娘,会以最美好、最圆满的方式得到澄清的。(他张开翅膀)

库鲁比　别离开我,我的天使!保护我吧,用你的神力帮助我吧。把我驮到我的情人那里去吧!

天　使　在尘世我必须利用好时间。我不允许做任何不必要的事情。我只想尽快回到仙女星座。在红色的庞然大物中到处匍匐而行。我必须学习啊,我的姑娘,必须学习。新的认识使我眼界大开。

　　　　越过丘峦,越过陆地,
　　　　越过蓝色的海洋、林带。
　　　　银光熠熠,多么耀眼,
　　　　我飘游、翱翔,穿过云海,
　　　　展开轻柔的双翼,
　　　　直朝着地球翩翩而来。

阿　基　(疲倦地)现在他也开始作诗了。

天　使　我发现鲜花、动物,各有形态,
　　　　在别的星球上都是没有定形的存在。
　　　　张张面孔因喝醉酒而发烫,
　　　　在亮光中我降下去又升上来。

---

① 天文学界有人根据计算认为,太阳系中还有一颗比冥王星更远的行星,但尚未通过观察加以证实。

库鲁比　别走,我的天使,别走!

天　使　再见,库鲁比,我的孩子,再见。(开始离去)再见。

〔库鲁比跪下并捂住脸庞。人们终于站了起来,脸色发白,跟跟跄跄。

众诗人　(小心翼翼地从石棺里伸出头来)这么说来那确实是个天使啰。

吉米尔　(结结巴巴地)在光天化日之下呀。

警　察　(擦着身上的汗)而且坐在我们的民族英雄的头上。

工人甲　(好像还在梦中)一个了不起的上帝的使者。

工人甲妻　(同样像在梦中)长得丰满圆润,身上还有彩色羽毛。

工人乙　像个巨大的蝙蝠围绕着我的头飞舞。

恩吉比　我捐献一座钟:恩吉比钟。

阿　里　给神学家一笔膳费:阿里赠款。

众妇女　我们去忏悔吧。

工人甲、乙和吉米尔　我们立即加入国教!

警　察　幸亏我一直是信教的。

恩吉比　巴比伦人!一个天使已经下凡了。沉思的时刻来到了。作为银行家,作为冷静思考的人我必须说:时势令人担忧。

工人甲　工资更要下降了!

吉米尔　牛奶业正在崛起。

阿　里　酒的消费在倒退。

恩吉比　加上收成又不好。

工人妻　还有地震呢!

工人乙　还有蝗虫灾害。

恩吉比　货币不稳定,去年天花流行,前年发生瘟疫。为什么?因为我们以前都不信上帝。我们大家或多或少都是无神论者。现在的问题是我们如何对待这位少女,她是天使带到地球上来的,是从仙女星座的星云中下凡来的。

吉米尔　不能再让她过贫穷的生活了!

工人甲　她必须离开这个阿基。

工人乙　离开这些诗人。
工人甲妻　瞧他们身上沾满墨水！
塔布图姆　到处是蜘蛛网和褪色的羊皮纸。
恩吉比　让我们向她表示我们必须给予的最大荣誉，上帝就会跟我们和解。
阿　里　我们推举她为我们的王后吧。
恩吉比　否则就得担心大祸临头。我们可不能惹上帝发怒。我们历尽艰难困苦度过了罪孽重重的日子，而经济危机则会变成一个更大的灾难。
工人甲妻　领天上的少女到国王那里去吧！
众诗人　留在我们这儿吧，库鲁比，留在我们这儿！
库鲁比　我要留在你身边，阿基乞丐，留在你身边，在这座桥底下，靠近幼发拉底河的水浪，靠近你的心。
　　　　〔众人表现出威胁的态度。
几个人　把乞丐扔进河里去！
　　　　〔他们要扑向阿基，但警察用一个有力的手势制止了他们。
警　察　你了解我的感情，乞丐。你知道，我在黎巴嫩大街有一座小屋，作为一个内波家族的人，我该多么有条件使库鲁比幸福，当然不超出简朴的界限。不过现在我的义务是，把这姑娘交给国王，而你的义务则是放她走。（他擦汗）
众　人　警察万岁！
库鲁比　救救我吧，阿基。
阿　基　我不能救你啊，我的姑娘。我们不得不互相告别。我们俩衣衫褴褛，穿街走巷走了整整十天通过了巴比伦城，越过许多广场，夜间你睡在我的最温暖的石棺里轻轻呼吸，我的诗人们则围在周遭呜咽。我行乞从来没有发挥过现在这样大的天才。但现在我们必须分离。我没有权利收留你。一个偶然的机会我把你交换了来，于是一片青天贴在我身上，不过是上天的一丝恩赐，毫无重量，清澈明朗。现在一阵风要把你继续背走。
库鲁比　我一定听从你，我的阿基。你曾经收容了我，我饿了，你就给我吃的；渴了，就给我喝的。当我害怕时，你给我唱起你那动人的歌儿。如果我冷了，你就把我裹在你的大衣里；我倦了，你不顾傍晚的酷热，让我偎在你粗壮的胳膊上。

〔她垂下头去。

阿　基　到国王内布卡德内察尔那儿去吧，我的孩子。

诗人甲　留在我们这儿吧，库鲁比，留在你的诗人们身边！

众　人　到内布卡德内察尔那里去，到内布卡德内察尔那里去！

〔他们领着姑娘朝右边出去。

众诗人　我们寻找的天赐之物也在消失。
留在不齿于人的我们这里的
是蝙蝠——
古代死人的空棺木。

库鲁比　再见，我的阿基！再见了，我的诗人们！

众诗人　啊，我们曾如饥似渴地追求天赐之物。
人的饭菜我们不吃，
而嚼街头巷尾的垃圾，
希望着年长、睿智的天使
给我们留下这位少女。
现在她离开了我们这些该死的东西。

众　人　（从远处）库鲁比！我们的王后库鲁比！

〔阿基脸色阴沉地坐到灶台旁，搅动锅里的汤。

阿　基　我一点儿也不反对你们的悲叹，诗人，但你们说得太过分了。你们写道，人的饭菜我们不吃，而嚼街头巷尾的垃圾，可你们吃我的汤却津津有味。你们在绝望之中有点儿不对头。烹调术，要是真正学到家，那是人的惟一技能，关于这一点，只能说好话，作诗时不可滥用。

〔一个年龄较大的男人从左边的台阶下来，他个儿又瘦又高，穿一身寒酸的黑礼服，手提一只小箱子。

穿黑礼服者　你好啊，乞丐阿基，你好。

阿　基　什么事？

穿黑礼服者　急死人了,这姑娘怎么没有人管,真叫人摸不着头脑。看桥那边,人家怎样把她带走的。

阿　基　(气恼地)我本来想把这孩子训练成世界上最好的女乞丐,可现在她干脆当王后去了。

穿黑礼服者　那将是一门粗暴可怕的婚姻。

阿　基　(发怒)国王将把库鲁比当玩物。

穿黑礼服者　事情将进行得如急风暴雨。但愿我那时不在场。当你一想到国王曾经那样脚踢姑娘的情形,不禁对今后的夜晚会感到惧怕。

阿　基　脚踢?

穿黑礼服者　在幼发拉底河岸。

阿　基　在幼发拉底河岸?

穿黑礼服者　就在那天上午。

阿　基　(一跃而起)尼尼微的乞丐是国王?

穿黑礼服者　谁当时在场,谁就是证人。陛下那时是化了装的。

阿　基　为了什么?

穿黑礼服者　说服你当国家公职人员。于是天使就把姑娘交给了他。一个崇高的时辰,一个庄严的时辰。

阿　基　(从额上擦去恐惧的冷汗)这本来是一个很容易犯愁的时刻。我算又一次碰到运气啦。(狐疑起来)那你是谁?

穿黑礼服者　刽子手。

〔众诗人消失。

阿　基　敬礼。(他跟他紧紧握手)

穿黑礼服者　你好。

阿　基　你穿的是便服。

穿黑礼服者　我是不能穿官服来杀乞丐的。这有严格的规定。

阿　基　你喝牛肉汤吗?

穿黑礼服者　这是不是一个陷阱?我不能上这个当。

阿　基　(清白无辜地)一个陷阱?

穿黑礼服者　你设陷阱摆脱了拉马施的刽子手,又用同样的方法你摆脱了阿卡德和基施的刽子手。

阿　基　那些是公爵的刽子手,不是国王的刽子手。我只让国王的刽子手处决我。仅就待遇而言,这就够意思了。我引以为骄傲。出于对你的尊敬,我用牛肉汤款待你。

穿黑礼服者　我也是受尊敬的。凭我的薪俸我只能吃得很俭省。我只是从道听途说中才知道牛肉汤的。

阿　基　你就坐在这个早已腐朽的世界统治者的宝座上吧。

穿黑礼服者　(小心翼翼地坐下)这真的不是陷阱吗?

阿　基　才不是哩。

穿黑礼服者　我是坚定不移的。任何贿赂都要碰壁,不论是金钱还是女色。新近当我奉命绞杀美西亚①的一个部落时,他们献上百驴祭、百羊祭。白搭。数以千计的美西亚人在夕阳映照下整齐地一排排死在绞架上。

阿　基　我相信你说的。

穿黑礼服者　请考验我吧。

阿　基　那是没有意义的。

穿黑礼服者　请试试吧,我最喜欢别人考验我的立场。

阿　基　好吧。给你搞个未婚妻怎么样,既年轻,又丰满。

穿黑礼服者　(骄傲地)动摇不了我。

阿　基　要是给你一个小男孩呢,红红的脸,很听使唤。

穿黑礼服者　(气宇轩昂地)顶得住,顶得住。

阿　基　如果我悄悄告诉你,我的财宝藏在幼发拉底河的什么地方呢。

穿黑礼服者　这一套统统行不通。还得绞死你。(胜利地)认识我了吧?人家称我西迪是廉洁的人。

阿　基　为这个,也给你一块最美味的牛肉。来喝汤啰!

〔他用勺子敲了敲锅边,发出响亮的声音。诗人们一拥而出。

众诗人　声音!美妙的声音!

〔每人手拿一个小碗向汤锅走去。

---

① 美西亚,古代地名,位于小亚细亚的西北部。

阿　基　诗人们,出类拔萃的人们!

穿黑礼服者　欢乐,一种纯洁的、纯粹的欢乐!

〔诗人们和穿黑礼服者鞠躬。奥尔马和尤素福从右边悄悄溜了过来,手里也拿着小碗。

阿　基　小偷奥尔马和强盗尤素福,是我的邻居,他们住在下游那座桥底下。

穿黑礼服者　我知道,我知道。下礼拜我就得把他们绞死。

〔右边出现几个影影绰绰的人影。

众人影　(嘶哑地叫唤)饥饿啊!我们饥饿!

阿　基　拿去吧,乌鸦们,给你们一份。

〔他扔给他们一大块肉,随即他们重又消失。汤已分好,大家开始吃了起来。穿黑礼服者把一块红手帕铺在腿上。

穿黑礼服者　这汤真鲜。对我这个皮包骨来说,这可是丰盛的宴会。

阿　基　看来你很愉快。

穿黑礼服者　是的,是的。牛肉异常可口。这一餐是一次热闹的宴会,一次无拘无束的宴会。但你还是得上绞刑架。

阿　基　(重新把穿黑礼服者的汤盆盛满)这里还有你一份呢。

穿黑礼服者　我都吃,都吃。

阿　基　你要不要来一瓶最佳埃及酒?(他给大家斟葡萄酒)

穿黑礼服者　我还求之不得呢,馋酒馋得慌。好一场巴科斯①祭,一场及时雨似的酒神祭,我们就此纵情痛饮一番。让我们欢庆吧。禁止你的职业,这已经是第一百次;人们策划绞杀你,已是第十次。我已经一起起都记下了。祖国历史上的大事日期我记得十分准确。我记日记。一个个世界帝国的兴衰我全都记下了。那么人类呢?他们改变着,变化着。职业、时尚、宗教、等级、道德等不断在变换。如果不用日记记下来,单凭记忆就非乱不可,只有你没有改变。不论在什么情况下,不管谁追捕你,你始终当乞丐。向你致敬,向你致以崇高的敬意。(全体干杯)你要顶住,像首相同他那

---

① 巴科斯,古代罗马神话中的酒神名。

成千个衙门那样。向他致敬,也向他致以崇高的敬意。(全体干杯)他同你一样,始终不变。他暗中同他的官僚们统治着国王,统治着世界。第三位便是我,举杯,最后为我痛饮一杯。(全体干杯)我也不改变,不变换,不变化,永远当刽子手,我可以骄傲地对上天这样呼喊。为官僚统治、行乞和刽子手的职业干杯!这三者构成秘密世界的鹰架,各种事物都凭借它进行建造和拆毁。

〔全体碰杯。

阿　基　让我们把剩余的喝光。

穿黑礼服者　剩余,可悲的剩余。我坐在这里,是为了履行职务,这真糟糕。即使我现在就对你采取行动,世界也会变得荒凉。不过还得振作精神来干这件糟糕的事情。汤喝完了,牛肉也已下了肚,酒瓶已经空了。你希望把你押到桥上灯柱旁,还是到市内的小树林里去受绞刑?

阿　基　我想,王宫前的路灯也许最好。

穿黑礼服者　高尚的想法,但是很困难。宫前的灯柱是为内阁成员上绞刑用的。我们还是把你绞死在桥栏上吧,这样做最省事,我的助手就在上头。哈莱夫!

上面答　有,师傅。就来。

　　　　〔从上面放下一根绳子来,诗人们叫唤起来,又不见了。奥尔马和尤素福同样如此。

穿黑礼服者　对不起,请。

　　　　〔阿基登上舞台中间的王位。

穿黑礼服者　你还有什么要求吗?

　　　　〔他用肥皂把绳子的活结弄软,然后把它套上阿基的脖子。

阿　基　我把留下的钱捐献给诗人们。只是我在大洪水胡同的一家古玩店不知该怎么办。

穿黑礼服者　你有一家古——古玩店?

　　　　〔诗人们重又出现。

众诗人　一家文物古籍店?

阿　基　　上星期乞讨来的。那一天我精神抖擞,乞丐的观察力极为敏锐,有一种完全特别的技能。

穿黑礼服者　　一家古玩店,这正是我朝思暮想的东西。

阿　基　　我没有想到过你对这样的东西有热情。

穿黑礼服者　　作为古董商坐在雕塑品当中,读读古典作品,我觉得那是尘世上最理想的境界啦。

阿　基　　(连连摇头)怪哉。拉马施、基施和阿卡德等地的刽子手也都没命地渴望着文化教养。

穿黑礼服者　　我的生活是辛酸的,它毫无欢乐,常跟眼泪打交道。干行刑这一行,从来不会飞黄腾达。最多不过是有朝一日哪位大臣垂怜,掷下点东西而已。可是,当我想到你的职业,想到你每天与诗人们的交往,想到用这种牛肉汤举行的欢乐喧闹的宴会,对比多么鲜明。

阿　基　　人们喂养着大刽子手,而让小刽子手挨饿。我想领略领略。把你的职业给我,换我的古玩店吧。

穿黑礼服者　　(摇晃)你愿意当刽子手?

阿　基　　这是我惟一还没乞讨到的职业。

穿黑礼服者　　(倒在宝座下)天呀!

阿　基　　(不安地)你怎么啦,廉洁的西迪,秘密世界的鹰架的支柱?

穿黑礼服者　　水,请来杯水。不然我的心脏要发生危机啦。

阿　基　　喝烧酒吧。这更有效。(他小心翼翼地从宝座上下来,把一瓶酒递给对方;颈上还一直套着绞索)

穿黑礼服者　　我头晕目眩,感到天旋地转。荣誉是什么呢,典型的巴比伦的骄傲又是什么呢?

阿　基　　(诧异)住在这座基尔加美施拱桥底下的人难道还有什么荣誉可言吗?

穿黑礼服者　　任何我所要绞杀的人,我都可以把我的职业转让给他。我当时少年气盛,订了一个合同,在那合同里分明写着今后要设法让我去学习美的艺术。当时我想的是挣钱。然而最卑贱的苦力、最可怜的大臣、满身虱子的学生——在无聊的几千年间,我也绞杀过这号人——我从来没有说服过他们中的任何一个人愿意接替我的刽子手职位而保全性命。这证明,名不虚传的巴比伦人的荣誉感比求生欲更强烈。

阿　基　你看到了吧,我一直都在想,巴比伦依然因为纯粹的荣誉感而走向灭亡。

穿黑礼服者　你的建议固然能把我从苦恼的生活中解救出来,但仍使我大为震惊。你竟肯用一爿古玩店交换一种最不齿于人的、最卑微不堪的职业!

阿　基　你对自己工作的态度完全是错误的,刽子手。正是这种卑微不堪、不齿于人、为人厌恶的职业,我们必须加以提高,以便把它们从低下的地位中解救出来;不然的话,这些职业就会消亡的。就拿我来说吧,我一度是个亿万富翁。

穿黑礼服者　(惊讶)亿万富翁?

众诗人　讲给我们听听,乞丐,讲给我们听听!

阿　基　那么就听一首关于我如何乞讨到这份职业的诗吧。(他将头从绳套里抽了出来,并用右手握住绳套)在一个鲜花盛开的五月之夜,午夜时分,我施展技艺和巧计,从一个亿万富翁的小女儿那里乞讨到她老子的十亿金钱。我决心在一场孤注一掷的战斗中战胜财富的肆无忌惮的剧增。现在请听我,一个智者的妙法:我从早到晚不断借债,把盾①花在喝酒上,使森林、宫殿荒废,让牛犊、马匹发臭,亲自玩坏艺术品、金镜子,弄坏平底锅、墙壁,把钱箱挥霍殆尽,把宝石废弃,让两千头猪在纸牌游戏中输得一干二净。这样我在一年内以一种不可抗拒的慢节奏破了产,十万万钱财荡然无存,口袋里分文不名,瓶子里滴酒不留。并且我以同样轻狂放荡的办法把另外五个亿万富翁,连同所有的股东和银行引入歧途,使之倾家荡产;国家开始动摇了。这一切,我的刽子手,我是作为思想家来干的,目的是拯救一种恶劣的职业。

诗人甲　那亿万富翁的小女儿呢?

---

①　古金币名。

阿　基　嫁给了一个没收债务抵押品的官员。(他把绳套往上一抛。绳子消失)我于是躺在我的石棺里,日夜思考问题:为什么人类老是做无谓的努力?为什么在斗争中卑劣行为取得胜利?因此我便用精神力量和热忱,用我的激情去寻求一次新的冒险:用谄媚和诱惑,用虐待和操练,用溜须拍马和脊骨脱臼,用伸腿和爱国思想,用贵族的新娘和官僚的腔调,用摇尾乞怜和阿谀逢迎,我从一位体弱多病的将军那里乞得了他的头衔。这下我有手段向战争开火,打败胜利。这就是我的军事生活的内容,下地狱不是徒劳的。我以大胆的学说,免去了战争的艰辛和恐怖。当我所率领的军队,纸面上有三十万人,向阿卡德进军的时候,我成功地打输了一个战役,撤回时没死一个人,没有伤兵,没有皮开肉绽的人,人畜完好无损。没有一个母亲失去自己的儿子,三十万人个个生还。刽子手,这是思想家的格言:从未有过代价更小的崩溃!

穿黑礼服者　了不起的成绩。到底怎样取得的?通常一打败仗总是损失惨重。

阿　基　给士兵的进军令我没有发出。

穿黑礼服者　值得赞赏。令人惊讶。

阿　基　你瞧瞧,就得这样来从事卑微的职业。从任何人身上都可以展现出某些好的东西来的。

穿黑礼服者　(小心翼翼地)你的意思是,我既为古董商就喝得上牛肉汤了?每月举行一次宴会敢情我会满意,会感到欢欣鼓舞的。

阿　基　你将每周喝三次牛肉汤,星期日吃一只鹅。

穿黑礼服者　真是大转变!纵情享乐的大突变!

阿　基　你的公服,刽子手。

穿黑礼服者　在这只小箱子里。我本来把你绞死以后还得把地质学家和天文学家也绞死。

阿　基　绞死意味着释放。

穿黑礼服者　你将失去诗人了。多么难受。

阿　基　相反。我喜欢王家的地牢的寂静。(他穿上刽子手的外套)

诗人甲　(惊骇)别穿上这件衣服。

诗人乙　不要有失体统。

诗人丙　不要当刽子手。

诗人乙　永远当一个具有诗意的人吧。

阿　基　巴比伦的诗人们，你们一辈子倒霉，原因不就是认识不到危险的时刻吗？你们看不到正在孕育着的灾难。库鲁比寻找一个乞丐，却即将找到一个国王。日夜进行着逮捕，军队进军北方，国家机器是无隙可乘的，它绝不会放过我们中间任何一个人的。你们还要听我朗诵我最后的、最辛酸的即兴诗吗？听我讲关于弱者的武器的即兴诗吗？

一　个　请朗诵你最后的、你最辛酸的即兴诗吧！

众诗人　趁你没有离开以前，趁你没有消失以前！

另一个　趁我们不得不成为国家诗人以前。

阿　基　为了在世界上能够立足，弱者必须认识世界，免得盲目走上迷途，陷入致命的危险境地。强者们都是强大的，藐视这一真理，净干些蠢事，一心要战胜强者，而不使用能降服他们的武器，这都是低劣的想法。英雄行为是毫无意义的，无非暴露出弱者的软弱无力，弱者的绝望挣扎只会使权力付之一笑。但现在听一听一个衣衫褴褛、受过严刑拷打、被警察追捕的乞丐的倾诉吧：这个世界上的强者攫取他所喜欢的一切，一会儿是你的妻子，一会儿是你的房屋，只有那些他所轻视的东西，他才不去染指；聪明人从中得到教训。谁想拐走权力所贪求的东西，谁就失败，暴力甚至把智者杀害，惟独一无所有而本身也是微不足道的人，才永远不受损害。该懂得的必须懂得，并且要得出这样的结论：只有佯装笨伯，才能活到老年。从里面发动进攻。哪怕已到了审判的日子，也要躲在碉堡里面。你只管溜进去，破坏每一堵墙，做时相貌要谦卑，要作为酗酒的伙伴，作为奴隶，作为诗人、欠债的农民，总之要降低你的身份。要忍受耻辱，每一条小道都走，若时间充裕，埋葬非分的希望，炽热的爱情，苦难和恩惠，埋葬在刽子手的红衣里。（他把假面具戴到脸上，作为伪装成的红衣刽子手站着不动）

第 三 幕

　　第三幕的场景是金銮殿,这里没有很多引人注意的东西,它的奢靡,它的过分讲究,它的与众不同,这是不言而喻的,但它的野蛮和残忍也是突出的。在极其高度的文化之中可以看到某种黑人模样①的可怕的东西,诸如涂有血污的王家掠夺军的军旗等。大殿由一排巨大的栅栏把前台和背景隔开,背景向后无限伸展,直到隐隐约约地矗立着僵直、冷漠的巨大雕塑像处,视线才到尽头。宝座位于栅栏左侧,矗立在台阶之上,内布卡德内察尔坐在上面,尼姆罗德的头夹在他的两脚之间;两个肩膀垫着他的脚。左边栅栏有一扇门,通过它可以进入背景。殿内的左右两旁也都有门。右边前端沿乐池摆着两个凳子。

尼姆罗德　　怎么啦,内布卡德内察尔国王,怎么啦? 几天几夜了,你在你的宫里为什么发呆? 你的脚为什么在我的肩上跺个不停?
内布卡德内察尔　　我爱库鲁比。
尼姆罗德　　那么你爱一个你用自己的脚凳换来的姑娘。
内布卡德内察尔　　看我让人用鞭子抽你。
尼姆罗德　　抽好了,我不怕! 你能像我折磨你那样来折磨我吗?
内布卡德内察尔　　住嘴,脑袋夹在我两脚之间的人。
尼姆罗德　　好吧。
　　　　〔沉默。
内布卡德内察尔　　讲呀! 讲呀!
尼姆罗德　　你瞧,连我的沉默你都忍受不了。

---

①　黑人图像在古代为一种残酷的象征。

内布卡德内察尔　讲讲库鲁比的情况。你已经看见过她了。她曾舀来幼发拉底河的脏水给你喝。

尼姆罗德　你嫉妒我了?

内布卡德内察尔　我嫉妒你。

尼姆罗德　她蒙着面纱。但在你认出她之前,我就透过她的面纱看到了她的美丽。

内布卡德内察尔　她的美丽焕发着天上的光彩,倾倒了巴比伦全城,情人们的赞歌声一直传进我的宫里来。

〔外面传来高声的诗朗诵。

娈　童　姑娘生自虚妄,

　　　　她并非属于国王;

尼姆罗德　听见没有?连你的娈童都在作诗。

娈　童　她下凡来到阴沟里,

　　　　身披金光一缕缕。

内布卡德内察尔　(轻声地)刽子手。

〔化装成刽子手的阿基从左边上。

阿　基　陛下。

内布卡德内察尔　杀死这个作诗的娈童。

娈　童　她挂在乞丐的胡须上,

　　　　我们心儿如焚好不忧伤。

阿　基　这是理智的,陛下。只有坚决的措施才合适。(他走向右边的后面,随即消失)

娈　童　她犹如一片洁白的

　　　　天上的雪——(声音戛然而止)

内布卡德内察尔　(轻声地)所有爱慕库鲁比的人统统都应该死。

尼姆罗德　那就得彻底消灭人类。

内布卡德内察尔　我让人烧掉你的眼睛。

尼姆罗德　把我的眼睛烙瞎吧,用铅丸把我的耳朵塞满吧,把我的嘴巴堵上吧:你不能从我身上把我的记忆夺走。

内布卡德内察尔　首相!

首　相　陛下？

内布卡德内察尔　把废王弄到我的地牢的最底层去。

首　相　我是立法者。我给国王下的定义是：国王者，其脚必置于其前任之肩上者也。假如这一定义失效，那么国王也就不能成立了。

内布卡德内察尔　那么改变这一定义。

首　相　不可能。否则,巴比伦法律的五十万条条款就全都报废啦，这样一来我们势必陷入一片混乱,因为那些条款是从国王的定义中合乎逻辑地产生的。(他离去)

尼姆罗德　（笑起来）他过去对我也一直是这么说的。

内布卡德内察尔　而且每说一次条文的数目就增加一次,没完没了地增加下去。

尼姆罗德　还有衙门的数目。

内布卡德内察尔　留给我的只有一张脚凳。

尼姆罗德　还有你的儿子,那位王储。

〔一个穿着奢华时装的白痴一边傻笑,一边舞蹈似的从左后方出来,他跳着绳子走过舞台,消失在右后方。内布卡德内察尔用双手捂住面孔。

内布卡德内察尔　这是你的儿子。

尼姆罗德　是我们的儿子,我们的权力的继承者。没有人知道是谁生的。当时我们俩喝得醉醺醺,偷偷地潜行到他的母亲那里。

内布卡德内察尔　我们用链条互相串在一起,你和我。

尼姆罗德　永远如此,永远如此。

内布卡德内察尔　有史以来就是这样的。

双　方　我在上面,你在下面；我在下面,你在上面；永远如此,永远如此。

〔沉默。

内布卡德内察尔　刽子手。

〔传来欢乐的歌声。

阿　基　（从左边上）陛下？

内布卡德内察尔　这究竟是谁在唱这样的歌,刽子手？

阿　　基　　诗人们。他们唱自己作的颂歌。

内布卡德内察尔　他们唱得出奇的高兴。

阿　　基　　巴比伦诗人们以往过的生活那样悲惨,他们现在为自己开始另一种生活感到欢乐。

内布卡德内察尔　那些地质学家和天文学家都被惩处了吗?

阿　　基　　已经把他们从地牢里清除出去了。

内布卡德内察尔　行乞一行消灭了吗?

阿　　基　　完全消灭了。

内布卡德内察尔　那位阿基乞丐呢?

阿　　基　　他变化了。假如他站在陛下面前,连陛下都认不出他来了。

内布卡德内察尔　把他吊死了吗?

阿　　基　　把他升高了。

内布卡德内察尔　晚风在摇曳着他?

阿　　基　　他在最高的范围内动弹着。

内布卡德内察尔　自从有了罪孽以来第一次感觉到一种进步。人类开始用些比较明确的形式朝着仁爱的方向活动。既然社会上最坏的东西已经消除了,那么现在该是倡导理智的时候了,是对诗人,或者对神学家采取行动的时候了。

阿　　基　　(惊颤)只是没有诗人了。牢房底下一直是这样寂静,于是娈童就作起诗来了。

内布卡德内察尔　你没有把他杀掉吗?

阿　　基　　按照宫廷礼仪,绞杀娈童得到午夜进行。我请求陛下对神学家采取行动吧。他们更好对付些。

内布卡德内察尔　这个问题得同首席神学家谈一谈再作定夺。履行你的义务去,把国家绞刑架准备好。

　　　　　　〔阿基下。

内布卡德内察尔　乌特纳皮施蒂姆!

　　　　　　〔首席神学家乌特纳皮施蒂姆——一位德高望重的老人从右边上。

乌特纳皮施蒂姆　找我有什么事,内布卡德内察尔国王?

内布卡德内察尔　朝我两脚间这个脑袋的脸上啐唾沫。

乌特纳皮施蒂姆　按照你本人已经批准的法律，我已经免除这一仪式了。

内布卡德内察尔　那么诅咒我的脚凳，咒到千年万代以后。

乌特纳皮施蒂姆　我的义务是祈求人类的幸福。

〔尼姆罗德发笑。内布卡德内察尔精神振作了起来。

内布卡德内察尔　你可以坐下。

乌特纳皮施蒂姆　谢谢。

内布卡德内察尔　我想征询一下你的意见。

乌特纳皮施蒂姆　恭听。

内布卡德内察尔　（犹豫了一会儿）当天使来到幼发拉底河岸的那个难堪的早晨，你也是在场的。

乌特纳皮施蒂姆　那是一次使神学家们茫然失措的事件。我是竭力抵制信奉天使的，我写了各种反对这一信仰的文章，以致两个坚持这一信仰的神学教授必须处以火刑。在我看来，上帝是不需要任何工具的。他是全能的。现在由于天使下凡，我几乎被迫修正我的教义，这件事的困难不是俗人所能想象的，因为上帝的全能当然是不准触动的。

内布卡德内察尔　我不理解你的意思。

乌特纳皮施蒂姆　不要紧，陛下。即使是我们神学家，互相间也几乎从来不理解的。

内布卡德内察尔　（窘迫）我用脚踢这姑娘的情形，你是看见的啰。

乌特纳皮施蒂姆　使我震惊。

内布卡德内察尔　（痛苦地）我爱这姑娘，乌特纳皮施蒂姆。

乌特纳皮施蒂姆　我们大家都爱这孩子。

内布卡德内察尔　全城都作诗赞美她。

乌特纳皮施蒂姆　我知道。我也试图用艺术手段来歌颂这姑娘。

内布卡德内察尔　你也如此，人类中最年长者。

〔沉默。

内布卡德内察尔　我被上天污辱了。

乌特纳皮施蒂姆　你只是自己嫉妒自己,内布卡德内察尔国王。

〔白痴跳着绳子从右后方出来,朝左后方跳去,在舞台上走了个弧形。乌特纳皮施蒂姆鞠躬。

内布卡德内察尔　(窘迫)说下去。

乌特纳皮施蒂姆　假如我们想理解这个——如我所承认的——世界经常像谜语般的变化的话,啊,国王,那么我们就必须从这样的假定出发:上天总是对的。

内布卡德内察尔　(阴沉地)在上天和我之间的冲突中,你站在他那一边。我很遗憾,我必须把你杀了。刽子手!

〔阿基从左边上。

阿　基　(高高兴兴地)那么当真要杀神学家啰,陛下。请允许我执行。

乌特纳皮施蒂姆　(庄严地站起来)请吧。

内布卡德内察尔　(大吃一惊)重新坐下,亲爱的乌特纳皮施蒂姆。我并没有这样急忙。刽子手还可以稍稍等一会儿。接着刚才的话题继续讲下去。

阿　基　不过可别变得手软,陛下。对付神学家必须严厉。(下)

乌特纳皮施蒂姆　(沉着)看来你的意思是说:上天让你给弄糊涂了,那天夜里把你当成了一个乞丐。这是可笑的。被你弄糊涂的是天使,派遣天使的上天十分明白这姑娘是给谁的。是给你——内布卡德内察尔国王的。别的可能性根本不存在,因为上帝不仅无所不能,而且也无所不知,就像我已经证明了的那样。

内布卡德内察尔　(阴沉地)上天是决定把库鲁比给人类中最贫穷的人的。

乌特纳皮施蒂姆　上天的话绝不能理解为指个人,而只能理解为指大家。殊不知在上天眼里,每个人几乎同样是渺小的,因为他观察尘世万物时隔着那么巨大的距离。你已经用自己的愚蠢行为,把上帝赐恩给你的意图化为了泡影。

内布卡德内察尔　(沉默片刻,友好地)用杀人的办法来对待这问题当然是毫无意义的。

乌特纳皮施蒂姆　我谢谢你。

内布卡德内察尔　从根本上说来必须在我的王国里鼓励神学的研究,一切其他的科学我一律予以禁止。

乌特纳皮施蒂姆　尽管你的热忱这样值得夸奖,可不要把它搞得太过分了。

内布卡德内察尔　为此现在就要把诗人们给绞死。

乌特纳皮施蒂姆　我很遗憾。

内布卡德内察尔　完美的国家是不能容忍不真实的东西传播的。诗人们抒发不存在的感情,叙述虚构的故事,或写没有意义的文句。我想,禁止他们这样做也恰恰是神学所感兴趣的事情。

乌特纳皮施蒂姆　那不一定。

内布卡德内察尔　刽子手。

阿　基　(从左侧上)到,我赶到了。国家绞刑架已经为首席神学家准备就绪。

内布卡德内察尔　传令把诗人们给抓起来。

阿　基　(大吃一惊)诗人们?

内布卡德内察尔　把他们给消灭掉。

阿　基　那么至少叙事诗人一定得抓吧。比较起来他们是最长心眼的。

内布卡德内察尔　抒情诗人和戏剧家也不例外。

　　〔阿基无可奈何地下。

内布卡德内察尔　这样一来国家和教会之间的冲突似乎调和了。

乌特纳皮施蒂姆　又一次调和。

内布卡德内察尔　你认为,我该娶这个姑娘吗?

乌特纳皮施蒂姆　你没有很早就娶了来,倒让我惊奇哩。

首　相　(从右边上)陛下,天使公开去了市公园,他从一棵一棵椰子树上采摘椰子,捕捉蜂鸟①,把它们收集起来。

　　〔首席神学家的一个秘书也从右边上,他跟乌特纳皮施蒂姆

---

① 一种形体极小、五光十色的小鸟,以花蜜和花朵中的昆虫为食,产于美洲。

耳语了几句。

乌特纳皮施蒂姆　（欣喜地）我的秘书报告说，加入国教的人数一下子超过了我们最狂妄的希望。

〔秘书展开一大张名单，上面签满了新入教者的名字。

首　相　非尘世的现象在政治上所起的影响不全是这样积极的。民众欢欣鼓舞。他们冲进宫廷，来逼陛下同库鲁比结婚。他们用恩吉比银行老板的轿子把姑娘抬来了。她头上戴着花环。

乌特纳皮施蒂姆　一场暴乱？

首　相　一次自发的起义，虽说还带有巴比伦的保守的特点，但不可等闲视之。

内布卡德内察尔和尼姆罗德　（同时）镇压民众。

首　相　起义是不需要镇压的，可以把它引导到一个有益于自己的目标。

〔内布卡德内察尔摆出一副思想家的架势，尼姆罗德相同。

内布卡德内察尔和尼姆罗德　（同时）我听着。

内布卡德内察尔　（诧异）你怎么一下子跟着我说话了，脚凳？

尼姆罗德　宝座不仅仅是你的，而是我们俩的，它正在受着威胁。

〔内布卡德内察尔和尼姆罗德重新摆出思想家的姿态。

内布卡德内察尔和尼姆罗德　（同时）我们的宝座正受到威胁。我们在听取你的建议，首相。

首　相　两位陛下！巴比伦宝座这一崇高的设施诞生于远古时代，为我们的民族英雄基尔加美施所创造，乃是各民族向它云集的地球的真正中心——

内布卡德内察尔和尼姆罗德　（同时）真是一语中的，多么机智的概括！

首　相　——在几千年的进程中落得这样声名狼藉，以致它普遍被人看作是历代最破烂的国家机构。

内布卡德内察尔和尼姆罗德　（同时）你敢对我们这样说？刽子……

〔阿基从左侧上，但首相一个手势又把他打发走了。

首　　相　两位陛下根本就用不着请刽子手。这里只涉及政治上的决断,而不涉及个人意见。

内布卡德内察尔和尼姆罗德　（同时）说下去。

首　　相　在巴比伦人中间有一种当共和人士的好风气。一群激动的人聚集到宫廷里来,这只是一种征兆。必须采取有力措施加以解决,否则世界王国就要在我们面前消亡。

内布卡德内察尔和尼姆罗德　（同时）就像春天到来时北方的雪。

乌特纳皮施蒂姆　该采取什么措施呢,首相?

首　　相　库鲁比姑娘的美丽甚至激励着像我这样的老人,应立即拥戴她为王后。

乌特纳皮施蒂姆　宗教和国家的目的完全一致起来了。

首　　相　一件搞糟了的事情转化成这样的好事,这是从来还没有过的。作为政治家我感到欢欣鼓舞,这样我们就有可能把政治上很难站得住脚的事情通过玄学来稳住。今天每个人都相信库鲁比,相信上天。我们就让这位少女做我们的王后,这样,几千年的共和观念就烟消云散了。我们只需要向民众的意志让一下步,就会一切井然有序,国泰民安。我们也希望不久就有另一位王位继承人来即位,因为尽管由于我的官衙很得力,没让一个才能有限的统治者造成很大的损失,可政治上的舒畅局面显然是谈不上的。

内布卡德内察尔和尼姆罗德　（同时）把姑娘领进来。

　　　　〔首相和首席神学家示了个意。老将军领着库鲁比经由栅栏门进来。她赤着脚,衣衫褴褛。阿基从左边上。

首　　相　（喜悦地）姑娘!

　　　　〔内布卡德内察尔和尼姆罗德戴上金制的假面具。

乌特纳皮施蒂姆　来吧,我的小闺女。

首　　相　进来吧,我的孩子。

　　　　〔乌特纳皮施蒂姆和首相朝右边回去。

内布卡德内察尔和尼姆罗德　（同时）我们欢迎你。

库鲁比　（惊恐地站住）一个双重人。

内布卡德内察尔和尼姆罗德　（同时）你站在巴比伦国王的面前。

库鲁比　（看着伪装成刽子手的阿基）这个红衣人？

内布卡德内察尔和尼姆罗德　（同时）刽子手。

〔白痴从左方跳跃着上了舞台。

库鲁比　（惊恐万状）这是什么人？

内布卡德内察尔和尼姆罗德　（同时）一个无关紧要的善良人,他有时跑跑跳跳地通过宫殿。

库鲁比　（战战兢兢地走近一些）你是人类中最有权势的人？

内布卡德内察尔和尼姆罗德　（同时）正是。

库鲁比　你叫我来有什么事？

内布卡德内察尔和尼姆罗德　（同时）巴比伦人都希望你做我的妻子。

库鲁比　我不能做你的妻子。

内布卡德内察尔　你爱着别人吗？

库鲁比　我爱着别人。

内布卡德内察尔　一个诗人？

库鲁比　但我爱这些诗人仅仅像一般人爱他们那样。

内布卡德内察尔　有人看见你跟一个老骗子和花言巧语的人出没在小巷里,在桥底下过夜。

〔阿基愤怒地跺着脚。

库鲁比　我爱着乞丐阿基,就像人们爱父亲那样。

内布卡德内察尔　（松了口气）那么你像一个姑娘爱一个小伙子、一个情人那样爱的究竟是谁？

库鲁比　我爱一个名字很复杂的乞丐,大王。

〔内布卡德内察尔示了个意,阿基离去。

内布卡德内察尔　是尼尼微的乞丐吗？

库鲁比　（高兴起来）你认识他？

内布卡德内察尔　忘掉他吧。他曾经很悲惨,他感到绝望,他很孤独。

库鲁比　我忘不了他。

内布卡德内察尔　他下落不明了。他没有在我的官衙登记入册。

库鲁比　我一直在寻找他。

内布卡德内察尔　一个幽灵出现在幼发拉底的雾霭中。

库鲁比　我见到过他。

内布卡德内察尔　你见到的是梦中的幻影吧。

库鲁比　我吻过他。

内布卡德内察尔　你爱的是个并不存在的人。

库鲁比　他是存在的,因为我爱着他。

内布卡德内察尔　那你走吧。

库鲁比　(鞠躬)谢谢你,大王。

〔内布卡德内察尔从脸上取下假面具,尼姆罗德同样。

库鲁比　(抬头一看,首先认出了尼姆罗德)我给过水喝的犯人。

尼姆罗德　我就是。

〔这时她认出了内布卡德内察尔,即喊了起来。

库鲁比　我爱着的尼尼微的乞丐。

〔她凝望着他,不知所措,脸色发白。内布卡德内察尔步下宝座,向她走去。

内布卡德内察尔　你寻找的那个乞丐是没有的,他是化为了虚无的夜的幻影。你曾爱过一个乞丐,现在一个国王爱着你。对于他给你的那顿脚踢,我给你整个地球作为补偿。我的伟大王国将向你朝拜,我要向上天呈献无限的祭品。(他想领她上宝座)

库鲁比　(如梦初醒)你不是国王。天使之所以把我给你,因为你是一个乞丐。

内布卡德内察尔　我从来就不是乞丐,我始终是国王。当时我不过是伪装罢了。

库鲁比　你现在是伪装的。在幼发拉底河畔你曾是一个我所爱慕的人,而眼下你是一个我所害怕的幽灵。跟我逃走吧。

内布卡德内察尔　我亲爱的库鲁比,我得统治世界呀。

尼姆罗德　(讥讽地)我得统治世界呀!

〔他试图坐上宝座,内布卡德内察尔跳了过去。

内布卡德内察尔　你给我下来!

〔他强迫尼姆罗德回到脚凳的地位。库鲁比走近这两位正在争斗着的陛下,抱住内布卡德内察尔。

库鲁比　别做这场可怕的梦了吧。你不是国王。让他们还你乞丐的身份吧,你向来都是这个身份。我们要离开这所石头造的房屋和石头造的城市。我愿意为你乞讨,愿意照料你的生活。我们要在地球上睡觉,紧紧依偎着,躺在星空下。

内布卡德内察尔　首席神学家!

〔乌特纳皮施蒂姆经由右门上。

乌特纳皮施蒂姆　叫我什么事?

内布卡德内察尔　废王差点儿坐上宝座,而这位姑娘要求我当乞丐。她不理解我从来不是乞丐。她没有人世经验。她跟一个天使的交往,特别是许多诗人用了一些毫无意义的观点把她的头脑给灌满了。你跟她谈谈吧。

〔他沮丧地在宝座上坐下。首席神学家把姑娘领到右边,两人坐了下来。

乌特纳皮施蒂姆　(亲切地)我是巴比伦的神学家,我的孩子。

库鲁比　(高兴地)啊,那你想上帝吗?

乌特纳皮施蒂姆　(微笑着)我始终想着上帝。

库鲁比　那你对他很熟识?

乌特纳皮施蒂姆　(不无悲伤地)远远不如你对他熟识,我的姑娘,因为你曾经就在他的身边。我是一个凡人,而上帝对我们凡人是不露面的。我们不能看见他,我们只能寻找他。你爱国王吧,我的孩子?

库鲁比　我爱乞丐,就是天使把我带给他的那个乞丐。

乌特纳皮施蒂姆　国王和这位乞丐是同一个人,所以你也爱国王。

库鲁比　(垂下头)我只能爱乞丐。

乌特纳皮施蒂姆　(微笑着)你的意思是想要国王变成乞丐?

库鲁比　我只愿意听从天使的安排。

乌特纳皮施蒂姆　他把你带给一个身为国王的乞丐。你糊涂了,我理解你。眼下你不明白:是你应该当王后,还是国王应该当乞丐。是不是这样,我的小闺女?

库鲁比　(没有把握地)是这样,尊敬的父亲。

乌特纳皮施蒂姆　你明白了吧,我的孩子,只要我们对这问题心平气和地谈一谈,一切都会容易得多。现在我们必须设法知道,上天对这一切大概是怎么看的,你说呢?

库鲁比　是的,尊敬的父亲。

乌特纳皮施蒂姆　当我还年轻、大洪水正发生的时候,我就确信:上天要求我们凡人绝对的事情,就像我们在神学中用我们的特殊语言所表达的那样,但我年纪越大,看得越清楚:这是一种不完全正确的理解。上天向凡人要求的首先是可能的事情。他懂得,他不能够一下子就使我们成为完美无缺的造物;如果他想要我们这样的话,他只会把我们毁灭。因此上天正是因为我们不完美才爱着我们。他耐心地对待我们,并且乐于像父亲对他的小儿子那样满怀爱的感情一再责备我们,以便在几千年的历史长河中这样地一步一步来教育我们。

库鲁比　对呀,尊敬的父亲。

乌特纳皮施蒂姆　因此,假如我们把上天看作是严厉的,它向我们提出种种过分的要求,而这些要求只会引起混乱并造成严重的不幸,假如我们凡人这样看的话,那就会犯错误。你明白我的意思吗,我的姑娘?

库鲁比　你对我真好,尊敬的父亲。

〔首相出现在栅栏门口。

首　相　大家可以来祝贺了吗?

内布卡德内察尔　我们正在说服她。

〔首相消失。乌特纳皮施蒂姆向内布卡德内察尔示了个意,他从宝座上下来,朝已经站起来的他们两人走去。

乌特纳皮施蒂姆　这些道理现在也适用于你和国王。假如你把上天的旨意看作是无条件的,并要求把你作为乞丐收容的国王现在也非当乞丐不可,这就把人类的秩序给搞乱了。现在人们要知道的是他们的国王而不是他们的乞丐受了天恩,他们要把你看作王后,而不是看作一个贫穷的、衣不蔽体的小丫头。这样你也可以帮助凡人,因为他们需要你的帮助。你将促使国王执法不偏,使他在你的襄助下做出好事来。嫁给他吧,让人们垂听为和平和正义的祈祷吧。

〔他想叫两个人互相握手,不料就在这时首相冲了过来。

首　　相　　该采取行动了!人们在向头部可替换的陛下大雕像掷石头呢!

乌特纳皮施蒂姆　　那我的像呢?

首　　相　　它由玫瑰花装饰着,完好无损地屹立在那里。

乌特纳皮施蒂姆　　谢天谢地,那么加入国教的行动还在继续。

〔这期间尼姆罗德登上了宝座。

尼姆罗德　　军队必须立即出动。

首　　相　　但怎样出动?他们不是已经开出去征伐黎巴嫩那边的村庄了吗。这里只有五十名宫廷卫队。

乌特纳皮施蒂姆　　巴比伦就灭亡在无穷无尽的世界掠夺上。

〔内布卡德内察尔取代了尼姆罗德的位子。

内布卡德内察尔　　(悲伤地)我刚刚当了国王,又成了脚凳。事物的突变如此之快还从来没有见过。我们正向普遍的沉沦滚去。

首　　相　　这有点儿夸大了吧,陛下:像我们这样的人都是一再地通过某种方式飞黄腾达的。

尼姆罗德和内布卡德内察尔　　(同时)怎么办,首相?

首　　相　　两位陛下。首先得询问一下叛乱的原因。

尼姆罗德和内布卡德内察尔　　(同时)问吧,首相。

首　　相　　是不是仅仅想要库鲁比当王后的愿望,就导致了巴比伦人的动乱?虽然民众的口号好像指的是这个意思,但有经验的政治家不予理睬。别的原因是:单单天使下凡这一件事就破坏了国家的权威。

乌特纳皮施蒂姆　　我必须抗议。尽管对于我所收集的天使的言论需要作一种缜密的解释,方能使之丰富神学的宝库,然而对于国家来说,这些言论的本质是无害的,并不包含任何颠覆性的因素。

首　　相　　阁下误会了。我的批评不是针对天使,而是针对他的出现。那纯粹是毒。你看,现在他正飘过空中花园,头部朝南钻入海里。

请问:这是一种什么行为呢？一个国家,一种健康的权威要能够存在,前提是地球始终是地球,上天始终是上天;地球体现为被政治家们所塑造的现实,而上天则是一种旁人不需要弄懂的、神学家的美妙理论。然而,如果上天变成现实,像现在通过天使的出现那样,则人类的秩序就告吹了,因为在有形的上天之前,国家势必变成一出闹剧,现在我们尝到了宇宙无秩序的后果:一群民众,起来反对我们的民众。为什么？就是因为没有及时结婚。天使只要展翅转一圈,人们对我们的尊敬就不复存在了。

尼姆罗德和内布卡德内察尔　（同时）你的话使我们开了窍。

首　　相　因此最好的办法是:对天使一说进行辟谣。

〔愕然。

乌特纳皮施蒂姆　这不可能。他已经公开露过面了。

首　　相　我们可以宣布,那是宫廷演员乌尔施纳比。

内布卡德内察尔　多么矛盾,就在不多一会儿之前你们还欢迎天使下凡呢。

尼姆罗德　你曾经想以此使我们的权力牢固不变,并消灭共和思想。

首　　相　（打躬）一个政治家前后矛盾越频繁,他就越伟大。

乌特纳皮施蒂姆　我也认为从神学角度看,天使是不合理的,不过国教的复兴应当归功于他。

首　　相　要下令禁止人们退出国教,违者斩首。

乌特纳皮施蒂姆　如果你愿意做出某种牺牲而搞无神论的话,我也不反对,那就得把国家收入的一半分给我。

首　　相　办不到,阁下。

乌特纳皮施蒂姆　那么我拒绝对天使进行辟谣。

首　　相　起义威胁着我们大家。

乌特纳皮施蒂姆　不威胁我,首相。人家反叛是为了反对君主制,不是教会。我目前是巴比伦最受欢迎的政治家啦。要么国家收入的一半给我,要么我就建立一个教会国家。

首　　相　给三分之一。

乌特纳皮施蒂姆　一半。

首　　相　　如果给你一半的话,我就得要求大张旗鼓地辟谣,阁下。

乌特纳皮施蒂姆　　在所有的布道坛将它宣布。

内布卡德内察尔　　(还在犹豫)我可是想和上天和解呐。

乌特纳皮施蒂姆　　会和解的,陛下。以私人名义同上天和解也是可行的。只要把婚一结就行。对于上天来说,最重要的就是美满的婚姻。

首　　相　　我现在也丝毫不反对这种和解,只要以私人名义就行,不过将来天使的下凡必须安排得当。

尼姆罗德和内布卡德内察尔　　(同时)那么我们只剩下关于库鲁比的出身需要取得一致的意见。

首　　相　　我们册封她为拉马施公爵遗弃的女儿。

尼姆罗德和内布卡德内察尔　　(同时)马上搞一些必要的文件来。

首　　相　　(掏出一卷羊皮纸)我的幕僚已经把它备齐了。

尼姆罗德和内布卡德内察尔　　(同时)大家立即去行使职权。

　　　　〔老将军出现在栅栏门,衣服全被撕破了。

老将军　　我们被打垮了。警卫队向民众投诚了。人们抱着一架夯槌冲向大门。

　　　　〔传来头几下夯槌的撞击声。

尼姆罗德　　我们完了。

　　　　〔他仓皇地离开宝座,但被首相和首席神学家挡住。

首相和乌特纳皮施蒂姆　　(同时)镇静,陛下,站好。只要我们还能行使职权,就谈不上失败。

　　　　〔他们就像领一个小孩子那样把尼姆罗德领回宝座,刚才那会儿宝座又被内布卡德内察尔坐上了。

内布卡德内察尔　　(很高兴)现在我又坐在上面了。

首　　相　　(庄严地对库鲁比)我亲爱的孩子。为了对你表示尊敬,为了向你表达他的爱情,陛下封你为拉马施公爵的嫡亲女儿,一个有些不幸,但德高望重的政治家的女儿,他去年就是从这里离开的。他把你——你目前的贫困就是明证——放在麻筐里,丢弃在幼发拉底河岸,那情况历史学家们还在整理。文件是官方的,对你的出身已不能怀疑了。我们请求你把这一切情形向民众证实。
库鲁比　（惊恐）向凡人？
首　相　这一手续是必不可少的。我们马上带十个吹鼓手到阳台上去。
库鲁比　我应当否认上帝创造了我？
乌特纳皮施蒂姆　当然不,我的姑娘。
库鲁比　否认天使把我带到地球上来？
乌特纳皮施蒂姆　不啊,我的小女儿。我们知道你是从哪儿诞生的,我们有幸经历这一奇迹,心情是感激的,我们中没有一个人要求你把这一切窒息在你的心头。相反,你要把它们作为你的秘密,作为你追求真理的神圣知识保留在你的心灵之中,就像我把它保留的那样。我们对你所要求的,我的孩子,仅仅是把那奇妙的事情对公众改变一下,因为公众正把这件异常的事情,看作是未经修饰的、耸人听闻的东西。
库鲁比　你说过,你总是想着上帝的,尊贵的父亲。你不能准许做这样的事。
乌特纳皮施蒂姆　（痛苦地）最好是那样,我的姑娘。
库鲁比　那你也同意首相的主张了？
乌特纳皮施蒂姆　才不呢,我的小女儿。但保护上天,损害自己,那是我的义务。巴比伦人的头脑里充满了对于多臂鬼和带翼神的迷信,我的神学得费九牛二虎之力才能压倒这种迷信,传播只有**一个**神的教义。天使会给混乱的、不成熟的想象提供地盘。上天的使者过早地降临到我们的孩子们中来了。
库鲁比　（转向内布卡德内察尔）你听到了吗,他们要求些什么,我的情人？
内布卡德内察尔和尼姆罗德　（同时）我们必须要求你做那些事情。
库鲁比　要我背叛上天吗？而我正是从他的星星上下来,以他的名义和你相爱的。
内布卡德内察尔和尼姆罗德　（同时）都是人类的需要。
库鲁比　你不愿意跟我一块儿逃走？

内布卡德内察尔和尼姆罗德　（同时）我们必须理智行事。
　　　　〔沉默。外边的夯击声越来越清晰，越来越有力。
库鲁比　那让我走吧，巴比伦国王。
　　　　〔惊讶。
内布卡德内察尔　为什么要这样呢？
乌特纳皮施蒂姆　我不理解你，我的小女儿。
首　　相　一切都安排就绪了呀，我的娃娃。
库鲁比　我去寻找我所爱的乞丐。
内布卡德内察尔　可我本来就是这个乞丐呀。
库鲁比　你在骗人。
乌特纳皮施蒂姆、首相和老将军　（同时）我们做证，我们做证！
库鲁比　你们从来不讲真话。甚至连天使你们也要否认。让我走吧。我要找到我所失去了的情人。
　　　　〔内布卡德内察尔绝望地离开他的宝座。
内布卡德内察尔　我就是这个情人呀。
库鲁比　我不认识你。
内布卡德内察尔　我就是国王内布卡德内察尔呀。
尼姆罗德　你是废王内布卡德内察尔。
　　　　〔他想登上宝座，但内布卡德内察尔向他扑过去，并强迫他下来。
库鲁比　你是谁，我不知道。你装成了我情人的模样，却不是我的情人。你一会儿是个国王，一会儿是个脚凳。你是假象，而我所寻找的乞丐才是真实。我吻过他，却不能吻你。他曾把我打倒在地，你不能把我打倒，因为你不敢离开你的宝座，你害怕失去它。你的权力是软弱无能，你的财富是穷困，你对我的爱就是你对自己的爱。你没有活着，也没有死亡。你是个生物，却没有生命。让我走吧，巴比伦国王，让我离开你，离开这个城市。
　　　　〔内布卡德内察尔又登上宝座。
内布卡德内察尔　你已经看到了我的权力的基础：我的儿子。他又跳又蹦地穿过这座大殿。一个白痴将继承我的王国。没有你的爱情我就完了。我是没有能力去接触另一个女人的。

库鲁比　要是我不离开你,我就背叛了我所钟情的乞丐。

首　相　糊涂了,我被弄糊涂了!姑娘毕竟是从虚无中创造出来的,原因就在这里。

内布卡德内察尔　(平静地)我要请民众来求情。

老将军　陛下——

内布卡德内察尔　叫他们进来。

〔老将军走向背景。

乌特纳皮施蒂姆　王朝的结束。

首　相　幸亏我已经准备了共和国宪法。

〔两个人退回到左边的墙根。栅栏后人群逐渐涌现。两个工人、吉米尔、警察现在也成了革命者;银行家、酒商阿里、工人妻、艺妓、其他群众、士兵们,人人拿着石头、绳子、棍棒。他们渐渐向前推进,凝视着少女和一动不动地坐着的内布卡德内察尔。

内布卡德内察尔　你们冲进我的宫廷,用夯槌撞击我的大门。为了什么呢?

〔尴尬的沉默。

工人甲　我们来——

工人乙　这姑娘——

〔银行家恩吉比走了出来。

恩吉比　陛下,发生了这样奇妙的事情:我们事先没有征得宝座周围的有关当局的批准就来到你的面前。

〔人群中发出笑声。

一个声音　妙啊,银行家!

恩吉比　一个天使来到巴比伦,他带来了一个少女,陛下显然不能下决心娶她。

一个声音　好极了,把姑娘给他吧。

恩吉比　我们拿着武器站在这个大殿里;宫廷卫队向我们投诚;居民们已经把权力掌握在自己手里,这一切并不意味着陛下现在已经被迫举行这一婚礼；但我们提请他注意：我们虽然希望姑娘当王后，可并不是无条件要陛下当国王。

〔大笑。雷鸣般的掌声。

内布卡德内察尔　（平静地）我已经准备娶这位姑娘，可是她拒绝了我。

〔群众欢呼，吹口哨。笑声大作。

工人甲　打倒国王！

工人乙　上绞架！

尼姆罗德　（得意洋洋地）让我接替他的地位吧！我要建立真正的社会福利国家。

工人甲　我们领教过你们的真正的社会福利国家了！

吉米尔　这种国家仅仅为国王和官僚们的聚敛财富服务！

尼姆罗德　我将重新占领地球！我向巴比伦人的民族感情发出呼吁：如果黎巴嫩后头有村庄，那么大海彼岸也有村庄。

工人乙　凡嗜杀成性者都是一丘之貉！

工人甲妻　他们吃了我们的孩子。

工人甲　我们再也不要掠夺世界了。

众　人　我们再也不要国王了。

〔沉默。大家紧张地看着内布卡德内察尔，他一动不动地坐在他的宝座上。

内布卡德内察尔　我把姑娘还回去。她是属于最爱她的人的。

众男人　（喊得不可开交）给我！给我！我爱她！我最爱她！

恩吉比　这姑娘是属于我的。只有我有经济能力根据姑娘的出身来尊重她。

内布卡德内察尔　你错了，银行家。这位姑娘爱着一个乞丐，在幼发拉底码头她把他给丢了，她已经记不起他的名字来。她要求我变成这个乞丐。她也会向你提出同样的要求的。

〔银行家失望地转身走开。

内布卡德内察尔　你不要她了，这孩子？你不拿出你那几百万元？你不敢当最贫穷的人？那么你们当中谁是这位姑娘所寻找的乞丐呢?谁肯牺牲一切,变成她的不再存在的情人?酒商?卖奶的?警察?一个士兵?一个工人?站出来吧。

〔沉默。

内布卡德内察尔 你们不说话?你们拒绝上天的赐予?

〔沉默。

内布卡德内察尔 也许这位美丽的太太需要这姑娘?

塔布图姆 在我的妓院?这姑娘?我开的是一家安分守己的妓院,陛下。

内布卡德内察尔 没有人愿意要这上天的孩子?

〔沉默。

工人甲 阿基乞丐应该把她要下来。

内布卡德内察尔 阿基乞丐已经死了。

〔库鲁比目光可怕地抬头望去。

工人乙 她对诗人们是很合适的。

群 众 诗人!诗人!

内布卡德内察尔 把他们叫来。

〔诗人们从左边冲进来。

诗人甲 陛下,我们刚刚共同作了一首维护国家的颂歌。

众诗人 我们与这种叛乱划清界限。

内布卡德内察尔 你们谁愿意要这姑娘?

诗人甲 对于一个具有国家观念的诗人来说,她是一个极端无政府主义的玩意儿。

众诗人 她煽动民众。

工人甲妻 把她交给刽子手!

众 人 交给刽子手!

内布卡德内察尔 刽子手!

〔他做了个手势。阿基从左边上。

内布卡德内察尔 这是你的。

库鲁比 (对群众)救救我!

〔群众转身走开,库鲁比转向乌特纳皮施蒂姆。

库鲁比　收留我吧,尊敬的父亲。
〔首席神学家转身走开。
库鲁比　诗人们啊,你们是爱我的呀。
〔诗人们转身走开。
库鲁比　(绝望地再次转向群众)救救我吧!快救救我的命吧!
〔突然,天使出现在内布卡德内察尔的宝座之上,比在第二幕里出现时装饰得还要离奇,因为除向日葵和冰珠等以外,这回还加上了珊瑚、海星、乌贼、贝壳和蜗牛壳等。背景上突然一片灯火辉煌。接着天使又随着仙女星座的雾霭翩翩离去。
天　使　库鲁比!我的孩子库鲁比!
众　人　天使!
库鲁比　天使!我的天使!
天　使　别害怕,我的姑娘。我看起来也许有些特别。我是直接从海里来的,身上还缠绕着海带,还滴着水珠。
库鲁比　拯救我吧,天使。
天　使　我最后一次在你面前出现,我的孩子,我的外观最后一次映照出地球的美丽,你看,如今我已把它研究仔细。
库鲁比　你来得正是时候,天使,来得正及时!请接纳我吧!
天　使　我在我的星球找不到别的,惟有恩赐:
惟有星座隆起的荒漠上一个不真实的奇迹。
蓝色的天狼星,白色的天琴星,
呼啸的仙王星,在宇宙的漆黑里——
它们的肚皮,
他们的鼻孔把光束扫进宇宙空间时用的力气,
这些大如世界的风箱尽管离奇,
却不能同这一小粒物质,这个小球体相抵。
它与太阳相等,小月球环绕周际,
卧在以太①中,在陆地的绿茵、海洋的银白中呼吸。

---

① 以太,物理学上所假说的传导光、热、电、磁的能媒,充斥于宇宙各处。

库鲁比　把我带回你的天上去吧,天使,带回到强大的上天跟前去吧,把你的双翼展开!我不愿意死在这个地球上!我害怕。我已被大家抛弃了。

天　使　我就这样飞走,现在就这样离去,
　　　　满载着璀璨的钻石,装饰着珍宝种种。
　　　　带着海星、苔藓和乌贼,
　　　　蜂鸟嗡嘤在周围,
　　　　手里是
　　　　向日葵、锦葵和谷穗,
　　　　冰箸响声清脆。
　　　　蜗牛壳、野玫瑰和珊瑚在发中簪佩,
　　　　脚踏红沙,衣边滴着露水。
　　　　在这一切赐物下,在这一切重荷下摇摇晃晃,
　　　　我似醉汉拍打着沉重的翅膀。
　　　　我就这样离去,我就这样飞走,
　　　　把你这幸福儿留在地球上。
　　　　我就这样走进我的太阳群,
　　　　走进朦胧的远方的仙女座星云的乳白色之中。
　　　　我就这样飘回到红星①的暗火之中。

库鲁比　(绝望地)把我从这个地球上带走吧,天使,让我跟你走吧!

天　使　再见,库鲁比,我的孩子,永远再见了!(飞走)永远再见了!

内布卡德内察尔　天使走了。他沉到他那无关紧要的星星里去了。现在只留下你孤单单一个人。上天把你抛弃了,凡人把你拒绝了。

库鲁比　(昏倒在地。轻声地)我的天使,把我带走,把我带走吧,我的天使。

　　　　〔沉默。

内布卡德内察尔　把姑娘带到沙漠里去吧,刽子手。把她杀了,埋进沙里。

----

① 天蝎星座的第一颗火红色的大星。

〔阿基背着库鲁比穿过沉默的人群出去。

内布卡德内察尔　（悲伤地）我曾追求过完美,我建立过一种事物的新制度。我曾设法消除贫困。我曾希望倡导理智。上天蔑视我的事业。

〔背景上出现了老将军,周围簇拥着士兵们。

老将军　你的军队回来了,内布卡德内察尔国王。王宫已被包围,民众在你的暴力下——

〔群众跪下。

全　体　开恩,大王! 开恩! 开恩!

内布卡德内察尔　为了我的政权我出卖了少女,大臣出于治国艺术考虑出卖她,牧师为了神学起见出卖她,你们为了你们的财产之故出卖了她。这样一来,现在我的政权凌驾于你们的神学之上,凌驾于你们的治国艺术之上,凌驾于你们的财产之上。把民众统统关进牢房,把神学家和大臣捆绑起来。我要用他们的肉体锻造武器,用这武器报仇雪耻。行动吧。难道上天就这样高,竟听不到我的诅咒? 难道他就这样远,以致我不能仇恨他? 他比我的意志还强大? 比我的精神还崇高? 比我的勇气更倔强? 我要把人类统统赶进一个畜圈,在它的中间建造一座塔,高耸入云,伸向无限,直插我的敌人的心脏中间。我要将人类精神的创造同虚无中的创造加以对比,并且看一看:我的正义与上帝的非正义何者为佳。

〔穿黑礼服者从右边冲了过来。

穿黑礼服者　我的古玩店! 我找不到我的古玩店了!

〔白痴傻笑着跳着绳子通过舞台。内布卡德内察尔捂住他的脸庞,他处于无济于事的愤怒之中,处于有气无力的悲哀之中。

内布卡德内察尔　不。不。

〔转暗。后幕升起。模模糊糊使人感到一片无涯无际的沙漠,十分辽阔,阿基和库鲁比正在沙漠上逃跑。

阿　基　继续跑,我的姑娘,继续跑! 顶着暴风沙,它越来越猛烈地呼呼刮过来,我的刽子手的外套都被刮成碎片了。

库鲁比　我爱着一个已经不再存在的乞丐。

阿　基　我爱着一个始终还存在的地球,一个乞丐的地球,它曾与极度的幸福结缘,又曾与极端的危险相依;既五光十色,又杂乱无章,它奇妙地存在着许多可能性,我一次又一次地战胜这个地球,由于它的美丽而疯狂,迷恋着它的模样,被强权所威胁,却又不被战胜。继续走吧,姑娘,向前走吧,孩子,我们交给了死亡,但是仍然活着,我的第二次获得的恩赐啊,你现在跟我一起迁徙:巴比伦,模糊而苍白,与它那石与钢造的、不断增高、抗拒着倒塌的高塔一起崩溃;我们正急匆匆穿越风暴,后面骑兵在追踪,箭矢在射击,我们踩着沙子走,贴在斜坡上,脸被晒黑了,在我们前方,一个新国家远远地在朦胧中浮现,在银光中蒸腾,充满新的迫害,充满新的希望,充满新的歌唱!

〔他们向前走去,也许还有几个持不同政见的诗人跟着他们,在暴风沙中跳跃着行进。

《天使来到巴比伦》作者后记

我的喜剧试图说明巴比伦何以有塔楼建筑的原因。根据传说,这种塔楼建筑是人类最雄伟的,尽管是最没有意义的业绩之一;鉴于今天我们看到自己卷入了类似的行动之中,说明这种原因就显得尤其重要。

这涉及最后以悲剧性失败告终的世界。它完全由于自己的过失正趋向庞大,僵化。这里我虽然是在舞台上建造和编造这个世界,但是这与所有其他的人类世界和帝国大同小异:它拥有自己的国王、部长、神学家、银行家、工人、诗人和乞丐,而它最终变得没有意义,没有出路。它失去了一位天使带来的恩赐。这出喜剧的内容就是展现这世界如何失去了它的幸运,它的可能性;喜剧中只有一部分改善了,因为被抛弃的人总是与受恩赐的人共存。这点我们绝不要忘记。天使仍然是正确的,地球依然是奇迹。也许天使对我们显得与世隔绝,但是我相信,那些将世界仅仅视为绝望的人更是与世隔绝,盲目从事。地球不是悬在虚无之中,它是上帝创造万物的一部分。这就是一个区别。

围绕着这一动机,我的思绪,我的梦想转悠了许多年月。青年时期我就从事这一工作了。那时在我父亲的藏书中陈列着蓝白色世界史著作,是关于尼尼微和巴比伦的专著。要把各种梦想写出来那是困难的。我从来没有想过要为一个沉沦了的世界扬幡招魂。对我有吸引力的是通过印象建造一个自己的世界,显得尤其重要。

这个一九八〇年的新版本是以一九五四年的第一版为基础,并参照了一九五七年的第二版以及鲁道夫·凯尔特波恩一九七七年六月五日在苏黎世歌剧院执导首演的歌剧脚本。

老妇还乡

悲喜剧

(1980年新稿)

叶廷芳 译

Friedrich Dürrenmatt
Der Besuch der alten Dame
Eine tragische Komödie
Neufassung 1980

根据苏黎世第欧根尼出版有限公司 1998 年版译出

人 物 表

来访者　克莱尔·察哈纳西安,母姓韦舍尔,
　　　　亿万富婆(亚美尼亚石油大王)
　　　　她的第七、八、九丈夫
　　　　总管
　　　　托比 ⎫
　　　　洛比 ⎭ 嚼口香糖的粗汉
　　　　柯比 ⎫
　　　　罗比 ⎭ 瞎子

被访者　伊尔
　　　　其妻
　　　　其女
　　　　其子
　　　　市长
　　　　牧师
　　　　教师
　　　　医生
　　　　警察
　　　　男甲 ⎫
　　　　男乙 ⎬ 市民
　　　　男丙 ⎮
　　　　男丁 ⎭
　　　　画家
　　　　女甲

　　　　　　　女乙
　　　　　　　路伊丝小姐

其他人物　车站站长
　　　　　列车长
　　　　　列车员
　　　　　抵押官

赘　员　　记者甲
　　　　　记者乙
　　　　　电台评论员
　　　　　摄影师

地　点　居伦，一个小城
时　间　当前

第二幕结束后休息

第 一 幕

　　火车站一阵报时钟声后,幕徐徐升起。接着就看到"居伦"两字。显然,这是背景处隐约可见的小城的名称,一片破烂、败落的景象。车站大楼同样破败不堪,墙上标出有的州通车,有的州不通;还贴着一张半破烂的列车时刻表,车站还包括一间发黑的信号室,一扇门上写着:禁止入内。在背景中间是一条通往车站的不像样的马路,它也只是依稀可见。左侧是一幢光秃秃的小瓦房,不带窗户的那面墙上贴满了破烂的广告。房子左边挂着"女厕"的牌子;右边是"男厕"。一切都沐浴在秋天的烈日里。小瓦房前四个男人坐在一条板凳上。和他们的穿着一样,还有一个衣衫褴褛的男人用红颜料在一面透明横幅上书写着"欢迎克莱里"几个字,显然是为欢迎一群客人准备的。一辆快车发出雷鸣般的隆隆声疾驰而过。站长在车站前行致敬礼。坐在凳子上的那几个人目光追随着特别快车驰往的方向,从左向右转动着头。

男　甲　"古德隆"号,从汉堡开往那不勒斯的。
男　乙　"罗兰"号特快十一点二十七分到这儿,从威尼斯开往斯德哥尔摩。
男　丙　咱们现在剩下的惟一的一点乐趣,就是看来来往往的火车了。
男　丁　五年前"古德隆"号和"罗兰"号特快都在居伦停车。还有"外交家"号和"罗累莱"号,所有重要的特别快车都在这里停。
男　甲　都是举世闻名的。
　　　　〔报时钟声。
男　乙　现在连慢车也不在这儿停了。只有两点从卡菲根来的一趟和一点十三分从卡尔伯城来的一趟。

男　丙　完了。
男　丁　瓦格纳工厂倒闭了。
男　甲　伯克曼公司破产了。
男　乙　阳光广场冶炼厂关掉了。
男　丙　靠失业救济活着。
男　丁　靠救济汤过日子。
男　甲　过日子？
男　乙　挣扎度日。
男　丙　牲口般慢慢饿死。
男　丁　整个小城都如此。
　　　　〔列车隆隆经过，站长肃立。男人们顺着列车方向头从右向左转动。
男　丁　"外交家"号。
男　丙　从前我们这里是文化城市呢。
男　乙　是国内第一流的。
男　甲　是欧洲第一流的。
男　丁　歌德在这里投过宿，住在金使徒旅馆。
男　丙　勃拉姆斯在这里谱写过一首四重奏。
　　　　〔车站报时钟声。
男　乙　贝托尔德·施瓦尔茨在这里发明了火药。
画　家　我是美术学院的尖子，可我这会儿在干什么？画招贴！
男　乙　亿万富婆要回家乡来看看，这可真是千载难逢的机会呀。据说她在卡尔伯城捐了一所医院。
男　丙　在卡菲根办了幼儿园，在首都建了一座纪念教堂。
画　家　她还让齐姆特这位自然主义的涂鸦大王给她画像。
男　甲　她的钱多得不得了。她拥有亚美尼亚油田、西方铁路公司、北方广播公司和曼谷娱乐区。
　　　　〔一阵火车的隆隆声。左边出现一位列车员，仿佛刚从列车上跳下来。
列车员　（声音拉得长长地喊道）居伦！

男　甲　卡菲根来的慢车。

　　　　〔一个旅客从车上下来，从左边经过那几个坐在凳子上的人旁边，走进挂有"男厕"牌子的门里。

男　乙　这是抵押官。

男　丙　是去抵押市政府大楼的。

男　丁　政治上我们也没救了。

站　长　（举起信号旗）开车！

　　　　〔从小城那边走来市长、教师、牧师和伊尔——一个约莫六十五岁的男人，大家的穿着都很寒碜。

市　长　我们的贵宾将乘一点十三分从卡尔伯城来的慢车到达。

教　师　让青年混声合唱队演唱几首歌，表示欢迎。

牧　师　把报火警的钟敲起来，表示敬意，这件家伙还没有典押出去呢。

市　长　在市广场上由市乐队演奏铜管乐，让体操协会叠罗汉，表演一座金字塔来欢迎亿万女富翁。然后在金使徒饭店设宴招待。很可惜，市政府的财政状况已不允许我们支付今天晚上市府大楼和教堂的照明费用了。

抵押官　（从那间小房子走出来）早安，市长先生！我衷心向您问好。

市　长　哦，是抵押官格鲁茨先生，您来这儿有何贵干？

抵押官　这您是知道的啰，市长先生。我正在办一件非同小可的事情。我要您把整个城市拿来抵押。

市　长　除了一台老掉牙的打字机外，您在市政府大楼里找不到任何东西。

抵押官　市长先生把居伦地方博物馆给忘了。

市　长　那在三年前就卖给美国了。我们的金库是空的。没有一个人纳税嘛。

抵押官　得检查检查。眼下全国都很繁荣，偏偏拥有阳光广场冶炼厂的居伦城破产了。

市　长　对这个经济危机之谜我们自己也感到莫名其妙。

男　甲　这一切都是国际秘密组织互济会阴谋策划的结果。

男　乙　这都是犹太人搞的鬼。

男　丙　还有高级金融集团做他们的后台。

男　丁　国际共产主义也插手了。

〔报时钟声。

抵押官　我总能找到点东西。我有一双老鹰般的眼睛。我这就到市府的金库去看看。（下）

市　长　与其让他等亿万女富翁访问以后来抢劫我们，不如让他现在就干。

〔画家在那面横幅上写完了字。

伊　尔　这显然是不行的，市长先生，这横幅上的用语太亲昵了。应该写成：欢迎克莱尔·察哈纳西安。

男　甲　可她叫克莱里呀。

男　乙　克莱里·韦舍尔。

男　丙　她是在这儿长大的嘛。

男　丁　她父亲是建筑师。

画　家　那么我干脆在背面写上：欢迎克莱尔·察哈纳西安。到时候，要是亿万女富翁感动了，我们还可以翻过来让她看正面的。

男　乙　这是"冒险家"号，苏黎世到汉堡。

〔一列新的特别快车从右向左开过去。

男　丙　这趟车总是非常准时，根据它对表准行。

市　长　先生们，这位亿万女富翁就是我们惟一的希望了。

牧　师　除了上帝。

市　长　除了上帝。

教　师　可上帝并不给我们钱。

画　家　它把我们给忘了。

〔男丁"呸！"的一声吐了口唾沫。

市　长　伊尔，您以前跟她有交情，一切全靠您了。

牧　师　那时他们就各走各的路了。我曾听到过一种不确定的说法——您有没有什么事要向您的牧师忏悔呀？

伊　尔　我们过去真是再要好没有了——年轻，热烈。先生们，四十五年了,那时我毕竟是个像样儿的小伙子呀。而克拉拉呢,我总觉得她时时出现在我眼前:神采焕发,从彼得家的仓房的暗处迎面向我走来;有时她光着脚板,在铺满青苔和落叶的康拉德村的树林里走,一头红头发随风飘拂,那苗条的身材,轻盈的体态,真是个迷人的小妖精。可是生活把我们俩给分开了,仅仅是生活,事情就是这样。

市　长　在金使徒旅馆的宴会上,我得作一个简短的讲话,为此,需要讲几件有关察哈纳西安夫人过去的具体事情。

　　　　〔他从衣兜里掏出一个小笔记本。

教　师　我查阅过学校的旧档案。克拉拉·韦舍尔的成绩,不瞒大家说,实在太差。她的操行评语也不好。她考及格的功课只有植物学和动物学。

市　长　(在笔记本上写着)好,植物学和动物学及格了。这很好。

伊　尔　这方面我可以向市长先生提供些材料。克拉拉爱打抱不平。十分出众。有一次一个流浪汉被警察带走,她拿起石头就向警察掷去。

市　长　爱打抱不平。不坏。这历来是被人称道的品德。不过用石头打警察那个事最好就不提了吧。

伊　尔　她也乐善好施。只要她有什么,都要分一些给别人,她甚至还偷过一些土豆给一个贫苦的寡妇。

市　长　乐善好施。先生们,这一点我一定要着重提一提。这是至关重要的事。有没有谁记得哪一幢楼房是她父亲建造的?这些事放进我的讲话里,一定会起很好的作用。

画　家　没有人知道。

男　甲　听说她父亲是个酒鬼。

男　乙　老伴实在跟他过不下去,跑掉了。

男　丙　死在疯人院里。

　　　　〔男丁"呸"的一声吐了口唾沫。

市　长　(合上他的小笔记本)我应该做的事情已经准备完了,剩下的就得看伊尔的了。

伊　尔　我知道。察哈纳西安得拨出个几百万来。

市　长　几百万——您跟我们想的一点儿不差。

教　师　要是她在这儿只办个托儿所,那对我们没有什么用处。

市　长　我亲爱的伊尔,长期以来您在居伦就是最受人爱戴的人。到春天我就要退休了,经与反对党磋商,我们一致同意:提您作为我的继承人。

伊　尔　可是市长先生。

教　师　市长的话我可以做证。

伊　尔　先生们,我们还是谈正事吧。我想首先跟克拉拉谈谈我们悲惨的处境。

牧　师　可是一定要谨慎行事——讲得委婉动听。

伊　尔　我们当然一定要使出一切聪明才智,要抓准她的心理。万一车站上欢迎仪式不成功,那就一切告吹。所以光有市乐队和混声合唱队是不顶事的。

市　长　伊尔说得很对。这毕竟是一个重要的时刻。察哈纳西安夫人踏上她故乡的土地,感到又回到自己的家乡了,心情激动,两眼含着泪花,看到了自己所熟悉的一切。那时我当然不能像现在这样,可怜巴巴地穿着衬衫站在这里,而是穿着黑礼服,戴上高顶帽,偕着我的太太,我的两个小孙女做前导,她们穿着洁白的衣裳,各捧一束玫瑰花。我的上帝,但愿到时候一切能如愿以偿。

〔车站报时钟声。

男　甲　"罗兰"号特快。

男　乙　从威尼斯到斯德哥尔摩,十一点二十七分经过这儿。

牧　师　十一点二十七分!我们差不多还有两个钟头时间,可以去换一身节日的服装。

市　长　区恩和豪塞尔,你们俩举着"欢迎克莱尔·察哈纳西安"的横幅。(他指着那四个人)其余的最好都挥着帽子,可是请注意,千万别像前年欢迎政府代表团那样狂呼乱叫。那样做给人的印象等于零。所以我们直到现在都领不到津贴。到时候,不要把欢天喜地的情绪流露在外面,应该怀着一种内在的、几乎是啜泣的心情,表示出对一个重新找到故乡的孩子那种惊喜的心情。不要让人感到勉强,应该是发自内心的,但务必适可而止。混声合唱队一唱完,马上把火警的钟拉响。首先必须注意……

〔进站火车雷鸣般的响声使他的讲话听不清楚。接着是火车的紧急煞车,所有的人的脸上都表现出莫名其妙、惊诧不已的神情。坐在凳子上的那五个人一跃而起。

画　家　特别快车!
男　甲　停住了!
男　乙　停在居伦!
男　丙　在这个变得最贫穷的——
男　丁　最微不足道的——
男　甲　威尼斯到斯德哥尔摩线上最可怜见的小城!
站　长　自然规律也不要了。"罗兰"号特快应当从洛伊特瑙那边绕一个弧形过来,从居伦飞驰而过,渐渐变成一个黑点,消失在皮肯里德谷地。

〔克莱尔·察哈纳西安从台右上,六十二岁,一头红发,戴着珍珠项链和硕大的金手镯,浓施粉黛,虽然已不起作用,但正因为如此,她有一种社交场上的贵妇少有的典雅,尽管她的神情乖戾。一批扈从跟随着她,其中有总管波比,八十来岁,戴副黑眼镜;她的第七个丈夫(瘦高个儿,蓄着黑色的两撇胡子),带着一套钓鱼器具。一个情绪激动的列车长,头戴红帽子,手提红皮包,和他们走在一起。

克莱尔·察哈纳西安　我到了居伦了吗?
列车长　您拉了紧急煞车,太太。
克莱尔·察哈纳西安　拉紧急煞车是我的家常便饭。
列车长　我抗议。强烈抗议。在这个国家是没有人拉紧急煞车的,哪怕遇到紧急情况人家也不拉的。因为正点行车是我们的最高原则。我可不可以请您解释一下为什么拉紧急煞车?
克莱尔·察哈纳西安　我确实到居伦了,莫比。我认得出这个可悲的破烂窝。那边是康拉德村的树林,里面有一条小溪流过,你可以在那里钓鱼,钓鳟鱼和梭子鱼;右边是彼得家的仓房的屋顶。

伊　　尔　（如梦初醒）克拉拉。

教　　师　察哈纳西安。

众　察哈纳西安。

教　　师　青年合唱队的混声合唱还没有准备好呢!

市　　长　艺术体操队和消防队也没有到!

牧　　师　还有教堂执事!

市　　长　我的礼服还没穿,天哪,还有高顶帽,我的孙女!

男　　甲　克莱里·韦舍尔!真的是克莱里·韦舍尔!

〔他跳了起来,朝城市方向跑去。

市　　长　（喊道）别忘了叫我的太太!

列车长　我等着您做出解释。这是我的职责。我以铁路局的名义提出这个要求。

克莱尔·察哈纳西安　你这个笨脑瓜。我就是想看看这个小城市,难道要我从你的快车上跳下来?

列车长　夫人,要是您想来居伦看看,您尽可以乘十二点四十分从卡尔伯城来的慢车,和任何人一样。一点十三分到居伦。

克莱尔·察哈纳西安　乘慢车,要我在洛肯、布鲁恩许贝尔、白森巴哈和洛伊特瑙每个小站都停?您大概是想叫我为了通过这一地区也磨蹭半个小时?

列车长　夫人,这样做您将会受到重罚的。

克莱尔·察哈纳西安　波比,给他一千块钱。

众　（喃喃自语）一千块钱。

〔总管给列车长一千块钱。

列车长　（惊愕）夫人。

克莱尔·察哈纳西安　再拿三千捐给铁路职工寡妇救济会。

众　（喃喃自语）三千!

〔列车长从总管手中接过三千块钱。

列车长　（目瞪口呆）没有这样一个救济会呀,夫人!

克莱尔·察哈纳西安　那您就建立一个嘛。

〔市长贴着列车长的耳朵耳语了几句。

列车长　（不胜惊慌）这个仁慈的人就是克莱尔·察哈纳西安夫人？哦，请原谅。这当然是另一回事了。哪怕我们只听到一点儿风声，知道您要来，我们毫无疑问就会在居伦停车的——夫人，把钱拿回去吧——四千——我的上帝。

众　　　（喃喃自语）四千。

克莱尔·察哈纳西安　小意思，你留着吧。

众　　　（喃喃自语）留着。

列车长　夫人，要不要让"罗兰"号特快在这儿等着，等到您在居伦城访问结束的时候？铁路局会很高兴这样做的。这里的教堂的门楼是很值得参观的，这是哥特式建筑，里面绘有"最后的审判"。

克莱尔·察哈纳西安　你给我开着你的特快滚吧。

第七丈夫　（哭丧着脸）可是那些新闻界的人士，我的小宝贝，新闻界的人都还没有下车呢。那些记者在前面餐车里正吃得欢，他们还一点儿没有走的思想准备呢。

克莱尔·察哈纳西安　让他们继续吃下去吧，莫比。眼下在居伦我还用不着他们，过后，他们自会再来的。

〔这时市长已经穿好了男乙给他送来的燕尾服，他庄重地向克莱尔·察哈纳西安走去。画家和男丁站在凳子上高高举起"欢迎克莱尔·察哈纳西……"的横幅；画家还没有完全把字写完。

站　长　（举起信号旗）开车！

列车长　但愿仁慈的夫人千万别向铁路局提出这件事情。这纯粹是一场误会。

〔火车开始启动。列车长一跃而上。

市　长　尊敬的、仁慈的夫人：作为居伦城的市长，我极为荣幸地向您，仁慈的、尊敬的夫人——我们故乡的一个儿女表示热烈的……

〔火车急速地驶离车站的轰隆声淹没了市长其余的讲话声，而他仍不停地讲下去。

克莱尔·察哈纳西安　谢谢市长先生的美言。

〔此刻不无尴尬的伊尔正朝她走来,她迎了上去。

伊　　尔　　克拉拉。

克莱尔·察哈纳西安　　阿尔弗雷德。

伊　　尔　　你来了,太好了。

克莱尔·察哈纳西安　　我一直都想着这一天。自从我离开居伦以来,想回来看看的念头就始终没有中断过。

伊　　尔　　(不知如何回答好)这是你令人喜爱的地方。

克莱尔·察哈纳西安　　你也想到过我吗?

伊　　尔　　当然,一直在想。你是知道我会想你的,克拉拉。

克莱尔·察哈纳西安　　咱们俩过去在一起的那些日子可真美啊。

伊　　尔　　(骄傲地)就是嘛。(向教师)您瞧,教师先生,我已经把她笼住了。

克莱尔·察哈纳西安　　你一向怎么叫我,就怎么叫我吧。

伊　　尔　　我的小野猫。

克莱尔·察哈纳西安　　(学一只老猫的叫声)你还叫我什么来着?

伊　　尔　　我的小妖精。

克莱尔·察哈纳西安　　而我当时称呼你:我的黑豹。

伊　　尔　　我现在还是一只黑豹。

克莱尔·察哈纳西安　　胡说。你发胖了。脸变灰了,而且醉醺醺的样子。

伊　　尔　　可你还是老样子。小妖精。

克莱尔·察哈纳西安　　嘿,瞧你说的。我也变老了,也发胖了。而且还失掉了我的左腿。一次车祸。所以现在出门只能坐特别快车。可我装的这条假腿真叫棒,你看,不是吗?(她撩起裙裾,露出她的左腿)伸屈自如。

伊　　尔　　(擦汗)我可一点没觉察到,小野猫。

克莱尔·察哈纳西安　　我可以不可以向你介绍一下我的第七个丈夫,阿尔弗雷德?烟草种植园的老板。我们的婚姻生活十分美满。

伊　　尔　　太好了。

克莱尔·察哈纳西安　　过来,莫比,鞠个躬。他的名字原来叫彼德罗。

但莫比更好听。它也比我的总管的名字波比要好。总管毕竟是生活中少不了的,所以每个丈夫的名字都得按照他的姓重新加以调整。

〔第七丈夫鞠躬。

克莱尔·察哈纳西安　你看他那乌黑的两撇小胡子不漂亮吗?想一想吧,莫比。

〔第七丈夫做思索状。

克莱尔·察哈纳西安　用点劲儿。

〔第七丈夫更用心地思索。

克莱尔·察哈纳西安　再用点劲儿。

第七丈夫　可是我没法再使劲儿了,小宝贝,实在使不出更大的劲儿了。

克莱尔·察哈纳西安　你当然能够再用点劲儿的,试一试嘛。

〔第七丈夫使更大的劲儿思索。

〔车站钟声。

克莱尔·察哈纳西安　你瞧,行嘛。我说得对不对,阿尔弗雷德,这样一来,他看上去几乎有一种魔力。像个巴西人。可这是一种错觉。他是信希腊东正教的,父亲是俄国人。一个俄国神父当了我们的证婚人。真有意思。现在我要到居伦城里去看看了。(她用一把宝石璀璨的长柄眼镜仔细察看着左边的那座小房子)这座厕所是我父亲建造的,莫比。一座像样的建筑,是他呕心沥血设计建造的。小时候,我爬上屋顶一待就是几个钟头,老往下吐唾沫,可尽往男人身上吐。

〔此时混声合唱队和青年乐队已经在背景处排好了队。教师挥动着高顶帽向前走了出来。

教　师　仁慈的夫人!作为居伦文科中学的教师和古老音乐的爱好者,请允许我向您——高贵的夫人呈献一首由混声合唱队和青年乐队演唱的家乡民歌。

克莱尔·察哈纳西安　那就快开始吧,教师,听一听您的家乡民歌。

〔教师拿出音叉来轻轻一敲,给了一个音,混声合唱队和青年

〔乐队庄严地唱了起来,但这时又有一辆火车从左边开了过来,站长以立正姿势站着。合唱队不得不和火车的辘辘声争高低,教师表现出无可奈何的样子,最后火车总算过去了。

市　　长　（气急败坏地）火警钟,快把火警钟敲响呀!
克莱尔·察哈纳西安　唱得好,居伦人。特别是前排左边那位喉头高高突出的金发男低音唱得非常出色。
　　　　〔一名警察从合唱队中挤过来,立正站在克莱尔·察哈纳西安的面前。
警　　察　夫人,警长汉克听候您的吩咐。
克莱尔·察哈纳西安　（打量着他）谢谢。我并不想逮捕任何人。不过也许居伦城不久会用得着您的。您有时也睁一只眼闭一只眼吗?
警　　察　这还用说,夫人。否则我在居伦这地方怎么立足呀?
克莱尔·察哈纳西安　您最好把两只眼睛都闭上。
　　　　〔警察目瞪口呆地站着。
伊　　尔　（大笑）完全和以前一样,还是那个克拉拉,还是我那个小妖精。（他快活地拍了一下自己的大腿）
　　　　〔市长把教师头上的高顶帽拿过来戴在自己的头上,推着两个小孙女往前走几步。那是一对七岁的孪生姐妹,梳着金色的发辫儿。
市　　长　我的两个孙女儿,夫人,一个叫赫尔明娜,一个叫阿道芬娜。只缺我的夫人没有到。（擦汗）
　　　　〔两个小姑娘向察哈纳西安夫人行屈膝礼,并把红色的玫瑰花献给她。
克莱尔·察哈纳西安　我祝贺您有这么两个小妞儿,市长先生。来!
　　　　（她把玫瑰花塞到站长的怀里）
　　　　〔市长悄悄地把高顶帽递给牧师,牧师把它戴上。
市　　长　这是我们的牧师,夫人。
　　　　〔牧师脱帽行礼。
克莱尔·察哈纳西安　哦,牧师。您习惯安慰垂死的人吗?

牧　　师　（诧异）我尽力而为。

克莱尔·察哈纳西安　还有那样一些被判死刑的人吗？

牧　　师　（迷乱）在我们国家死刑已经废除了,夫人。

克莱尔·察哈纳西安　那也许会重新实行嘛。

〔牧师不免有点儿吃惊；他把帽子还给市长,市长又把它戴上。医生纽斯林从人群中挤过来。

市　　长　纽斯林大夫,我们的医生。

克莱尔·察哈纳西安　有意思；您开死亡证明书吗？

医　　生　死亡证明书？

克莱尔·察哈纳西安　如果有人丧命的话。

医　　生　那是要开死亡证明书的。

克莱尔·察哈纳西安　那将来您确诊为心肌梗死好了。

伊　　尔　（大笑）不愧是小野猫！什么样的玩笑都想得出来！

克莱尔·察哈纳西安　好啦,现在我要去这个小城看看了。

〔市长想把胳膊伸过去让她挽着。

克莱尔·察哈纳西安　这是怎么一回事,市长先生,凭我这条假腿可走不了好几里路呀。

市　　长　（愕然）立刻解决！立刻解决！纽斯林大夫有一辆汽车。

医　　生　一九三二年出产的"梅赛德斯",夫人。

克莱尔·察哈纳西安　用不着那个。自从我的腿失掉以后,我出门就只坐轿子。洛比,托比,把轿子抬过来。

〔两个嚼着口香糖的粗汉子抬起克莱尔·察哈纳西安向城里进发。市长做了个手势,全体立即欢呼起来,这时另两个杂役抬着一口贵重的黑棺材进来,并朝居伦方向走去,欢呼声显然因惊愕而戛然压低。但此刻那口还没有典押出去的火警钟开始当当当地响起来了。

市　　长　终于敲了！终于敲响火警钟了！

〔大家纷纷拥向棺材。棺材后面是克莱尔·察哈纳西安的大批女仆和扛箱抬笼的居伦人。警察指挥着交通,然后他也想跟着这支队伍走。不料右边又上来两个矮矮胖胖的小老头儿,互相手牵着手,说话声音很低,两人穿着都很讲究。

两位小老头　咱们已经到居伦了。咱们闻得出来,咱们闻得出来,咱们闻到了这儿的气味,闻到了居伦的气味。

警　　察　喂,你们是干什么的?

两位小老头　我们是跟随老夫人的,我们是跟随老夫人的。她管我们叫柯比和罗比。

警　　察　察哈纳西安夫人住在金使徒旅馆。

两位小老头　(快活地)我们看不见,我们看不见。

警　　察　是瞎子?那我领你们俩走一趟。

两位小老头　谢谢,警察先生,真是感谢不尽。

警　　察　(惊异地)既然你们都是瞎子,那怎么知道我是警察呢?

两位小老头　凭你说话的声调,凭你说话的声调,所有的警察说话都是一个腔调。

警　　察　(狐疑起来)你们这两个小胖男人,看来你们跟警察打的交道已经不少啦。

两位小老头　(惊讶)男人?他把我们当作男人!

警　　察　不是男人那你们到底是什么人,活见鬼!

两位小老头　待会儿你就会明白的,待会儿你便会明白的!

警　　察　(愕然)嘿,看来你们倒总是很开心的。

两位小老头　我们有猪排和火腿吃,每天不断,每天不断。

警　　察　要是我有那玩意儿吃,也会开心得了不得。来吧,把手伸过来。外国人有一种带滑稽色彩的幽默。

〔他领着他们俩向城里走去。

两位小老头　去找波比和莫比;去找洛比和托比!

〔无幕换景:车站的门面及其近旁的那幢小屋向上升起、消失。代之出现的是金使徒旅馆的内景,甚至也可以从上面降下一尊作为旅店标志的、镀金而尊严的使徒雕像,悬吊在当中。一派颓败的奢华景象。一切都东歪西倒、破破烂烂、积满灰尘、霉味袭人。墙上的石膏装饰已经剥落。市长、牧师、教师坐在前台右侧,一边喝着烧酒,一边观看着那没完没了的箱笼的搬运;这一情景可让观众去想象,不必呈现出来。

市　长　箱子,搬不完的箱子。

牧　师　可以堆成山了。刚才一只关在笼子里的豹子被抬上来了。

市　长　一只黑色的猛兽。

牧　师　还有那口棺材。

市　长　被抬进了一间特设的房间里。

教　师　令人感到蹊跷。

牧　师　世界有名的女人总有些怪名堂。

市　长　漂亮的女仆。

教　师　看来她要在这儿待较长时间啦。

市　长　那更好。伊尔已经把她笼住了。他叫她小野猫,小妖精。他将从她那里弄个几百万出来。祝您健康,教师先生。但愿克莱尔·察哈纳西安能使伯克曼公司得到恢复。

教　师　还有瓦格纳工厂。

市　长　尤其是阳光广场冶炼厂。只要这个工厂振兴起来,一切就跟着兴旺发达:整个市镇,中学,公共福利。

　　　　〔大家碰杯。

教　师　我给居伦学生批改拉丁文和希腊文已经二十多年了。但直到一个钟头以前,市长先生,我才开始懂得什么叫恐惧。那个老太太穿着一身黑衫,下车时那副模样真叫人不寒而栗。我觉得她就像是罗马神话中的命运女神,就像是希腊神话中的命运女神。因此与其叫她克莱尔,不如叫她克罗托①,就是那个编织生命之线的克罗托。

　　　　〔警察上,他把钢盔挂在钩子上。

市　长　跟我们一块儿坐坐,警长。

　　　　〔警察挨着他们坐下。

---

① 克罗托,希腊神话天神宙斯的三个女儿共同掌管人的命运;克罗托负责编织生命之线。

警　　察　　在这个破烂小地方工作真没意思。不过眼看这个瓦砾堆就要繁荣起来啦。刚才我跟着那位亿万富翁和小店铺老板伊尔到彼得家的仓房去了一趟,场面真是动人。他们俩就像在教堂里那样神情肃穆。我感到在那里真有些不好意思。所以当他们后来去康拉德村的树林时,我也就没跟着去了。那简直可以说是一支浩浩荡荡的队伍。前面是两个胖瞎子跟着总管,接着是老太太的轿子,轿子后面是伊尔和她的拿着钓竿的第七丈夫。

市　　长　　她可是男人换了一个又一个呀。

教　　师　　称得上雷伊丝第二①。

牧　　师　　我们都是罪人。

市　　长　　我真惊奇,他们到康拉德村的树林里去干什么。

警　　察　　还不是跟在彼得家的仓房里一样,市长先生。他们要重游那些他们所说的从前倾泻过热情的地方。

牧　　师　　燃烧过热情的地方!

教　　师　　火焰般的热情!一下就让我们想到莎士比亚,想到他的罗密欧与朱丽叶。先生们:我真兴奋。我第一次感觉到我们居伦也有过灿烂的古文化。

市　　长　　首先让我们为我们的好伊尔干杯,他现在正为改善我们的命运而竭尽全力。诸位,为本市最孚众望的公民、我的继任人干一杯!

　　　　　　〔他们干杯。

市　　长　　又是箱子。

警　　察　　老太太的行李真是多得不得了。

　　　　　　〔旅店金使徒雕像向上升回。有四个公民抬着一条没有靠背的简单板凳从左侧上,他们把凳子放在台左。男甲登上板凳,胸前挂着一个用硬纸板做成的大红心,上面写着"阿一克"两个大字。其余三人在他身旁围成一个半圆形,各人手里拿着

---

① 雷伊丝(Lais),古希腊名妓。

张开的树枝,装成树木的样子。

男　甲　我们都是树,杉树、松树、榉树。
男　乙　我们是深绿色的枞树。
男　丙　苔藓、地衣和常春藤。
男　丁　矮树丛和狐狸窝。
男　甲　游动的彩云,鸣叫的飞鸟。
男　乙　道地的德国荒原的树根。
男　丙　密密麻麻的蘑菇,害羞的小鹿。
男　丁　窃窃私语的树枝,旧日的美梦。

〔克莱尔·察哈纳西安坐在轿子里,由那两个嚼着口香糖的怪模怪样的人抬着从背景处上场,伊尔走在她的旁边,轿子后面是她的第七丈夫,最后是总管,他牵着那两个瞎子。

克莱尔·察哈纳西安　这就是康拉德村的树林了。洛比,托比,停一停。
两个瞎子　停一停,洛比和托比;停一停,波比和莫比。

〔克莱尔·察哈纳西安下轿,观察着树林。

克莱尔·察哈纳西安　阿尔弗雷德,你看,这就是铭刻着咱们俩名字的那颗红心。几乎全变白了,两个名字也离得远远的了。这棵树已经长大了,树干和树枝都变得很粗了,就像我们自己那样。(她走向另几棵树木)这是一排德国的树木。我已经很久没有再到过我年轻时代的树林里来了,已经很久没有再在绿叶和紫藤中间穿来穿去,奔跑跳跃了。嚼口香糖的,你们俩现在带上轿子到树丛后头去吧,我可不愿意看见你们那两张怪脸。还有你,莫比,你从右侧溜达到溪边,看鱼去吧。

〔那两个怪模怪样的人抬着空轿子从左边下。第七丈夫朝右边下,克莱尔·察哈纳西安在板凳上坐下。

克莱尔·察哈纳西安　瞧,一头小鹿。

〔男丙一跃闪开了。

伊　尔　现在正是禁猎期。

〔他挨着她坐下。

克莱尔·察哈纳西安　我们俩曾经在这张石凳上接过吻。那是在四十五年以前。在这些灌木丛中,在这棵山毛榉下,在这苔藓地上的朵朵蘑菇之间,我们曾经热恋过。当时我十七岁,你还不到二十。后来你娶了经营一爿小百货店的玛蒂尔德·勃鲁姆哈德,我嫁给了在亚美尼亚拥有几十亿资产的老察哈纳西安。他是在汉堡的一家妓院里遇见我的。他迷上了我这一头红头发,这个名副其实的老金壳郎。

伊　尔　克拉拉!

克莱尔·察哈纳西安　来一支雪茄,波比,要"亨利·克莱"的。

那两个瞎子　来一支"亨利·克莱",来一支"亨利·克莱"。

〔总管从背景处上,他递给她一支雪茄,给她点上火。

克莱尔·察哈纳西安　我很爱抽雪茄。照理我应该抽我丈夫那个公司的产品,但是我信不过那种烟。

伊　尔　我是为你着想才娶了玛蒂尔德·勃鲁姆哈德的。

克莱尔·察哈纳西安　那会儿她有钱。

伊　尔　那时候你年轻,又长得漂亮,你很有前途。我一心想成全你的幸福。因此我只好放弃我自己的幸福。

克莱尔·察哈纳西安　现在这前途已经达到了。

伊　尔　要是你留在这儿,那你就跟我一样倒霉不堪。

克莱尔·察哈纳西安　你倒霉不堪吗?

伊　尔　在这个破落的城市里当一个破落的小店铺的老板。

克莱尔·察哈纳西安　现在我有钱啦。

伊　尔　自从你离开我以后,我简直生活在地狱里。

克莱尔·察哈纳西安　而我已经变成了地狱。

伊　尔　家里人老跟我过不去,他们嫌我穷。

克莱尔·察哈纳西安　小玛蒂尔德没有使你幸福?

伊　尔　你已经幸福了,这就再好不过了。

克莱尔·察哈纳西安　你的孩子们怎么样?

伊　尔　很不懂事。

克莱尔·察哈纳西安　他们不久就会懂事的。

〔他不吱声。两人呆呆地望着他们青年时代的树林。

伊　尔　我的日子过得多么可笑呀。连这个小城我都没有真正离开过。去了一趟柏林,一趟台辛①,仅此而已。

克莱尔·察哈纳西安　去了又怎么样,我认识这个世界。

伊　尔　因为你可以经常旅行。

克莱尔·察哈纳西安　因为这世界是属于我的。

〔他不再说什么;她抽着烟。

伊　尔　现在一切都要改变了。

克莱尔·察哈纳西安　一点不假。

伊　尔　(探询地望着她)你会帮我们吧?

克莱尔·察哈纳西安　我不会抛开我度过青春年华的小城不管的。

伊　尔　我们得有几百万才行。

克莱尔·察哈纳西安　小意思。

伊　尔　(兴奋地)小野猫!

〔他激动地拍了一下她的左腿,马上又疼痛不堪地把手抽回。

克莱尔·察哈纳西安　手打疼了吗?你正好打在我的假腿的一根链条上了。

〔男甲从裤兜里掏出一只烟斗和一把生锈的房门钥匙,他用钥匙敲打烟斗。

克莱尔·察哈纳西安　一只啄木鸟。

伊　尔　现在的情景跟从前一样,那时候我们年轻、大胆,在我们热恋的那些日子里,我们常到康拉德村的树林里来玩。太阳高悬在枞树上空。远处朵朵白云飘动,野林深处传来布谷鸟的叫声。

男　丁　布谷!布谷!

伊　尔　(摸了摸男甲)冷漠的树木和树枝间吹过的风,像大海的浪潮呼呼作响。像从前那会儿一样,一切都像那会儿一样。

〔装成树木的三个男人吹起气来,手臂上下起伏地运动着。

伊　尔　啊,我的小妖精,要是时间并没有消逝,要是生活并没有把我

---

① 台辛(Tessin),瑞士南部的州名,阿尔卑斯山通过该州。

们分开,那该多好啊。

克莱尔·察哈纳西安　你真的希望那样?

伊　　尔　真的希望那样,我最希望那样。我实在爱你呀!(他吻她的右手)还是这只凉丝丝的、白白嫩嫩的手。

克莱尔·察哈纳西安　错了。这也是一只假手。象牙做的。

伊　　尔　(大吃一惊,放开了她的手)克拉拉,难道你身上的一切都是假的吗?

克莱尔·察哈纳西安　几乎可以这样说。在阿富汗我遭遇到一次飞机失事。我作为惟一的幸存者从飞机残骸中爬了出来。我是死不了的。

两个瞎子　她是摔不死的,她是摔不死的。

〔奏起庄严的铜管乐。旅馆的使徒像又降了下来。居伦人搬进来三张桌子,拿来餐具、食物和破得不像样子的桌布等;桌子一张摆在中间,其余左右各一,全与观众席平行。牧师从背景处上。还有好些居伦人鱼贯而入,其中有一位穿着体操服。市长、医生、教师、警察重上。市民们鼓掌。市长朝着坐在凳子上的克莱尔·察哈纳西安和伊尔走过去,那几棵树木重新变成了市民向后面走去。

市　　长　尊敬的、仁慈的夫人!这暴风雨般的掌声是对您表示的欢呼。

克莱尔·察哈纳西安　这掌声是欢呼市乐队的,市长先生。乐队吹得很出色,刚才体操协会的叠罗汉也非常精彩。

〔市长挥了一下手,体操运动员开始给在座的表演。

克莱尔·察哈纳西安　我就喜欢看见只穿着背心和短裤衩的男人们。他们那样子多自然。您再表演一个体操动作。体操运动员先生,现在您把两只胳膊向后挥,然后做个四肢支身的姿势。

〔体操运动员照着她的指点去做。

克莱尔·察哈纳西安　妙极了,这一身肌肉!凭您的这一身力气,您掐死过谁吗?

〔正处于四肢支身姿势的体操运动员吃了一惊,两腿一软,不觉跪了下去。

体操运动员　掐死过人？

伊　　尔　（大笑）克拉拉的幽默感真是再妙没有了。她随便开个玩笑，都要叫人笑死！

医　　生　我听不明白！这样的玩笑真叫人浑身发凉！

　　　　　〔体操运动员向后走去。

市　　长　我可以陪您入座吗？（他把克莱尔·察哈纳西安领到中间的那张桌子，向她介绍他的妻子）这是我的夫人。

克莱尔·察哈纳西安　（通过她的长柄单眼镜打量着这位太太）安内特辛·杜默穆特，我们这个阶级中的佼佼者。

　　　　　〔伊尔叫他的妻子上前来；她衰弱无力，痛苦万状。

克莱尔·察哈纳西安　可爱的玛蒂尔德·勃鲁姆哈德。我还记得你那会儿老躲在店门后头偷看阿尔弗雷德。你现在可变得又瘦又苍白，我的亲爱的。

伊　　尔　（悄悄地）她已经答应给几百万！

市　　长　（猛地抽了一口气）几百万？

伊　　尔　几百万。

医　　生　天哪。

克莱尔·察哈纳西安　现在我肚子饿了，市长先生。

市　　长　我们就等着您的丈夫了，夫人。

克莱尔·察哈纳西安　不必等他了。他在钓鱼。我正在跟他办离婚呢。

市　　长　离婚？

克莱尔·察哈纳西安　待会儿莫比也会感到惊奇。我就要跟一个德国电影明星结婚。

市　　长　可是您刚才说过，你们的婚姻生活是很美满的！

克莱尔·察哈纳西安　我的每一次婚姻都是很美满的。但我年轻时曾经梦想过要在居伦的大教堂里举行婚礼。年轻时的梦想是必须付诸实施的。我的婚礼要隆重举行。

　　　　　〔全体坐下。克莱尔·察哈纳西安坐在市长和伊尔之间。伊尔太太和市长夫人各挨着自己的丈夫就座。教师、牧师和警察坐在右边那张桌子的后面，四个男人坐在左边。还有许多贵客偕同他们的夫人都在背景处，那里"欢迎克莱里"的横幅十分醒目。市长站了起来，他笑容满面，餐巾已经围在胸前，用手指敲着他的酒杯。

市　　长　　尊贵的夫人！亲爱的居伦城的乡亲们！自从夫人离开我们这个小城，离开这个由选帝侯哈索首创的、位于康拉德村树林和皮肯里德谷地之间的可爱亲切的城市，到现在已经四十五年了。四十五年，那是一段很长的时间哟。打那以后，历经沧桑，吃够了苦头。世界是悲惨的，我们的处境也是悲惨的。但是我们从来没有忘记您——亲爱的夫人——我们的克莱里（鼓掌）。不但没有忘记您，而且也没有忘记您家里的人。您的母亲原是个身材魁梧、身体强健的人，她的婚姻生活十分美好（伊尔轻声地向他说了点什么），可惜她过早地离开了我们；您的广受大家爱戴的父亲，他在车站附近建造的那幢房子一直受到同行们和外行们的不断拜访（伊尔轻声地向他说了点什么）与高度好评，您的这两位双亲至今仍然作为我们中的精华和典范活在我们的心中。而您，亲爱的夫人，当您披散着一头金发（伊尔向他耳语了几句）——一头红鬈发，像野孩子似的欢蹦乱跳着穿过我们那可惜现在已变得破败不堪的胡同的时候——谁不认识您。当时大家就感觉到，在您的精神气质中存在着一种魔力，预感到您将来要飞黄腾达，上升到人类难以想象的高峰。（掏出他的小笔记本）我们始终忘不了您。这话一点不假。您当年的学习成绩直到现在仍是教师们用来向学生推荐的榜样。特别是您在最重要的科目，也就是在动植物课方面的成绩实在惊人，这是您同情一切生灵，同情一切需要保护的生命的充分表现。在那时候，您的正义感和您的乐善好施精神就激起了更大范围的人们的赞赏。（暴风雨般的掌声）这里只提一提您的许多义举中的一件就够了。大家都知道我们的克莱里曾经用她好不容易在街坊那里挣得的一点零花钱买了土豆来解决一户穷苦的老寡妇的吃食，就这样使得那个老人没有饿死。（暴风雨般的掌声）仁慈的夫人,亲爱的居伦城的乡亲们,那棵娇嫩的幼芽现在已经茁壮地成长为可喜的秧苗,就是说从一个满头红鬈发的野孩子,变成了一位高贵的太太,她的乐善好施精神,使全世界为之震惊。我们只要想一想她那些社会慈善事业,想一想她那些妇产医院和施汤所,她兴办的那些艺术学校和托儿所就够了。因此现在我要向这位回乡的贵客欢呼:万岁,万岁,万岁!

〔鼓掌。克莱尔·察哈纳西安站了起来。

克莱尔·察哈纳西安　市长先生,居伦城的父老同胞们。你们对我的到来表现出这样无私的高兴深深感动了我。不过我小时候和市长先生刚才讲话里所讲的那个孩子并不完全一样。在学校里我是经常挨打的,我偷过土豆送给那个寡妇波尔,是和伊尔一起干的。这不是为了怕那个拉皮条老太婆饿死,而是为了要利用她的一张床,好让我和伊尔睡上一回;因为那里比康拉德村的树林和彼得家的仓房要舒服得多。然而不管如何,为了对你们的欢乐情绪做出我的一份贡献,现在我愿意当场宣布:我准备捐献给居伦十个亿;五亿归市政府,五亿分给各家。

〔死一般的沉寂。

市　　长　（结结巴巴地）十个亿。

〔其余所有的人仍然呆若木鸡。

克莱尔·察哈纳西安　有一个条件。

〔全体爆发出无法形容的欢呼,蹦呀,跳呀,有的站到椅子上,体操运动员起劲地表演体操,不一而足。伊尔兴奋得一个劲地用拳头捶打自己的胸脯。

伊　　尔　这就是咱们的克拉拉!多让人高兴啊,多美妙啊!多可爱啊!道道地地是我的小妖精!

〔他吻她。

市　　长　夫人,您刚才说有一个条件。我可不可以知道这个条件是什么?

克莱尔·察哈纳西安　我的条件就是:我给你们十个亿,用这个代价来为我买得公道。

〔死一般的寂静。

市　　长　您这话是什么意思,夫人?
克莱尔·察哈纳西安　就是刚才我说的那个意思。
市　　长　可公道是不能用钱买的呀!
克莱尔·察哈纳西安　什么都可以用钱买到!
市　　长　可我还是不明白您的意思。
克莱尔·察哈纳西安　波比,您站到前面来。
　　　　〔总管从右侧走到那三张桌子的中间,摘下他的黑眼镜。
总　　管　我不知道你们中间还有没有谁认得我?
教　　师　法院院长霍弗尔。
总　　管　对。法院院长霍弗尔。四十五年以前,我是居伦市的法院院长,后来被调到卡菲根高等法院,直到二十五年前察哈纳西安夫人招聘我当她的管家,我接受了。对于一个受过高等教育的人来说,走飞黄腾达的道路也许是比较少见的,但当管家的薪水之高那可是难以想象的——
克莱尔·察哈纳西安　谈正事吧,波比。
总　　管　你们已经听明白了吧:克莱尔·察哈纳西安夫人现在表示给你们十亿巨款,她要以此为她自己买得公道。换句话说:如果你们能为她过去在居伦遭受的冤屈昭雪,那么克莱尔·察哈纳西安夫人就送给你们十个亿。伊尔先生,可不可以请您过来一下。
　　　　〔伊尔站起来,脸色发白,惊魂不定。
伊　　尔　您叫我有什么事?
总　　管　请您站到前面来,伊尔先生。
伊　　尔　好吧。
　　　　〔他走到桌子前面的右边。强颜为笑,耸耸肩膀。
总　　管　那是一九一〇年。我是居伦法院的院长,需要审理一件关于父权问题的诉讼案。克莱尔·察哈纳西安,当时叫克莱尔·韦舍尔,她控告您,伊尔先生,是她的孩子的父亲。
　　　　〔伊尔不吭声。
总　　管　伊尔先生,当时您否认是孩子的父亲,为此您还找来了两个证人。

伊　　尔　这是多少年前的往事了。那时我年轻,不懂事。

克莱尔·察哈纳西安　托比、洛比,把柯比和罗比带来。

〔那两个嚼口香糖的怪模怪样的人把两个瞎眼的阉人领到舞台的中间,那对瞎子手牵着手,很是快活。

两个瞎子　我们来了,我们来了。

总　　管　伊尔先生,您认得这两个人吗?

〔伊尔不吭声。

两个瞎子　我们是柯比和罗比,我们是柯比和罗比。

伊　　尔　我不认识他们。

两个瞎子　我们的样儿变了,我们的样儿变了。

总　　管　把你们的名字说出来。

瞎子甲　雅各布·许恩莱因,雅各布·许恩莱因。

瞎子乙　路德维希·施帕尔,路德维希·施帕尔。

总　　管　怎么样,伊尔先生?

伊　　尔　我根本不认识他们。

总　　管　雅各布·许恩莱因和路德维希·施帕尔,你们认识伊尔先生吗?

两个瞎子　我们是瞎子,我们是瞎子!

总　　管　你们从他说话的声音听得出他是谁吗?

两个瞎子　听得出他的声音,听得出他的声音。

总　　管　一九一〇年那时候,我是法官,你们是证人。路德维希·施帕尔和雅各布·许恩莱因,那会儿你们在法庭上发誓做证,你们都说了些什么?

两个瞎子　说我们跟克拉拉睡过觉,说我们跟克拉拉睡过觉。

总　　管　你们在我面前,在法庭面前,在上帝面前发了这样的誓言。你们当时说的是实话吗?

两个瞎子　我们发的是假誓,我们发的是假誓。

总　　管　为什么要这样做,路德维希·施帕尔和雅各布·许恩莱因?

两个瞎子　伊尔贿赂了我们,伊尔贿赂了我们。

总　　管　他用什么贿赂你们？

两个瞎子　用一升烧酒，用一升烧酒。

克莱尔·察哈纳西安　现在讲一讲我是怎么对付你们的，柯比和罗比。

总　　管　讲讲察哈纳西安夫人是怎么对付你们的吧。

两个瞎子　太太派人寻找我们，太太派人寻找我们。

总　　管　就是这样。克莱尔·察哈纳西安派人寻找你们，找遍了天涯海角。雅各布·许恩莱因已经移居到加拿大，路德维希·施帕尔跑到了澳大利亚。但是她还是找到了你们。那么，她是怎么对付你们的呢？

两个瞎子　她把我们交给了托比和洛比，她把我们交给了托比和洛比。

总　　管　托比和洛比又是怎么对付你们的呢？

两个瞎子　割掉了我们的生殖器，挖掉了我们的眼睛。

总　　管　全部经过就是这样：一个法官，一个被告，两个假证人，在一九一〇年制造了一件冤案。是不是这样，原告？

〔克莱尔·察哈纳西安站了起来。

伊　　尔　（顿足）已经早过去了，一切都已经早过去了。这是一桩丧失理智的陈年老账。

总　　管　那孩子后来怎样了，原告？

克莱尔·察哈纳西安　（轻轻地）只活了一年。

总　　管　您后来的情况怎样呢？

克莱尔·察哈纳西安　我成了妓女。

总　　管　因为什么？

克莱尔·察哈纳西安　是法院的判决给我造成的。

总　　管　于是，您现在要求人们为您伸张正义，是不是这样，克莱尔·察哈纳西安夫人？

克莱尔·察哈纳西安　我可以做到如愿以偿。只要有谁把阿尔弗雷德·伊尔杀死，我就给居伦十个亿。

〔死一般静寂。

伊尔太太　（扑向伊尔，抱住他）弗莱迪！

伊　　尔　小妖精！你怎么能提出这样的要求！那是早已过去的事了，

生活一直在朝前走嘛！

克莱尔·察哈纳西安　生活是一直在朝前走,可是我什么都没有忘记。我既没有忘记康拉德村的树林,也没有忘记彼得家的仓房；既没有忘记老寡妇波尔的卧室,也没有忘记你的背叛。现在我们已经老了,你我都老了,你已经衰朽不堪,我也被外科医生的手术刀割得体无完肤。现在我要把我们俩的旧账来一个了结：你选择了你的生活道路！而我被你逼上了我的生活道路。刚才,在我们青年时代的树林里,充满着对过去的回忆,你希望时间再回来。那好吧,现在我已经让它重新回来了。我要求公道,以十亿的代价买得公道。

〔市长站了起来,脸色发白而显得尊严。

市　长　察哈纳西安夫人：我们还生活在欧洲,不是生活在洪荒年代。我现在以居伦城的名义拒绝接受您的捐献,以人性的名义拒绝接受捐献。我们宁可永远贫穷,也不愿意看到自己的手上沾满血迹。

〔暴风雨般的掌声。

克莱尔·察哈纳西安　那就等着瞧吧！

第 二 幕

  小城居伦，只是依稀可见。背景上是金使徒旅馆的外景。青春派建筑风格的门面破败凋敝。阳台。台右有一块匾额："阿尔弗雷德·伊尔百货店"。匾下是一张肮脏的柜台，其后竖立着一个货架，其中的货品均已陈旧。店门是虚拟的，当有人进入时，即响起几声稀疏的门铃声。台左也有一块匾额："警察局"，其下是一张木桌，桌上放着一台电话机。椅子两把。此时是早晨。托比和洛比嚼着口香糖，拿着花圈和鲜花，从左侧上，他们像参加葬礼，通过舞台，向后走进饭店。伊尔通过窗口望着他们。他的女儿跪在地上擦地板。他的儿子把一支香烟叼在嘴上。

伊　　尔　花圈。
伊尔儿子　每天早晨他们都从车站搬这东西。
伊　　尔　为了放在金使徒旅馆里的那口空棺材上。
伊尔儿子　这吓唬不了谁。
伊　　尔　整个居伦城都站在我这一边。
　　　　　〔他儿子点燃香烟。
伊　　尔　妈妈来不来吃早点？
伊尔女儿　她待在楼上。她说她累了。
伊　　尔　孩子们，你们有一位好妈妈呀。我不得不说一句这样的话。一位好妈妈。她应该待在楼上，应该养养神。那我们就一块儿吃早饭吧。我们已经很久没有在一起吃早饭了。我让人弄了几个鸡蛋和一听美国火腿罐头。我们要"阔"一下，就像阳光广场冶炼厂兴旺时期那样。
伊尔儿子　请你原谅。（他掐灭了香烟）

伊　　尔　你不跟我们一块儿吃,卡尔?

伊尔儿子　我现在去火车站。那里有一个工人病了,他们也许要找个临时的替工。

伊　　尔　在火辣辣的太阳下干铁路上的活,这不是我家的小子该干的活。

伊尔儿子　有一个工作可做,总比没有好呀。(下)

伊尔女儿　(站起来)我也走,爸爸。

伊　　尔　你也要走。要是我可以问一句的话,我们的小姐要去哪儿呀?

伊尔女儿　去劳动局。也许能找到一个工作岗位。(下)

伊　　尔　(很感动。掏出手绢来擤鼻涕)好孩子,真是懂事的孩子。

〔从阳台上传来几个节拍的吉他弹奏声。

克莱尔·察哈纳西安的声音　波比,把我的左腿递给我。

总管的声音　我找不到它,夫人。

克莱尔·察哈纳西安的声音　在五屉柜上那些订婚花后面。

〔第一个顾客(男甲)来到伊尔的商店。

伊　　尔　早晨好,霍夫鲍尔。

男　　甲　来包烟。

伊　　尔　跟每天早晨买的一样吧。

男　　甲　不要那个,要"绿叶"牌的。

伊　　尔　这更贵呀。

男　　甲　赊在账上。

伊　　尔　好吧,既然是您,霍夫鲍尔,既然咱们不得不同心同德,那好说。

男　　甲　谁在弹吉他?

伊　　尔　一个从腥腥监狱里跑出来的匪徒。

〔那两个瞎子拿着钓竿和其他钓鱼器具从金使徒旅馆走出来。

两个瞎子　早晨大吉大利,阿尔弗雷德,早晨大吉大利。

伊　　尔　滚你们的蛋吧。
两个瞎子　我们钓鱼去,我们钓鱼去。
　　　　〔他们从台左下。
男　　甲　他们去居伦河。
伊　　尔　用的是她第七丈夫的钓鱼竿。
男　　甲　据说他的烟草种植园丧失了。
伊　　尔　也归亿万女富翁所有了。
男　　甲　这一来她和第八丈夫的婚礼将是热闹非凡。订婚仪式昨天已经举行过了。

　　　　〔克莱尔·察哈纳西安身着晨装来到背景处的阳台上。她活动活动右手,又屈伸屈伸左腿。在下面这一场阳台上的戏中,时不时有弹拨吉他的声音伴随着,有点儿像歌剧中的宣叙调,根据台词的内容,有时是一段华尔兹舞曲,有时是各种国歌的片段,等等。
克莱尔·察哈纳西安　我的身子又安装起来了。洛比,来一支亚美尼亚民歌。
　　　　〔一段吉他弹奏的旋律。
克莱尔·察哈纳西安　这是察哈纳西安最爱听的一支曲子。他那时老要听这支曲,每天早晨都听。这位金融寡头已成为经典人物了,他的油船像数不清的舰队,还养了无数的赛马。他的资金有几十亿之多。跟他的婚姻还真值。他又是一位大教育家和大舞蹈家,懂得所有的魔术,我从他那儿学会了所有的技法。

　　　　〔两个妇女上,她们把牛奶壶递给伊尔。
妇女甲　牛奶,伊尔先生。
妇女乙　我的奶罐,伊尔先生。
伊　　尔　早上好。每位太太一升牛奶。
　　　　〔他打开一个奶桶,正要舀奶。
妇女甲　全脂奶,伊尔先生。

妇女乙　两升全脂奶,伊尔先生。
伊　　尔　全脂奶。(他打开另一个奶桶舀奶)

〔克莱尔·察哈纳西安用她的长柄眼镜观察着早晨的市容。
克莱尔·察哈纳西安　真是一个美丽的秋天的早晨。大街小巷笼罩着一层薄雾,就像披上了轻柔的银纱,蓝天染上了紫罗兰的色彩,就像霍尔克伯爵所画的一样,他是我的第三个丈夫,外交部长,在假期里他就经常画画。他那种画怪得真叫人讨厌。(她装模作样地坐了下来)伯爵那个人就叫人讨厌。

妇女甲　还有黄油。来二百克。
妇女乙　我还要白面包。来两公斤。
伊　　尔　兴许得到什么遗产了吧,太太们,得到遗产了吧。
妇女甲、乙　给我们赊上。
伊　　尔　大家为一人,一人为大家。
妇女甲　还要两个两毛钱一块的巧克力。
妇女乙　四毛钱的四块。
伊　　尔　也赊账?
妇女甲　赊账。
妇女乙　巧克力我们就在这儿吃,伊尔先生。
妇女甲　在您这儿吃可是最适意的啦,伊尔先生。
〔她们在店铺的后面坐下来吃巧克力。

克莱尔·察哈纳西安　来一支"温斯顿"牌的雪茄烟。我要尝一回我第七丈夫的烟厂的产品,因为现在我已经和他离婚了。可怜的莫比,这个钓鱼成癖的男子。他坐在去葡萄牙的特别快车里将会是很悲伤的。我的一个加油工将从里斯本带他到巴西。
〔管家递给她一支雪茄,给她点燃。

男　　甲　瞧,她坐在阳台上,逍遥自在地抽她的雪茄烟。

伊　　尔　她抽的全都是最贵的名牌货。
男　　甲　完全是挥霍。当着那么多贫穷不堪的人她也不觉得害臊。

克莱尔·察哈纳西安　（抽着烟）奇怪。味道倒不坏。

伊　　尔　她打错了算盘。我是一个有旧罪孽的人，霍夫鲍尔，谁没有这种罪过。在我年轻的时候，的确对她耍过恶劣的一招儿。但是你看，所有在金使徒旅馆的居伦人，尽管贫穷，都一致拒绝了她的条件。这真是我一生中最美好的时刻。

克莱尔·察哈纳西安　来杯威士忌，波比，不加别的。

　　　　　〔来了第二个顾客（男乙），贫穷，像大家一样穿得很破烂。
男　　乙　早上好。今天的天气会很热。
男　　甲　　热天的季节还没过去呢。
伊　　尔　今天早晨顾客盈门。好长一段日子连个人影都不见，这几天来，你看，纷纷跑来啦。
男　　甲　我们就站在您一边。站在我们的伊尔一边。坚定不移。
妇女甲、乙　（嚼着巧克力）坚定不移，伊尔先生，坚定不移。
男　　乙　您毕竟是最受人爱戴的人物哪。
男　　甲　最重要的人物。
男　　乙　一到春天就要选上市长哩。
男　　甲　十拿九稳的。
妇女甲、乙　（嚼着巧克力）十拿九稳，伊尔先生，十拿九稳。
男　　乙　来一瓶烧酒。
　　　　　〔伊尔伸手到货架上取酒。

　　　　　〔管家端来一杯威士忌。
克莱尔·察哈纳西安　给我把那个新来的叫醒。我一看见我的丈夫这么爱睡，我就冒火。

伊　　尔　　三马克十芬尼。
男　　乙　　不要这个。
伊　　尔　　你可是一直以来都喝这号酒的。
男　　乙　　来白兰地。
伊　　尔　　那可得花二十马克三十五芬尼。付不起的。
男　　乙　　一个人也得讲点享受嘛。
　　　　　〔一个几乎半裸着身子的姑娘跑过舞台,托比紧追其后。
妇女甲　　（嚼着巧克力）路伊丝干这样的事真丢脸。
妇女乙　　（嚼着巧克力）而且她还是个和贝托尔德·施瓦尔茨街①的金发音乐家订了婚的人呢。
　　　　　〔伊尔从货架上取下了一瓶白兰地。
伊　　尔　　给你。
男　　乙　　还要一包烟丝。装烟斗的。
伊　　尔　　给你烟丝。
男　　乙　　要进口的。
　　　　　〔伊尔算价钱。

　　　　　〔第八丈夫来到阳台上。他是电影明星,细高个儿,蓄着两撇红胡子,穿着晨服。这个角色可以由饰演第七丈夫的演员饰演。
第八丈夫　　霍布西,真是再美妙没有了:咱们订婚新人的第一顿早餐。真像是梦境一般。阳台小巧,菩提树的树叶婆娑,市府大楼前的喷泉水花飞溅,几只母鸡奔跑着越过街道,某个地方还有一些家庭妇女在闲扯她们的小小的烦恼,而在那一片房屋的后面矗立着大教堂的塔尖!
克莱尔·察哈纳西安　　坐下吧,霍比,别讲了。这些景色我自己看得

---

① 德国的街道多以名人命名。贝托尔德·施瓦尔茨为十四世纪的一个修士,据传为欧洲的火药发明人(晚于中国)。

见,何况用头脑可不是你的特长。

男　乙　现在她那位丈夫也坐在上面了。
妇女甲　(嚼着巧克力)这是第八个。
妇女乙　(嚼着巧克力)一个漂亮的男子,是演电影的。我女儿看见他在一部根据冈霍弗①的作品拍摄的电影里扮演偷猎者。
妇女甲　我看见过他在格拉哈姆·格林的一部片子里演牧师。

〔第八丈夫吻克莱尔·察哈纳西安。吉他弹出几个节拍的和弦。

男　乙　只要有钱就要什么有什么。(啐了一口)
男　甲　我们可不吃这一套。(一拳头打在桌子上)
伊　尔　二十三块八。
男　乙　赊上。
伊　尔　这个星期我愿意破例让大家赊欠,但你得保证——领到失业救济金就还给我。

〔男乙向门口走去。

伊　尔　黑尔梅斯贝格!

〔男乙站住,伊尔向他走去。

伊　尔　你穿了一双新鞋,黄颜色的新鞋。
男　乙　怎么啦?
伊　尔　(朝男甲的脚上看去)你也是,霍夫鲍尔,你也穿了新鞋。(他的目光转向那两位妇女,缓慢地向她们走去,流露出惊恐万状的神情)还有你们,也穿上了黄颜色的新鞋,黄颜色的新鞋。
男　甲　我真不知道你对我们穿新鞋为什么这样大惊小怪。
男　乙　我们总不能一辈子就穿一双旧鞋吧。
伊　尔　新鞋。你们拿什么去买来的新鞋?
两个妇女　向人赊来的,伊尔先生,我们的鞋是向人赊来的。

---

① 冈霍弗(1855—1920),德国剧作家兼小说家。

伊　　尔　你们的鞋是向人赊来的。你们在我这里还赊了账呢。要高级的烟,高级的牛奶,喝白兰地。为什么你们一下子在很多商店都赊起账来了?

男　　乙　你不是也让我们赊账了吗?

伊　　尔　你们打算拿什么来还?

〔沉默。伊尔拿起店里的商品往顾客身上乱掷,大家连忙跑了。

伊　　尔　你们打算用什么还账?你们打算用什么还账?用什么?用什么?(他向后头冲去)

第八丈夫　小城倒很热闹。

克莱尔·察哈纳西安　小城市的生活嘛。

第八丈夫　下面那家店铺里好像发生什么事了。

克莱尔·察哈纳西安　无非是为一点肉价的高低争吵不休。

〔响亮的吉他和弦突然传来。第八丈夫吓得跳了起来。

第八丈夫　天哪,霍布西!你听见了吗?

克莱尔·察哈纳西安　那只黑豹。它吼叫了一声。

第八丈夫　(惊奇)一只黑豹?

克莱尔·察哈纳西安　是从马拉喀什的一个帕夏①那里得到的,是一件礼物。它这会儿正在附近的客厅里窜来窜去。它两眼闪光,是一只凶恶而可爱的大猫。

〔警察在台左的一张桌子旁坐下。喝着啤酒。他说话缓慢而郑重其事。伊尔从台后上。

克莱尔·察哈纳西安　你可以准备早点了,波比。

警　　察　什么事,伊尔?请坐吧。

〔伊尔仍站着。

---

① 马拉喀什为摩洛哥的一个省的首府。帕夏为土耳其高级官员的尊称。

警　察　您在发抖。

伊　尔　我要求逮捕克莱尔·察哈纳西安。

警　察　（装上一烟斗烟，慢悠悠地点燃，抽着）你这要求提得真奇特，真是太奇特了。

〔管家端上早点，带来了信件。

伊　尔　我是以未来市长的名义提出这个要求的。

警　察　（喷出一大口烟）选举还没有举行呢。

伊　尔　请立即把那个女人抓起来。

警　察　这就是说，您要对这位太太提出控告。要不要逮捕这位太太的问题，决定权在警察局。那么她犯了什么法呢？

伊　尔　她要求我们城里的人杀害我。

警　察　所以我就该不管三七二十一把那个女士给逮起来。（他又斟了一杯啤酒）

克莱尔·察哈纳西安　这些信件。有艾克写的，有尼赫鲁写的。他们都来信祝贺我。

伊　尔　这是您的义务。

警　察　你的话说得多新鲜，太新鲜了。（他喝啤酒）

伊　尔　世界上没有比这更合乎情理的事情了。

警　察　亲爱的伊尔，事情并不像你说的那么理所当然。让我们冷静地来分析一下这件事情吧。那位夫人向居伦市提出，要用十个亿换取您——但您是知道我这话的意思的啰。确实有这么回事，当时我也在场。然而，这对警察局来说，还没有构成要对克莱尔·察哈纳西安夫人采取行动的理由嘛。无论如何我们是必须按法律办事的。

伊　尔　她挑唆谋杀。

警　察　请注意，伊尔。挑唆谋杀罪只有在这样的情况下才能成立：即挑唆者郑重其事地提出要把您杀害。这是大家都清楚的嘛。

伊　　尔　我也是这样看的。

警　　察　就是嘛。现在你看,她的提议不是郑重其事的,因为十亿的价钱夸张得无法相信,对于这样一件事情人们也许会提一千或者两千,再多是不可能的,这点你自己必须相信,而且你可以绝对相信。这也可以证明,那个提议不是郑重其事的,再说,即使它是郑重其事的,那警察局也不能把那夫人的话当作严肃的来对待,因为那样的话,她肯定是疯了:明白了吗?

伊　　尔　警长,不管那女人疯了还是没有疯,她的提议现在对我构成威胁。这是完全合乎逻辑的。

警　　察　不合逻辑。你不能因为人家一个提议就感到受到威胁,问题是要看那提议有没有人去实行。你且给我指出,谁真的企图要把那个提议付诸实施呢,比如,有什么人拿枪对着你,如有,我一定立即行动。然而事实上偏偏没有人要把那个提议付诸实施嘛,情况正好相反。刚才在金使徒旅馆的场面多么令人难忘。我得为您补喝一杯贺酒。(他举杯喝了一大口啤酒)

伊　　尔　我感到有些儿蹊跷。

警　　察　有些儿蹊跷?

伊　　尔　我的顾客都买更好的牛奶,更好的面包,更好的香烟。

警　　察　那你应该高兴呀!这样你的生意不是好起来了吗?(他又喝啤酒)

克莱尔·察哈纳西安　波比,让人把杜邦的股票全给我买下来。

伊　　尔　黑尔梅斯贝格在我店里买白兰地喝。而这几年来他并没挣到过钱,都是靠施粥所的救济过日子。

警　　察　今天晚上我就要尝到那瓶白兰地了。黑尔梅斯贝格已经邀请了我。

伊　　尔　人人都穿上了新鞋,黄颜色的新鞋。

警　　察　人家穿新鞋您有什么好反对的呢?我也终于穿上新鞋啦。(他伸出脚来让伊尔看)

伊　　尔　您也穿着新鞋。

警　　察　瞧。

伊　　尔　也是黄的。而且您喝的是皮尔森啤酒①。

警　　察　这酒味道好着哪。

伊　　尔　您以前可是喝本地啤酒的呀。

警　　察　那多难喝。

〔无线电音乐声。

伊　　尔　您听到了吗?

警　　察　什么?

伊　　尔　音乐。

警　　察　这是《风流寡妇》。

伊　　尔　一台收音机。

警　　察　这是附近哈格霍尔策家的。他应该把窗子关上。(他记在小笔记本里)

伊　　尔　哈格霍尔策家怎么会有了收音机?

警　　察　那是他的事。

伊　　尔　还有您,警长,您赊了皮尔森啤酒,又赊了新皮鞋,您打算用什么来偿还这笔账?

警　　察　这是我的事。

〔桌上的电话铃响。警察拿起耳机。

警　　察　居伦派出所。

克莱尔·察哈纳西安　波比,打个电话给那些俄国人,说我同意他们的建议。

警　　察　行,行。(他挂上耳机)

伊　　尔　还有我的那些顾客,他们该拿什么来付那些账?

警　　察　这不关警察局的事。(他站起身来,从靠背椅旁拿起一支枪)

伊　　尔　但这跟我有关。因为他们要付欠我的账。

警　　察　没有人威胁您。(他将子弹装入枪内)

伊　　尔　全城的人都在赊欠,用赊欠的办法来提高生活。随着生活水

---

① 皮尔森,捷克波希米亚地区之城名,以产啤酒闻名。

平的提高,就有杀死我的必要。而那个女人只需坐在阳台上喝喝咖啡,抽抽雪茄,稳等着就行。她只要等着就行。

警　察　您胡诌些什么。(他敲起桌子来)

伊　　尔　你们都在等着啊。

警　察　您喝烧酒喝得太多了吧。(他试了试他的枪)好,子弹算装上了。您放心吧,警察局的目的是维护法律的尊严,维护社会秩序,保护公民的生命财产。凡是当警察的都知道自己的职责。只要发现任何威胁的嫌疑,不管这威胁来自何处,来自何人,警察局马上出面干预,伊尔先生,这一点您相信好了。

伊　　尔　(轻声地)警长,为什么您嘴巴里有了一颗金牙?

警　察　什么?

伊　　尔　一颗闪闪发光的新镶的金牙。

警　察　您发疯了吧?

〔此时伊尔看到警察的枪口正对着他,便缓慢地举起手来。

警　察　我没有工夫跟您辩论您的胡思乱想了,伙计。我得走了。那个用螺丝固定住的亿万女富翁的一只小狗跑了,那只黑豹。我现在得去追捕,全城的人都得去追捕。(他朝台后走出去)

伊　　尔　你们追捕的是我,是我。

克莱尔·察哈纳西安　(读一封信)他就要来了,那位时装设计师。他是我的第五任丈夫,我的最最漂亮的丈夫。我的每一件结婚礼服都是他设计的。洛比,来支小步舞曲。

〔吉他奏起小步舞曲。

第八丈夫　不过你的第五任丈夫原来是个外科医生呀。

克莱尔·察哈纳西安　那是我的第六任。(她又拆开一封信)这是西方铁路公司老板寄来的。

第八丈夫　(惊讶)我压根儿就没有听说过你有这么一位丈夫。

克莱尔·察哈纳西安　那是我的第四任。现在穷了,他的股票都归我了。我是在白金汉宫把他勾上的,在盈盈月光下。

第八丈夫　你说的不就是洛尔德勋爵嘛。

克莱尔·察哈纳西安　不错,你说的对,霍比。我完全把他给忘了,连同他在约克郡的城堡。现在再看一封信，这是我的第二任丈夫写来的。我在开罗认识了他，我们在狮身人面像下接吻。那是个迷人的夜晚。也是月光盈盈。真怪：总是月光盈盈。

〔舞台右侧换景。挂起了"市政府"几个大字的牌子。男丙走上舞台，搬走店铺钱箱，把柜台稍稍调整了一下，以作办公用桌，市长上。他把手枪放在桌上，坐下。伊尔从台左上。墙上挂着一张建筑图纸。

伊　　尔　我得跟您谈谈，市长。
市　　长　请坐。
伊　　尔　我要跟您坦率谈谈，作为您的接班人跟您谈谈。
市　　长　好啊。

〔伊尔仍然站着，望着那支手枪。

市　　长　察哈纳西安夫人的豹跑掉了。它这会儿正在教堂里乱窜。所以得带上家伙。
伊　　尔　那还用说。
市　　长　我已经号召所有的男人，叫他们都带上武器。孩子们今天也将留在学校里。
伊　　尔　（狐疑地）这是一件颇为费劲的事。
市　　长　一场围猎活动。

〔总管上。

总　　管　夫人，世界银行行长来了。他是刚刚从纽约飞来的。
克莱尔·察哈纳西安　我没有什么要跟他说的。他应该再飞回去。
市　　长　你有什么心事？痛痛快快谈谈吧。
伊　　尔　（不信任地）您在抽一种高级烟哪。
市　　长　金黄色的"佩格撒斯"牌。
伊　　尔　好贵啊。
市　　长　值啊。
伊　　尔　市长先生以前抽的可是另一种牌子。

市　长　以前抽"洛斯里五号"。
伊　尔　那便宜多了。
市　长　那种烟太冲了。
伊　尔　领带也是新的?
市　长　缎子的。
伊　尔　鞋看来也是新买的吧?
市　长　我让人从卡尔伯市买来的。真滑稽,你怎么知道的?
伊　尔　我就是为此而来的。
市　长　这跟你有什么相干? 你脸色苍白,病了?
伊　尔　我害怕。
市　长　你害怕?
伊　尔　生活水平在提高呢。
市　长　你这话听起来真新鲜。要是那样我才高兴呢。
伊　尔　我要求当局保护。
市　长　哎,这究竟是为什么呢?
伊　尔　您这个市长先生是知道的。
市　长　你不信任我们?
伊　尔　十亿赏金是为了我的脑袋。
市　长　那你报警呀。
伊　尔　我已去过警察局。
市　长　那你就放心了吧。
伊　尔　警察局长的嘴巴里一颗新的金牙在闪闪发亮。
市　长　你忘了你是生活在居伦,一个有着人道主义传统的城市。歌德曾在这里过夜,勃拉姆斯在这里谱写过四重奏。我们不会辜负这些传统价值的。

〔一男人(男丙)抱着一台打字机从台左上。

男　丙　这是新打字机,市长先生。是"雷明顿"牌的。
市　长　送到办公室去。

〔男丙从台右下。

市　长　你不能这样对我们忘恩负义。如果你实在对我们居伦城信不过，那我只能为你感到遗憾了。没有想到你的这种虚无主义态度。我们毕竟生活在一个法制国家里嘛。

〔那两个瞎子手持细竿，手牵着手从台左上。

瞎子俩　豹子跑了，豹子跑了！（蹦跳起来）听见了它在吼叫呢，听见了它在吼叫呢！（他们跳进了金使徒旅馆）到霍比和波比那儿去，到托比和洛比那儿去。（从后面中间下）

伊　尔　那么请你把那个女人逮起来吧。

市　长　奇怪，太奇怪了。

伊　尔　警察局长也是这么说的。

市　长　苍天在上，那位夫人并没有做过什么完全不合道理的事情，而你自己倒曾经收买过两个小子做伪证，使得一位姑娘吃尽苦头。

伊　尔　这一苦头给她带来几十个亿啊，市长先生。

〔沉默。

市　长　让我们说说心里话吧。

伊　尔　我正求之不得。

市　长　直截了当地说吧，就像你刚才所要求的，你没有要求逮捕那位夫人的道德权利，至于你当市长接班人的问题也不能成立了。很遗憾，我不得不这样告诉你。

伊　尔　正式的？

市　长　受各党派的委托而说的。

伊　尔　我明白。

〔他缓慢地走向左边的窗口，背对市长，呆呆地望着窗外。

市　长　我们拒绝夫人的建议，并不意味着我们原谅导致她提出这一建议的罪行。对于一个市长的职位来说，人家有权提出一些合乎道德的要求的，而你已经不再能够满足这些要求了，这你必须明白。至于我们，今后仍将一如既往对你表示敬重和友谊，这是不用说的。

〔洛比和托比又弄来一些花圈和鲜花从台左上，他们横穿舞台,走进金使徒旅馆。

市　长　最好是我们对整个事件保持沉默,我也已经请求大众媒体不要对这件事透露丝毫。

伊　尔　(转过身来)人们已经在装饰我的棺材了,市长!沉默对我来说实在太可怕了。

市　长　但那究竟是为什么呢,亲爱的伊尔?那件丑事我们已经替你掩盖住了,以便让人忘掉它,你应该感谢才是。

伊　尔　只要让我说话,我还是会有机会得救的。

市　长　这话可就太过分了!难道有谁会威胁你吗?

伊　尔　你们当中的一个。

市　长　(站了起来)你在怀疑谁?给我说出名字来,我来调查这件事。铁面无私。

伊　尔　你们当中每一个人。

市　长　我以全城的名义严正抗议这种诽谤。

伊　尔　没有人想要杀死我,但是每个人都希望有一个人来杀死我,于是总会有一个人那么干的。

市　长　你见鬼啦!

伊　尔　我看见墙上有一张图纸。是新的市府大楼吗?(他用手弹了弹那张图)

市　长　天哪,搞个设计图总可以的吧!

伊　尔　你们在利用我的死做投机买卖了!

市　长　亲爱的汉子,如果我作为一个政治家连相信一个美好未来的权利都没有,要有,就是与犯罪有关,那我只好辞职了,这样你就可以放心了。

伊　尔　你们已经判处我死刑了。

市　长　伊尔先生!

伊　尔　(轻声地)这张图纸就是证明!它就是证明!

克莱尔·察哈纳西安　奥纳西斯就要来了。这位王爷偕他的王后阿加一起来。

第八丈夫　她叫阿里吧?

克莱尔·察哈纳西安　整个里维埃拉大厅都挤满了人。

第八丈夫　都是新闻记者?

克莱尔·察哈纳西安　从世界各地来的记者。只要我在哪里举行婚礼,总有新闻界的人在场。他们需要我,我也需要他们。(她又拆开一封信)这是霍尔克伯爵寄来的。

第八丈夫　哈卜西,这是我俩第一次共进早餐,难道你非得在这时候念你昔日丈夫们的信?

克莱尔·察哈纳西安　我要随时对他们的行动一目了然。

第八丈夫　(痛苦地)我确实也有我的种种问题啊。(他站起来,呆呆地望着下面的小城)

克莱尔·察哈纳西安　你的保时捷不行啦?

第八丈夫　这么一个小城看着真令人压抑。现在可好了:菩提树沙沙作响,鸟儿雀跃歌唱,喷泉水花四射。但这一切半个小时前就这样了。现在一切平安无事:大自然也好,这里的老百姓也好,都没有发生什么。一切显得更深沉、更安宁,无忧无虑,舒心适意。没有伟业,也没有悲剧。缺乏一个伟大时代的精神气氛。

〔牧师从台左上,他倒背着一支枪,在先前警察坐过的桌子上铺上一块有黑十字的桌布,把枪支靠在旅馆的墙上。教堂执事帮助他把法衣穿上。暗转。

牧　　师　进来吧,伊尔,走进圣器室来吧。

〔伊尔从左边上。

牧　　师　这里光线暗,不过凉快。

伊　　尔　我不想打扰您,牧师先生。

牧　　师　教堂的大门对每个人都是敞开的。(他察觉到伊尔的目光正落在那支枪上)你不要看到这件武器感到惊奇。察哈纳西安夫人的那只黑豹跑出来了。它刚才爬上了阁楼,而后闯进了康拉德村的树林,而现在又在彼得家的仓库里。

伊　　尔　我寻求帮助。

牧　师　因为什么?

伊　尔　我害怕。

牧　师　害怕? 怕谁?

伊　尔　怕大家。

牧　师　你怕大家会杀死你,伊尔?

伊　尔　他们像追捕一只野兽那样追捕我。

牧　师　你不应该害怕人,而应该害怕上帝;你不应该害怕肉体的死亡,而应该害怕灵魂的死亡。执事,来把我法衣后面的纽扣扣上。
　　　　〔居伦人慢慢走上舞台,走在前面的是警察,而后是市长、那四个男人、画家、教师,他们围成半圆形,个个手持枪支在搜寻;扣紧扳机,四处张望。

伊　尔　这涉及我的性命。

牧　师　涉及你永恒的生命。

伊　尔　大家的生活水平在突然提高呢。

牧　师　那是你的良心作怪。

伊　尔　个个都喜气洋洋,姑娘们打扮得漂漂亮亮,小伙子们穿上了花花绿绿的衬衫,全城都在准备庆祝对我的谋杀。我都快吓死了。

牧　师　你所经历的这些是积极的,都是积极的。

伊　尔　那是地狱啊。

牧　师　地狱就在你自己身上。你年龄比我大,并以为了解人,但你仅仅了解你自己。许多年以前,由于你为了金钱而背叛了一位姑娘,所以你以为现在人们也是为了金钱而背叛你。你这是以己之心,度人之腹。这是很自然的。我们恐惧的根源就在我们自己的心中,就在我们自己的罪孽里。假如你认识到这一点,你就能战胜那折磨你的东西,你就会获得战胜这种烦恼的武器。

伊　尔　西美托弗尔家已经买了一台洗衣机。

牧　师　你别多管闲事。

伊　尔　是赊来的。

牧　师　你应该关心的是你自己灵魂的不朽。

伊　尔　施托克尔家买了一台电视机。

牧　　师　　你还是向上帝祷告吧。执事,我的腰带。
　　　　　　〔执事给牧师系上腰带。
牧　　师　　检点一下你的良心,好好忏悔吧,免得世人一再弄得你惶惶不可终日。这是惟一的办法。我们不可能有别的办法。
　　　　　　〔沉默。那些持枪的人又不见了。舞台边缘留下许多影子。火警钟开始鸣叫起来。
牧　　师　　好,伊尔,我现在得办事去了,去给人举行洗礼仪式。把《圣经》拿来,执事,还有《祈祷书》和《圣诗本》。婴儿一开始哭叫,我们就得把他挪到安全的地方,挪到照亮我们这个世界的惟一亮光下。
　　　　　　〔警钟再次响起来。
伊　　尔　　钟声又响了?
牧　　师　　声音很美妙,不是吗?洪亮而有力。积极的,完全是积极的。
伊　　尔　　(喊叫起来)你也这么说,牧师,你也这么说!
牧　　师　　(冲向伊尔,两手抓住他)逃跑吧!我们是软弱的,不管我们是基督徒还是异教徒,我们都是软弱的。快逃吧!钟声正在居伦鸣响,这是背叛的钟声啊。快逃吧!你不要留在这里,免得我们受诱惑。
　　　　　　〔两声枪响。伊尔倒在地上。牧师蹲在他的身边。
牧　　师　　逃吧,快逃吧!
　　　　　　〔伊尔站起来,拿起牧师的枪,从舞台左边下。
克莱尔·察哈纳西安　　波比,有人放枪。
总　　管　　是有人放枪,夫人。
克莱尔·察哈纳西安　　为何放枪?
总　　管　　那只黑豹跑掉了。
克莱尔·察哈纳西安　　打中它了吗?
总　　管　　打死了,它躺在伊尔的店门口呢。
克莱尔·察哈纳西安　　可怜的小畜生。洛比,来一首丧礼进行曲吧。
　　　　　　〔吉他演奏丧礼进行曲。
总　　管　　夫人,居伦人正集合起来,向您表达他们的哀悼。

克莱尔·察哈纳西安 这是他们的本分。
〔总管下。教师领着人员混杂的歌队从右侧上。
教　师　尊敬的夫人。
克莱尔·察哈纳西安 什么事,居伦的老师?
教　师 我们从巨大的险境中得救了。那只黑豹在我们的巷子里窜来窜去,会酿成大祸。但假如我们也想轻松地舒口气的话,那么我们还得抱怨一只如此宝贵的珍稀动物之死。凡是有人待的地方,动物世界将更可怜,我们绝不能忽视这一可悲的两难处境。因此我们想合唱一支圣歌。一支丧礼颂歌,夫人,是亨利希·舒茨谱的曲。
〔教师开始指挥。伊尔持枪从右侧上。
伊　尔 停!
〔居伦人惊愕地鸦雀无声了。
伊　尔 这叫什么丧礼歌! 为什么你们唱这样的丧礼歌?
教　师 不过伊尔先生,鉴于黑豹之死——
伊　尔 你们唱这支歌是针对我的死,是要我死!
市　长 伊尔先生,我恳求你别这样。
伊　尔 你们给我滚开,滚回你们的家去吧!
〔居伦人悄悄溜走。
克莱尔·察哈纳西安 霍比,把你的保时捷车开出去遛遛吧。
第八丈夫 那就上车吧——
克莱尔·察哈纳西安 走!
〔丈夫下。
伊　尔 克拉拉!
克莱尔·察哈纳西安 阿尔弗雷德! 你干吗跟这些小人们嚷嚷?
伊　尔 我害怕,克拉拉。
克莱尔·察哈纳西安 但你还是客气的。我不喜欢这永久性的合唱。当年在学校时它就让我痛恨。你还记得吗,阿尔弗雷德,每当混声合唱队和喇叭队在市府大楼广场上练习时,我们俩就往康拉德村的树林里跑?

伊　　尔　克拉拉,你说说看,你所演的这出喜剧,你所要求的这一切不是真的吧?你说呀!

克莱尔·察哈纳西安　多难得呀,阿尔弗雷德,这些回忆。当我们第一次相见时,那时我也在一座阳台上。那是个秋天的夜晚,也像现在这样,空气纹丝不动,只是在市公园的树林里时不时有一两声窸窣声,现在也许仍然这样,但是最近这段时间我老是感到冷。那时你站在那里,总是朝上望着我。我感到窘困,不知怎样才好。我想走进黑暗的房间里,但走不进去。

伊　　尔　我现在绝望了。我什么事都干得出。我警告你,克拉拉,如果你现在不说,这一切仅仅是个玩笑,一个残酷的玩笑。(他把枪对准她)

克莱尔·察哈纳西安　而你那时却不往前走了,站在下面的马路上。你呆呆地朝上面看着我,脸色几乎很阴沉,几乎要生气,好像要让我难受。然而你的眼睛里却充满了爱。

〔伊尔让枪垂下来。

克莱尔·察哈纳西安　还有两个小子站在你旁边,柯比和罗比。他们在冷笑,因为他们看到你怎样两眼朝上盯着我不放。后来我离开阳台,下楼走到你身边。你没有问候我,你一句话也没有跟我说,但是你握住了我的手。我们就这样走出了小城,走进田野,而柯比和罗比就像两条狗一直尾随在我们后面。后来你从地上捡起了石头向他们掷去,他们号叫着跑回城里去了,于是只剩下了我们俩。

〔总管从台前右侧上。

克莱尔·察哈纳西安　领我进我的房间,波比。我得向你口授,最终得汇十个亿过来。

〔她由总管领进房间。

〔柯比和罗比怪模怪样地从后边跳进来。

二　　人　那只黑豹已经死了,那只黑豹已经死了。

〔阳台不见了。教堂钟声。舞台又像第一幕开头那样。火车站。只是原来贴在墙上的列车时刻表换成新的了,完好无损。

同一面墙上还贴着一张醒目的大广告,上面画着一个光芒四射的黄色的太阳:去南方旅行。远一点:去上阿默尔高观看耶稣受难剧。从背景的房屋之间可以看到几台起重机,还有几个新的屋顶。一列正在经过的特别快车发出雷鸣般的隆隆声。车站站长在站前向它立正敬礼。伊尔手提一只小箱子东张西望,从后面上。慢慢地,突然从四面八方加进来居伦人。伊尔犹豫着,停了下来。

市　　长　你好,伊尔。
众　　　　你好!
伊　　尔　(犹疑地)你好。
教　　师　提着箱子上什么地方去呀?
众　　　　上什么地方去呀?
伊　　尔　去火车站。
市　　长　我们陪您去!
甲　　　　我们陪您去!
乙　　　　我们陪您去!
　　　　　〔居伦人越来越多。
伊　　尔　你们这可不必,真的不必。不值得这样。
市　　长　您出门去,伊尔?
伊　　尔　我出门去。
警　　察　去哪里呀?
伊　　尔　我不知道。去卡尔伯城,然后继续往前走——
教　　师　哦——然后再往前走。
伊　　尔　最好去澳大利亚。我总有办法弄到盘缠的。(他又向车站走去)
男　　丙　去澳大利亚!
男　　丁　去澳大利亚!
画　　家　为什么去澳大利亚呢?
伊　　尔　(窘困地)你总不能老待在一个地方——年复一年,老也不动。

〔他开始跑起来,到达车站。其他人不慌不忙地跟在他后面,最后把他围上。

市　长　移居到澳大利亚去,这实在太可笑了。
医　生　这对您可是没有比这更危险的了。
教　师　那两个小阉人有一个原来就是去了澳大利亚的。
警　察　对您来说这里最安全。
众　　　这里最安全,这里最安全。
　　　　〔伊尔像一个被围的野兽惊恐地环视四周。
伊　尔　(轻声地)我已经给卡菲根的行政长官写过信。
市　长　嗯,怎么样?
伊　尔　没有答复。
教　师　您这样疑神疑鬼,真是难以理解。
医　生　没有人想要弄死您。
众　　　没有人,没有人。
伊　尔　邮局没有把我的信发出去。
画　家　不可能。
市　长　邮政局长是市议员。
教　师　他是个有身份的人。
男　甲　他是个有身份的人。
男　乙　他是个有身份的人。
伊　尔　这儿,请看这张广告:去南方旅行。
医　生　那又怎么啦?
伊　尔　去上阿默尔高观看激动人心的欢乐剧。
教　师　那又怎么啦?
伊　尔　人们都在盖房子。
市　长　那又怎么啦?
伊　尔　你们变得越来越阔啦,日子越来越美啦。
众　　　那又怎么啦?
　　　　〔钟声。
教　师　您瞧瞧,大家对您多好。

市　　长　整个小城都来为你送行了。

男　　丙　整个小城!

男　　丁　整个小城!

伊　　尔　我没有请求你们来。

甲　　乙　我们是来向您告别的呀。

市　　长　都是老朋友嘛。

众　　　　都是老朋友嘛! 都是老朋友嘛!

〔火车开动声。站长拿着一块红牌,列车员从左边上,他好像刚从火车上跳下来似的。

列 车 员　(拉长声音喊叫)居伦车站!

市　　长　您要上的车到了。

众　　　　您的车到了! 您的车到了!

市　　长　好,祝您一路顺风,伊尔。

众　　　　一路顺风,一路顺风!

医　　生　祝您身体健康,生活幸福!

众　　　　祝您身体健康,生活幸福!

〔居伦人围住了伊尔。

市　　长　时间到了,快登上去卡尔伯城的慢车吧,愿上帝保佑您。

警　　察　祝您在澳大利亚万事如意!

众　　　　万事如意,万事如意!

〔伊尔一动不动地站着,呆呆地望着他的众乡亲们。

伊　　尔　(轻声地)你们为什么都上这里来呢?

警　　察　您还想怎样?

站　　长　上车!

伊　　尔　你们为什么都围着我?

市　　长　我们根本就没有围着您嘛。

伊　　尔　让我走!

教　　师　但我们并没有不让你走呀。

众　　　　我们没有不让你走,我们没有不让你走!

伊　　尔　你们总会有一个人把我拉住的。

警　察　胡说。您只要一上车,就会知道您是不是在胡说。
伊　尔　你们都给我走开!
　　　　〔没有一个人动一动,有几个人站在那里,把双手插进裤兜里。
市　长　我真不知道您究竟想干什么。您得赶紧走了,快上车吧。
伊　尔　统统走开!
教　师　您的害怕简直可笑。
　　　　〔伊尔双膝跪了下去。
伊　尔　你们为什么这样紧紧围着我?
医　生　这个人疯了。
伊　尔　你们想要阻拦我。
市　长　那您上车吧!
众　　　那您上车吧! 那您上车吧!
　　　　〔沉默。
伊　尔　(轻声地)要是我上车,你们中准有一个人会拽住我。
众　　　(毫不含糊地)没有人会拽住您! 没有人会拽住您!
伊　尔　我知道你们会这样做的。
警　察　马上就要开车了。
教　师　您就上车吧,我的好人。
伊　尔　我知道的! 准会有人要拽住我的! 准会有人要拽住我的!
站　长　开车!
　　　　〔他举起红牌子,列车员做跳上火车状,而被团团围住的伊尔则双手捂着脸,完全瘫了下去。
警　察　您瞧瞧,他精神崩溃了!
　　　　〔任伊尔倒在地上,大家渐渐向台后走去,直至完全消失。
伊　尔　我完了!

第 三 幕

　　　　彼得家的仓房。克莱尔·察哈纳西安身穿白色结婚礼服,戴着面纱等,坐在台左的轿子里一动不动。再往左是一个楼梯,梯后是一辆运草车和旧马车。旁边是干草,中间是一个小木桶。梁柱上挂着些破布片和一些塞满东西的口袋。上方布满大张的蜘蛛网。总管从台后上。

总　管　　医生和教师来了。
克莱尔·察哈纳西安　　让他们进来吧。
　　　　〔医生和教师上,他们在黑暗中摸索着往前走,好容易找到了亿万女富翁。两人穿着笔挺、阔绰的服装,堪称衣冠楚楚。
医　生
教　师　　夫人。
克莱尔·察哈纳西安　　(举起长柄眼镜仔细打量着他们)看上去你们身上有些灰尘,先生们。
　　　　〔两人用手拍打灰尘。
教　师　　请原谅,我们刚才不得不从一辆马车上爬了过来。
克莱尔·察哈纳西安　　我躲进彼得家的仓库里了。我需要安静。刚才在居伦教堂里举行婚礼把我累得够呛。我毕竟不再是青春少女了。你们就坐在木桶上吧。
教　师　　谢谢。
　　　　〔他坐下。医生仍站着。
克莱尔·察哈纳西安　　这里闷热。要闷死人了。但我喜欢这个仓库,喜欢闻这里的干草、青草和车轴润滑油的气味。它们使我想起过去。这些农具、粪叉、旧马车、散架了的草车在我年轻的时候就已经有了。

教　师　一个令人沉思的地方。(他擦汗)

克莱尔·察哈纳西安　牧师发表激动人心的布道演说。

教　师　《哥林多前书》第十三章。

克莱尔·察哈纳西安　教师先生,你带领的那支混声合唱队也表演得很出色,听起来气势非凡。

教　师　那是巴赫的曲子,选自他的《马太受难曲》。我一直还记得清清楚楚,出席的人多是高层人士,金融界的,电影界的……都是大款和大腕。

克莱尔·察哈纳西安　这些大款大腕儿都乘他们的凯迪拉克小卧车赶回首都参加婚宴去了。

教　师　我们不想没有必要地占用您太多宝贵时间,免得让您的夫君等您等得不耐烦。

克莱尔·察哈纳西安　你说的是霍比?我已让他乘他的保时捷回盖瑟尔加斯泰克去了。

医　生　(大感不解地)回盖瑟尔加斯泰克去了?

克莱尔·察哈纳西安　我的律师们已经为我们办好了离婚手续。

教　师　可是夫人,您请来的那许多宾客怎么办呢?

克莱尔·察哈纳西安　他们都习惯了。这在我的婚姻史上时间还不是最短的。我和伊斯梅尔勋爵结婚的时间比这还要短呢。你们到这儿来有什么事?

教　师　我们来这儿是为伊尔先生的事。

克莱尔·察哈纳西安　哦,他已经死了吗?

教　师　我们西方人毕竟有我们西方人的原则呀。

克莱尔·察哈纳西安　那你们究竟想干什么呢?

教　师　千不该万不该,我们居伦人已经置办了许多东西。

医　生　数量还相当大呢。

〔两人擦汗。

克莱尔·察哈纳西安　都是赊账的?

教　师　毫无办法还账。

克莱尔·察哈纳西安　原则都不顾了?

教　　师　我们毕竟都是人嘛。

医　　生　我们现在必须偿还我们的债务。

克莱尔·察哈纳西安　你们知道该怎么办。

教　　师　(鼓起勇气)察哈纳西安夫人,让我们开诚布公地谈谈吧。请您设身处地想一想我们的悲惨处境吧。二十年来我们一直在这个贫穷的小镇培植人道的嫩苗,我们的医生坐着他那辆老旧的奔驰车四处奔忙,为那些结核病和软骨病患者治疗。我们何苦要这样牺牲自己?是为了钱吗?很难这样说。我们的薪水少得可怜,卡尔伯城市立文科中学送来了聘书,我干干脆脆地拒绝了;埃尔兰根大学要聘我们的医生去任教,他也与我同样对待。这是纯粹出于我们对居伦城的同胞之爱吗?要是这样说也未免夸大。不,我们,以及与我们一起的这个小城里所有的人,之所以年年岁岁坚守在这里,不愿离开,就是因为大家都怀着一个希望,希望居伦城能重放光彩,恢复昔日的繁荣,使我们的故土所蕴藏的丰富的宝藏能够得到充分的开发。在皮肯里德山谷的下面埋藏着石油,在康拉德村的树林底下蕴蓄着矿砂。我们并不穷,夫人,只是被遗忘了。我们需要的是贷款、信任和订单,有了这些,我们的经济和文化就会欣欣向荣。居伦城是有不少东西可以提供的:阳光广场冶炼厂就是一个。

医　　生　伯克曼公司。

教　　师　几家瓦格纳工厂。请您把它们买下吧,把它们重新整顿一番,居伦城就会重新繁荣起来。只要精心策划,投入一个亿,就会稳稳当当地获得利润,而不会白白浪费十个亿。

克莱尔·察哈纳西安　我这里还有两个十亿呢。

教　　师　请不要让我们一生的奋斗最后落空。我们到这儿来不是为请求施舍的,我们是为了跟您谈一笔交易而来的。

克莱尔·察哈纳西安　好啊。如果是谈一笔交易,那倒不坏。

教　　师　夫人!我就知道您是不会丢下我们不管的。

克莱尔·察哈纳西安　只是那交易没法谈了。我不能买下阳光广场冶炼厂，因为它已经是属于我的了。

教　师　属于您的了？

医　生　那伯克曼公司呢？

教　师　还有那几家瓦格纳工厂呢？

克莱尔·察哈纳西安　它们都是属于我的了。包括所有的工厂以及皮肯里德山谷，彼得家的仓房，以至整个小城的每一条街道，每一座房屋统统归于我的名下了。我让我的经纪人把那一大堆破烂全给包圆儿了，把所有的工厂都关闭了。你们的希望不过是一种妄想，你们的坚韧精神是毫无意义的，你们的自我牺牲精神表明你们的愚蠢，你们整个一生都白过了。

〔沉默。

医　生　这实在是太可怕了。

克莱尔·察哈纳西安　想当年那是个冬天，我离开了这个小城，穿着水手式的女生服，梳着两条红辫子，挺着快要生产的大肚子，居伦人全都在我背后讥笑我。我浑身哆嗦着坐在开往汉堡的慢车里，透过窗上的冰花看着彼得家仓房的轮廓渐渐消失，这时我发誓说，有朝一日我会回来的。现在我回来了。现在，条件得由我来决定，交易由我来拍板。（大声）洛比，托比，回金使徒旅馆去，我的第九任丈夫带着他的书籍和手稿很快就要到了。

〔那两个粗汉走出背景，抬起了轿子。

教　师　察哈纳西安夫人！您是一个在爱情上受到过伤害的女人。您要求绝对的公正。您在我面前就像古代那位女英雄——美狄亚①。然而由于我们非常理解您，因此您给了我们勇气，敢于向您提出更多的要求：请您抛弃这种要不得的复仇思想，不要把我们弄得无路可走，求您帮帮这些贫穷、软弱但正直的人们，让他们能够过一种体面的生活，求您发扬您的纯洁的人性吧！

克莱尔·察哈纳西安　人性，先生们，这是为百万富翁的钱袋而存在

---

① 美狄亚，古希腊神话中的女英雄，以复仇著称：出于嫉妒不但害死了国王父女，而且亲手杀死自己的两个亲生儿子。古希腊三大悲剧家之一欧里庇得斯曾以此为题材创作了传世同名剧。

的。我正用我的金钱势力安排世界秩序。这个世界曾经把我变成一个娼妓,现在我要把它变成一个妓院。谁想一起跳舞,而又付不起钱,那就得忍着。你们想要跳舞,惟一的办法是付钱,而我就正在付钱。我要居伦城搞一起谋杀,要它拿一具尸体来换取全城的繁荣。走吧,你们两个人。(她被抬着从背景下)

医　生　上帝,我们该怎么办呢?
教　师　我们凭良心办,纽斯林大夫。

〔伊尔的店铺设在台前右侧。新的招牌。新的闪闪发亮的柜台,新的钱箱,更高档的货品。每当有人走进那扇假设的门的时候,门铃就发出洪亮的响声。伊尔太太站在柜台后面。男甲,一个正发迹的屠户从台左上;他的新围裙上溅了些血迹。

男　甲　那就像过节。全居伦人都挤在教堂前的广场上看热闹。
伊尔太太　小克莱尔那些日子吃够了苦头,现在也该她享这个福了。
男　甲　那些女傧相打扮得就像电影明星,都挺着那么一对大乳房。
伊尔太太　现在就时兴这个。
男　甲　来包烟。
伊尔太太　要"格林"牌吗?
男　甲　"骆驼"牌。还要一把斧头。
伊尔太太　一把屠宰斧?
男　甲　没错儿。
伊尔太太　给,霍夫鲍尔先生。
男　甲　好像样的货色啊。
伊尔太太　生意好吗?
男　甲　增添人手了。
伊尔太太　下月一号我们也要雇人了。

〔男甲把斧子拿在手上。男乙——一个受过训练的商人上。

伊尔太太　您好,黑尔梅斯贝格先生。

〔路伊丝小姐衣着讲究地从台上走过。

男　甲　她成天想入非非,以致把自己打扮得那么花枝招展。

伊尔太太　无耻。

男　甲　来瓶止痛片。昨天晚上在施托克尔家吃喜酒。

〔伊尔太太递给男甲一杯水和药物。

男　甲　到处是新闻记者。

男　乙　他们在满城探听消息。

男　甲　也会上这儿来。

伊尔太太　我们都是些普通人,霍夫鲍尔先生。在我们这儿他们什么也得不到。

男　乙　他们对什么都要打破沙锅问到底。

男　甲　方才他们还采访牧师了呢。

男　乙　他会保持沉默的,他对我们穷人从来都有一颗同情心,彻斯特费尔德牧师。

伊尔太太　记账?

男　甲　记账。您男人呢,伊尔太太?好长时间没有见到他了。

伊尔太太　在楼上呢。老在房间里走来走去,好几天了。

男　甲　良心不得安宁啊。他以前对可怜的察哈纳西安夫人使的那手段真够缺德的。

伊尔太太　我也一直心里不好受呢。

男　乙　害得一个姑娘身败名裂。呸,真不是东西!(坚决地)伊尔太太,要是记者们来了的话,我希望您男人不要昧着良心说瞎话。

伊尔太太　当然不会的。

男　甲　想想他那性子。

伊尔太太　我可是已经受够了,霍夫鲍尔先生。

男　甲　要是他胡编些谎话来丢克拉拉的脸,说她要拿他的性命来悬赏,或者,把她仅仅作为她的不可名状的冤屈的一种表达当作把柄,那我们就不得不要进行干预了。

男　乙　这样做不是为了那十个亿。

男　甲　而是出于民众的愤怒。天知道他可真是让善良的察哈纳西安夫人吃够了苦头。(他看了看周围)去他卧室是从这儿往上走吗?

伊尔太太　这是上楼惟一的通道,很不好走。不过我们打算明年春天把它重修一下。
男　甲　那我还是就待在这里吧。
〔男甲直挺挺地紧靠右侧坐下,交抱着双臂,带着斧头,像个看守似的平平静静地坐着。教师上。
伊尔太太　您好,教师先生!真难得,您也会来看我们。
教　师　我需要喝一杯烈性烧酒。
伊尔太太　您要施泰因海格尔厂出品的?
教　师　来一小杯。
伊尔太太　您也来一杯,霍夫鲍尔先生?
男　甲　不要,谢谢。我还得开上我的大众车去卡菲根一趟,到那儿买几头猪回来。
伊尔太太　您要吗,黑尔梅斯贝格先生?
男　乙　在这些该死的记者没有离开这个小城以前,我滴酒不喝。
〔伊尔太太给教师斟了一杯酒。
教　师　谢谢。(猛喝施泰因海格尔酒)
伊尔太太　您在发抖,教师先生。
教　师　近来我喝得太多了。刚才在金使徒旅馆喝了一通酒精度相当高的酒,简直是酒精大畅饮。希望您不要干扰我的酒兴。
伊尔太太　再喝一杯不会碍事的。(又给他斟了一杯)
教　师　您的男人呢?
伊尔太太　在楼上。老是走来走去。
教　师　再来一小杯。这是最后一杯。(他自己斟酒)
〔画家从左侧上。身穿崭新的灯芯绒西服,头戴巴士克帽①,脖颈上围着色彩鲜艳的围巾。
画　家　请注意。有两名记者向我打听这家店铺的情况。
男　甲　他们起疑心了。
画　家　我装得一无所知。
男　乙　聪明。

---

① 巴士克帽,生活在比利牛斯山地区的巴士克人戴的一种帽子,扁圆形,无檐。

画　　家　　但愿他们到我的画室里来,我画了一幅基督像。
　　　　　　〔教师又斟了一杯酒。在第二幕出现过的那两位妇女穿得漂漂亮亮,从舞台上走过;她们在假设的橱窗前仔细察看里面的商品。
男　　甲　　这些娘儿们。
男　　乙　　她们大白天光顾新电影院。
　　　　　　〔男丙从左侧上。
男　　丙　　这些新闻媒体。
男　　乙　　保持沉默。
画　　家　　看牢不要让他下来。
男　　甲　　这事我来负责好了。
　　　　　　〔几个居伦人都站在台右边。教师已经把那瓶酒喝下了一大半,并依然站在柜台旁。两位记者带着照相机上。其后跟着第四位居伦人。
记者甲　　晚上好,诸位。
居伦人　　你们好。
记者甲　　第一个问题:总的说来你们感觉如何?
男　　甲　　(窘迫)我们对察哈纳西安夫人的来访当然很高兴。
男　　丙　　高兴得很。
画　　家　　很感动。
男　　乙　　很自豪。
记者甲　　很自豪。
男　　丁　　克莱尔说到底毕竟是我们的人哪。
记者甲　　第二个问题要请站在柜台后面的那位太太来回答:有人说当年您的丈夫是因为您而抛弃了克莱尔。
　　　　　　〔寂静。
男　　甲　　这是谁说的?
记者甲　　是察哈纳西安夫人的那两个又矮又胖又瞎的废物说的。
　　　　　　〔寂静。
男　　丁　　(迟疑地)那两个废物都说了些什么?

记者乙　什么都说了。

画　家　该死！

　　　　〔寂静。

记者乙　克莱尔·察哈纳西安与这家店铺的老板在四十多年前差点儿结婚,是吗?

　　　　〔沉默。

伊尔太太　对。

记者乙　伊尔先生呢?

伊尔太太　去卡尔伯城了。

众　　　去卡尔伯城了。

记者甲　我们可以想象得出那段风流史:伊尔先生与克莱尔·察哈纳西安一起长大,也许从小就互为邻里,一块儿上小学,一同去树林中散步,尝到了最初接吻的滋味,等等;直到伊尔先生认识了您,善良的太太,于是就把您当作了新欢、新的刺激,当作追求和热恋的对象。

伊尔太太　一点儿不错,事情就像您所说的那样发生了。

记者甲　克莱尔·察哈纳西安很能理解这件事情,并以她特有的高贵方式默默地放弃了她的意中人,于是您就嫁给了——

伊尔太太　出于爱情。

其他居伦人　（松了一口气）出于爱情。

记者甲　出于爱情。

　　　　〔两位记者漫不经心地在他们的笔记本上写着。两个阉人被洛比揪着耳朵从右边上。

两个阉人　（苦苦求饶）我们再也不乱说了,我们再也不乱说了。

　　　　〔他们被拖向后台,托比正拿着鞭子在那里等着他们。

两个阉人　别把我们交给托比,别把我们交给托比!

记者乙　伊尔太太,您的丈夫有时候是不是——我的意思是说,这毕竟是合乎人情的——对那件事感到懊悔呢?

伊尔太太　光是有钱并不能让人幸福。

记者乙　不能让人幸福。

〔伊尔的儿子穿着兽皮夹克衫从左侧上。

伊尔太太　这是我们的儿子卡尔。

记者甲　一个好英俊的小伙子。

记者乙　他知道你们这些情况吗?

伊尔太太　在我们家里没有秘密。我丈夫总说:凡是上帝知道的,也应该让我们的孩子们知道。

记者甲　上帝知道。

记者乙　孩子们也知道。

〔伊尔的女儿穿着网球服,手里拿着一个网球拍走进店铺。

伊尔太太　我们的女儿奥蒂丽。

记者乙　好漂亮。

〔此刻教师鼓足了勇气。

教　师　居伦城的同胞们!我是你们的老教师。我刚才一个人静静地喝着我的施泰因海格尔酒,一句话也没有说。但现在我憋不住了,我要谈谈关于老太太回居伦访问的事情。(他爬上那只彼得家仓房里留下来的小木桶)

男　甲　你疯了?

男　乙　别让他说!

男　丙　从木桶上下来!

教　师　居伦城的同胞们!哪怕我们永远穷下去,我也要说出事情的真相!

伊尔太太　您喝醉了,老师,您自己应该感到害臊!

教　师　害臊?你自己才应该害臊呢,老娘们儿,你现在正为了出卖你的丈夫做准备!

儿　子　住嘴!

男　丁　滚出去!

教　师　一场灾祸正在临近!就像"俄狄浦斯"①曾经所遭遇过的那

---

① 俄狄浦斯,希腊神话中的人物。神喻暗示他:他将遭遇杀父娶母的厄运。他竭力想避免,结果还是应验了。

样:在劫难逃!

女　　儿　(恳求地)老师!

教　　师　你使我失望,孩子! 这话本来应该由你来说的,可现在不得不由你的年老的老师用雷鸣般的声音来大声宣告了!

画　　家　(把他从木桶上拽下来)你想要断送我的艺术良机不成! 我刚画完一幅基督图,一幅基督图!

教　　师　我抗议! 我要向世界舆论揭露! 居伦人正在策划一件可怕的罪恶行动!

〔居伦人一齐向他冲去,正在这时伊尔穿着一身破旧的服装从右侧上。

伊　　尔　你们在我店里嚷嚷些什么?

〔居伦人丢开教师,惊愕地凝视着伊尔。死一般寂静。

教　　师　伊尔,我在揭露真相,我正在向新闻界的先生们说明事实真相。我要像天使长那样用洪亮的声音说话。(他摇晃了一下)因为我是个人道主义者,一个古希腊人的朋友,一个柏拉图的崇拜者。

伊　　尔　您别说了吧。

教　　师　可是人性——

伊　　尔　您坐下吧。

〔沉默。

教　　师　(清醒过来)坐下。人性应该坐下。请——如果您自己能说出真相,那当然也好。(他颤颤巍巍坐到木桶上)

伊　　尔　对不起,这个人喝醉了。

记者甲　您是伊尔先生?

伊　　尔　有什么事吗?

记者甲　我们很高兴,到底见到您了。我们需要拍几张照片,可以吗? (他看了看周围)杂货,日用品,铁器——对,最好是,给您拍一张您卖斧头时的照片。

伊　　尔　(犹豫地)斧头?

记者甲　卖斧头给屠户。他已经把斧头拿在手里了。请您将这杀人武器借给我用一下,伙计。(他从男甲手里接过了斧子,比画着)您拿住这把斧头,手里掂量着它的分量,脸上露出思考的表情,您看,这样;而您呢,伊尔先生,您斜倚在柜台上,跟这位屠户在说话。请注意。(他站好位置)自然些,先生们,不要拘谨。

〔记者们按快门。

记者甲　真棒,棒极了!
记者乙　要是可以的话,请把您的一只胳膊放在您的太太的肩上,儿子站在左边,女儿站在右边。好,请露出幸福的笑容,笑得美滋滋的,发自内心,舒心适意,容光焕发。
记者甲　真是神采飞扬!
记者乙　完毕。

〔几个摄影师从左前方通过舞台向后面左侧跑去,一个摄影师跑进店里来。

摄影师　察哈纳西安又找了一个新的丈夫,他们俩现在正在康拉德村树林里散步呢。
记者乙　又找了一个新的!
记者甲　这可以给《生活》杂志做封面。

〔两位记者从店铺里跑出来。沉默。男甲手里一直还拿着斧子。

男　甲　(轻松地)算咱们运气。
画　家　得请你原谅,教师先生,只要我们还想让这件事情内部解决,那就绝不能让报界知道。你明白吗?

〔画家下,男乙跟着往外走,但走到伊尔面前时,他却又停住不走了。

男　乙　聪明,你刚才什么话也没有胡扯,这做得再聪明不过了。
男　丙　反正像你这样的混蛋,你说什么人家也不会相信。(下)

〔男丁唾了一口。也下。

男　甲　这下我们就要上画报了,伊尔。
伊　尔　就是呗。
男　甲　就要扬名啦。

伊　尔　也可以这样说吧。

男　甲　来包"帕尔塔加"烟。

伊　尔　好呀。

男　甲　给我记上。

伊　尔　那还用说。

男　甲　坦白说吧：您对小克莱尔所干的那事儿，真够流氓的。（欲下）

伊　尔　斧头，霍夫鲍尔。

〔男甲愣了一下，接着把斧子还给伊尔。店铺里沉寂了。只有教师还坐在木桶上。

教　师　我得请您原谅，我刚才尝了好几口施泰因海格尔酒，该有两杯或三杯了吧？

伊　尔　不要紧的。

〔一家人从台右下。

教　师　本来我是想帮助你的，但人家不让我说话，而没想到你自己也不想得到我的帮助。嘿，伊尔，我们都是些什么人。那可耻的十个亿在我们心中燃烧。您要振作起来，为自己的性命而战斗。您应该与报界取得联系，您再不行动就来不及了。

伊　尔　我不想再抗争了。

教　师　（惊愕）请您说说看，难道您被吓得完全丧失理智了？

伊　尔　我已经明白了，我已经没有权利再说话了。

教　师　没有权利？跟那个该死的老太婆，那个让我们眼睁睁看着她一天换一个男人的不要脸的婊子王比起来，跟那个收买我们灵魂的老妖婆比起来，你没有权利说话吗？

伊　尔　毕竟都是我的罪过。

教　师　你的罪过？

伊　尔　是我使克拉拉成了今天这个样子，也使我自己落到这般田地，成了一个名誉扫地的穷店主。我有什么办法呢，居伦的老师？我能说我是个无罪的人吗？阉人、总管、棺材、十个亿，一切都是我自己惹出来的。我是毫无办法了，我也帮不了你们。

〔教师艰难地,颤颤巍巍地站起来。

教　师　我清醒了,一下子清醒了。(他蹒跚着走向伊尔)您说得对,完全对。一切都是您的过错。不过我现在要跟您说几句话,阿尔弗雷德。伊尔,谈点根本性的问题。(他几乎一点也不再蹒跚,直挺挺地伫立在伊尔面前)人们会杀死您。这我一开始就知道了,您自己也老早就明白了,尽管在居伦没有人愿意承认这一点。这诱惑实在太大了,而我们的贫穷也委实太难耐了。但是我知道得还要多,那就是我自己也会跟着干的。我感觉到我自己是怎样一步步地成为一个谋杀犯的。我对人道主义的信念是无能为力的。正因为我知道这情况,所以我变成了一个酒鬼。伊尔,我和您一样感到害怕。我还知道,有朝一日也会有某个老太婆来到我们中间,像现在要弄死您那样弄死我们,而且很快,也许只有几个小时,到那时我也就什么都不知道了。(沉默)再来一瓶施泰因海格尔酒!

　　〔伊尔递给他一瓶酒,教师犹豫了一下,然后坚决地一把抓过酒瓶。

教　师　记上账。(慢慢地下)

　　〔伊尔的家小又都回来了。伊尔如在梦中环顾他的店铺。

伊　尔　一切都是崭新的。我们这店铺里现在看起来完全是新式的了。干干净净,很有刺激性。我一直都梦想着有这样一爿店铺。(他从女儿手里拿过了网球拍)你现在也打起网球来了?

女　儿　我练了几个钟头。

伊　尔　大清早练的,是吗?你没有去工作介绍所?

女　儿　我的女朋友们全在打网球。

　　〔沉默。

伊　尔　我看见你开着一辆小卧车,卡尔,是从房间里往窗外看到的。

儿　子　那只是一辆"奥佩尔"牌①的奥林匹克车,这种车不算贵。

伊　尔　你是什么时候学会开车的?

---

① 奥佩尔,全名亚当·奥佩尔(1837—1895),德国机械师和企业家,今亚当·奥佩尔发动机总公司的创始人。以此人名字命名的汽车品牌,在中国又译作"欧宝"。

〔沉默。〕

伊　　尔　你没有趁大晴天在火车站找个工作做做?

儿　　子　我有时候去找过。(他尴尬地提起刚才教师坐过的小木桶从右边走了出去)

伊　　尔　我刚才在衣柜里想找几件我穿的像样点的衣服,却发现有一件皮大衣。

伊尔太太　当样品。

〔沉默。〕

伊尔太太　人人都在赊账买东西,弗莱迪。只有你成天就像热锅上的蚂蚁。你的恐惧简直是可笑的。现在很清楚,事情总会和平解决的,谁也不会动你一根毫毛的。小克莱尔不会坚持到底的,我知道她,她的心肠可好呢。

女　　儿　妈妈说得对,爸爸。

儿　　子　这个您得相信妈妈说的。

〔沉默。〕

伊　　尔　(缓慢地)今天是周末,卡尔,我想坐你的车出去兜兜风,就这么一回,坐咱们自己的车。

儿　　子　(有些惶惑)您愿意?

伊　　尔　穿上你们漂亮的衣服,我们全家一块儿开着车跑一跑。

伊尔太太　(同样惶惑地)我也要去?这不合适呀。

伊　　尔　这有什么不合适?快去穿上你的皮大衣吧,这正是让你的新衣服亮相的好机会。我这就去清点一下柜台里的钱。

〔母女从台右下,儿子朝台左下,伊尔忙着收拾钱箱里的钱。市长手持一支长枪从台左上。〕

市　　长　晚上好,伊尔。不碍您的事,我只是来这儿看看就走。

伊　　尔　请便。

〔沉默。〕

市　　长　我给您带来一支枪。

伊　　尔　谢谢。

市　　长　子弹已经装好了。

伊　尔　我并不需要枪。
　　　　〔市长把枪靠着柜台放好。
市　长　今天晚上要召开市民大会,在金使徒旅馆的剧场里。
伊　尔　我去。
市　长　所有人都会参加。我们将讨论讨论如何处理您这件事情。我们是迫于外面压力不得已而为之啊。
伊　尔　我也感觉到了。
市　长　大家会拒绝那个提案的。
伊　尔　有可能。
市　长　人们当然有时也会产生误会。
伊　尔　当然。
　　　　〔沉默。
市　长　(谨慎地)如果在这种情况下,伊尔,您会接受大家的决议吗?会上将会有新闻界的人士在场呢。
伊　尔　新闻界?
市　长　还有广播电台、电视台、电影新闻周报的人参加,局面是很难应付的,不仅对您,就是对我们也一样,请相信我好了。由于我们的小城是老太太的故乡,加上她的婚礼在我们的教堂里举行,这使得我们这些人变得遐迩闻名,因此一篇关于我们的古老的民主建设的报道成为必不可少的了。
伊　尔　(只顾点钱)你们不公开宣布老太太的建议?
市　长　不直接公开宣布——只有那些内幕知情人将会理解我们谈判的意义。
伊　尔　那还是涉及我的性命问题。
　　　　〔沉默。
市　长　我正在向新闻界透露,说是——有可能的话——察哈纳西安夫人将提供一笔捐助,而这笔捐助要由您,伊尔,作为她青年时的朋友跟她进行商谈。您与她的这种关系现在已是众所周知的了。这样您——不管发生了什么——单从表面上看,您完全是清白无辜的。

伊　尔　你们对我太好了。
市　长　坦白地说,我这样做倒不是为您,而是为您的正直、诚实的家庭着想。
伊　尔　我明白您的意思。
市　长　我们对您是够意思的,这您无法不承认。您直到现在一直保持沉默。这很好。但您是否还会继续保持沉默呢?假如您想要说话,那我们就得单独解决,那就不开市民大会了。
伊　尔　我懂。
市　长　您懂什么?
伊　尔　听到公开威胁,我感到高兴。
市　长　我没有威胁您,伊尔,是您在威胁我们。假如您要说话,那我们就不得不采取行动。不等市民大会就干。
伊　尔　我不说话。
市　长　不管大会做出什么决定?
伊　尔　我都接受。
市　长　很好!
〔沉默。
市　长　我很高兴您能服从市民大会公审,伊尔。这说明您身上仍然闪烁着某种崇高的感情,不过假如我们干脆不开这么一次公审大会岂不更好吗?
伊　尔　您说这话是什么意思?
市　长　您方才说过,您不需要这支枪。也许您现在又觉得需要它了吧。
〔沉默。
市　长　那样一来,我们就可以对那位女士说,我们已经把您处决了,而我们照样可以得到那笔钱。您应该相信,为了处理老太太的这个建议,我苦恼了多少个不眠之夜。您是个堂堂正正的男子汉,难道您不觉得现在应该得出应有的教训,把亲手结束自己的生命作为您的义务?就是出于对公众的美意,出于对故乡的爱,您也应该如此。我们的贫穷、悲惨、挨饿的孩子……这些您都是亲眼目睹的。

伊　　尔　你们现在可好啦。

市　　长　伊尔！

伊　　尔　市长！几天来我经历的是地狱的生活。我看到你们一个个怎样只顾赊账，感觉到你们的福利每提高一层，我就向坟墓爬近一步。要是你们没有让我受到如此令人毛骨悚然的恐惧，情况就会完全不是这样，我们的谈话就可能不是以这种方式进行，我也许会接受你们送来的这支枪，就是说，我会成全你们的一切。但是情况并非如此，我不得不把自己关在房间里，日夜和恐惧进行搏斗，单独一人，直到把它战胜。那是多么艰难的日子，现在总算过去了，往回走是不可能的。现在你们必须充当我的法官，无论怎样审判，我都服从你们的判决。对于我来说这就是公正，至于对你们来说意味着什么，我不得而知。愿上帝做证，你们会经得住你们的判决。你们可以杀死我了，我不抱怨，不抗议，不自卫，但想要我免掉你们的宣判，这我做不到。

市　　长　（又把长枪拿到手里）可惜呀。您错过了使自己保持清白，做个正派人的良机。但我们是向您白提这个要求了。

伊　　尔　我这儿有火，市长先生！（他给市长点着了香烟）

〔市长下。

〔伊尔太太穿着皮大衣上，她的女儿穿着红上衣。

伊　　尔　你穿上这件大衣看起来好高贵哟，玛蒂尔德。

伊尔太太　这是波斯羊皮。

伊　　尔　像个贵妇人。

伊尔太太　有些贵了点。

伊　　尔　你的衣服真漂亮呀，奥蒂丽。不过太招眼，你不觉得吗？

女　　儿　哈，走，爸爸。您应该看看我那件晚装才是呢。

〔店铺不见了。儿子摆了四张椅子在空空的舞台上。

伊　　尔　好漂亮的车子啊。我辛苦了一辈子，也就是为了积累那么一点家产，过上稍为快活的日子，拥有这么一辆小车，现在已经呈现在眼前了，但我要亲自尝一尝坐在里面的滋味。来，玛蒂尔德，你和我一起坐在后座上,奥蒂丽挨着卡尔坐在前面。

〔他们全都上了汽车,各就各位。

儿　　子　我可以开到时速一百二十公里。

伊　　尔　不要开得这么快。我要看看周围的风景,看看这个小城,我在这里已经生活了快七十年啦。你看,那些旧街道打扫得干干净净,许多房子修缮一新,壁炉的烟囱冒出了灰色的浓烟,窗台上摆上了天竺兰,处处是向日葵,歌德门附近的花园里种上了玫瑰花,哪儿都可听到儿童们的欢笑声,看到情侣们的幸福情景。勃拉姆斯广场旁的这座新建筑多么现代。

伊尔太太　霍德尔咖啡馆也要修复了。

女　　儿　瞧,这位大夫开的是奔驰300。

伊　　尔　这大片平原和那后面的山丘,今天全都沐浴在一派金色的光辉里。我们刚从强大的阴影中走出来,重见这样的亮光,真是气象万千。瓦格纳工厂的起重机和伯克曼公司的烟囱就像巨人般矗立在远处的地平线上。

儿　　子　她要把整个城市都买下。

伊　　尔　你说什么?

儿　　子　(更大声)她要把整个城市都买下。(他按喇叭)

伊尔太太　那些小车子真滑稽。

儿　　子　这是米塞尔施密特厂出产的轻便车。每个学徒想必都购置这么一辆车子。

女　　儿　这真可怕。①

伊尔太太　奥蒂丽现在正在法语和英语进修班学习。

伊　　尔　这些都很有用。丘卜勒家的小烧酒店。已经很久没有到外面来走走了。

儿　　子　这儿将要建一座豪华餐馆。

伊　　尔　你车开得这样快,说话声得大一点儿。

儿　　子　(更大声)这儿将建一座豪华餐馆。又碰上施托克尔,他开的

---

① 原文是法语。

别克车比谁都快。

女　儿　一个暴发户。

伊　尔　从皮肯里德山谷穿过去,经过沼泽地,通过白杨路,从哈索选帝侯狩猎行宫绕过去。天上是大团大团的云彩,一层又一层,宛如夏天的景色。一个美丽的家园,沐浴在晚霞里,我好像才第一次看到这景象。

女　儿　一种有如阿达尔贝特·施蒂夫特①笔下的情调。

伊　尔　像谁笔下的情调?

伊尔太太　奥蒂丽也在学习文学呢。

伊　尔　高雅得很。

儿　子　霍夫鲍尔开的是大众牌汽车,他刚从卡菲根回来。

女　儿　他运仔猪回来了。

伊尔太太　卡尔车开得真有两下子,你看他刚才拐那个弯时拐得多漂亮!坐他的车你一点也用不着害怕。

儿　子　现在用的是一挡,前面的上坡路陡起来了。

伊　尔　我每次走这段上坡路就喘不过气来。

伊尔太太　我很高兴,有了这件皮大衣。天气冷起来了。

伊　尔　你开错了。这是去白森巴哈的路。你得回头,然后向左拐,从康拉德村的树林穿过去。

〔那四个原来携带木板凳的公民上,此刻穿上了节日的礼服,扮演树木。

男　甲　我们现在又成了枞树、山毛榉了。

男　乙　还有啄木鸟和布谷鸟,受惊的狍子。

男　丙　爬满常青藤的大教堂,幽暗中夹着霉味。

男　丁　史前时代的情调,常被歌颂。

〔儿子按喇叭。

儿　子　又是一只狍子。它们总喜欢在马路上跑,这些畜生。

〔男丙跳到一旁去。

---

① 阿达尔贝特·施蒂夫特(1805—1868),奥地利作家,以中短篇小说、风景描写著称。

女　　儿　很温驯。变得没有野性了。

伊　　尔　在树底下停一停吧。

儿　　子　好吧。

伊尔太太　你想干啥?

伊　　尔　我要步行穿过这片树林。(他站了起来)居伦城的钟声响了,从这里听起来真美啊。现在是下班时间。

儿　　子　一共有四口钟,只有现在听起来才那样悦耳。

伊　　尔　一切都是金黄的。现在是真正的秋天了。地上的落叶仿佛都是黄金铺起来的。(他踩着林中的落叶往前走)

儿　　子　我们在居伦桥下面等您。

伊　　尔　不用了。我穿过树林直接回到城里,去参加市民大会。

伊尔太太　那,弗莱迪,我们把车开到卡尔伯城去看场电影。

女　　儿　So long, Daddy!①

伊尔太太　回头见!回头见!

　　　　〔伊尔的妻小们乘车走了,伊尔望着他们远去。他在台左那张木凳上坐下来。

　　　　〔呼呼的风声。洛比和托比抬着轿子从台右上,克莱尔·察哈纳西安仍穿着她原来的那身衣服坐在轿子里。洛比背着一把吉他。她的第九丈夫走在她身边,他是诺贝尔奖获得者,细高个儿,头发、胡子均已花白。(他也可以由扮演前几任丈夫的同一个演员来扮演)总管跟在最后。

克莱尔·察哈纳西安　康拉德村的树林到了。洛比和托比,停一下。

　　　　〔克莱尔·察哈纳西安从轿上下来,举起她的长柄眼镜往树林里察看,在男甲的背上划了一下。

克莱尔·察哈纳西安　甲壳虫。这棵树正在枯死。(她发现伊尔)阿尔弗雷德!真巧,遇到了你。我来这里看看我的树林。

伊　　尔　康拉德村的树林也属于你的了?

---

① 英语:再见,爸爸!

克莱尔·察哈纳西安　也属于我的了。我可以挨着你坐下吗?

伊　　尔　欢迎嘛。我刚与我的家人告别。他们去看电影。卡尔已经买了一辆车子。

克莱尔·察哈纳西安　这就是进步。(她在伊尔的右边坐下)

伊　　尔　奥蒂丽就读于文学进修班。此外还学习英文和法文。

克莱尔·察哈纳西安　你瞧,他们终于有了理想的意识。过来,措比,鞠个躬。这是我第九个丈夫,诺贝尔奖获得者。

伊　　尔　见到您非常高兴。

克莱尔·察哈纳西安　他出神儿的时候,显得格外有意思。出会神儿,措比。

第九丈夫　可是小宝贝儿……

克莱尔·察哈纳西安　别扭扭捏捏啦。

第九丈夫　那,好吧。(做出神儿状)

克莱尔·察哈纳西安　你瞧,现在他看起来多像一个外交家。他让我想起霍尔克伯爵,只不过他不写书。他想退休撰写回忆录,并管理我的财产。

伊　　尔　我祝贺你。

克莱尔·察哈纳西安　这事儿我觉得并不如意。找个丈夫不过用来装装门面,而没有实用价值。去做研究工作吧,措比,往左边走你可以找到有历史价值的废墟。

〔第九丈夫去搞研究。伊尔环顾四周。

伊　　尔　那两个阉人呢?

克莱尔·察哈纳西安　他们开始胡说八道了。我让人把他们打发到曼谷,待在我的一所鸦片馆里。他们可以在那儿抽抽鸦片,做他们的梦。过不了多久总管也会与他们为伍,我也用不着他了。波比,来支"罗密欧与朱丽叶"。

〔总管走出背景,递给她一个香烟盒。

克莱尔·察哈纳西安　你也来一支吗,阿尔弗雷德?

伊　　尔　好吧。

〔两人一起抽烟。

伊　　尔　这烟好香呀。

克莱尔·察哈纳西安　在这片树林里以前我们经常一起抽烟,你还记得起来吗?那烟是你常常从小玛蒂尔德店里买来的,或者偷来的。

〔男甲用钥匙在烟斗上敲打。

克莱尔·察哈纳西安　又是啄木鸟。

男　　丁　咕咕!咕咕!

伊　　尔　还有布谷鸟。

克莱尔·察哈纳西安　要不要让洛比给你弹一段吉他听听?

伊　　尔　好呀。

克莱尔·察哈纳西安　我这个被赦免的抢劫杀人犯弹得一手好吉他,在我沉思默想的时候,我需要他给我伴奏。我讨厌留声机和收音机。

伊　　尔　一支军队行进在非洲大峡谷中。

克莱尔·察哈纳西安　这是你最喜欢的一首曲子,我已经教会他了。

〔沉默。他们抽着烟。布谷鸟、啄木鸟的声音,风吹树林的呼呼声,等等。洛比弹着那首民歌。

伊　　尔　你生过——我是说,我们有过一个孩子?

克莱尔·察哈纳西安　没错。

伊　　尔　是个小子还是姑娘?

克莱尔·察哈纳西安　一个姑娘。

伊　　尔　你给她起了个什么名字?

克莱尔·察哈纳西安　什涅菲耶芙。

伊　　尔　好漂亮的名字。

克莱尔·察哈纳西安　这小东西我只见到过一次,在刚出生的时候。后来被人抱走了,是教会救济院收留了她。

伊　　尔　她的眼睛是什么样的?

克莱尔·察哈纳西安　还没睁开呢。

伊　　尔　头发呢?

克莱尔·察哈纳西安　黑的,我相信。不过刚出生的孩子头发常常是黑的。

伊　　尔　　那倒是的。

〔沉默。他们抽烟。吉他声。

伊　　尔　　她死在什么地方?

克莱尔·察哈纳西安　　死在别人那里,那些人的名字我记不起来了。

伊　　尔　　得什么病死的?

克莱尔·察哈纳西安　　脑膜炎。也可能是别的什么病。我收到过当局的一份通知单。

伊　　尔　　事关死人的事人家是不会弄错的。

〔沉默。

克莱尔·察哈纳西安　　刚才我跟你谈了我们的小女孩的事儿。现在你来谈谈我吧。

伊　　尔　　谈谈你?

克莱尔·察哈纳西安　　谈谈我十七岁的时候,你爱我的情况。

伊　　尔　　那时我要见你一次得在彼得家的仓房里寻找好长时间;你总是藏在那辆旧马车里,身上只穿一件很露的内衣,嘴里衔着一根草茎。

克莱尔·察哈纳西安　　你那会儿健壮,勇敢。那个铁路工人摸了我一下,你跟他拼命搏斗。我用我的红裙子擦干了你脸上的血迹。

〔吉他声停止。

克莱尔·察哈纳西安　　那首民歌弹完了。

伊　　尔　　再来一首《啊,甜蜜而亲切的家园》。

克莱尔·察哈纳西安　　这个洛比也会弹的。

〔吉他弹奏新的曲子。

伊　　尔　　现在是时候了。这是我们俩最后一次坐在这个不吉利的树林里,任由布谷鸟的咕咕鸣叫和风吹树叶的沙沙作响。

〔所有树木摇动着它们的树枝。

伊　　尔　　今天晚上就要开大会了,他们将判我死刑。有一个人会把我干掉。至于这人是谁,他在哪里干掉我,我不得而知。我只知道,我很快就要结束这毫无意义的一生。

克莱尔·察哈纳西安　　我爱过你,而你背叛了我。但我没有忘记这场关于生活、关于爱情、关于信任的梦,这场曾经实实在在的梦。我现在要用我的几十亿金钱,把这个梦重新建立起来,我要通过毁灭你来改变过去。

伊　尔　谢谢你为我张罗的那些花环,那许多菊花和玫瑰。

　　　〔又一次响起风吹树叶的呼呼声。

伊　尔　这些花环和花朵把放在金使徒旅馆里的那口棺材装饰得真是美,非常高贵。

克莱尔·察哈纳西安　我要把你装在你的棺材里带到卡普里岛①去,让人在我的天宫花园里修建一座陵墓,陵墓四周松柏环绕,从那里可以俯瞰地中海。

伊　尔　我只是从图片上见到过地中海。

克莱尔·察哈纳西安　一片深蓝色。放眼望去,壮观极了。那里是你最后的归宿,在我的旁边。

伊　尔　现在《啊,甜蜜而亲切的家园》也弹完了。

　　　〔第九丈夫回来了。

克莱尔·察哈纳西安　诺贝尔奖获得者,刚从他考察的废墟那里回来。怎么样,措比?

第九丈夫　那是早期基督教的所在地,被匈奴人毁掉的。

克莱尔·察哈纳西安　可惜了。挽着我。洛比和托比,轿子!

　　　〔她登上了轿子。

克莱尔·察哈纳西安　再见,阿尔弗雷德。

伊　尔　再见,克拉拉。

　　　〔轿子向背景后抬去。伊尔仍坐在板凳上。那些树木垂下它们的枝叶。一座剧院的门降落在舞台上,门上挂有门帘和其他装饰物,此外还有几个大字:"生活是严肃的,艺术是热情的。"那位警察从背景中上,他穿着一身崭新的制服,在伊尔身旁坐下。一位电台广播员上,他用麦克风对着正在聚集到

----

① 卡普里岛,意大利那不勒斯附近的一个小岛,以风景秀丽著称。

这里来的居伦市民开始讲话。所有的人都身着新的节日盛装或长外氅。到处都有新闻记者、报社摄影师和电影摄影机。

电台记者　女士们，先生们！本台刚才在克莱尔·察哈纳西安夫人的出生地拍了照片，聆听了她与牧师的谈话之后，现在让我们来旁听一下居伦城的市民大会吧。克莱尔·察哈纳西安夫人此次屈尊莅临她的故乡，对这个温情脉脉的、舒心适意的小城进行的访问，很快就要达到高潮了。虽然这位名扬四海的夫人本人没有出场，但市长先生将以她的名义发表一个很重要的声明。我们现在是在金使徒旅馆的剧场向大家广播；金使徒旅馆就是当年歌德在本城逗留期间所投宿的那家旅馆。这个舞台，通常是社团举办活动或者卡尔伯市话剧团进行客串的地方，如今男人们聚集在这里，正如市长上面所解释的，这是按老习惯办事。妇女们都集中在观众席里，这也是古老的传统了。气氛之严肃、紧张实在难以形容。现在《电影周报》的人都已经来了，电视台的同行们，来自世界各地的记者们统统都来了。好，市长开始讲话了。

〔电台广播员拿着麦克风走近市长，市长站在舞台正中，居伦城的男人们在他面前围成半圆形。

市　长　居伦城的同胞们，欢迎各位光临。我现在宣布大会开始。这个大会所要讨论的只有一个问题。我现在荣幸地宣布：我们重要的市民、著名建筑师高特弗里德·韦舍尔的女儿克莱尔·察哈纳西安打算向我们捐赠十个亿！

〔新闻界的人们交头接耳。

市　长　五个亿献给市政府，另五个亿分给所有的市民。

〔寂静。

电台广播员　（压低声音）亲爱的听众们，这是多么振奋人心的消息啊，前所未有的头条新闻！一笔捐赠，它会使小城的每个居民一下子都变成小富翁，这可以说是我们时代最伟大的社会实验。所有的人都不相信自己的耳朵，全都惊呆了，谁都一句话也说不出来，全场鸦雀无声。这情景从他们每个人的脸上都可以看得出来。

市　长　现在请教师讲话。

〔电台广播员拿着麦克风走近教师。

教　师　居伦城的同胞们！我们必须明白,克莱尔·察哈纳西安夫人捐出这笔巨款是带有某种意图的。那么她的意图是什么呢？难道她要用金钱使我们过好日子吗？她要让我们富得流油吗？要为我们恢复瓦格纳工厂、阳光广场冶炼厂、伯克曼公司吗？你们知道,这一切全都不是！克莱尔·察哈纳西安夫人想要做一件重要得多的事情。那就是说,她要用这十个亿换来公道,注意:公道。她是要我们这个城市群体变成一个合乎公道的群体。她的这个要求使得我们大为吃惊。难道我们过去不是一个合乎公道的群体吗？

男　甲　不是！

男　乙　我们容忍过一桩罪行！

男　丙　一个不公正的判决！

男　丁　有人搞伪证！

一个女人声　有一个坏蛋！

其他人　一点儿不假！

教　师　居伦城的同胞们！事实就是这样严酷:我们容忍过不公道的行为。此刻我完全明白,十亿巨款可能给我们带来的物质利益,我也绝不会忽视贫穷是一切坏事的根源,不幸的根源。然而,现在的问题不是为了钱！(雷鸣般的掌声)不是为了富裕、生活舒适、豪华奢侈,问题的实质在于:我们要不要主持公道,而且不仅仅是主持公道,还要坚持我们的先辈们为之生活过、争论过,甚至为之献身过的各种理想,它们构成我们西方的价值观。(雷鸣般的掌声)如果博爱精神遭到亵渎,保护弱者的善举受到蔑视,婚约被撕毁,法庭受欺骗,年轻的母亲被推入灾难之中,那么我们的有关自由的概念就是儿戏。(欢呼声)我们必须以上帝的名义,严肃认真地对待我们的理想信念,甚至不惜以流血为代价。(雷鸣般的掌声)财富,如果不能从中产生慈悲的精神财富的话,那它还有什么意义:因为只有那些如饥似渴地渴望得到它的人才有资格接受赏赐。居伦城的同胞们！你们有这种饥渴吗？有这种精神上的饥渴吗？或者不仅仅是另一种世俗的饥渴,而且是肉体上的饥渴？我作为文科中学的校长很想提出这个问题。只有当你们不再容忍邪恶的时候,只有当你们拒绝在一个容忍不公道行为的社会里继续生活下去的情况下,你们才能接受克莱尔·察哈纳西安的这十个亿,才能实施与她的捐助相关的条件。这一点我请居伦城的同胞们加以考虑。

〔经久不息的暴风雨般的掌声。

电台广播员　女士们,先生们!你们请听听这掌声!我简直激动得热血沸腾。校长在他的演讲里所证明的伟大的道德观念可惜在我们今天并不是随处都存在的。他勇敢地指出的那些弊端,那些不公正行为其实在每个城镇,在一切凡是有人的地方都是屡见不鲜的。

市　　长　阿尔弗雷德·伊尔——

电台广播员　市长又开始讲话了。

市　　长　阿尔弗雷德·伊尔,我得问您一个问题。

〔警察推了伊尔一下。伊尔站起来。广播员拿着话筒向他靠近。

电台广播员　现在我们就要听到与察哈纳西安赞助直接相关的那个人的声音了,他就是阿尔弗雷德·伊尔,是女赞助者青年时期的朋友。阿尔弗雷德·伊尔是一位年近古稀而精力充沛的人,是旧派居伦市民中有脸面的人物,此刻他当然激动万分,心里充满感激之情,充满难以表达的欣慰。

〔伊尔低声地咕哝了几句。

电台广播员　慈善的老先生,请您说话大声点儿,好让我们的男女听众听清楚。

伊　　尔　可以。

市　　长　当我们就接受还是拒绝克莱尔·察哈纳西安的赞助做出决定时,您会尊重这个决定吗?

伊　　尔　我将尊重你们的决定。

市　　长　还有谁向阿尔弗雷德·伊尔提问题?

〔沉默。

市　　长　还有人对察哈纳西安夫人的赞助要说什么吗?

　　　　　〔沉默。
市　　长　牧师先生？
　　　　　〔沉默。
市　　长　市医生？
　　　　　〔沉默。
市　　长　警察？
　　　　　〔沉默。
市　　长　反对党？
　　　　　〔沉默。
市　　长　现在付诸表决。
　　　　　〔寂静。只听见电影摄影机的吱吱声,闪光灯连续发出闪光。
市　　长　凡是心地纯洁,愿意主持公道的人请举手。
　　　　　〔除伊尔外,所有的人都举起了手。
电台广播员　剧场里充满肃穆气氛,它完全成了高举手臂的海洋,仿佛在为一个更美好、更公正的世界举行隆重的宣誓。只有这位老人仍沉浸在无比的喜悦里,一动不动地坐在那儿。他的目的已经达到了,由于他的昔日女友的乐善好施终于使这笔捐款得到落实。
市　　长　一致通过:接受克莱尔·察哈纳西安的捐赠。但这不是为了钱——
众　　　　这不是为了钱——
市　　长　而是为了主持公道——
众　　　　而是为了主持公道——
市　　长　出于良心——
众　　　　出于良心——
市　　长　因为我们不能与我们队伍中的犯罪行为相安无事——
众　　　　因为我们不能与我们队伍中的犯罪行为相安无事——
市　　长　我们必须铲除罪行——
众　　　　我们必须铲除罪行——
市　　长　免得我们的灵魂受侵害——
众　　　　免得我们的灵魂受侵害——

市　　长　免得我们最神圣的事物被玷污——

众　　　免得我们最神圣的事物被玷污——

伊　　尔　（喊叫一声）啊，上帝！

〔所有的人仍高举手臂站着不动，但这时《电影周报》的照相机出毛病了。

摄影师　倒霉，市长先生，闪光灯罢工了。最后表决请再来一次。

市　　长　再来一次？

摄影师　《电影周报》必须登照片。

市　　长　那当然。

摄影师　聚光灯准备好了吗？

一个声音　准备好了。

摄影师　那好，开始！

〔市长在原位坐下。

市　　长　凡是心地纯洁，愿意主持公道的人请举手。

〔所有的人举起了手。

市　　长　一致通过：接受克莱尔·察哈纳西安的捐助。但这不是为了钱——

众　　　这不是为了钱——

市　　长　而是为了主持公道——

众　　　而是为了主持公道——

市　　长　出于良心——

众　　　出于良心——

市　　长　因为我们不能与我们队伍中的犯罪行为相安无事——

众　　　因为我们不能与我们队伍中的犯罪行为相安无事——

市　　长　我们必须铲除罪行——

众　　　我们必须铲除罪行——

市　　长　免得我们的灵魂受侵害——

众　　　免得我们的灵魂受侵害——

市　　长　免得我们最神圣的事物被玷污——

众　　　免得我们最神圣的事物被玷污。

〔寂静。

摄影师　（轻声地）伊尔！讲话！
　　　　〔寂静。
摄影师　（失望地）他再也不肯开口了。真懊丧,他那一声欢乐的呼喊"上帝啊"再也听不到了,那一声呼喊真叫人感动。
市　长　请新闻界、广播电台、电影公司的先生们去吃点点心,地点在居伦酒家。诸位离开剧场时最好从舞台的出口走。金使徒旅馆的花园里为太太们准备了茶水。
　　　　〔报社、电台和电影公司的人从台右朝后方向下,男市民们仍一动不动地站在台上,伊尔站起来,准备往外走。
警　察　你别动！（他用手一按,仍让伊尔坐在板凳上）
伊　尔　你们想今天就干？
警　察　当然！
伊　尔　我原想最好在我家里执行。
警　察　就在这里执行。
市　长　观众厅里没有人了吧？
　　　　〔男丙和男丁往后面张望了一通。
男　丙　没有人了。
市　长　楼座上呢？
男　丁　也没有了。
市　长　把所有的门都给锁上,任何人都不让进来！
　　　　〔男丙和男丁走下观众厅去。
男　丙　锁上了。
男　丁　锁上了。
市　长　把所有的灯都熄掉！楼上的窗子有月亮光照进来,这就够了。
　　　　〔舞台变暗了。在惨淡的月光中只能模模糊糊地看到一些人影。
市　长　大家排成一条窄巷！
　　　　〔市民们排成一条小巷,最末一个是那位运动员,他现在穿着一身笔挺的雪白长裤,紧身的运动服上系一条红色腰带！

市　　长　牧师先生,请开始吧。
〔牧师慢慢地朝伊尔走去,挨着他坐下。
牧　　师　伊尔,现在你的艰难时刻来到了。
伊　　尔　给我一支烟。
牧　　师　市长先生,来一支烟。
市　　长　(热情地)当然。这里有特等的好烟。
〔市长递给牧师一盒烟,牧师把它递给伊尔,伊尔抽出一支,警察给他点火。牧师把那盒烟还给市长。
牧　　师　正像先知阿莫斯所说的——
伊　　尔　别说了。(他抽烟)
牧　　师　您不害怕吧?
伊　　尔　还算可以。(他抽烟)
牧　　师　(手足无措)我会为您祈祷的。
伊　　尔　请为居伦城祈祷吧。
〔伊尔抽烟。牧师慢慢地站起来。
牧　　师　上帝对我们是仁慈的。
〔牧师慢慢地走进另一排行列里。
市　　长　请您站起来,阿尔弗雷德·伊尔!
〔伊尔犹豫着。
警　　察　站起来,你这蠢猪。(他拉伊尔站起来)
市　　长　警官,请克制点。
警　　察　对不起,说惯了,脱口而出。
市　　长　您过来,阿尔弗雷德·伊尔。
〔伊尔把香烟扔在地上,踩灭它。然后走到舞台中间,背对着观众。
市　　长　请您走进这小巷里去。
〔伊尔犹豫着。
警　　察　别磨蹭了,走吧。
〔伊尔慢慢地走进那由一句话也不说的男人们排成的夹道里,走到尽头的时候,迎面对着他的是那位体操运动员。他站住了，转过身来，只见那夹道无情地合拢了。他不禁跪了下去。那夹道变成一个人堆，毫无声响地抱成一团，并缓慢地蹲了下去。一阵静寂之后，从台前的左侧上来一群记者。此时台上的灯又亮了。

记者甲　这里发生了什么事？

〔人团重又松开。男人们一个个默不作声地都往背景后面走去。只有医生留了下来，他跪在一具尸体前面，尸体上覆盖着一块我们在旅馆里常见的方格子台布。医生站了起来，从耳朵上摘下听诊器。

医　生　心肌梗死。

〔静寂。

市　长　兴奋造成的。

记者甲　兴奋造成的。

记者乙　生命写下的最美的故事。

记者甲　发新闻去吧。

〔记者们匆匆从台右朝后方向下。克莱尔·察哈纳西安从台左上，总管尾随其后。她看见尸体时，停了一下，然后慢慢走到舞台中间，旋即转身，面向观众。

克莱尔·察哈纳西安　把他抬过来。

〔洛比和托比抬着担架上。他们把伊尔放在上面，并把他抬到克莱尔·察哈纳西安的脚跟前。

克莱尔·察哈纳西安　（纹丝不动）把他揭开，波比。

〔总管掀开伊尔脸上的台布，她久久地看着他的脸，始终丝毫不动容。

克莱尔·察哈纳西安　他还像过去那样，和许多年前一样，还是那只黑豹。把他盖上。

〔总管又将伊尔的脸盖上。

克莱尔·察哈纳西安　把他装进棺材里。

〔洛比和托比抬着尸体朝台左下。

克莱尔·察哈纳西安　领我回房间，波比。把行李收拾好，我们去卡普里。

〔总管向她伸出胳膊,好让她扶着,她正慢慢向台左走出去,却又突然停住。

克莱尔·察哈纳西安　市长。

〔市长从背景处那些一声不吭的男人们中间走出来,慢慢朝她走去。

克莱尔·察哈纳西安　这是支票。(她递给他一张纸,接着在总管陪同下走了出去)

〔如果说,那标志着生活福利日益提高的衣着平稳地、顺畅地日趋丰富多彩;如果说,戏剧舞台也在不断变化着,经常改善着,一步一步登上社会阶梯,好像神不知鬼不觉地由贫民窟搬到了条件优越的现代城市,日益富裕起来;那么现在,在这最后一个场景中,这种蒸蒸日上的景象将呈现其总的大轮廓。那个曾经是灰暗的世界,如今已焕然一新,成了财富和物质文明的化身,仿佛人间的一切都归结为"世界的幸福结局"。现在修葺一新的火车站周围彩旗招展,彩带飘扬,广告画、霓虹灯交相辉映,而居伦城的男男女女则穿着豪华的晚装和燕尾服,组成两个类似古希腊悲剧里的歌队。这种安排并非偶然,而是为了表现剧终时的气氛高潮,好比一只被风暴推向远离海岸的船只发出的最后信号。

歌队A　世上的灾祸层出不穷:
　　　　强大的地震搅得天摇地动,
　　　　火山的烈焰常使万物焦熔;
　　　　再看战争:
　　　　坦克在庄稼地里把五谷碾磨,
　　　　原子弹制造着
　　　　如太阳般炽热的蘑菇云朵。

歌队B　最最可怕的灾祸莫过于贫穷的处境,
　　　　它不怕任何冒险,

	它绝望地拥抱着人类，
	串联着乏味的日子，不断往下延伸。
妇女们	做母亲的徒有其爱，
	眼看孩子饿坏只知发呆。
男人们	做丈夫的呢
	心里琢磨着如何造反，
	脑子里考虑着怎样背叛。
男　甲	他穿着一双破鞋四处闲逛，
男　丙	嘴上吸着发臭的烟草。
歌队 A	因为岗位，那曾经带来面包的
	工作岗位
	已无处可找。
歌队 B	我们的火车站，
	一列列的火车都不愿停靠。
众	现在我们终于鸟枪换了炮！
伊尔太太	命运向我们表示了仁慈。
众	它使一切改变面貌。
妇女们	我们窈窕的身材穿上了合身的衣裳。
儿　子	小伙子驾起了运动型小汽车任意飞跑，
男人们	商人们再也不为买大轿车满腹愁肠，
女　儿	姑娘们在红土网球场上大显身手。
医　生	手术室里一切设备都已改弦更张，
	墙壁全由绿色瓷砖镶贴，
	现在做手术谁都不会胡思乱想。
众	晚餐热气腾腾，阵阵喷香，
	脚穿新鞋，喜气洋洋，
	悠悠然把高级烟来细细品尝。
教　师	用功的学生在发奋地学习。
男　乙	勤奋的工业家在积聚越来越多的财产。

众　　　伦勃朗和鲁本斯①不断涌现。

画　家　艺术家可以靠艺术过上富裕的生活。

牧　师　圣诞节、复活节和圣灵降临节
　　　　基督徒们争先恐后地挤满了教堂。

众　　　一列列火车发出长鸣，
　　　　风驰电掣般沿铁路奔驰，
　　　　从甲城开到乙城，国与国紧密相连，
　　　　一站又一站，无站不停。
　　　　〔列车员从台左上。

列车员　居伦！

站　长　居伦至罗马的特快列车。请上车！餐车在最前面。
　　　　〔克莱尔·察哈纳西安坐在轿子里由背景处上，她纹丝不动，俨然像一尊古老的石像，她的轿子从两个歌队中间抬出来，其后跟着一群扈从。

市　长　这是我们的夫人，她要走了。

众　　　她的捐赠使我们富足。

女　儿　我们共同的女恩主。

众　　　她带着高贵的扈从！
　　　　〔克莱尔·察哈纳西安从右侧下，她的仆人们抬着棺材缓慢地下。

市　长　祝她长命百岁！

众　　　她随身带着一件珍品，她最看重的东西。

站　长　开车！

众　　　愿她保护我们吧。

牧　师　向上帝祷告吧。

众　　　在这火车隆隆开动的时刻，

市　长　请保护我们的福祉吧。

---

① 伦勃朗(1606—1669)，荷兰大画家。鲁本斯(1577—1640)，十六、十七世纪弗兰德斯(今比利时和荷兰一部分)大画家。

众　　　请为我们保护这神圣的财产,
　　　　保护和平,
　　　　保护自由。
　　　　让黑夜远离我们,
　　　　再也不让黑暗笼罩我们的城市,
　　　　这新生的繁华的家园,
　　　　让我们幸福地享受这鸿运。

初版后记

《老妇还乡》的故事发生在中欧某地一个小城,作者与故事中的这些男男女女绝无多大差别,所以他不敢肯定,假如他处在他们那种处境,他是否会有另一番动作。至于这个故事中也许还有更多的内涵,这就不必说出来,也没有必要在演出中去表现了。这一原则对于本剧结尾同样适用。诚然,在这一场戏里人们说话的口气比现实生活中我们所能听到的显然庄重多了,甚至比那种创作诗歌时使用的语言,比那种"美"的语言还要多一些诗意,这只是因为居伦人既然一下子都发了财,他们说话的腔调就得符合暴发户的身份,更注意措辞。

我描写的是人,而不是傀儡;是一种有动作的情节,而不是一则寓言;我是在呈示一个世界,而不是要进行道德说教,像人们有时凭空所说的那样,甚至我压根儿就不想把我的这个戏跟现实进行对照,因为只要我们把观众也当作剧院的一部分,那么剧中所表现的这一切就是自然明了的事情。在我看来,一个剧的演出首先要从舞台的条件出发,它的局限和可利用的程度,而跟这个剧属于何种风格无关。因此,居伦人在剧中扮演树木,这并不是搞什么超现实主义,而是为了给发生在树林里的一个老汉试图获得一个老妇的好感这样一个多少有点儿凄惨的故事,给予一个诗意的舞台空间,因而使它不致令人太难受。

我写戏是出于我内心对剧院、对演员的信任。这是我的主要动力;是素材吸引着我。一个演员要演好一个人物,无须很多东西,只要谋得一张表皮即可,这种表皮非恰当的台词莫属。我的意思是说,如同一个有机体是通过一张皮而使自身成形的,那是一种最表面的东西,一个戏剧作品是通过语言使自己成形的。剧作家仅仅提供了语言而已。语言是他的最后成品。因此之故,一个剧作家就不能光在语言上下功夫,而要把功夫用在产生语言的诸多要素上,比如思想,比如行为等;只有那些外行才把功夫下在语言,下在风格上。我认为,演员的任务就在于把剧作家的这种最后成品用一种新的方式表现出来;这时艺术必定会自然地产生。如果演出时把我所提供的前景把握准确了,那么背景就会自行呈现出来。

我不认为自己属于当今的先锋派。诚然,我也有一套艺术理论,那不是一件什么很愉快的事,我只是把它作为个人的一些看法,却并不想把它提出来(不然我得照它去做),我倒宁愿是个缺乏形式观念的、不无迷狂的自然稚子。人们如果按照大众戏的路子来排我的戏,把我当作奈斯特洛伊①风格的自觉追求者来对待,那他极有可能取得成功。人们只管随着我的奇思妙想飞翔好了,而不要问其意义深刻与否,注意场景变化不落幕,也不间歇,甚至台上开汽车那一场也要力求简单,最好用四把椅子来表现(这一场与魏尔德②毫不相干。何故?这是留给评论家们的辩证练习)。

克莱尔·察哈纳西安既不是代表正义,也不是代表马歇尔计划③,甚或上天的启示,她仅仅是她而已,世界上一个最有钱的女人,凭着她的财产,她可以像古希腊悲剧中的一位女主人公那样行动,专横、残暴,近乎美狄亚。她可以为所欲为。且不可忘了:这位夫人也有她的幽默,因为她对待人与对待可买卖的商品一样无动于衷,她对自己也一样漠然。此外她还有一种少有的风姿,一种凶险的魅力。然而,由于她在人类秩序之外生活,她已变成了某种不可改变的、僵化的东西,不再有任何发展了,她根本已经石化了,她本身已成了一尊石头的偶像。她是个艺术化了的人物,包括她的扈从们,甚至加上那两个阉人,不可让阉人说话尖声尖气,演得像真的阉人,那样会令人扫兴,而要用非写实的手

---

① 奈斯特洛伊(1801—1862),十九世纪奥地利剧作家和演员。他的戏以群众喜闻乐见著称。
② 魏尔德(1897—1975),名桑顿,美国作家。《我们的小镇》为其代表作,迪伦马特意指他写的居伦这个小镇与魏尔德笔下的小镇没有关系。
③ 马歇尔计划,一九四八年起实行的美国援助欧洲西方国家的计划,因马歇尔建议而得名。

法，把他们演得像童话中的人物，说话很轻，有如幽灵，怡然自得地满足于植物般的生存，像古代法律书籍中合乎逻辑地撰写的那样，安于接受别人的残酷报复。（为了减轻角色的负担，那一对阉人也可以交替说话，而不必同时说，那样的话，也就用不着每句话都重复一遍了。）

如果说克莱尔·察哈纳西安一开始便是女主角，性格始终一成不变，那么她的旧情人则是一步步变为男主角的。这位名声不佳的小店主起初根本不知道要沦为她的牺牲品；他负疚地以为，生活本身已经把一切罪过都洗刷了；这是个不会思考的人，头脑简单的人，必须通过恐惧，通过惊骇的震动，头脑才会渐渐开窍；他经历的公道就在他身上，因为他认识到自己的罪过，他通过他的死变得高大起来。他的死是很有意义的，同时又是毫无意义的。除非事情发生在古代神话王国里它才是有意义的，而这个故事却发生在居伦城，在当代。

与男主人公相关的居伦人，都是和我们一样的人。不能把他们描绘得很坏，绝对不能；起先他们决心拒绝这笔捐助，接着纷纷赊账，但并没有事先就想弄死伊尔，他们那样做只是出于轻率，出于一种感觉，以为一切都会妥善解决的。这一点在排第二幕的时候必须注意。还有在火车站那一场也要掌握这一点：只有伊尔一个人明白情势不妙，惊恐不已，虽然当时没有听到一句对他构成威胁的话，直到彼得家的仓房那一场，局面才发生了根本性转折。这时伊尔的厄运已无法挽回。从此居伦人逐渐走上谋杀的道路，对伊尔的罪过越来越表现出愤怒，等等。只有伊尔的家人一直到最后都在往好处想，毕竟他们心地也不坏，只是像大家一样，意志薄弱而已。那诱惑实在是太大了，整个小城的人都在这诱惑面前渐渐屈服了，连那位教师也不例外，但我们不能不说，这种屈服是可以理解的。那诱惑实在是太大了，而居伦人的贫穷又是那样苦不堪言。只有那位"老妇"才是一个恶棍，但正因为如此，表演时不可让她以一副凶相出现，而要让她显得非常富有人情味，不要以愤怒，而要以悲伤，还要加上幽默进行演出，因为对一出以悲剧收场的喜剧来说，没有比那种死死板板的严肃认真更有害的了。

为一九五六年阿尔歇出版社所出的初版而作
一九五六年于苏黎世

作者后记（Ⅱ）

关于《老妇还乡》有两个稿本。一九五九年摄影棚剧院请求我，为表示对二十五年前作为流亡者来到伯尔尼的该院经理保尔·阿斯特尔的敬意，排练我的这出喜剧，说老妇由希尔德·希尔德布兰德扮演，伊尔由阿斯特尔扮演。

我仔细看了看舞台。人们把舞台美术家阿里·欧息斯林介绍给我，由他担任舞美设计，他对我的疑虑作了简短的回答，说在任何舞台上什么都可以做。尽管如此，当我看着这狭小的舞台时，还是没有多大把握：原来它坐落在一个地窖里，既没有侧台，又没有后台，为此它设有一个很大的升降台；它位于舞台的中间，与舞台相比，它大得不相称。接着我马上就答应了。这时我知道这个戏该怎么排了：我让克莱尔·察哈纳西安从底下升上来，仿佛她通过月台的地下通道往上来到火车站，情形如同许多火车站一样。

我不得不减少演出的人员，我也修改了第二幕，为它写了伊尔怎样拿着枪威胁那位老妇的场面；阳台那几场成为多余，我把它们勾掉了；在第三幕我简化了店铺那一场。在这个稿本里我把原来的店铺那一场作为附录刊出在本文的后面。

再来说说希尔德·希尔德布兰德，在演出中她证明自己是我所见到过的演得最好的老妇之一，证明她是最可信赖的女演员之一；大家相信她有前途。首演之后市政府举行了隆重的庆祝，那位曾经作为市议员主管过警察局的市长庄严地宣布阿斯特尔二十五年的流亡生活中积聚起来的记过簿无效，然后他被授予伯尔尼市民称号。

一九八〇年为此版本而作

物理学家

二幕喜剧
(1980年新稿)

叶廷芳 译

Friedrich Dürrenmatt

Die Physiker

Eine Komödie in zwei Akten

Neufassung 1980

根据苏黎世第欧根尼出版有限公司 1998 年版译出

献给苔蕾瑟·吉泽①

---

① 苔蕾瑟·吉泽(Therese Giehse,1898—1975),德国著名女演员,曾先后扮演过迪伦马特《老妇还乡》《物理学家》等名剧中的女主角。值逝世二十周年,德国曾为其发行带有她头像的邮票。

人 物 表

玛蒂尔德·封·察思德博士小姐——精神病医生
玛尔塔·博尔——护士长
莫尼卡·施泰特勒——护士
乌韦·西弗斯——护理长
麦克阿瑟——护理
穆里洛——护理
赫伯特·格奥尔格·博伊特勒——人称牛顿　病人
恩斯特·海因里希·埃内斯蒂——人称爱因斯坦　病人
约翰·威廉·默比乌斯——病人
奥斯卡·罗泽教士
莉娜·罗泽教士太太
阿道尔夫-弗里德里希 ⎫
维尔弗里德-卡斯帕尔 ⎬ 莉娜的男孩子
约尔格-卢卡斯　　　　⎭
理查德·福斯——刑事巡官
古尔——警察
布洛赫——警察
法医

第 一 幕

地点：一座私人疗养院的"别墅"，名叫"樱桃园"，虽然有点破旧，但有一间舒适的客厅。

周围环境：眼前是一段天然的湖岸，稍远的一段则经过人工堆砌；再后面是一座中小城市。

既有城堡又有旧城，原先是颇为别致的小城，现在却杂有一些保险公司的难看不过的大楼。这个小城的生计主要靠一所设备简陋的大学——它具有一个扩充了的神学系和夏季语言训练班，其次靠一所贸易学校和一所牙科专科学校，还有就是靠几所女子寄宿学校和几乎不值得一提的轻工业，因而它远离喧嚣的世界。此外，那郊区的景色美不胜收，足以令人心旷神怡，尤其是那青翠的连绵山峦、密林覆盖的山坡和宽阔的湖面以及近郊那一片广阔的、傍晚炊烟缭绕的平原——昔日是阴暗的沼泽，如今是沟渠纵横的良田沃土。这一带不知什么地方有一座监狱及其所属的大农场，因此大大小小一群一群的犯人，随处可见；他们默默无语，有的锄草，有的掘地。但地理环境毕竟是无关紧要的，这里只不过是为了叙述精确起见提一下而已，我们可一刻也不会离开这座作为疯人院——现在终于说出这个词儿了——的"别墅"，说得更精确些，我们也永远不会离开这座客厅，我们已经开始严格遵守空间、时间和情节的统一了；情节发生于疯人之中，只有古典主义的形式才能适合于它。

言归正传吧，关于"别墅"，情况是这样的：这一疯人院的创始人博士小姐——荣誉称号叫玛蒂尔德·封·察思德医学博士——一度把她的全部病人都安置在这里面，他们中有患白痴的上流人物、血管硬化而不再理政的政治家、体质虚弱的百万富翁、患精神分裂症的作家、因抑郁以致神经错乱的工业巨头,等等,总之,他们是半个西方世界里患精神病的出类拔萃的人物,因为博士小姐是十分有名的,这不仅由于这个成天穿着白褂子的驼背老处女是本地名门望族的最后一个值得一提的后代,还由于她是一个博爱主义者,并且可以毫不夸张地说,是个具有世界声誉的精神病医生(刚刚发表了她和卡·古·容①的通信集)。如今那些头面人物和经常令人感到麻烦的病人都搬到漂亮、明亮的新房子去了,花了惊人的代价,最邪恶的过去也会变成纯洁的愉悦。新房子坐落在建有各种亭台楼榭(小礼拜堂里有埃尼②的玻璃画)的大花园里的南半部,面对平原;而有不少高大树木蔽荫的草地从"别墅"向下倾斜,直伸展到湖边。湖的沿岸有一道石墙。

"别墅"里如今住的人寥寥无几,在大多数的情况下,出入客厅的只是三个病人,凑巧都是物理学家;说凑巧也不尽然,人们根据人道的原则,让那些应当待在一起的人住在一起。他们独自生活,每个人构筑了他幻想的世界,在客厅里一起用餐,有时讨论他们的科学,或者默默地坐着发呆;他们安分、听话、无所要求、容易照料,都是讨人喜爱的疯子。一言以蔽之,如果不是最近以来发生了令人忧虑的,不,简直是可怕的事情的话,他们本来可以称为真正的模范病人:他们中的一个在三个月前勒死了一个护士,而现在又发生了相同的事件。于是屋子里又来了警察。因此客厅里进进出出的人比平时多了。护士的尸体被指定放在发生悲剧现场的那块镶木地板上,在背景的后面,以免使观众不必要地害怕,但让人看得出,这里进行过一番搏斗。家具明显地弄得乱七八糟。一座落地灯和两张圈手椅倒在地上,左前端一张圆桌翻倒了,几只桌腿对着观众。

此外,改建成的疯人院——该别墅曾经是察思德家的避暑之地——的客厅里留下了痛苦的痕迹。墙壁从上到下至一人高处刷

---

① 卡尔·古斯塔夫·容(1875—1961),通译为卡尔·古斯塔夫·荣格,瑞士心理学家兼精神病医生,在研究精神分裂症方面卓有成就。
② 汉斯·埃尼(1909—   ),瑞士画家、雕刻家。

上一层合乎卫生要求的蜡克罩光漆,从而使其下面仍然保留着的精工抹上的石膏平面明亮地显出它的本色。背景上的三扇门从一间小客厅,通向各个物理学家的病房,三扇门都蒙着黑色的皮革。此外,这些门分别标着1至3的门号。左侧靠近前厅的一排暖气总管样子很难看;右侧有一个盥洗池,上面一条横杆上晾着几条毛巾。

2号房间(即中间那个房间)传来有钢琴伴奏的小提琴声,那是贝多芬的克罗伊策尔奏鸣曲。左方是花园的正面,落地窗的底端与铺着地毯的镶木地板平。窗子左右两侧各有一条宽大而厚实的窗帘。旁门通向一座平台,十一月的明朗阳光使平台的石栏在花园里格外醒目。那是下午四点半过后不久。一座废旧的壁炉龛前面围着炉栅,壁炉的右上方挂着一幅具有尖形下颔的老年人肖像,肖像嵌在结实的镀金镜框里。炉龛的右前方是一扇橡木门,棕色的格式天花板底下悬吊着沉重的枝形灯架。家具:圆桌,围着它放着三把椅子——客厅已打扫过——它们一律漆成白色。其余的家具有点陈旧,反映了不同时代的风格。右前方是一张沙发和一个茶几,在它们的两侧各有一张圈手椅。落地灯照旧放在沙发后面,因此房间给人的感觉还是很宽敞的:属于舞台上用的东西很少,现代戏剧和古代戏剧相反,羊人戏演在悲剧之前①。我们可以开演了。

刑事警察在围着尸体活动,他们穿着便服,不慌不忙,是些快活的小伙子。他们那份白葡萄酒早已下肚,嘴里还冒着酒味。他们测量呀,验指印呀,等等。刑事巡官理查德·福斯头戴帽子,身穿大衣,站在客厅的中间。左边是护士长玛尔塔·博尔,她那坚毅的神情看起来就像她的名字所叫的那样,是个真正的玛尔塔②。右侧外面的圈手椅上坐着一个警察,并用速记法做记录。刑事巡

---

① 羊人戏,古希腊一种插科打诨性质的闹剧,角色化装成半羊半人形,通常在演完悲剧之后,再演一场羊人戏,以调剂一下剧场的气氛。
② 玛尔塔这个名字源出《圣经》。《圣经》中的玛尔塔与其姐姐拉撒路和马利亚均为耶稣所爱。她虽受耶稣训斥,但对耶稣的信赖与爱戴却坚定不移。

官从一个棕色的盒子里取出一支雪茄烟。

巡　官　可以抽烟吗？
护士长　没有这样的先例。
巡　官　请原谅。(他收起雪茄烟)
护士长　来杯茶？
巡　官　最好是烧酒。
护士长　您是在疗养院里。
巡　官　那就什么都不要。布洛赫，你可以拍照了。
布洛赫　是，巡官先生。
〔拍照。镁光灯发出闪光。
巡　官　那位护士叫什么名字？
护士长　伊雷尼·施特劳布。
巡　官　年龄？
护士长　二十二。科尔旺人。
巡　官　有家属吗？
护士长　有个哥哥，在东瑞士。
巡　官　通知他了没有？
护士长　打了电话。
巡　官　凶手是谁？
护士长　对不起，巡官先生……这个可怜人确实有病。
巡　官　那好吧：案犯是谁？
护士长　恩斯特·海因里希·埃内斯蒂。我们叫他爱因斯坦。
巡　官　为什么？
护士长　因为他把自己当作爱因斯坦。
巡　官　哦，原来是这样。(他转向那个正在速记的警察)古尔，护士长的话您记下来了吗？
古　尔　记下了，巡官先生。
巡　官　也是勒死的吗，医生？
法　医　很明显。用的是落地灯上的电线。这些精神病人发作起来往

巡　　官　哦,你这样觉得。那么,我看让一些女护士来护理这些精神病人是不负责任的。这已经是第二起谋杀了……

护士长　可不能这样说呀,巡官先生。

巡　　官　第二起不幸事故;都是三个月内在樱桃园疗养院里发生的。(他掏出一本笔记本)八月十二日,一个名叫赫伯特·格奥尔格·博伊特勒的人,自认是伟大物理学家牛顿,他勒死了护士多罗特娅·莫塞尔。(他放回笔记本)也发生在这间客厅里。要是安排的是男护理,那就绝不会发生这样的事情。

护士长　您信不信?多罗特娅·莫塞尔护士曾是女子角力协会的会员,而伊雷尼·施特劳布护士是全国柔道联合会的女子冠军。

巡　　官　那您呢?

护士长　我举重。

巡　　官　现在我能不能看一看凶手……

护士长　请注意用词,巡官先生。

巡　　官　……哦,看一看案犯?

护士长　他在拉提琴。

巡　　官　他在拉提琴,这是什么意思?

护士长　您不是在听着嘛。

巡　　官　那他该停止啦。(护士长没有立即做出反应)我得审问他。

护士长　不行。

巡　　官　为什么不行?

护士长　从医疗角度看,我们不允许这样做,埃内斯蒂现在非得拉琴不可。

巡　　官　不管怎么说,这个家伙勒死了一个护士。

护士长　巡官先生,这不是一个家伙,而是一个病人,他必须安静。因为他把自己当作爱因斯坦,他只有在拉提琴的时候才能安静下来。

巡　　官　难道是我发疯了?

护士长　不!

巡　　官　把人搞糊涂了。(他擦了擦汗)这里真热。

护士长　根本不热。

巡　官　玛尔塔护士长,请您把主任女医生叫来。

护士长　也不行。博士小姐正给爱因斯坦伴奏钢琴。爱因斯坦只有在博士小姐的伴奏下才能安静。

巡　官　三个月前,为了能使牛顿安静,博士小姐曾不得不跟他下棋。我再也不信这一套了,玛尔塔护士长。我非得跟主任医生说几句话不行。

护士长　好吧,那就请您等着。

巡　官　提琴还要拉多久?

护士长　一刻钟,一个钟头,看情况。

巡　官　(竭力克制着自己)好,我就等着。(他咆哮起来)我就等着!

布洛赫　报告巡官先生,我们已经搞得差不多了。

巡　官　(声音混浊地)可人家把我也搞得差不多了。

〔静场。巡官擦了擦汗。

巡　官　你们可以把尸首弄出去了。

布洛赫　是,巡官先生。

护士长　有一条路穿过花园通往小教堂,我来给先生们指一指。

〔她打开边门。女尸被抬了出去。器械也一起搬了出去。巡官摘掉帽子,精疲力竭地坐在沙发左边的圈手椅上。在钢琴伴奏下,小提琴的声音仍不断传来。赫伯特·格奥尔格·博伊特勒穿着一身十八世纪初的服装,头戴假发,从3号房间走出来。

牛　顿　我是艾萨克·牛顿爵士。

巡　官　我是刑事巡官理查德·福斯。(他坐着不动)

牛　顿　很高兴。非常高兴。真的。我听到过挣扎、呻吟、喘息的响声,接着人们来来去去。敢问,这里发生什么事了?

巡　官　护士伊雷尼·施特劳布被人勒死了。

牛　顿　全国柔道联合会的女子冠军?

巡　官　全国冠军。

牛　顿　真可怕。

巡　官　被恩斯特·海因里希·埃内斯蒂勒死的。

牛　顿　但他正在拉提琴呢。

巡　官　他必须安静。

牛　顿　这场搏斗恐怕把他弄得也够呛,他体质本来就虚弱。他用了什么?

巡　官　落地灯上的电线。

牛　顿　落地灯上的电线。也有这种可能性。这个埃内斯蒂。他使我感到难过。难过极了。那位柔道冠军也使我感到难过。请您允许,我得把屋子收拾一下。

巡　官　请吧。现场已经拍过照了。

　　　　〔牛顿将桌子翻过来放正,又摆好椅子。

牛　顿　我容忍不了这乱七八糟的场面,我本来就是由于讲究秩序而成为物理学家的。(他竖起落地灯)我之所以成为物理学家,就是为了使大自然中的杂乱无章的现象还其井然有序的原貌。(他点燃一支香烟)我抽烟妨碍你吗?

巡　官　(高兴地)恰恰相反,我……(他正要从烟盒里取出一支烟)

牛　顿　请原谅,因为我们刚刚谈到了秩序:这里只允许病人抽烟,而不允许探视者抽烟。要不,整个会客室马上就会弄得乌烟瘴气了。

巡　官　我明白。(他把烟盒又放了回去)

牛　顿　要是我来一小杯白兰地……对您妨碍吗?

巡　官　绝对不妨碍。

　　　　〔牛顿从炉栅后面拿出一瓶白兰地和一只玻璃杯。

牛　顿　这个埃内斯蒂。我完全给搞糊涂了。一个人怎么可以把一个护士勒死呢!(他坐到沙发上,给自己斟酒)

巡　官　说起来,您也勒死过一个护士啊。

牛　顿　我?

巡　官　多罗特娅·莫塞尔护士。

牛　顿　那位女角力士吗?

巡　官　在八月十二日。用的是拉窗帘的绳子。

牛　顿　但这的确不可相提并论啊,巡官先生。我毕竟没有发过疯。祝您健康。

巡　官　祝您健康。

〔牛顿喝酒。

牛　顿　多罗特娅·莫塞尔护士。我还能记得起来那个样儿。淡淡的金黄色头发。力气很大,超过常人。身体虽然肥胖,但挺有弹性。她爱我,我也爱她。除了拉窗帘的绳子,没有别的办法可以使我摆脱这进退维谷的窘境。

巡　官　进退维谷的窘境?

牛　顿　我的任务是思考万有引力,而不是去爱一个女人。

巡　官　我理解。

牛　顿　再说,年龄也太悬殊了。

巡　官　那还用说。您肯定是远远超过二百岁了。

牛　顿　(惊讶地凝视着他)为什么呢?

巡　官　喏,听我说吧;当牛顿……

牛　顿　您变傻了吧,巡官先生,要不,您只是装成这样?

巡　官　您听我说下去吧……

牛　顿　您真的相信我是牛顿?

巡　官　您自己这样认为嘛。

〔牛顿怀疑地环顾四周。

牛　顿　巡官先生,我可以向您透露一个秘密吗?

巡　官　当然可以。

牛　顿　我不是艾萨克爵士。我不过是冒充牛顿罢了。

巡　官　那是为什么?

牛　顿　为了不使埃内斯蒂精神混乱。

巡　官　我不理解。

牛　顿　跟我的情况相反,埃内斯蒂确实有病。他自以为是阿尔贝特·爱因斯坦。

巡　官　这和您有什么相干?

牛　顿　如果埃内斯蒂现在知道,阿尔贝特·爱因斯坦原来是我,那恐怕非闹翻不可。

巡　官　您是说……

牛　顿　是的,我就是著名物理学家和相对论的奠基者。一八七九年三月十四日生于乌尔姆。

〔巡官有点迷惑不解地站起来。

巡　官　非常高兴。

〔牛顿同样站起来。

牛　顿　你就干脆叫我阿尔贝特吧。

巡　官　那您叫我理查德好了。

〔他们相互握手。

牛　顿　我敢向您保证,我演奏起克罗伊策尔奏鸣曲来,远比恩斯特·海因里希·埃内斯蒂的演奏动人心弦。他演奏行板简直不堪入耳。

巡　官　我对音乐一窍不通。

牛　顿　我们坐下来谈吧。

〔牛顿把巡官拉到沙发上。他一只胳膊搂着巡官的肩膀。

牛　顿　理查德。

巡　官　啊,阿尔贝特?

牛　顿　您因为不能逮捕我而感到恼火,对不对?

巡　官　哪里,阿尔贝特。

牛　顿　您想逮捕我,是不是因为我勒死了那位护士?或者是因为我的研究促成了原子弹的产生?

巡　官　哪里,阿尔贝特。

牛　顿　理查德,假如您拧一下这门旁边的开关,会发生什么现象?

巡　官　灯就亮了。

牛　顿　因为您接通了电流。理查德,您懂得一点电的知识吧?

巡　官　我不是物理学家。

牛　顿　关于电我也懂得很少。我仅仅根据自己对自然的观察提出了一种理论,我用数学的语言写下了这一理论,同时得出了许多公式。然后来了技术专家,他们一心围绕这些公式动脑筋。他们摆布电就像老鸨摆布妓女一样。他们充分利用这些公式。他们制造机器,但一种机器只有在人们不需要了解发明它的理论而独立存在的时候,它才是有用的。因此今天任何蠢驴都能够叫一个灯泡发光……或者使一个原子弹爆炸。(他拍拍巡官的肩膀)理查德,就为这个您现在想逮捕我。这是不公平的。

巡　官　我可根本没有想逮捕您呀,阿尔贝特。

牛　顿　那仅仅是因为您以为我疯了。但既然您对电一窍不通,您为什么并不拒绝把灯拧亮呢?在这个问题上,您就是刑事犯,理查德。不过眼下得把我的白兰地藏起来,不然玛尔塔·博尔护士长可要发脾气了。(牛顿又把那瓶白兰地藏到壁炉栅后面,然而酒杯仍然摆着)再见!

巡　官　再见,阿尔贝特。

牛　顿　您逮捕您自己去吧,理查德!(他又退回到3号房间)

巡　官　现在我干脆抽烟。

〔他毅然打开烟盒,取出一支雪茄烟,点燃它,吸起来,布洛赫从旁门进来。

布洛赫　我们已经做好开车准备了,巡官先生。

〔巡官狠狠地跺脚。

巡　官　我在等人呢,等主任医生!

布洛赫　是,巡官先生。

〔巡官平静下来,咕哝着说话。

巡　官　布洛赫,领大伙回城去,我随后就来。

布洛赫　是,巡官先生。(下)

〔巡官眼望着前方,吧嗒吧嗒地吸着烟,他站起来,执拗地在客厅里来回踱步,然后在炉子前面停下来,端详着挂在墙上的那张肖像画。这时候,提琴和钢琴的演奏都停止了。2号房间的门打开,玛蒂尔德·封·察思德博士小姐从里面出来。她驼背,约莫五十五岁,身穿白大褂,脖子上挂着听诊器。

博士小姐　这幅画像画的是我父亲,枢密顾问奥古斯特·封·察思德。在我把这座别墅改成疗养院以前,他就住在这里。一个伟大的男子，一个真正的人。我是他的独生女儿。他像痛恨瘟疫一样痛恨我，他像痛恨瘟疫一样痛恨所有的人。他也许是有道理的，因为作为经济界领袖，他觉得展现在眼前的是人性的深渊，而这对于我们精神病医生来说，却永远是关闭着的。我们精神病医生无非是些毫无希望的浪漫主义博爱论者。

巡　官　三个月前这里挂的是另一幅肖像。

博士小姐　那是我的叔父，政治家，约阿希姆·封·察思德首相。（她把乐谱放在沙发前的茶几上）好，埃内斯蒂已经安静下来了，他倒在床上睡着，像个幸福的孩童。我又可以松口气了，刚才我担心他还要演奏勃拉姆斯第三奏鸣曲呢。（她在沙发左边的圈手椅上坐下）

巡　官　对不起，封·察思德博士小姐，在这个禁止抽烟的地方我抽起烟来了，可是……

博士小姐　您尽管放心地抽吧，巡官，我也急需来支烟，管她玛尔塔护士长！请给我火吧。

〔巡官递给她火，她抽起来。

博士小姐　惨不忍睹。这个可怜的伊雷尼护士。这样一个清白无辜的年轻姑娘。（她发觉那只玻璃杯）牛顿喝的？

巡　官　是我刚才享受了一下。

博士小姐　我还是把杯子拿走好些。

〔巡官走到她面前，把杯子放到壁炉栅的后面去。

博士小姐　为了防备护士长。

巡　官　我明白。

博士小姐　您和牛顿攀谈过了？

巡　官　我有所发现。（他坐到沙发上）

博士小姐　祝贺您。

巡　官　牛顿实际上自以为是爱因斯坦。

博士小姐　他对谁都这么说。但事实上他却把自己当做牛顿。

巡　官　（愕然）您这话有把握吗？

博士小姐　我的病人把自己当做谁，这个我说了算。我对他们的了解，远远超过他们对自己的了解。

巡　官　可能。那么博士小姐,您也该帮助帮助我们啰。政府在追查这件事情。

博士小姐　检察官态度怎样?

巡　官　暴跳如雷。

博士小姐　这可不能责怪我啊,福斯。

巡　官　两起谋杀……

博士小姐　请注意用词,巡官。

巡　官　两起不幸事件。发生在三个月内。您得承认,贵院的安全措施是不能令人满意的。

博士小姐　您究竟是怎么设想这些安全措施的,巡官?我领导的是一所疗养院,不是一座牢房。在凶手杀人之前,您总不能将他们关起来吧。

巡　官　现在讲的不是凶手,而是疯子,而这些人随时都会杀人的。

博士小姐　健康的人也会杀人的,而且更加经常。我只要一想到我的祖父莱昂尼达斯·封·察思德,那个打了败仗的大元帅,就想到这一点。我们到底生活在什么样的时代呀?医学是进步了,还是没有进步呀?能把癫狂病人变成温顺的羔羊的新药物已经提供给我们了,还是没有提供呀?难道我们还应当把他们关进单人病房,甚至还像早先那样,进牢笼也要尽可能戴上拳击手套吗?我们实在无法做到把危险的和不危险的病人区分开来。

巡　官　对于博伊特勒和埃内斯蒂,这种区分办法无论如何是行不通的,这是明摆着的事。

博士小姐　遗憾,这使我感到不安,而不是您那个狂怒的检察官。

〔爱因斯坦拿着提琴从2号房间出来,他细高个儿,满头雪白的长发,蓄着上须。

爱因斯坦　我醒了。

博士小姐　可不是,教授。

爱因斯坦　刚才我拉的提琴悦耳吗?

博士小姐　美妙极了,教授。

爱因斯坦　是不是伊雷尼·施特劳布护士……

博士小姐　您不要再想这件事了,教授。

爱因斯坦　我还是睡觉去。

博士小姐　这就好了,教授。

〔爱因斯坦又回他的房间,巡官跳了起来。

巡　官　原来就是他呀!

博士小姐　恩斯特·海因里希·埃内斯蒂。

巡　官　杀人犯……

博士小姐　可别这样说,巡官。

巡　官　自以为是爱因斯坦的案犯。什么时候接收他进来的?

博士小姐　两年前。

巡　官　牛顿呢?

博士小姐　一年前。

博士小姐　两位都是不治之症。福斯,说实在的,我对于我的职业可不是新手,这您是知道的,检察官也是了然的,他对我的诊断书向来是给予好评的。我的疗养院闻名世界,费用也相应昂贵。我是不会发生过错的,那种引起警察进入我院的事故压根儿就没有发生过。如果说这里有什么人不见疗效的话,那么原因在医学,不在我。所发生的这些不幸事故都是事先无法预测的。要是病人是您或我,同样有可能把护士勒死。对于这样的事故医学上是无法解释的,除非……

〔她又取出一支烟,巡官把火递给她。

博士小姐　巡官,您没有注意到什么吗?

巡　官　注意到什么?

博士小姐　您想一想这两个病人吧。

巡　官　哦?

博士小姐　两个都是物理学家,核物理学家。

巡　官　还有呢?

博士小姐　您真是个没长心眼的人,巡官。

巡　官　(思考着)博士小姐。

博士小姐　您想说什么,福斯?

巡　官　您以为……

博士小姐　两个人曾经都是研究放射性物质的。

巡　官　您感到这里面有一种内在的联系?

博士小姐　我只想指出事实,如此而已。两个人都发了疯,两个人病情都在恶化,两个人对公众都有危险,两个人都勒死护士。

巡　官　您想到一种……由于放射性引起的大脑的变化?

博士小姐　可惜我对这种可能性不能不予以关注。

巡　官　(环顾四周)这扇门通向哪里?

博士小姐　通向前厅,通向绿色的客厅,通向二楼。

巡　官　这里还有多少病人?

博士小姐　三位。

巡　官　只有三位?

博士小姐　其余的在第一次不幸事故发生后,马上迁到新的房子里去了。幸亏我及时地让人给我盖了这幢新房子,是由富有的病人加上我的亲戚们募捐筹资。在盖屋的期间他们先后离开了人世。大多数都死在这里。后来我就成了惟一的继承人。命运啊,福斯。我永远是惟一的继承人。我的家族世世代代都患精神病,所以,如果我的精神状况还算比较正常的话,那不能不说是医学上一个小小的奇迹了。

巡　官　(思考着)第三个病人呢?

博士小姐　同样是一个物理学家。

巡　官　奇怪。您不感到奇怪吗?

博士小姐　我一点也不感到奇怪。我把病人分了类。作家归作家,大企业主归大企业主,女百万富翁归女百万富翁,物理学家归物理学家。

巡　官　他叫什么名字?

博士小姐　约翰·威廉·默比乌斯。

巡　官　他以前也是搞放射性研究的?

博士小姐　跟这毫无关系。

巡　　官　说不定他也会……?

博士小姐　他在这里已经十五年了,一直很老实,他的状况始终没有变化。

巡　　官　博士小姐,您不要回避。检察官提出的强烈要求是:您的物理学家必须由男护理来看管。

博士小姐　他应当由男护理来看管。

巡　　官　(抓起他的帽子)好,您看到了这点,我很高兴。我已经两次来樱桃园了,封·察思德博士小姐,我不希望来第三次。

〔他戴上帽子,从左侧通过旁门下了台阶,穿过花园离去。玛蒂尔德·封·察思德博士小姐若有所思地目送着他。玛尔塔·博尔护士长从右边上场,惊愕,气喘吁吁,手里拿着一卷案宗。

护 士 长　别抽烟了,博士小姐……

博士小姐　噢,请原谅。(她把烟灭掉)伊雷尼·施特劳布护士入殓了吗?

护 士 长　在风琴跟前。

博士小姐　在她周围点上蜡烛,放上花圈。

护 士 长　我已经给弗罗伊茨花匠打了电话,吩咐他了。

博士小姐　我的姑母森塔怎么样?

护 士 长　很烦躁。

博士小姐　给她剂量加倍。我的表弟乌尔里希呢?

护 士 长　很稳定。

博士小姐　玛尔塔·博尔护士长,很抱歉,我不得不将樱桃园的一种传统做个了结。直到现在我还只雇用了女护士,从明天起,将由男护理来看管别墅。

护 士 长　玛蒂尔德·封·察思德博士小姐,我不让人抢走我的三位物理学家。他们是我最有趣的病人。

博士小姐　这是我做出的最后决定。

护 士 长　我感到奇怪,您是从哪里弄到男护理的,尤其是在今天这样到处都需要人的时候。

博士小姐　这个您就让我来操心好了。默比乌斯太太来了吗?

护士长　她在绿色客厅里等候呢。

博士小姐　请她来吧。

护士长　这是默比乌斯先生的病历。

博士小姐　谢谢。

〔护士长把病历交给她,然后从右门出去,但出去前又转过身来。

护士长　可是……

博士小姐　什么事,玛尔塔护士长。

〔护士长下。封·察思德博士小姐打开病历,在圆桌上认真翻阅起来。护士长从右边领进罗泽太太和她的三个男孩,年龄分别为十四、十五和十六岁。老大背着一个书包。罗泽教士走在末尾。博士小姐站起来。

博士小姐　亲爱的默比乌斯太太……

罗泽太太　我现在叫罗泽,罗泽教士太太。我不得不忍心叫您吃惊,博士小姐,我在三个星期前嫁给罗泽教士了。也许有些仓促,我们是在九月份的一次会上认识的。(她脸红起来,有点不知所措地指着她的新丈夫)奥斯卡原先是个鳏夫。

博士小姐　(跟罗泽教士握手)祝贺您,罗泽太太,衷心地祝贺您。也向您祝贺,教士先生,祝您事事如意。(她向罗泽教士点点头)

罗泽太太　您理解我们的这一做法吧?

博士小姐　当然理解,罗泽太太。生活嘛,总得继续有滋有味。

罗泽教士　这里是多么宁静啊!气氛又是那么和睦。一种真正的神之和平笼罩着这座房子,赞美诗中有一句话说得多对呀:天主倾听着穷人的呼声,他也不轻视他的囚犯。

罗泽太太　奥斯卡可是个好牧师呢,博士小姐。(她脸红起来)这几个是我的孩子。

博士小姐　你们好啊,孩子们。

三个男孩　您好,博士小姐。

〔最小的男孩从地上拾起了一点什么东西。

约尔格-卢卡斯　　一根电灯线,博士小姐。地上捡的。

博士小姐　　谢谢你,我的小伙子。多乖的孩子呀,罗泽太太。您可以满怀信心地展望未来。

〔罗泽太太在右侧的沙发上坐下;博士小姐坐在左侧的桌旁;三个男孩站在沙发后面;罗泽教士坐在右侧靠外的圈手椅上。

罗泽太太　　博士小姐,我把这几个孩子带来不是无缘无故的。奥斯卡接受了一席教职,在马里亚纳群岛。

罗泽教士　　在太平洋。

罗泽太太　　我的孩子们在出发前来认识一下他们的父亲,我认为这是合乎情理的。这是第一次,也是最后一次。当他得病的时候,他们都还小啊,而现在也许可以说是永别了。

博士小姐　　罗泽太太,从医生角度讲,这样做可能是不大合适的,但从人情上说,我觉得您的愿望是可以理解的,我高兴地同意你们这次家庭团聚。

罗泽太太　　我亲爱的约翰·威廉病情怎样?

博士小姐　　(翻阅病历)我们可爱的默比乌斯既不见好转,也没有恶化,罗泽太太。他钻在他的天地里。

罗泽太太　　他还老说他看见所罗门国王显灵吗?

博士小姐　　还老是这样。

罗泽教士　　一种可悲、可叹的迷乱。

博士小姐　　罗泽教士先生,您的严格的判断使我有点儿惊奇。作为一位神学家,无论如何您得估计到某种奇迹的可能性。

罗泽教士　　那当然啰……不过话得说回来,在一个精神病患者的身上是不可能的。

博士小姐　　精神病人所看到的那些现象是真是假,精神病治疗学是不必去判断的。亲爱的教士,它需要考虑的仅仅是病人的情绪和神经状况。虽然症状发展缓慢,但对我们安分的默比乌斯来说,这是够不幸的了。有办法吗?我的上帝!胰岛素疗法也许还可以再试一次。我承认,因为别的疗法都毫无成效,都不采用了。可惜我不会魔术,罗泽太太,我不能用那种给小孩喂软食的办法使我们安分的默比乌斯健康起来,但我也不愿意折磨他。

罗泽太太　他知道不知道我和他离……我是说,他知道离婚的事吗?

博士小姐　我们跟他说了。

罗泽太太　他理解吗?

博士小姐　他对外界的事情几乎再也没有兴趣了。

罗泽太太　博士小姐,请您好好理解我,我比约翰·威廉大五岁。他还是十五岁的中学生时,我就在我父亲的家里认识了他,当时,他在那里租了一间阁楼。他是个孤儿,生活很苦。我设法让他读到高中毕业,后来又接济他攻读物理。在他二十岁生日时,我违背了父母的意愿,和他结了婚。我们日夜工作。他写他的博士论文,我在一个运输公司供职。四年后我们的老大阿道尔夫-弗里德里希出世,接着又生了另外两个男孩,好容易眼看就要当教授了,我们满以为可以松一口气,这时候约翰·威廉病了。他的病花去了我们大量的钱。我进了托布勒巧克力工厂,这样来维持全家的生活。(她默默地擦去一滴眼泪)我辛苦了一辈子。

〔全体感动。

博士小姐　罗泽太太,您是个勇敢的女人。

罗泽教士　而且是个好母亲。

罗泽太太　博士小姐,我把约翰·威廉送进贵院,一直住到现在,费用早就远远超过了我的支付能力,但是上帝助人是不厌其烦的。现在我的经济状况实在已经到了山穷水尽的地步,再也没有力量担负这笔增添的费用了。

博士小姐　可以理解,罗泽太太。

罗泽太太　博士小姐,我现在担心的是,也许您会以为,我之所以要嫁给奥斯卡,仅仅为了不承担对约翰·威廉的经济负担。可事实不是这样的,我现在还更困难呢,因为奥斯卡带过来六个孩子。

博士小姐　六个?

罗泽教士　六个。

罗泽太太　六个。奥斯卡是个热情的父亲,可现在得养活九个孩子,而奥斯卡身体并不强壮,他的薪水收入很少。(她哭起来)

博士小姐　别难过,罗泽太太,别难过。不要哭。

罗泽太太　我把我亲爱的可怜的约翰·威廉撇下不管,内心受到强烈的谴责。

博士小姐　罗泽太太!您用不着伤心。

罗泽太太　约翰·威廉现在准是关在国立疯人院里。

博士小姐　没有那回事,罗泽太太。我们安分的默比乌斯就住在这幢别墅里。信用担保。他已经住惯了,并且有了亲密、可爱的伙伴。我毕竟不是狠心的人。

罗泽太太　您待我真好,博士小姐。

博士小姐　根本不是,罗泽太太,根本不是。这事全靠捐助。像奥佩尔资助患病科学家基金会啦,施泰纳曼博士救济会啦,都是基金雄厚的,而我作为医生,为您的约翰·威廉从中募捐一点儿钱,那是我的义务。您尽管放心动身上马里亚纳群岛去好了。不过现在让我们把我们可爱的默比乌斯叫来见见面吧。

〔她走到后面,打开1号房间的门,罗泽太太激动地站起来。

博士小姐　亲爱的默比乌斯,有人来看望您了。现在请离开一下您的物理学家隐居室,跟我来吧。

〔约翰·威廉·默比乌斯从1号房间出来,看上去四十来岁,有点儿迟钝。他不安地环顾一下房间,看看罗泽太太,又看看男孩们,最后转向罗泽教士,似乎茫茫然然毫不理解,默然不语。

罗泽太太　约翰·威廉。

三个男孩　爸爸。

〔默比乌斯不语。

博士小姐　我安分的默比乌斯,我希望您再认一认您的夫人。

默比乌斯　(凝视着罗泽太太)莉娜?

博士小姐　看清了吧,默比乌斯,当然是您的莉娜啰。

默比乌斯　你好啊,莉娜。

罗泽太太　约翰·威廉,我最最亲爱的约翰·威廉。

博士小姐　好,就这样吧。罗泽太太,教士先生,要是你们还有什么事

要跟我讲,我待在那边新房子里听候吩咐。(她从左边旁门下)

罗泽太太　这是你的孩子,约翰·威廉。

默比乌斯　(愕然)三个?

罗泽太太　当然啰,约翰·威廉。三个。(她向他一一介绍孩子们)阿道尔夫-弗里德里希——你的老大。

〔默比乌斯跟他握手。

默比乌斯　很高兴,阿道尔夫-弗里德里希,我的大孩子。

阿道尔夫-弗里德里希　您好,爸爸。

默比乌斯　你多大啦,阿道尔夫-弗里德里希?

阿道尔夫-弗里德里希　十六,爸爸。

默比乌斯　你将来想干什么?

阿道尔夫-弗里德里希　当牧师,爸爸。

默比乌斯　记起来啦。有一次我曾牵着你的手走过圣约瑟夫广场。太阳火辣辣的,走路的影子就像两脚规量地。(默比乌斯转向第二个)你呢……你是……?

维尔弗里德-卡斯帕尔　我叫维尔弗里德-卡斯帕尔,爸爸。

默比乌斯　十四岁?

维尔弗里德-卡斯帕尔　十五岁。我想学哲学。

默比乌斯　哲学?

罗泽太太　一个特别早熟的孩子。

维尔弗里德-卡斯帕尔　我已经读过叔本华和尼采的书。

罗泽太太　你的小儿子,约尔格-卢卡斯,十四岁。

约尔格-卢卡斯　您好,爸爸。

默比乌斯　你好,约尔格-卢卡斯,我的小儿子。

罗泽太太　他最像你啦。

约尔格-卢卡斯　我要当物理学家,爸爸。

默比乌斯　(惊惧地凝视着他的小儿子)物理学家?

约尔格-卢卡斯　是的,爸爸。

默比乌斯　你切不可干这个,约尔格-卢卡斯,千万不可。我要打消你这个念头。我……我不许你干这个。

约尔格-卢卡斯　（迷惘地）可您自己也是物理学家呀,爸爸……

默比乌斯　我真不该当这个物理学家呢,约尔格-卢卡斯。从来不该当。要那样,我现在就不会住疯人院了。

罗泽太太　约翰·威廉,这个你确实弄错了。你住的是疗养院,不是疯人院。你的神经实在操劳过度了,这就是一切。

默比乌斯　（摇摇头）不,莉娜,人家都以为我疯了。所有的人,包括你,而且包括我的孩子们。因为我看见所罗门国王显灵了。

〔大家窘迫地沉默。罗泽太太介绍罗泽教士。

罗泽太太　约翰·威廉,这里我向你介绍一下我的丈夫奥斯卡·罗泽。他是教士。

默比乌斯　你的丈夫?可我是你的丈夫啊。

罗泽太太　不再是了,亲爱的约翰·威廉。（她脸红起来）我们已经离婚了。

默比乌斯　离婚了?

罗泽太太　这你是知道的。

默比乌斯　不知道。

罗泽太太　封·察恩德博士小姐通知过你,这是肯定的。

默比乌斯　可能。

罗泽太太　而后我才嫁给奥斯卡。他有六个男孩,他以前是古塔能的牧师,现在在马里亚纳群岛找了一个职位。

罗泽教士　在太平洋。

罗泽太太　我们后天从不来梅乘船出发。

〔默比乌斯沉默,大家窘迫。

罗泽太太　是呀,事情就是这样。

默比乌斯　（向罗泽教士点头）认识我孩子的新父亲,我感到高兴,教士先生。

罗泽教士　我已把他们紧紧贴在我的心上,默比乌斯先生,三个都这样。上帝会对我们开恩,像赞美歌里唱的:主是我的统领,我将什么都不短缺。

罗泽太太　奥斯卡背得出所有的赞美歌。大卫的赞美歌,所罗门的赞美歌。

默比乌斯　我感到欣慰,孩子们找到了一个能干的父亲。我曾经是个无能的父亲。

罗泽太太　瞧你说的,亲爱的约翰·威廉。

默比乌斯　我衷心祝贺。

罗泽太太　我们不久就得动身了。

默比乌斯　去马里亚纳群岛。

罗泽太太　让我们告别吧。

默比乌斯　永远告别了。

罗泽太太　约翰·威廉,你的三个孩子都很有音乐天赋,他们木笛吹得可好呢。孩子们,给爸爸表演一下,作为告别吧。

三个男孩　是,妈妈。

〔阿道尔夫-弗里德里希打开提包,分发木笛。

罗泽太太　坐下吧,亲爱的约翰·威廉。

〔默比乌斯坐在圆桌旁,罗泽太太和罗泽教士坐在沙发上。三个孩子站在客厅中间。

约尔格-卢卡斯　吹一首布克斯台胡德的乐曲。

阿道尔夫-弗里德里希　一、二、三。

〔三个孩子吹起了木笛。

罗泽太太　吹得欢些,孩子们,吹得欢些。

〔孩子们吹得更加热烈,默比乌斯跳了起来。

默比乌斯　最好别吹了,对不起,最好别吹了。

〔孩子们大感不解地停止了吹奏。

默比乌斯　不要吹下去了,对不起,要吹所罗门所喜欢的。不要吹下去了。

罗泽太太　瞧你,约翰·威廉!

默比乌斯　对不起,不要再吹了,对不起,不要再吹了,对不起,对不起。

罗泽教士　默比乌斯先生,恰恰是所罗门国王将会对这三个天真烂漫的男孩演奏的木笛感到高兴。您不妨想想看:所罗门,他是赞美歌的作者;所罗门,他是演唱圣歌的歌手。

默比乌斯 教士先生,我当面见过所罗门,他歌颂苏拉密特,歌颂在玫瑰花下吃草的孪生小鹿,但他已不是那黄金时代的伟大国王了。他已扯下了他身上的紫袍……

〔默比乌斯突然从他的惊骇不已的家属身边朝后面迅步走向他的房间,推开了房门。

默比乌斯 ……他赤裸着身子,散发着臭味,蹲在我的房间里,当潦倒的真理国王。他的赞美歌是可怕的,您仔细听,教士,您热爱赞美歌中的诗句,熟悉它所有的诗句,那么,请您把这些诗句也背下来吧:

〔他走到了左边的圆桌旁,把桌子翻了过来,跨进去,坐在里面。

默比乌斯 吟唱一首所罗门的赞美歌,歌颂宇宙航行员。

我们飞离地球进入天际,

踏上月球的荒漠土地。

有人已捷足先登

身陷尘埃,无声无息。

但大多数人却在水星的铅锅里蒸煮,

在金星的油坑里溶解;

而在火星上

太阳甚至用我们充饥;

它发出雷鸣般的轰响,

这个放射性的黄色球体。

罗泽太太 别唱了,约翰·威廉……

默比乌斯 木星散发着一股臭味,

那是一团甲烷浆液急速地旋转不息,

它这样强烈地逼迫着我们,

使我们加尼米德①呕吐不已。

罗泽教士 默比乌斯先生……

---

① 加尼米德(即伽倪黑得斯),希腊神话中的侍酒俊童。

默比乌斯　我们把诅咒献给土星。
　　　　　尔后发生的事情不值一提：
　　　　　天王星，海王星
　　　　　一片灰绿，冥王星和超冥王星①
　　　　　遍体冰封，下流的戏谑
　　　　　在它身上降临。
三个男孩　爸爸……
默比乌斯　难道我们不是早就把太阳
　　　　　与天狼星混淆不清，
　　　　　又将天狼星与老人星相混，
　　　　　我们力竭精疲，升至深穹
　　　　　去驱赶几颗白色的星星，
　　　　　那里我们虽然从未登临，
罗泽太太　亲爱的约翰·威廉啊！我最亲爱的约翰·威廉！
默比乌斯　可我们船里的木乃伊
　　　　　早已被尘埃弄得僵硬
　　　　　〔护士长和莫尼卡护士从右侧进来。
护士长　　瞧您，瞧您，默比乌斯先生！
默比乌斯　我们已经是面目难辨，
　　　　　再也不把那呼吸着的地球思念。
　　　　　〔他发呆似的坐在底朝天的桌子里面。面孔好像假面具。
罗泽太太　亲爱的约翰·威廉。
默比乌斯　好了，你们逃亡到马里亚纳群岛去吧！
三个男孩　爸爸……
默比乌斯　逃走吧！快！逃到马里亚纳群岛去！（他咄咄逼人地站起来）
　　　　　〔罗泽一家人不知如何是好。

---

① 天文学界有人根据计算认为，太阳系中还有一颗比冥王星更远的行星，但尚未通过观察证实。

护士长　　来吧,罗泽太太。来,孩子们,还有罗泽教士。他必须安静,就这么回事儿。

默比乌斯　　你们出去吧!出去!

护士长　　一次轻微的发作,待会儿让莫尼卡护士陪着他,她会安慰他的。一次轻微的发作。

默比乌斯　　滚开!永远滚!滚到太平洋去!

约尔格-卢卡斯　　再见,爸爸!再见!

〔护士长领着惊恐不安、哭哭啼啼的一家人朝右边出去,默比乌斯不可遏止地向他们叫喊。

默比乌斯　　我再也不愿见你们了!你们污辱了所罗门国王!你们应该受诅咒!你们应该同马里亚纳群岛一起沉入马里亚纳大海!一万一千米深。你们应当在大海的最黑暗的洞窟里腐烂发臭,被上帝遗忘,被人们遗忘!

莫尼卡护士　　就剩下咱们俩了。您家里的人再也听不见您说话了。

〔默比乌斯惊奇地凝视着莫尼卡护士,好像终于清醒了过来。

默比乌斯　　哦,这么回事儿,当然啰。

〔莫尼卡护士不语;他有些尴尬。

默比乌斯　　刚才我是不是有点儿过于激烈了?

莫尼卡护士　　相当激烈。

默比乌斯　　我必须把真话说出来。

莫尼卡护士　　显然。

默比乌斯　　我方才慷慨激昂。

莫尼卡护士　　那是您装出来的。

默比乌斯　　您看穿我了?

莫尼卡护士　　我护理您两年了。

默比乌斯　　(来回走动,然后停了下来)好。我承认。我刚才是装疯。

莫尼卡护士　　为什么呢?

默比乌斯　　为了与我的妻子和我的孩子们告别,永远告别。

莫尼卡护士　　采取这种可怕的方式?

默比乌斯　　采取这种人道的方式。既然住在疯人院里,如果要把过去涂抹掉,那么最好的办法是采取发疯的行动:这样我的家庭可以心安理得地把我忘掉。我的举动消除了他们再来探访我的欲念。从我这方面说,是无关紧要的,我考虑的仅仅是院外他们的生活。当疯子是要花钱的。十五年来,我的好莉娜为我付出了惊人的数目,必须最后一笔勾销掉。刚才就是个有利的机会。该披露的东西,所罗门已经向我披露了。可能发明一切的体系已经完成,最后几页是根据所罗门的口授记录的。我的妻子已经找到了一个新的丈夫,非常正直的罗泽教士。您放心好了,莫尼卡护士。现在一切都已恢复正常。(欲下)

莫尼卡护士　您做得很有计划性。

默比乌斯　我是物理学家。(转身向他的房间走去)

莫尼卡护士　默比乌斯先生。

默比乌斯　(停住脚步)什么事,莫尼卡护士?

莫尼卡护士　我要跟您谈谈。

默比乌斯　请吧。

莫尼卡护士　这事关系到咱们俩。

默比乌斯　让我们坐下谈吧。

〔他们坐了下来:她坐在沙发上,他坐在她左边的圈手椅里。

莫尼卡护士　我们也要互相告别了,也是永远告别。

默比乌斯　(吃惊)您离开我?

莫尼卡护士　这是命令。

默比乌斯　出什么事了?

莫尼卡护士　人家正要把我调到主楼去。明天这里由男护理来值班,任何女护士再也不准进这座别墅了。

默比乌斯　因为牛顿和爱因斯坦的事?

莫尼卡护士　根据检察官的要求。主任医生害怕招麻烦,她让步了。

〔沉默。

默比乌斯　(神情颓丧)莫尼卡护士,我笨拙得很。我没有学会表达情感,同那两位病友说点本行的事情,几乎称不上谈话。我沉默了,我惴惴不安,灵魂也惴惴不安。但您该知道,自从我认识了您以来,对我来说,一切都起了变化。我更能容忍一些了。现在,这样的日子也过去了。这两年里,我较之以往要愉快一些。因为通过您,莫尼卡护士,我获得了勇气,决心在幽居中度过一生,并接受我当……疯子……的命运。再见吧。(他站起来,想跟她握手)

莫尼卡护士　默比乌斯先生,我不认为您是……疯子。

默比乌斯　(笑起来,重又坐下)我自己也认为没有疯,但这丝毫改变不了我的处境。我很倒霉,所罗门国王偏偏向我显灵。在科学领域,眼下没有比一个奇迹更为伤风败俗的了。

莫尼卡护士　默比乌斯先生,我相信这个奇迹。

默比乌斯　(不知所措地盯着她)您相信?

莫尼卡护士　相信所罗门国王。

默比乌斯　就是说,他在我面前显灵?

莫尼卡护士　他是在您面前显灵。

默比乌斯　每天?每夜?

莫尼卡护士　每天,每夜。

默比乌斯　那么您相信,他向我口授自然界的秘密?各个事物之间的相互联系?可能发明一切的体系?

莫尼卡护士　我相信这些。而且,如果您说还有大卫国王带着他的扈从也在您面前显灵,我也会相信的。我只知道一点:您没有病。这是我的感觉。

〔静场。不一会默比乌斯跳了起来。

默比乌斯　莫尼卡护士!您走吧!

莫尼卡护士　(坐着不动)我不走。

默比乌斯　我再也不愿看见您了。

莫尼卡护士　您需要我。除我以外,您在这个世界上再没有别的人了。没有人了。

默比乌斯　相信所罗门国王那是要掉脑袋的。

莫尼卡护士　我爱您。

〔默比乌斯无可奈何地凝视着莫尼卡护士,又坐了下去,静场。

默比乌斯　（轻声,沮丧地）您在自蹈覆辙。

莫尼卡护士　我并不为我自己担心,我是为您担心。牛顿和爱因斯坦都是危险分子。

默比乌斯　我和他们相安无事。

莫尼卡护士　多罗特娅和伊雷尼护士同他们的相处也是和睦的。但后来她们丧命了。

默比乌斯　莫尼卡护士,您向我表白了您的信仰和您的爱情。您迫使我现在也向您说说真心话。我同样爱您,莫尼卡。

〔莫尼卡护士凝视着他。

默比乌斯　我爱您甚于爱我的生命。但因此您有危险。因为我们相爱了。

〔爱因斯坦从2号房间走出来,嘴里叼着烟斗。

爱因斯坦　我又醒了。

莫尼卡护士　瞧您,教授先生。

爱因斯坦　我忽然记起来了。

莫尼卡护士　哎呀,教授先生。

爱因斯坦　我勒死了伊雷尼护士。

莫尼卡护士　您别再想这些啦,教授先生。

爱因斯坦　（察看着自己的双手）我是不是什么时候还能拉一拉提琴?

〔默比乌斯站起来,像要保护莫尼卡护士。

默比乌斯　您刚才又拉过一回了。

爱因斯坦　还过得去吧?

默比乌斯　您拉的是克罗伊策尔奏鸣曲。当时警察正在这里。

爱因斯坦　克罗伊策尔奏鸣曲。谢天谢地。（他的表情开朗了起来,但又阴沉下去）说起来我一点也不高兴拉提琴。烟斗我也不喜欢,它有一股怪味。

默比乌斯　那您就别抽好了。

爱因斯坦　可我又做不到。我是阿尔贝特·爱因斯坦。（他敏锐地端详着面前两人）你们相爱了?

莫尼卡护士　我们相爱。

〔爱因斯坦沉思着,向后头走去,走到被勒死的护士躺过的地方,注视着地上的粉笔记号。

爱因斯坦 伊雷尼护士和我也相爱过。什么事情她都愿意替我做。这个伊雷尼护士。我警告过她。我向她喊叫过。我把她当狗看待。我恳求她逃走。都没有用。她不走。她要跟我到乡下去,到科尔旺。她要跟我结婚。她甚至已经获得封·察思德博士小姐的同意。这时我把她勒死了。可怜的伊雷尼护士。世界上没有比狂暴更荒谬的事了,由于狂暴行为,女人们惨遭牺牲。

莫尼卡护士 (走近他)您还是去躺下吧,教授。

爱因斯坦 您可以称我阿尔贝特。

莫尼卡护士 请您理智些,阿尔贝特。

爱因斯坦 请您理智些,莫尼卡护士。听您情人的话,逃走吧!不然您就完了。(他又转向2号房间)我还是睡觉去。(他消失在2号房间)

莫尼卡护士 这个可怜的精神病人。

默比乌斯 他要您最终相信,您要爱我是不可能的。

莫尼卡护士 您没有疯。

默比乌斯 您把我看作疯子,也许比较明智些。您逃走吧!远离这里吧!快跑吧!否则,我还得像对待一只狗那样来对待您。

莫尼卡护士 您最好还是像对待一个情人那样对待我吧。

默比乌斯 您来,莫尼卡。(他把她引到一张圈手椅旁,面对她坐下,握住她的双手)您听我说。我犯了一个严重的错误。我泄露了我的秘密,我没有对所罗门的显灵保持缄默。为此他让我赎罪,终身赎罪。理所当然。但您不应该为此也受到惩罚。在大家的眼里,您爱着一个精神病人。您无非是要承担不幸。您离开这里,忘掉我吧。这样做对我们俩都是上策。

莫尼卡护士 您要我吗?

默比乌斯 您为什么这样跟我说话?

莫尼卡护士 我要跟您睡觉,我要和您生孩子。我知道,我说这样的话是丢脸的,但您为什么不看着我呢?难道您不喜欢我了吗?我承认,我这身护士的穿戴是难看的。(她从头上扯下了护士帽)我痛恨我的职业,五年来,我护理着这些病人,以博爱的名义。我从来没有嫌弃过谁,我在这儿是为大家服务的,我已经做出了牺牲。但是我现在要为一个人做牺牲了,为了一个人而尽职,不是老为别的人。我要为我心爱的人,也就是为了您而生活。凡是您要求于我的,我一概都去做,为了您,我要日以继夜地工作,只是您不要把我撵走!除了您,在这个世界上我就再没有别的人了!我确实也是孑然一身!

默比乌斯　莫尼卡,我必须把您撵走。

莫尼卡护士　(绝望地)难道你一点儿也不爱我吗?

默比乌斯　我爱你,莫尼卡。我的上帝,我爱你甚至爱得发狂啊!

莫尼卡护士　那你为什么背叛我?而且不仅是我?你说过,所罗门国王向你显灵。为什么你把他也给出卖了?

默比乌斯　(非常激动,抓住她)莫尼卡!关于我,你怎么看都行,把我看作一个懦夫好了,这是你的权利。我不配接受你的爱情。但对所罗门我是忠贞不渝的。他蓦地不招而来,闯入了我的生活。他滥用了我,毁灭了我的生活,但我没有背叛他。

莫尼卡护士　你说的可是真话?

默比乌斯　你怀疑吗?

莫尼卡护士　你认为必须为此赎罪,因为你没有对他的显灵保守秘密。但是你之所以必须赎罪,也许是因为你没有执行他的启示吧。

默比乌斯　(松开了她)我……不理解你的意思。

莫尼卡护士　他向你口授了可能发明一切的体系。你为他对你的信任奋斗过吗?

默比乌斯　可人家以为我疯了。

莫尼卡护士　你为什么这样没有勇气呢?

默比乌斯　处在我这种情况下,勇气是一种罪行。

莫尼卡护士　约翰·威廉,我已经同封·察思德博士小姐说过我们的事了。

默比乌斯　(凝视着她)你说过了?

莫尼卡护士　你自由啦。

默比乌斯　自由?

莫尼卡护士　我们可以结婚。

默比乌斯　我的上帝。

莫尼卡护士　封·察思德博士小姐什么都已经安排停当。她虽然认为你有病,但并没有危险,而且没有遗传性。她说,她也许比你还疯呢,她说着,自己也笑了。

默比乌斯　这件事她做得真叫人称心。

莫尼卡护士　难道她不是一个出色的人物吗?

默比乌斯　那没话说。

莫尼卡护士　约翰·威廉!我已经在布卢门施泰因镇找到了一个护士工作。我有积蓄。我们用不着为生活操心。我们只管相亲相爱过日子就是了。

〔默比乌斯站了起来。房间里渐渐暗下来。

莫尼卡护士　这不美妙吗?

默比乌斯　那还用说。

莫尼卡护士　你不高兴。

默比乌斯　我感到这样突然。

莫尼卡护士　我做的还不止这些。

默比乌斯　还做了什么?

莫尼卡护士　同著名物理学家舒伯特教授也谈过。

默比乌斯　他以前是我的老师。

莫尼卡护士　他记得很清楚,说你过去是他最优秀的学生。

默比乌斯　你还跟他谈了些什么?

莫尼卡护士　他答应我不带先入之见来审阅你的手稿。

默比乌斯　这手稿出自所罗门之手,这你也向他说明过了?

莫尼卡护士　当然。

默比乌斯　他怎么说?

莫尼卡护士　他笑了,说你总是爱开玩笑。约翰·威廉!我们不要只是想到我们自己。你是天意所择。所罗门向你显灵,在他的光华照射下向你启示,使你获得上天的智慧。现在,你就沿着这条为奇迹所规定的道路,毫不动摇地向前走吧,尽管在这条路上你要遇到讥讽和嘲笑,遇到冷淡和怀疑。但它把你从这所疗养院引出来。约翰·威廉,它把你引向公众,而不是引向孤独,它引导你去奋斗。我是来帮助你的,跟你一道奋斗。上天给你派来了所罗门,同时也派来了我。

〔默比乌斯凝望着窗外。

莫尼卡护士　最亲爱的。

默比乌斯　亲爱的?

莫尼卡护士　你不高兴吗?

默比乌斯　很高兴。

莫尼卡护士　我们得收拾你的行李了。火车八点二十分开,去布卢门施泰因。(她走进1号房间)

默比乌斯　(独自地)东西可不多啊。

〔莫尼卡护士捧着一堆手稿从1号房间出来。

莫尼卡护士　你的手稿。(将它们放在桌上)天已经黑了。

默比乌斯　现在天黑得早。

莫尼卡护士　我开灯去。然后收拾你的箱子。

默比乌斯　等等。上我这儿来。

〔莫尼卡护士向他走去。只有两个人的侧影还隐约可见。

莫尼卡护士　你眼眶里含着泪水。

默比乌斯　你也是。

莫尼卡护士　太幸福了。

〔默比乌斯把窗幔扯了下来,并且蒙住了她。经过了短时间的搏斗,两个侧影不见了。接着一片寂静。3号房间的门开了,一束亮光射进室内。牛顿穿着他那个时代的服装站在门口。默比乌斯走向桌子,拿起手稿。

牛　顿　发生什么事了?

默比乌斯　(走向他的房间)我把莫尼卡·施泰特勒护士给勒死了。

〔2号房间传来爱因斯坦拉提琴的声音。

牛　顿　爱因斯坦又在拉提琴了。克赖斯勒①的乐曲,像迷迭香②一样美。(他走近壁炉龛,取出白兰地)

---

① 弗里茨·克赖斯勒(1875—1962),作曲家兼小提琴演奏家,生在奥地利,一九四三年加入美国籍。
② 迷迭香,生长在地中海沿岸的一种花。

第 二 幕

　　一小时以后。在同一客厅。室外是黑夜。又来了警察。又是测量,记录,拍照。只是观众看不到躺在窗下右侧的莫尼卡·施泰特勒的尸体。客厅里灯光通明。玛蒂尔德·封·察思德博士小姐坐在沙发上。脸色阴沉,情绪沮丧。她面前的小桌上放着一盒雪茄烟。古尔拿着速记本坐在右侧外边的圈手椅上。巡官福斯头戴帽子,身穿大衣,转身离开尸体,走到前面来。

博士小姐　抽一支哈瓦那牌雪茄烟?
巡　官　不啦,谢谢。
博士小姐　烧酒呢?
巡　官　过一会儿。
　　　　〔沉默。
巡　官　布洛赫,现在你可以拍照啦。
布洛赫　是,巡官先生。
　　　　〔拍照。闪光。
巡　官　护士叫什么名字?
博士小姐　莫尼卡·施泰特勒。
巡　官　年龄?
博士小姐　二十五。布卢门施泰因人。
巡　官　家属?
博士小姐　没有。
巡　官　您记下这些证词了吗,古尔?
古　尔　记下了,巡官先生。
巡　官　又是勒死的吗,医生?

法　医　一点不错。又使足了劲儿。只是这一回用的是拉窗帘的绳子。

巡　官　同三个月前一个样。(他疲倦地在右侧前面的圈手椅上坐了下来)

博士小姐　现在您想不想见一见凶手……

巡　官　可别这么说,博士小姐。

博士小姐　我是说想不想见一见案犯?

巡　官　我没有打算要见他。

博士小姐　但是……

巡　官　封·察思德博士小姐,我尽我的职责,搞一份记录,看一看尸体,拍几张照片,并由我们的法医做个鉴定。但默比乌斯我不想见。我把他交给您。这就算完事。还有其他两位放射性物理学家也一起交给您。

博士小姐　检察官呢?

巡　官　他不再发怒了。他在考虑问题。

博士小姐　(擦了擦身上的汗)这里真热。

巡　官　一点不热。

博士小姐　这第三起谋杀……

巡　官　可别这么说,博士小姐。

博士小姐　在这个樱桃园里,碰巧又来了这第三起不幸事件。我可以辞职了。莫尼卡·施泰特勒是我的最优秀的护理人员。她理解病人。她能够设身处地地体谅人。我像对自己的女儿那样疼爱她。然而她的死还不是最坏的,最坏的是我的医疗声誉完蛋了。

巡　官　声誉会恢复的。布洛赫,再从上面拍一张照吧。

布洛赫　是,巡官先生。

　　　　〔两个担任护理的彪形大汉推着一车餐具和饭菜从右侧进来。其中一个是黑人。他们几个都由大力士式的护理长陪着。

护理长　博士小姐,这是给可爱的病人们准备的晚餐。

巡　官　(跳了起来)乌韦·西弗斯。

护理长　有,巡官先生。乌韦·西弗斯是前欧洲重量级拳击冠军。现在在樱桃园当护理长。

巡　官　还有两位大力士呢?

护理长　穆里洛,南美角力冠军,也是重量级的。麦克阿瑟(他指着那个黑人),北美冠军,中量级的。把桌子立起来,麦克阿瑟。

〔麦克阿瑟把桌子立了起来。

护理长　桌布,穆里洛。

〔穆里洛把白色桌布铺在桌上。

护理长　迈森碗碟①,麦克阿瑟。

〔麦克阿瑟分碗碟。

护理长　银叉匙,穆里洛。

〔穆里洛分叉匙。

护理长　汤盆摆在中间,麦克阿瑟。

〔麦克阿瑟把汤盆摆在桌上。

巡　官　究竟给我们可爱的病号吃什么呀?(他把汤盆盖子揭开)氽猪肝丸子汤。

护理长　烤仔鸡,煎嫩牛排。

巡　官　妙极了。

护理长　一级菜。

巡　官　我是十四级官员,所以在家里是不怎么讲究烹调法的。

护理长　饭菜摆好了,博士小姐。

博士小姐　您可以走了,西弗斯。由病人自理吧。

护理长　巡官先生,我们告辞了。

〔三个人鞠躬,而后从右边出去。

巡　官　(目送着他们)真棒。

博士小姐　满意吗?

巡　官　嫉妒。要是我们警察局有这样的人就好了……

博士小姐　薪金高得惊人。

---

①　迈森,城名,在德国萨克森地区,以产瓷器著名。

巡　官　您有大工业家和超百万女富翁做后盾,毕竟付得起呀。这几个汉子最终会使检察官放下心来的。谁也摆脱不了他们的看管。

〔2号房间传来爱因斯坦拉提琴的声音。

博士小姐　又是克罗伊策尔奏鸣曲。

巡　官　我知道。行板。

布洛赫　我们完事了,巡官先生。

巡　官　那就再把尸体弄出去吧。

〔两个警察把尸体抬起来。这时默比乌斯从1号房间冲出来。

默比乌斯　莫尼卡,我心爱的人!

〔抬着尸体的警察停住了。博士小姐庄重地站起来。

博士小姐　默比乌斯!您刚才怎么可以干出这样的事来?您把我最好的护士杀死了,我最温柔的护士,我最甜蜜的护士!

默比乌斯　我实在感到难过,博士小姐。

博士小姐　难过。

默比乌斯　所罗门国王命令干的。

博士小姐　所罗门国王……(她又坐下来,动作迟钝,脸色发白)国王陛下安排了这起凶杀。

默比乌斯　我站在窗前,凝望着夜色,这时国王从花园那边飘过来,他越过平台,趋近我的身边,隔着玻璃窗,向我悄悄地下达了这一命令。

博士小姐　请原谅,福斯,我的神经……

巡　官　已经就绪了。

博士小姐　老让你们这样折腾。

巡　官　我能够理解。

博士小姐　我回去啦。(她站起来)福斯巡官先生,在我的疗养院里发生的这几起事件,请您向检察官转达我的遗憾。请您告诉他,现在一切都已得到了妥善处理。法医先生,先生们,谢谢你们啦。(她先从左边走到后面,庄严地向尸体鞠躬,接着看了一会儿默比乌斯,然后从右边走出去)

巡　官　好,现在你们终于可以把尸体抬到小礼拜堂去了,跟伊雷尼护士放在一起。

默比乌斯　莫尼卡!

〔两个警察抬着尸体,其他人带着各种器械,穿过花园的门,下;法医跟在后面。

默比乌斯　我心爱的莫尼卡。

巡　官　(走到沙发附近的小桌旁)现在我需要来一支哈瓦那,我当然应该抽一支了。(他从烟盒里取出一支粗大的雪茄烟,看了看)好家伙呀。(他把烟叼在嘴里,点燃了它)亲爱的默比乌斯,壁炉栅后面藏着艾萨克·牛顿爵士的白兰地呢。

默比乌斯　拿出来喝吧,巡官先生。

〔巡官吧嗒吧嗒吸着烟,默比乌斯拿出酒瓶和酒杯。

默比乌斯　给您斟一杯?

巡　官　可以。(他端起酒杯,一饮而尽)

默比乌斯　再来一杯?

巡　官　再来一杯。

默比乌斯　(又斟一杯)巡官先生,我不得不请求您将我逮捕。

巡　官　但这到底是为了什么呢,亲爱的默比乌斯?

默比乌斯　因为我确实把莫尼卡护士……

巡　官　照您自己所说,您这是遵照所罗门国王的命令干的。只要我一天不能逮捕所罗门,您就自由自在一天。

默比乌斯　尽管如此……

巡　官　不存在什么尽管如此。请再给我来一杯吧。

默比乌斯　请吧,巡官先生。

巡　官　您把酒瓶收起来吧,不然那些男护理会把它喝光的。

默比乌斯　好,巡官先生。(他收起白兰地酒瓶)

巡　官　请坐。

默比乌斯　是,巡官先生。(坐在椅子上)

巡　官　坐到这儿来。(指着长沙发)

默比乌斯　是,巡官先生。(坐在长沙发上)

巡　　官　　您瞧,我在这个小城和附近一带每年都逮捕几个杀人犯,不多,刚刚半打。有几个我是很高兴把他们抓起来的。其余的我同情他们。但尽管如此,我必须逮捕他们。正义总归是正义。后来您和您的两个同伴来了。起先不许我干预,真使我恼火。但现在呢? 我一下子觉得这是一种享受了。我真想欢呼。我遇到了三个杀人犯,我心安理得,用不着逮捕他们。正义第一次放了假,这是一种深厚的感情。伸张正义,我的朋友,就要付出巨大的努力,人们在为它效力时消耗着自己。我实在需要休息。亲爱的,这一享受我应归功于你啊。再见吧。请替我向牛顿和爱因斯坦致以十分友好的问候。请在所罗门那里代我问候。

默比乌斯　　好的,巡官先生。

　　　　　　〔巡官下,剩下默比乌斯一人。他坐在沙发上,双手揿着太阳穴。牛顿从3号房间走出来。

牛　　顿　　吃什么啦?

　　　　　　〔默比乌斯不语。

牛　　顿　　(把汤盆盖子打开)氽猪肝丸子汤。(他揭开桌上的其他饭菜)烤仔鸡,煎嫩牛排,难得吃到的珍馐。自从别的病人转到新楼以来,平时晚饭我们吃得都很简单。(他喝起汤来)不饿吗?

　　　　　　〔默比乌斯沉默不语。

牛　　顿　　明白啦。我的护士死了以后,我也不想吃东西。

　　　　　　〔他坐下吃氽猪肝丸子。默比乌斯站起来,想回他的房间去。

牛　　顿　　别走啊。

默比乌斯　　什么事,艾萨克爵士?

牛　　顿　　我得跟您谈一谈,默比乌斯。

默比乌斯　　(停下来)谈什么呢?

牛　　顿　　(指着桌上的菜)看来您不想尝一尝氽猪肝丸子汤? 它味道好极了。

默比乌斯　　不想尝。

牛　　顿　　亲爱的默比乌斯,我们不再由女护士护理了,我们由男护理——几条彪形大汉——监视着。

默比乌斯　这是起不了任何作用的。

牛　顿　对于您也许是这样,默比乌斯。您显然想要在精神病院里过一辈子。但是,它对我是起作用的,我是想出去的。(他吃罢氽猪肝丸子)喏,让我们开始吃烤仔鸡吧。(他动手吃)护理们迫使我采取行动,就在今天。

默比乌斯　这是您的事情。

牛　顿　不完全是。说句实话,默比乌斯,我没有疯。

默比乌斯　当然没有疯啰,艾萨克爵士。

牛　顿　我不是艾萨克·牛顿爵士。

默比乌斯　我知道。您是阿尔贝特·爱因斯坦。

牛　顿　傻瓜。也不是像这里大家所认为的,是什么赫伯特·格奥尔格·博伊特勒。我的真实名字叫基尔顿,我的年轻人。

默比乌斯　(震惊地凝视着他)亚历克·贾斯帕·基尔顿?

牛　顿　对。

默比乌斯　相应论的创始人?

牛　顿　正是。

默比乌斯　(走到桌旁)您是打入这里来的?

牛　顿　我以装疯的办法进来的。

默比乌斯　为了……侦破我?

牛　顿　为了探知您疯的背景。我的道地的德语就是在我们的情报机关的所在地学会的。这是一种可怕的工作。

默比乌斯　而由于可怜的多罗特娅护士看出了真相,您就……

牛　顿　对,我就那样做了。这件事使我再难过没有了。

默比乌斯　可以理解。

牛　顿　命令毕竟是命令啊。

默比乌斯　那当然啰。

牛　顿　我没有别的办法。

默比乌斯　当然没有。

牛　顿　我的使命就是完成我们情报机关的绝密任务,现在它出了问题,为了避免使人怀疑,我不得不杀人。多罗特娅护士不再认为我是疯子,主任女医生认为我病势并不严重。这就需要通过一起凶杀来最后证明我精神错乱。您哪,这烤仔鸡实在好吃极了。

〔2号房间传来爱因斯坦拉提琴的声音。

默比乌斯　听,爱因斯坦又在拉提琴了。
牛　　顿　巴赫的加伏特舞曲。
默比乌斯　他的饭菜都凉了。
牛　　顿　您让这疯子安安静静地拉下去吧。
默比乌斯　您想威胁我?
牛　　顿　我无限尊敬您。如果迫不得已对您采取断然措施,那会使我感到难过。
默比乌斯　您的任务是来绑架我的?
牛　　顿　假如我们的情报机关的猜疑得到证实的话。
默比乌斯　什么怀疑?
牛　　顿　我们的情报机关认为您是当代最有天才的物理学家。
默比乌斯　我是个严重的精神病患者,别的什么都不是,基尔顿。
牛　　顿　我们的情报机关对此有不同的看法。
默比乌斯　那么您对我是怎样想的呢?
牛　　顿　我毫不含糊地认为您是有史以来最伟大的物理学家。
默比乌斯　那么,您的情报机关是怎样找到我的踪迹的呢?
牛　　顿　通过我。我偶然读到您的一篇关于新物理学基础的学术论文。起初我把它当作毫无用处的东西。后来我眼前豁然开朗。我面前的这篇论文原来是近代物理学方面最有天才的文献。我开始调查它的作者,但一筹莫展。接着我把这情况报告给情报机关,他们继续搞下去了。
爱因斯坦　您不是这篇论文的惟一读者,基尔顿。(他腋下夹着提琴,手里拿着弓弦,悄悄地从2号房间出来)其实我也没有疯。我可以自我介绍一下吗?我也是物理学家,一个情报机关的成员。但是一个与众不同的情报机关的成员。我的名字是约瑟夫·艾斯勒。
默比乌斯　艾斯勒效应的发现者?

爱因斯坦　正是。

牛　顿　一九五○年失踪了。

爱因斯坦　自愿的。

牛　顿　（突然拔出一支手枪）艾斯勒,我可不可以请您把脸转过去,对着墙壁?

爱因斯坦　当然可以啰。（他若无其事地缓步向壁炉走去,把提琴放在炉台上,然后霍地转过身来,手里握着一支手枪）我最友好的基尔顿,我想,由于我们俩都很善于使用武器,所以我们还是尽可能避免一次决斗好,您不这样认为吗?我愿意把我的勃朗宁手枪放在一边,假如您也把您的柯尔特手枪……

牛　顿　同意。

爱因斯坦　放到炉栅后头,跟白兰地一起,免得护理突然出现。

牛　顿　很好。

〔两人把手枪放到炉栅后头。

爱因斯坦　您把我的计划打乱了,基尔顿,我曾经真的以为您疯了呢。

牛　顿　您别难受,我也曾认为您疯了。

爱因斯坦　有些事根本搞得不好,比如今天下午发生的伊雷尼护士的事。她起了怀疑,于是就对她判了死刑。这件事使我极为难过。

默比乌斯　可以理解。

爱因斯坦　命令毕竟是命令啊。

默比乌斯　那还用说。

爱因斯坦　我没有别的法子可想。

默比乌斯　当然没有。

爱因斯坦　我的使命就是完成我的情报机关的绝密任务,它也出了问题。让我们坐下好吗?

牛　顿　我们坐下吧。

〔他坐在桌子左边,爱因斯坦在右边。

默比乌斯　艾斯勒,我估计您也是想逼迫我……

爱因斯坦　您说哪里话,默比乌斯。

默比乌斯　……说服我到贵国去。

爱因斯坦　我们毕竟也把您当作最伟大的物理学家。但我现在很想吃这顿晚餐。这是地地道道的刽子手的盛宴。(他喝汤)胃口还一直不好,默比乌斯?

默比乌斯　是啊,很突然,就在现在,在你们弄清了我的底细的现在。
　　(他紧挨着桌子坐在两个人的中间,和他们一起喝起汤来)

牛　顿　要不要来杯勃艮第酒,默比乌斯?

默比乌斯　请斟吧。

牛　顿　(斟酒)我来吃煎嫩牛排。

默比乌斯　您不必客气。

牛　顿　吃吧。

爱因斯坦　吃。

默比乌斯　吃。

　　〔他们正在吃,三个护理从右边出来;护理长手里拿着笔记本。

护理长　患者博伊特勒!

牛　顿　有。

护理长　患者埃内斯蒂!

爱因斯坦　有。

护理长　患者默比乌斯!

默比乌斯　有。

护理长　我是护理长西弗斯,这两位是:护理穆里洛,护理麦克阿瑟。(他把笔记本放回去)奉当局的指示,首先要采取一定的安全措施。穆里洛,上窗格子。

　　〔穆里洛把窗子上面备用的窗格子放下来。屋子里一下子就形成了一种牢房的气氛。

护理长　麦克阿瑟,上锁。

　　〔麦克阿瑟把窗格子锁上。

护理长　先生们,今夜还有什么要求吗?患者博伊特勒?

牛　顿　没有。

护理长　患者埃内斯蒂?

爱因斯坦　没有。

护理长　患者默比乌斯？

默比乌斯　没有。

护理长　先生们，我们告辞了，晚安。

〔三个护理下。场上寂静。

爱因斯坦　一群畜生。

牛　顿　花园里还有些彪形大汉在监视呢。我早就从我的窗口注意到他们了。

爱因斯坦　（站起来端详窗格子）很牢固。有一把专门的锁。

牛　顿　（走向他的房间，推开门，朝里看了看）在我的窗上一下子也上了窗格子，就像施了魔法似的。

〔他打开后头另两个房间的门。

牛　顿　艾斯勒的窗子也一样。还有默比乌斯的。（他走向右边的门）锁上了。

〔他又坐了下来。爱因斯坦也坐下。

爱因斯坦　被捕了。

牛　顿　合乎逻辑。我们和我们的护士们一道成了牺牲品。

爱因斯坦　现在我们只有共同行动，才能离开疯人院。

默比乌斯　我才不愿意逃走呢。

爱因斯坦　默比乌斯……

默比乌斯　我认为没有丝毫的理由要逃走，恰恰相反，我对我的命运很满意。

〔沉默。

牛　顿　我可对此不感到满意。这是一个相当重要的关头，您不觉得吗？我尊重您个人的感情。但您是一个天才，并且是作为全人类的财富而存在的。您突入了物理学的一些领域，但是科学并没有跟你订立典当的契约。对于我们这些非天才之辈，您也有义务把科学的大门向我们打开。跟我走吧，一年之内，我们准让您穿上燕尾服，把您送到斯德哥尔摩，去接受诺贝尔奖金。

默比乌斯　您的情报机关真高尚。

牛　　顿　　我承认，默比乌斯，对我的情报机关产生影响的首先是猜测，认为您也许能够解决万有引力问题。

默比乌斯　　是的。

　　　　　　〔寂静。

爱因斯坦　　您说的心安理得？

默比乌斯　　不然我到底该怎么说呢？

爱因斯坦　　我的情报机关认为，您也许能解决基本粒子的统一论。

默比乌斯　　我也可以告慰您的情报机关，统一磁场论找到了。

牛　　顿　　（用手巾擦去额上的汗珠）世界公式。

爱因斯坦　　笑话。多少薪俸优厚的物理学家，在国立实验室里钻研物理，花了好几年工夫毫无所获，而您在疯人院的写字台旁就顺便解决了。（他也用手巾擦去额上的汗珠）

牛　　顿　　那么，默比乌斯，各种可能发明一切的体系呢？

默比乌斯　　这也是有的。我出于新奇把它提了出来，作为我的论文的实践性要点。我应该扮演无辜者的角色吗？有所想，就有所得。研究我的空间论和万有引力论可能产生的实际作用，这是我的义务。结果是灾难性的。一旦我的探索被人们掌握，新的、难以想象的能量将释放出来，并将产生一种可以嘲笑任何幻想的技术。

爱因斯坦　　这几乎是不可避免的。

牛　　顿　　问题就在于，谁首先掌握它。

默比乌斯　　（笑起来）基尔顿，您是希望这一运气属于您的情报局及其后台陆军参谋部？

牛　　顿　　为什么不呢？为了把一位空前伟大的物理学家引回到物理学家的队伍里来，我觉得不论哪个总参谋部都是值得尊崇的。

爱因斯坦　　对我来说，只有我的总参谋部才是值得尊崇的。我们向人类提供强大的实力手段。这给了我们提出条件的权利。我们必须抉择：我们的科学为谁的利益服务，我已经做出抉择了。

牛　　顿　　扯淡，艾斯勒。这涉及我们科学的自由，仅此而已。我们要从事开拓性的工作，除此以外还有什么呢？至于人类会不会去走我们为之开辟的道路，这是他们的事情，与我们无关。

爱因斯坦　基尔顿,您是一个可怜的唯美论者。如果您只关心科学自由的话,那么您为什么不到我们这边来呢?我们早已不再能够左右物理学家的行动了。我们也需要做出成绩来。我们的政治制度必然顺从于科学。

牛　　顿　艾斯勒,我们两家的政治制度现在得首先顺从默比乌斯。

爱因斯坦　相反,他必将听从我们。我们俩将最终决定他的行动。

牛　　顿　真的吗?我们俩更多是彼此遇到啊。可惜我们的情报机关已经得出同样的看法。如果默比乌斯跟您走,我是无法反对的,因为反对的话,您会加以阻止。而如果默比乌斯决心为我们效劳,您也毫无办法。在这里可以选择的是他,而不是我们。

爱因斯坦　(庄严地站起来)让我们把手枪拿来吧。

牛　　顿　(也站起来)让我们决斗吧。

　　　　　〔牛顿从壁炉栅后面取出两支手枪,把爱因斯坦的那支给了他。

爱因斯坦　我很遗憾,事情落得个流血的结局。但是我们不得不开枪。互相瞄准,当然还得对着看护人员,迫不得已的时候还要对着默比乌斯。尽管他是世界上最重要的人物,但他的手稿更为重要。

默比乌斯　我的手稿?我把它烧掉了。

　　　　　〔死一般寂静。

爱因斯坦　烧掉了?

默比乌斯　(窘状)不多一会儿,就在警察来到之前。为了保险起见。

爱因斯坦　(爆发出一阵绝望的大笑)烧掉了。

牛　　顿　(暴跳如雷)十五年的辛劳啊。

爱因斯坦　真要叫人发疯。

牛　　顿　人们都知道,我们已经疯了嘛。

　　　　　〔他们收起手枪,颓丧地坐在沙发上。

爱因斯坦　这样一来,我们最终得听您支配了,默比乌斯。

牛　　顿　而且为此我不得不把一个护士勒死,并不得不学习德语。

爱因斯坦　这期间我却向人家学拉小提琴,这对一个于音乐一窍不通的人来说真是酷刑啊。

默比乌斯　我们不吃下去了?

牛　　顿　没有胃口了。

爱因斯坦　可惜这煎嫩牛排。

默比乌斯　(站起来)我们是三个物理学家。我们要采取的抉择是物理学家的抉择。我们必须持科学态度。我们不能让观点,而要让逻辑的结论来决定我们的弃取。我们必须设法找到理智的东西。我们不可犯思维错误,因为错误的结论必定会导致灾难。出发点是清楚的。我们三个人都有相同的目标,但我们的策略是不同的。目标就是物理学的发展。您,基尔顿,您想保护物理学的自由而拒绝它承担义务。您呢,艾斯勒,您正相反,您要物理学为某一国家的实力政策承担义务。但目前现实情况是怎样的呢?如果要我做出决定的话,我要求给我详细谈谈这方面的情况。

牛　　顿　有几个最著名的物理学家在等待着您。薪俸和居住条件都很理想,那一带地区气候恶劣,但空调设备是再好不过的。

默比乌斯　这些物理学家都自由吗?

牛　　顿　亲爱的默比乌斯,这些物理学家都表示要解决对于国防有决定意义的科学问题。因此您务必明白……

默比乌斯　哦,是不自由的。(他转向爱因斯坦)约瑟夫·艾斯勒,您搞实力政治,然而它是要有权力的。您拥有权力吗?

爱因斯坦　您误解我了,默比乌斯。我的实力政治恰恰在于:为了党的利益,我已经放弃了我的权力。

默比乌斯　您能够本着您的责任感左右党吗?或者您冒着被党左右的危险?

爱因斯坦　默比乌斯!这太可笑了。我当然只能希望党听从我的建议,仅此而已。现在这个时候,没有希望那就无所谓有政治态度了。

默比乌斯　起码,你们这些物理学家是自由的吧?

爱因斯坦　由于他们也要为国防……

默比乌斯　真怪。向我赞颂的理论各人不同,但人们向我呈示的现实却是一样:一座监狱。因此我宁愿住我的疯人院。这样我至少可以保证不被政治家们所利用。

爱因斯坦　冒一定的风险毕竟是免不了的。

默比乌斯　有的风险是切不可冒的：人类的毁灭就是属于这样的风险。世界用它所拥有的武器正在造成什么灾难，这我们是知道的；它用那些我们促使其产生的武器将会招致什么，这我们是能够想象的。我的行动服从于这一观点。我很穷。我有过一个老婆和三个孩子。大学里的名誉曾向我招手，工业界的金钱曾向我眨眼示意。两条路都太危险了。我若是把我的著作发表，其结果可能就是我们科学事业的崩溃和经济结构的解体。责任迫使我走另一条路。我放弃了在科学上飞黄腾达的念头，摈除了在工业中发财致富的想法，并把我的家庭交由命运去安排。我选择了装疯卖傻的办法，假托所罗门国王向我显灵，于是人家把我关进了疯人院。

牛　　顿　这可解决不了问题啊！

默比乌斯　理智要求这样做。我们在科学上已经到达可认识的事物的界限了。我们知道了几种可以精确把握的规律，弄清了一些不可理解的现象之间的几种基本关系，这就是一切，剩下的很大部分还是个秘密，智力难于接近。我们已经到达我们所走的道路的尽头。但是人类还没有走到这么远。我们已经打了前哨战，而眼下没有后继者。我们已突入阒无一人的地带。我们的科学已经变成恐怖，我们的研究是危险的，我们的认识是致命的。现在摆在我们物理学家面前的惟一出路是向现实投降。我们是不能同现实相抗衡的，它正从我们的身边走向毁灭。我们必须把我们的知识收回来，而我已经把它收回来了。没有别的解决办法，对你们也一样。

爱因斯坦　您这番话想说明什么？

默比乌斯　你们有秘密发报机吧？

爱因斯坦　有能怎样呢？

默比乌斯　你们向布置你们任务的上司报告，说你们搞错了，默比乌斯确实是疯了。

爱因斯坦　那我们一辈子就得蹲在这里啦。

默比乌斯　是的。

爱因斯坦　失败了的间谍,再也没有人会理睬他了。

默比乌斯　正是。

牛　顿　啊,这样?

默比乌斯　你们必须和我一起待在疯人院里。

牛　顿　我们?

默比乌斯　你们两位。

　　　　〔沉默。

牛　顿　默比乌斯!您可不能要求我们永远……

默比乌斯　我还保持着秘密身份,这是我惟一的侥幸。只有在疯人院里我还有自由,只有在疯人院里我还可以思考,而在外面,我们的思想却是爆炸品。

牛　顿　可我们毕竟没有疯啊。

默比乌斯　然而是杀人犯。

　　　　〔他们惊愕地凝视着他。

牛　顿　我抗议!

爱因斯坦　您可不能这样说啊,默比乌斯!

默比乌斯　杀人就是杀人犯,而我们都杀人了。我们每个人都曾经有一项使他进院的任务。我们每个人都曾经为了某一个特定目的而杀害了自己的护士。你们杀害护士是为了不致危及你们的秘密使命,而我呢,由于莫尼卡护士信任我,把我当作一个被埋没的天才。她不理解,今天一个天才的义务就是永远让人误解。杀人是比较可怕的事情。我杀了人,这样,一种更为可怕的屠杀就不会发生。现在你们来了。我固然不能除掉你们,但或许能说服你们?我们杀人难道是毫无意义的吗?我们要么牺牲,要么被杀。我们不住疯人院,世界就要变成一座疯人院。我们不在人们的记忆中消失,人类就要消失。

　　　　〔沉默。

牛　顿　默比乌斯!

默比乌斯　基尔顿?

牛　顿　这所疗养院,这些可怕的护理,这个驼背的女医生!

默比乌斯　怎么啦,他们?
爱因斯坦　他们把我们像野兽似的关着!
默比乌斯　我们是野兽嘛,不能被放出,去袭击人类。
　　　　　〔沉默。
牛　　顿　难道真的就没有别的出路了吗?
默比乌斯　没有。
　　　　　〔沉默。
爱因斯坦　约翰·威廉·默比乌斯,我是个正直的人。我留下来。
　　　　　〔沉默。
牛　　顿　我也留下来,永远留在这里。
　　　　　〔沉默。
默比乌斯　我们这次小小的晤谈机会使世界幸免于难。为此我感谢你们。(他举起酒杯)为哀悼我们的护士们干杯!
　　　　　〔他们庄严地站了起来。
牛　　顿　我为哀悼多罗特娅·莫塞尔干杯。
其余二人　为哀悼多罗特娅护士干杯!
牛　　顿　多罗特娅!出于迫不得已,我把你牺牲了。为了你的爱情,我给了你死亡。我决不辜负你的心意。
爱因斯坦　我为伊雷尼·施特劳布干杯。
其余二人　为伊雷尼护士干杯!
爱因斯坦　伊雷尼!出于迫不得已,我把你牺牲了。现在我要用理智的行动来表彰你,赞美你的献身。
默比乌斯　我为哀悼莫尼卡·施泰特勒干杯。
其余二人　为哀悼莫尼卡护士干杯!
默比乌斯　莫尼卡!出于迫不得已,我把你牺牲了。我们三位物理学家以你的名义结下了友谊,现在在祝福你的爱情。给我们力量吧,让我们作为傻子忠实地保守我们的科学秘密。
　　　　　〔他们干杯,把杯子摆在桌上。
牛　　顿　我们重新变成疯子吧。就让我们化作牛顿的幽灵吧。
爱因斯坦　我们照旧胡拉那些克赖斯勒和贝多芬的乐曲好了。

默比乌斯　我们照旧让所罗门显灵。

牛　　顿　发疯,但聪明。

爱因斯坦　囚禁,但自由。

默比乌斯　物理学家,但一身清白。

〔三个人互相示意,走向自己的房间。客厅里空无一人。麦克阿瑟和穆里洛从右边上场。两人各穿一身黑制服,头戴便帽,腰间别着手枪。他们把桌子收拾干净。麦克阿瑟推着装有餐具的车子从右边出去。穆里洛把圆桌摆在右侧的窗前,桌上放着翻过来的椅子,就像在酒馆里搞打扫一样。接着穆里洛也从右边出去。客厅又空无一人。然后玛蒂尔德·封·察思德博士小姐从右边上场,同往常一样穿着白大褂,带着听诊器。她环顾了一下四周。最后西弗斯也来了,同样也穿着黑制服。

护理长　老板!

博士小姐　西弗斯,把画像拿来。

〔麦克阿瑟和穆里洛抬着一个镀金的沉重的画框进来,框子里嵌着一个将军的巨幅肖像。西弗斯把旧的肖像取下来,把新的换上去。

博士小姐　莱昂尼达斯·封·察思德将军的画像在这里比在女人们那里保管得更好。这位老战士尽管甲状腺肿大,看起来总还那样英俊威武。他崇尚英勇的死,而今在这所房子里就发生了这类事情。(端详着她父亲的肖像)为此,那个枢密顾问的像就挪到百万富翁女病房去。先不妨暂时把它放在过道里。

〔麦克阿瑟和穆里洛抬着画像朝右边出去。

博士小姐　总经理弗勒本率他的英雄们来了吗?

护理长　他们都在绿色客厅里等候。我要不要把香槟酒和鱼子罐头准备好?

博士小姐　这些杰出人物来到这里,不是为了大吃大喝,而是为了工作。

〔她在沙发上坐下。麦克阿瑟和穆里洛从右侧下。

博士小姐　西弗斯,现在你去把他们三个都叫来。

护理长　是,老板。(他走向1号房间,把门打开)默比乌斯,出来!

〔麦克阿瑟和穆里洛分别打开2号门和3号门。

穆里洛　牛顿,出来!

麦克阿瑟　爱因斯坦,出来!

〔牛顿、爱因斯坦和默比乌斯个个喜气洋洋地走出来。

牛　顿　一个充满神秘的夜晚。无限而崇高。透过我的铁窗棂,木星和土星向我闪烁,宣示宇宙的法则。

爱因斯坦　一个幸福的夜晚。心情舒坦而愉快。谜底沉默着。疑问不说话。我想拉提琴,再也不休止。

默比乌斯　一个庄严肃穆的夜晚。湛蓝的天空,虔诚的星月,强大的国王之夜。他白色的影子从墙上消失,他的双眸炯炯有神。

〔沉默。

博士小姐　默比乌斯,根据检察官的规定,只有在一个看守在场的情况下,我才可以跟您谈话。

默比乌斯　明白,博士小姐。

博士小姐　但是我要说的也跟您的两位同事,即亚历克·贾斯帕·基尔顿和约瑟夫·艾斯勒有关。

〔两人惊奇地凝视着她。

牛　顿　您……知道了?

〔两人想掏手枪,但手枪被穆里洛和麦克阿瑟缴下。

博士小姐　先生们,你们的谈话,我们已经窃听到了;我早就产生怀疑。麦克阿瑟和穆里洛,把基尔顿和艾斯勒的秘密发报机拿来!

护理长　你们三个把手举到脖子后头!

〔默比乌斯、爱因斯坦和牛顿一一把手举到脖子后头。麦克阿瑟和穆里洛走进2号和3号房间。

牛　顿　滑稽!(他独自一人鬼怪似的大笑起来)

爱因斯坦　我不明白……

牛　顿　可笑!(他又大笑起来,忽又敛住)

〔麦克阿瑟和穆里洛抱着秘密发报机回来。

护理长　把手放下!

〔物理学家们顺从地把手放下。沉默。

博士小姐　打开聚光灯,西弗斯。

护理长　是,老板。

〔他抬起手,随即从外边亮起了聚光灯,刺眼的强光照射着三位物理学家。同时西弗斯把室内的电灯关掉。

博士小姐　这座别墅已换上看守担任警戒。试图逃跑是毫无意义的。(转身向着护理们)你们三位出去!

〔三个护理拿着武器和器械离开客厅。沉默。

博士小姐　只有你们可以知道我的秘密。因为当你们知道这件事情时,你们再也不起作用了。

〔沉默。

博士小姐　(庄严地)所罗门金冠国王向我显灵了。

〔三个人惊讶地盯着她。

默比乌斯　所罗门?

博士小姐　所有这些年都是这样。

〔牛顿轻轻地笑起来。

博士小姐　(坚定不移地)最初在我的办公室,在一个夏日的傍晚,外面太阳还没有落山,花园里啄木鸟在啄木,突然,金冠国王迎面飘飘而来,像一位伟大的天使。

爱因斯坦　她发疯了。

博士小姐　他的目光不离开我,他的双唇启动。他开始同他的侍女说话。他死而复生了,他要重新掌握他在尘世曾经拥有过的权力,他为了让默比乌斯代表他来统治尘寰而展示了他的智慧。

爱因斯坦　得把她隔离起来,她应该进疯人院。

博士小姐　但是默比乌斯背叛了他。他试图对不能守口如瓶的东西守口如瓶。因为已经向他披露过的事情,就不是秘密了。因为那是可以想象的。一切可以想象的事情迟早都会被想到的。凡是所罗门发现的东西,其他人也可能发现,金冠国王的事业应当存在,那是他建立对世界神圣统治的手段,于是他寻访我这个卑贱的女用人。

爱因斯坦　（急切地）您疯了。听到没有,您疯了。

博士小姐　他命令我废黜默比乌斯,并接替他的统治地位。我听从了这个命令。我是医生,默比乌斯是我的病人,我可以按照我的意愿对待他。我曾对他进行麻醉,几年之久,一再这样做。我拍摄了金冠国王口授的记录,直到我得到最后几页为止。

牛　顿　您神经错乱了!完全错乱了!您该明白了!（轻声地）我们大家都神经错乱了。

博士小姐　我小心翼翼地行事。起先我只利用了少数几项发明,筹集了必要的资本。然后我兴建大型工程,开设了一个又一个工厂,建立起一个强大的托拉斯。先生们,我将充分利用这个可能发明一切的体系。

默比乌斯　（急切地）玛蒂尔德·封·察思德博士小姐,您病了。所罗门不是真的。他从来没有向我显过灵。

博士小姐　您撒谎。

默比乌斯　他纯粹是我编造出来的,这是为了保守我所发现的秘密。

博士小姐　您否认他了。

默比乌斯　清醒清醒吧,您要明白,您已经疯了。

博士小姐　跟您一模一样。

默比乌斯　那我不得不向全世界揭露事实真相。您剥削我这么多年。无耻。您甚至还要我可怜的妻子付钱。

博士小姐　您是无能为力了,默比乌斯,即使您的声音冲到世界上去,大家也不会相信您了。因为对于公众来说,您无非是一个危险的疯子。理由是您杀了人。

〔三个人知道真相了。

默比乌斯　莫尼卡?

爱因斯坦　伊雷尼?

牛　顿　多罗特娅?

博士小姐　我曾经只想到一件事情。所罗门的知识必须妥善地加以保存,你们的背叛必须受到惩罚。为使你们变得无害于我,我引导你们杀人。我指使三个护士跟着你们。我计算到你们将如何动作，你们犹如自动仪器那样可以控制，你们犹如刽子手那样杀了人。

〔默比乌斯想朝她扑上去，被爱因斯坦拦住。

博士小姐 默比乌斯，向我冲击是毫无意义的，就好比你曾经烧毁你的手稿一样毫无意义，因为你的手稿已被我掌握了。

〔默比乌斯转身走开。

博士小姐 包围你们的已不再是疗养院的围墙。这座房子是我的托拉斯的金库。它关着三个物理学家，除我以外，只有这三人知道事情的真相。监禁你们的并不是精神病人的看守：西弗斯是我的公司警卫的负责人。你们跑到你们自己的监狱里来了。所罗门过去通过你们进行思考，通过你们采取行动，现在他通过我来毁灭你们。

〔沉默。博士小姐平心静气地说着这一切。

博士小姐 我来接管他的权力。我无所畏惧。我的疗养院里有的是患精神病的亲戚，他们戴着首饰，佩着勋章。我是我们这个家族最后一个正常的人，是末代。我不会生育，只是还比较讲仁爱。所罗门是怜悯我的。他拥有成千个女人，但选择了我，这一来我将比先辈们更为强大。我的托拉斯将控制一切，将夺取各个国家，各大洲；将拿下太阳系，遨游仙女星座。计算准确无误。不是为了造福于世界，但有利于一个驼背老处女。（她摇了一下小铃铛）

〔护理长从右边上。

护理长 有什么吩咐，老板？

博士小姐 我们走吧，西弗斯。董事长在等我们呢。世界性业务已经开始。生产正在进行。

〔她和护理长从右边出去。只剩下三个物理学家。静场。整个戏都演完了。沉默。

牛　顿 完了。（他在沙发上坐下）

爱因斯坦 世界落入了一个癫狂的精神病女医生手里。（他傍着牛顿坐下）

默比乌斯 凡是一度想出来的东西，再也收不回了。（默比乌斯坐在沙发左边的圈手椅上）

〔沉默。他们坐着发呆。然后完全心平气和地讲话,显然,是直接向观众作自我介绍。

牛　顿　我是牛顿,艾萨克·牛顿爵士。一六四三年一月四日生于格兰瑟姆附近的伍尔斯索普。我是皇家学会会长。但谁也用不着因此起立。我写过:自然科学的数学基础。我说过:假设不是定理。在实验光学、理论力学、高等数学方面,我的成就不是不重要的,但重力的本质问题还悬而未决。我还写过一些神学方面的书,评述先知但尼尔和约翰《启示录》。我是牛顿,艾萨克·牛顿爵士。我是皇家学会会长。(他站起来向房间走去)

爱因斯坦　我是爱因斯坦,阿尔贝特·爱因斯坦教授。一八七九年三月十四日生于乌尔姆。一九〇二年我成为设在伯尔尼的瑞士联邦专利局的专家,在那里,我提出了我独创的相对论,改变了物理学。尔后我成为普鲁士科学研究院院士。后来我成为流亡者,因为我是犹太人。我创立了 $E = mc^2$ 的公式,这是使物质转化成能量的钥匙。我热爱人类,热爱我的小提琴,但是,人们根据我的建议制造了原子弹。我是爱因斯坦,阿尔贝特·爱因斯坦教授。一八七九年三月十四日生于乌尔姆。(他站起来走进他的房间,然后听到他拉琴:克赖斯勒的《爱情的痛苦》)

默比乌斯　我是所罗门,我是可怜的所罗门国王。我一度曾无比地富有,聪明而敬神。强权者曾经为了我的权力发抖。我是和平和正义的君主。但是我的智慧摧毁了我的敬神精神。而当我不再敬神的时候,我的智慧摧毁了我的财富。现在,我统治过的那些城市死亡了;人家托付给我的王国已不复存在。一片闪烁着蓝光的沙漠,辐射的地球在一个地方围绕着一颗小小的、黄色的、无名的星星转动,毫无意义,无休无止。我是所罗门,我是所罗门,我是可怜的国王所罗门。(他走向他的房间)

〔现在客厅空了,只有爱因斯坦的小提琴声还回响着。

——剧　终

关于《物理学家》的二十一点说明

一

我不是从命题,而是从故事出发的。

二

既然从故事出发,就不能不把它想透彻。

三

如果故事的进展骤然间发生极坏的转折,那就必须把这个故事想透彻。

四

极坏的转折并不是能事先预见到的。它是通过偶然事件发生的。

五

剧作家的艺术就在于:在情节中恰到好处地插入偶然事件。

六

戏剧情节的承担者是人。

七

戏剧情节中的偶然事件表现在:何时、何地、何人偶然遇见了谁。

八

人物行动越按计划进行,偶然事件落到他们身上时的效果就越显著。

九

按计划行动的人物要达到一定的目的。如果他们通过偶然事件达到了目的的反面,那么,偶然事件对他们来说就最糟糕不过了:所谓目的的反面,正是他们所担心的,是他们所要设法避免的(例如俄狄浦斯王)。

十

这样一个故事固然是怪异的,但并不荒诞(悖理)。

十一

它是悖谬的。

十二

剧作家同逻辑家一样不能避免这种悖谬。

十三

物理学家同逻辑家一样不能避免这种悖谬。

十四

一个描写物理学家的剧本必须是悖谬的。

十五

不能把物理学的内容,而只能把它的后果当作目的。

十六

物理学的内容涉及物理学家,而它的后果涉及一切人。

十七

凡涉及一切人的,只能由一切人来解决。

十八

涉及一切人的问题,个别人想自己解决的任何尝试都必然失败。

十九

现实性显现于悖谬之中。

二十

谁面对悖谬的事物,他就置身于现实之中了。

二十一

戏剧艺术可以欺瞒观众,使其置身于现实之中,但不能强迫观众顶住现实,甚至去左右现实。

为苏黎世阿尔歇出版社一九六二年所出本人文集《喜剧集》第二卷而作。

流 星

二幕喜剧

(1978年维也纳文本)

韩瑞祥 译

Friedrich Dürrenmatt

Der Meteor

Eine Komödie in zwei Akten

Wiener Fassung 1978

献给莱奥纳德·施泰克尔

人 物 表

沃尔夫冈·施威特——诺贝尔文学奖获得者
奥尔加——他的妻子
约亨——他的儿子
卡尔·康拉德·柯佩——他的出版商
弗里德里希·格奥尔根——著名批评家
胡格·尼芬施万德——画家
奥古斯特——画家妻子
伊曼努埃尔·卢茨——牧师
伟大的穆海姆——企业主
施拉特教授——外科医生
诺姆森夫人——商人
格劳泽——看门人
弗里德利少校——救世军成员
沙夫罗特——警署总督
批评家、出版商、警察、救世军成员

第 一 幕

　　备有家具的画室。背景左右两边各有一个凹进去的斗室,斗室上方各有一扇倾斜的天窗,正面各装着一扇上下推拉窗。透过左窗可见教堂的塔尖,从右窗望去是建筑吊车和天空。夏日,最长一天的下午,天气闷热。左边斗室前支着一个画架,斗室里的台架上摆放着颜料、画笔、颜料盒子等。两个斗室中间是一扇门,也是惟一进屋的入口。门外是条小过道,通到一个很陡的楼梯口。开着门时看得见有人从楼梯走上来。门右边的斗室里立着一个抽屉柜。门左边有一个带龙头的水槽,一副简陋的炊具。左侧墙壁的最左前方挂着一幅裸体画。靠右侧墙壁放着一张床,与舞台前沿平行。床头左右放着两把旧椅子,床后有个屏风,屏风后的一个洗衣筐里睡着一对双胞胎孩子。四处都是裸体画,有的挂在墙上,有的靠在墙边。画室左右有两个铁炉子,那别致的抽烟管道在画室中间拐了几道弯后从门上方伸出屋顶。绷在屋里的绳子上挂着尿布。左边火炉前是一把摇摇晃晃的旧靠背椅,旁边放着一张有点倾斜的旧圆桌。画家尼芬施万德穿着游泳裤,身子俯在画架上正在画一幅裸体画。他的妻子奥古斯特·尼芬施万德背向观众,裸卧床上,充当模特儿。通往楼梯的门大开着。门右边的台架上,一台小收音机里播放着古典音乐。

尼芬施万德　　别动,奥古斯特!
　　〔音乐结束了,随之响起广播员的声音:"为了悼念已逝的诺贝尔文学奖获得者沃尔夫冈·施威特,刚才给您播放的是克里斯托夫·伊曼努埃尔·巴赫为笛子和钢琴创作的颂歌变奏曲《永恒的晨曦》。接着,弗里德里希·格奥尔根讲话。"

弗里德里希·格奥尔根　朋友们,沃尔夫冈去世了。全国、全世界都在与我们共同悼念他;这个世界失去了一位使它变得富有的人。明天他将被……

〔施威特从楼梯上来走进画室。他满脸胡荏,大热天却身穿一件昂贵的毛皮大衣。口袋里塞满手稿。手里提着两个装得鼓鼓的箱子。右臂下夹着两根大蜡烛。他十分留意地环视着画室。尼芬施万德继续作画。奥古斯特坐起来拉上床单。

施威特　关掉!

〔奥古斯特把床单裹在身上,走过去关了收音机。

尼芬施万德　别动,奥古斯特!

施威特　四十年来,这个夸夸其谈的美学大师把我说得一无是处。他有权这样做,可我不想听到他致悼词。

尼芬施万德　(此刻才发现施威特)可是……

奥古斯特　(又坐在床边)你……你不是……(吃惊得让裹在身上的床单都滑掉了)

施威特　是我,沃尔夫冈·施威特。

奥古斯特　可是刚才收音机里……

施威特　说我一命呜呼了,我想象得出来,我了解那帮弟兄。

奥古斯特　是的,施威特先生……

施威特　可以请你把蜡烛……

尼芬施万德　当然可以,施威特先生。(从他手里接过蜡烛)这箱子……

施威特　不许你动!

尼芬施万德　对不起,施威特先生。

施威特　关上窗子!好美的夏天,简直少有,今天又是最长的一天,可我觉得冷。

尼芬施万德　遵命,施威特先生。(关上窗户,又关上门)

施威特　报纸上尽是些动人心弦的场面:诺贝尔奖获得者在医院里;诺贝尔奖获得者在氧气室里;诺贝尔奖获得者在手术台上;诺贝尔奖获得者在昏迷中。我的病闻名世界了;我的死成了家喻户晓的事

件。可是我挣脱出来了。我上了市交通车就来到这里。(摇摇晃晃)我得坐下。费了好大的劲儿……(坐在一个箱子上)

尼芬施万德　我可以……

施威特　你别碰我。一个行将死亡的人是容不得别人用手去触摸他的。(凝视着这女人)真滑稽。明明过不了几分钟,死神就要降临,现在却突然坐在一个赤裸裸的女人对面,目睹着美妙的大腿、美妙的腹部和美妙的乳房……

尼芬施万德　我妻子。

施威特　一个妩媚的女人。上帝呀,让我再一次拥抱住这样的女人。(又站起来)

尼芬施万德　奥古斯特,穿上衣服!

〔她从右后方消失在屏风后面。

施威特　我现在处在临死前的回光返照中,我亲爱的,你叫什么名字呢?

尼芬施万德　尼芬施万德。胡格·尼芬施万德。

施威特　从来没有听说过。(又环视着)一切如故。四十年前我就住在这里作画。后来,我把我的画全都付之一炬,并且开始写作。(坐到靠背椅里)始终还是这把不可想象的、摇摇晃晃的靠背椅。(喉咙发出呼噜呼噜声)

尼芬施万德　(吓了一跳)施威特先生……

施威特　是时候了。

尼芬施万德　奥古斯特!水!

〔奥古斯特急急忙忙从屏风后出来走到水龙头前。

施威特　死亡不是什么可悲的事。

尼芬施万德　快点!

施威特　很快就过去了。

尼芬施万德　你应该回医院去,施威特先生。

施威特　无稽之谈。(深深地呼吸着)我想租这画室。

尼芬施万德　租这画室?

施威特　就十分钟。我想在这儿死去。

尼芬施万德　在这儿?

施威特　见鬼,所以我最终才来这儿。

〔奥古斯特端来一杯水。

奥古斯特　水,施威特先生。

施威特　我从来都不喝水。(盯着她)你穿上衣服也是一个美丽的女人。如果我称呼你奥古斯特,你生我气吗?

奥古斯特　哪里会呢,施威特先生!(把那杯水放在靠背椅旁的圆桌上)

施威特　要不是我临近死亡的话,我准会让你做我的情人。请原谅我说的话,可面对永恒……

奥古斯特　那当然,施威特先生。

施威特　我的两腿已经失去知觉了。哎,尼芬施万德,死亡简直美极了,你反正也会经历一次的!那纷纷而来的想法,那无拘无束的自在,那豁然开朗的意识。一句话,太棒了。好吧,我不想再久扰了。你们就让我单独待一刻钟吧,等你们回来时,我已经走了。(手伸到毛皮大衣里掏出一张纸币递给奥古斯特)这是一百块。

尼芬施万德　非常感谢,施威特先生。

施威特　无资无产?

尼芬施万德　你说的也是,作为艺术革命者……

施威特　当年在这画室里,我也到了穷困潦倒的境地。一个没有才华的画家,哪里有人会给他赊欠呢!我只好把画笔扔到一边去,当了作家。我不得不靠着拐骗糊口度日,尼芬施万德,就靠着拐骗糊口度日!(解开毛皮大衣)我感到呼吸困难。

尼芬施万德　也许要我给医院……

施威特　我要上床去。

奥古斯特　我给你换上干净床单,施威特先生。

施威特　为什么?我就死在你的床单里,奥古斯特,里面还留着你躯体那热乎乎的气息。(站起来又把一张纸币放到桌子上)再给你一百块。人在临死前是很慷慨的。(从口袋里掏出所有的手稿递给尼芬施万德)这是我最后的手稿。

尼芬施万德　要我把这些手稿交给你的出版商……

施威特　统统扔进火炉去。

尼芬施万德　好吧,施威特先生。(将手稿塞进左边的火炉里)

施威特　点火!

尼芬施万德　遵命,施威特先生。(点着手稿)

〔施威特脱去毛皮大衣,小心地放到靠背椅上,又脱掉鞋,同样小心地放在靠背椅旁,穿着宽大的睡裤站在那儿,两腿裹得紧紧的。

尼芬施万德　点着了。

施威特　我要躺下去。大概只需要几分钟。

〔奥古斯特欲扶他上床去。

施威特　不用了,我自己来,奥古斯特。在这最后的时刻,我要想一些更重要的事情,而不是一个漂亮的女人。(身子转向床去)我什么都不去想了。(躺到床上)简简单单蒙蒙眬眬地离去。(一动不动地躺着)这是我以前睡过的床。依然还是那个结实耐用的床垫。天花板上那条缝还在,这个令人厌恶的管道还保持着原有的方向。奥古斯特!

奥古斯特　施威特先生?

施威特　给我盖上!

奥古斯特　好,施威特先生。(给他盖上)

施威特　立好蜡烛,尼芬施万德!几许庄严的气氛属于死亡不可缺少的部分。当最后时刻到来的时候,我们大家都会感到浪漫。

尼芬施万德　好,施威特先生。(把蜡烛立在床头的两把椅子上)

施威特　点着吧!

尼芬施万德　马上就点,施威特先生。(点起蜡烛)

施威特　拉上窗帘,奥古斯特!

奥古斯特　是,施威特先生。(拉上黑色窗帘。画室顿时暗下来,只有蜡烛闪着光亮)

尼芬施万德　满意吗?

施威特　满意。

奥古斯特　简直像圣诞节一样。
〔画家和他妻子构成了一个虔诚的群体。寂静。施威特躺着一动不动。奥古斯特俯在他身上。

奥古斯特　胡格……
尼芬施万德　奥古斯特？
奥古斯特　他停止呼吸了。
尼芬施万德　死了。
奥古斯特　上帝呀。
尼芬施万德　一去不归了。
奥古斯特　现在我们怎么办？
尼芬施万德　我不知道。
奥古斯特　要不要把看门人……
尼芬施万德　真倒霉。
　　　〔寂静。
奥古斯特　胡格……
尼芬施万德　奥古斯特？
奥古斯特　他眼睛睁开了。
尼芬施万德　什么？
施威特　（低声地）全是些裸体画。难道你除了画你妻子的裸体就再没有什么好画了吗？
尼芬施万德　我在画生命，施威特先生。
施威特　天哪！难道生命能画出来吗？
尼芬施万德　我在试着画，施威特先生。
施威特　你们走开！
奥古斯特　马上就走，施威特先生。我还要把我的双胞胎孩子抱出去。
施威特　双胞胎？
奥古斯特　伊尔玛和里塔。六个月大。
施威特　你就让她们留在这儿吧。
奥古斯特　可这些尿布……
施威特　不碍事。

奥古斯特　还在滴水呢。

施威特　没有关系。

尼芬施万德　走吧,奥古斯特!

奥古斯特　施威特先生……你需要我的话,我就在门口。

施威特　你太好了,奥古斯特。

奥古斯特　是的,施威特先生。

〔他有气无力地向她挥手告别。奥古斯特下。尼芬施万德从桌上拿起钱朝门口走去。

施威特　尼芬施万德。

尼芬施万德　施威特先生?

施威特　你像一位比利时部长。

尼芬施万德　(不知所措)是的,施威特先生。(他离开画室)

〔施威特独自一人。他合拢双手,一动不动地躺在床上,好像已经死了,可他突然从床上起来,打开一个箱子,穿着宽大的睡裤,跪在那儿开始把箱子里的东西往右边的火炉里塞。

〔牧师伊曼努埃尔·卢茨上。一个和善的、近乎带有稚气的人,气喘吁吁的样子。他四十岁,身体瘦削,金黄色头发,戴一副金边眼镜,身着黑色衣服,左手拿着一顶黑色的宽边礼帽。

牧师卢茨　施威特先生!

施威特　出去!

牧师卢茨　赞美上帝。上帝就是复活,就是生命。

施威特　我不需要这些咒语。你走开!

牧师卢茨　我是雅科布斯教区的牧师卢茨,是直接从医院来的。

施威特　我不需要牧师。(在右边的火炉里又点起了火)

牧师卢茨　是你妻子把我叫到你病床前来的。

施威特　这可是她的拿手戏了。

牧师卢茨　我也很为难。你是一位举世闻名的诗人,而我不过是一个普普通通的、和现代文学无缘的牧师。

施威特　炉子倒风了。(捅着炉子)

牧师卢茨　我能帮你做点什么吗?

施威特　如果你愿意把那些纸片递给我的话……

牧师卢茨　当然愿意。(把礼帽放在桌子上,从箱子里拿出纸递给他)你刚才昏昏沉沉地躺在床上,我念了第九十条诗篇祈祷:上帝啊,你永远是我们的庇护所。

施威特　火焰熊熊。

牧师卢茨　上帝啊,你让人们死去,并且说:回来吧,孩子们……这么热!(抹去汗水)

施威特　烧得真旺。

〔奥古斯特从门口向里探望。

奥古斯特　施威特先生?

施威特　还活着。

奥古斯特　是的,施威特先生。(退去)

施威特　我们继续烧吧。

牧师卢茨　(递着纸币)请。

施威特　奇怪,你怎么会找到我呢。

牧师卢茨　是护士长告诉我的。你发烧的时候说要去寻找当年的画室。(愣住了)施威特先生……

施威特　怎么啦?

牧师卢茨　这可是……这可是……这可是钱呀,我们现在……

施威特　是又怎么啦?

牧师卢茨　一张一千块的。

施威特　没错儿。

牧师卢茨　一笔财产。

施威特　一百五十万。

牧师卢茨　(不知所措)一百五十万……

施威特　写书挣来的。

牧师卢茨　一百五十万。可你的继承人,施威特先生,你的继承人……

施威特　无所谓。

牧师卢茨　一笔巨额财产。这可以用来抚养孩子,培养护士……而你现在全都付之一炬。

施威特　化为灰烬。

牧师卢茨　要是至少把这些一千块的送给救济会……

施威特　不可能。

牧师卢茨　或者送给穆斯林传道会……

施威特　不考虑。我当年生活在这画室里的时候一贫如洗，我也要在这里一无所有地死去。（继续烧着）

牧师卢茨　死去？你？

施威特　等我把这些财产都烧光了，我就会躺下去咽气。

牧师卢茨　可是施威特先生，你不会再咽气了。你……你不是已经都咽过气了吗？施威特先生。

施威特　死了？（盯着牧师）

牧师卢茨　当我念第九十条诗篇祈祷时，你就猛地一挺身子长眠了。

〔沉默。

牧师卢茨　那情形是很感人的。

〔施威特继续往炉子里塞钱，吼叫着。

施威特　奥古斯特。

〔奥古斯特出现在门口。

奥古斯特　施威特先生？

施威特　白兰地！快！一整瓶！

奥古斯特　是，施威特先生。（下）

施威特　请你帮我穿上毛皮大衣。（牧师帮他穿大衣）死了！

牧师卢茨　上帝召你去了。

施威特　可笑。我当时昏过去了，当我醒过来时，我一个人躺在病房里。一条绷带捆着我的下颚。

牧师卢茨　对刚刚死去的人莫不如此。

施威特　被子上堆满了鲜花，四处都点着蜡烛。

牧师卢茨　你看看。

施威特　我从政府和诺贝尔基金会的花圈下爬了出来，来到我的画室里。这就是事情的全部。

牧师卢茨　这不是事情的全部。

施威特　一个事实。

牧师卢茨　事实是,施拉特教授亲自确诊你死了。那是十一点五十分。

施威特　一次误诊。

牧师卢茨　施拉特教授可是一位专家呀……

施威特　专家也会失误的。

牧师卢茨　但施拉特教授不会。

施威特　反正我还活着。(不由自主地摸了摸自己)

牧师卢茨　又活了。你从死者中复活了。这在科学上是不能接受的。医院里顿时一片混乱。不信上帝的那帮人不寒而栗。我高兴得简直要发昏了。也许我可以坐下来说吧?只一会儿。

施威特　请吧。

〔牧师卢茨坐到那圆桌旁。

牧师卢茨　你可要谅解我。那奇迹,那激动,上帝就近在眼前。我简直高兴得不得了,仿佛上苍豁然大开,他的灵光围着我们闪耀。我可以松一松衣领吗……

施威特　请便吧。(打开另一个箱子,把钱往左边的炉子里塞)复活了!我!从死者中复活了!开这样的玩笑!

牧师卢茨　上帝是神圣的,是不可亵渎的!

施威特　收起你那套咒语吧。

牧师卢茨　上帝选中了你,施威特先生,为的是让那些瞎了眼的人重见光明,让那些不信上帝的人相信上帝。

施威特　你不觉得无聊吗?(继续烧着)

牧师卢茨　可是你的灵魂……

施威特　我没有灵魂,我对此也无暇顾及。如果你每年要写一个剧本,你也就很快会失去你的内心生活。而就在这个时候,你来了,卢茨牧师。我承认,这是你的职业。尽管如此,到了这个时候,人会化解成他的分子,化解成水、脂肪和矿物质。而你却四处兜售你的上帝和奇迹。为的是什么呢?为的是让我把自己当成上帝的工具?为的是让我证明你的信仰?我要堂堂正正地死去,没有幻想,也没有文学。我只想着再一次感受那纯粹的时间缓缓的流逝;我只想着再一次经历那实实在在的一瞬间,那充满现实感觉的一刹那。我的财产化为灰烬了。

〔奥古斯特气喘吁吁地出现在门口。

奥古斯特　白兰地,施威特先生。

施威特　拿过来。

奥古斯特　是,施威特先生。(把酒送过去)

施威特　走开!快走开!

奥古斯特　是,施威特先生。(下)

〔他看着她走出去。

施威特　一个可爱的笨家伙。(坐到靠背椅里,打开酒瓶喝起来)好棒!(从桌上拿起那顶礼帽递给牧师)你的帽子。

牧师卢茨　谢谢。(接过帽子,一动不动)

施威特　很好,你帮我把这一百五十万……

牧师卢茨　这是理所当然的。

施威特　那你现在出去吧。

〔牧师卢茨走到门口停住步。

牧师卢茨　施威特先生,我才四十岁,可我的健康状况已经被糟蹋得不成样子了。我的命就握在上帝手里。我也早就该回去了,晚上的祈祷还没有准备好呢。可我突然感到如此无力,如此衰弱,如此疲惫……我能不能在这儿躺一会儿呢……只一小会儿……(摇摇晃晃地走到床边坐下来)

施威特　请吧。(喝着酒)我反正再也无法起来了。

牧师卢茨　太激动了。也许我最好脱去鞋。(开始脱鞋)只一小会儿,等到循环稍微恢复过来就好了……

施威特　你就当在自己家里一样。(把手压到胸口上)我的心停止跳动了。

牧师卢茨　要有信心。(躺到床上)

施威特　呼吸困难可不是什么闹着玩的。

牧师卢茨　上帝呀,你是……

施威特　(嘘了一声)别祈祷了!

牧师卢茨　（吓了一跳）对不起。

施威特　我要死了。（拿起瓶子喝着酒）别像预先安排的那样庄严肃穆，就死在这破旧的靠背椅里。（拿起瓶子喝着酒）你使我感到遗憾，牧师，拿我的复活是做不出什么文章的。（大笑起来）曾有一位牧师来过我这儿，他也使我感到遗憾。那是我第二个妻子自杀身亡的时候。她是一个大工业主的女儿。我估计她吞下了一磅安眠药。我们的婚姻简直是一个莫大的折磨。事情就是这样，我需要钱，她有的是，而我事后则不想抱怨她。她实在让人冒火，瞧她躺在那儿的样子，面色苍白，不声不响。牧师被感动了。他来的时候，医生正在尸体上忙个不停，律师还没有到。他像你一样身着黑装，卢茨牧师，也是你这个年龄。他站在床边，直愣愣地看着我的亡妻，然后坐到客厅里。他合拢双手，好像要说些什么，也许是圣经咒语吧，可终归什么话都没说。我喝了八杯白兰地后上楼走进我的房间，抓起笔就写起来，写一个乡村学校有一班学生如何把他们那位理想主义的年轻教师痛打致死，一个农夫又怎样开着拖拉机从那教师身上碾过去掩盖事实真相。就发生在村子里。就发生在校舍前。而所有的人都在袖手旁观。连警察也一个样。我觉得那是我最得意的小说。（拿起瓶子喝着酒）而当我天亮前拖着十分疲倦的身子，摇摇晃晃地来到客厅时，那位牧师却不见踪影了。遗憾。他是一个无可奈何的牧师。（喝着酒）

牧师卢茨　我也是个毫无用处的牧师。每当我说教时，教徒们都一个个地在打瞌睡。（发抖）

施威特　也许他根本就不是牧师；也许他是我第二个妻子的情人。说不定她有许多情人呢。奇怪，我至今从来就没有想到过这种可能性。（喝着酒）

牧师卢茨　怎么突然这么冷。

施威特　我也感到有点冷。

牧师卢茨　上帝刚才近在身边，可现在又远去了。

施威特　我本想堂堂正正地死去，可我现在喝得酩酊大醉。（喝着酒）

牧师卢茨　你不相信你复活了。

施威特　那是假死。

牧师卢茨　你想要死去。

施威特　必然要死去。（喝着酒）

〔他狠狠地把酒瓶放到桌上，身子倒在靠背椅里。

牧师卢茨　上帝宽恕你。

〔沉默。牧师卢茨合拢双手。

牧师卢茨　我相信你复活了；我相信上帝创造了奇迹；我相信你会永生的。恩泽无比的上帝知我心。困难的是，传播基督殉难和复活的福音，除了信仰之外没有任何其他证明。当时，耶稣的弟子们则要容易些；他们满怀崇敬地这样说：上帝就在我们之中。上帝就在他们眼前创造着一个又一个奇迹。他治好了瞎子、瘸子和麻风病患者。他漂洋过海唤醒死者。耶稣复活以后，让始终怀疑的托马斯把手放在他伤口上。当时这是不难相信的。然而，这已经是很久以前的事了。许诺给我们的那个天堂从来就没有出现过。我们生活在黑暗之中，只有希望。它独自依然滋养着我们的信仰。这未免太少了，上帝啊。可你现在同情和帮助了我。我看见了你的灵光。愿你也可怜那些看不见你的恩泽的人们吧，因为你的隐蔽性使他们眼前一片昏暗。

〔寂静。门慢慢地开了。奥古斯特向里面探望着。

奥古斯特　（低声地）施威特先生。

〔寂静。

奥古斯特　（提高嗓门）施威特先生。

〔寂静。奥古斯特走进画室。尼芬施万德透过门缝探望着。

奥古斯特　（大声地）施威特先生。

尼芬施万德　怎么回事？

奥古斯特　他不回答。

尼芬施万德　看一下。

〔奥古斯特走近靠背椅，身子俯向施威特。门口出现了看门人格劳泽，一个肥胖而随和的男子，满脸汗水。

格劳泽　怎么啦？

尼芬施万德　我妻子正看着呢。
格劳泽　我看见了这个人上楼,尼芬施万德。我即刻就觉得他很可疑。我说呢,大热天的穿着毛皮大衣,胳膊下还夹着两根蜡烛。你早就该报告警察了。

〔奥古斯特挺起身来。

奥古斯特　胡格。
尼芬施万德　死了?

〔奥古斯特迅速地碰了碰施威特。

奥古斯特　我看是的。
尼芬施万德　终于死了。

〔尼芬施万德和格劳泽拉开窗帘。格劳泽吹灭那两根蜡烛,并发现了牧师卢茨。

格劳泽　这儿还躺着一个。
尼芬施万德　还有一个?

〔尼芬施万德和奥古斯特走到床边。

格劳泽　尼芬施万德,我觉得好奇怪。
奥古斯特　卢茨牧师!
尼芬施万德　也死了。
格劳泽　我觉得好奇怪。我是看门人,负责维护秩序,却在你的画室里发现了两具陌生的尸体。

〔施威特在靠背椅里睁开眼睛。

施威特　那位比利时部长空闲时间也作画。(站起来)在这靠背椅里死得不舒服。
奥古斯特　施威特先生……(盯着他)
施威特　你把我扶到床上去,奥古斯特!快!

〔沉默。

奥古斯特　(难堪)不行,施威特先生。
施威特　为什么不行?
奥古斯特　因为……施威特先生,因为牧师……因为牧师死了。

〔沉默。施威特走到床边,板起脸凝视着牧师。

施威特　真的。(又回到靠背椅前坐下)把尸体弄走!
　　　　〔沉默。
格劳泽　你……
施威特　你是什么人?
格劳泽　看门人。首先得把警察……
施威特　我要躺着死去。
格劳泽　死亡事件是官方的事。
施威特　我有权利躺在床上,而不是这具尸体。
格劳泽　我要丢掉饭碗的,你呢?
施威特　一切都无所谓。我把这床租来了。我是诺贝尔奖获得者。
　　　　〔沉默。
格劳泽　好吧。你负责任。我们把牧师弄到过道里去。
尼芬施万德　你过来帮一把,奥古斯特!
　　　　〔三个人费了很大的劲没有挪动。
格劳泽　天哪!
尼芬施万德　真的不行。
奥古斯特　太沉了。
格劳泽　或许你也能帮一把,诺贝尔奖获得者先生……
尼芬施万德　我们四个人一起就会搬走的。
　　　　〔沉默。
施威特　(坚定地)我是不会去碰这牧师的。
尼芬施万德　那就没办法了。
格劳泽　那么我们就不得不叫警察了……
施威特　我来吧。(站起来)
格劳泽　你和尼芬施万德夫人抬下边,诺贝尔奖获得者先生,我们抬上边。准备好了吗?
尼芬施万德　好啦。
奥古斯特　好啦。
施威特　好啦。
　　　　〔抬着牧师。

奥古斯特　小心点。

尼芬施万德　别说话。

格劳泽　我们就把他放在门口。

〔画室空空的。奥古斯特扶着施威特回来。

奥古斯特　好了,施威特先生,这样就好了。床又空了。要不要我立刻换上干净被单……

施威特　不用。

奥古斯特　你不想脱去这毛皮大衣……

施威特　不。(穿着毛皮大衣倒在床上)走开!

奥古斯特　可这双胞胎……她们……

施威特　抱出去!

奥古斯特　是,施威特先生。(给他盖上被单)

施威特　奥古斯特,你越来越讨我喜欢了。

奥古斯特　是,施威特先生。(下去)

〔施威特合拢双手,一动不动地躺在那里。突然从床上跳起来。

施威特　这些令人讨厌的画。

〔先把画架上那幅裸体画翻过去,然后又一一地翻着其他画。楼梯上传来一个声音。

穆海姆　嘿,这儿有人吗?

〔施威特踩着靠背椅爬到门右边的抽屉柜上,试图把挂在上方的那幅巨大的裸体画翻过去。

穆海姆　奇怪,我每次来这儿都没有人。

〔门开了。穆海姆跨过那具看得见两腿的尸体,踏着沉重的步子走进来。他是个地产经纪人、建筑企业主和房产主,已是耄耋之年,但充满活力。

穆海姆　嘿!门口躺着一具尸体!

施威特　我知道。

〔穆海姆发现施威特站在抽屉柜上。

穆海姆　是你家的吗?

施威特　不是。(依然试图翻着画)

穆海姆　那它怎么会跑到你家门口呢?

施威特　它躺在床上,而我自己需要床。

穆海姆　我要你说清楚……(暴跳如雷)天哪,这尸体是什么人呢?

〔奥古斯特和尼芬施万德透过门缝探望。

施威特　雅科布斯教区牧师。他因为太激动,死去了。

穆海姆　天哪,这也会发生在我身上。

施威特　可别这么说。(从抽屉柜上下来)翻不过去。(认出了穆海姆)是你呀,伟大的穆海姆,这座丑陋不堪的出租大楼的主人,这个糟糕透顶的画室、这些长满虱子的家具和这张可怜巴巴的床的占有者。你这个伟大的穆海姆来得真不是时候。

〔奥古斯特和尼芬施万德小心翼翼地关上门。

〔施威特自己脱下毛皮大衣放到床上,然后坐到大衣旁边。

穆海姆　(惊愕地)哎呀,你认识我?

施威特　四十年前,我跟第一个妻子就住在这画室里。她性情粗暴,水性杨花,红头发,没教养。

穆海姆　我记不起来了。(又把那些画翻过来)

施威特　我们当时穷困潦倒,伟大的穆海姆。

穆海姆　我夫人喜欢艺术,不是我。

施威特　喜欢艺术家。

〔沉默。

穆海姆　且等等,你这个家伙,且等等。(从桌子后面拿来一把椅子坐在画室的中间)你说这话是什么意思?

施威特　没有什么意思。

穆海姆　有话就明说!

施威特　我每月的头一天把房租送给你夫人,我们上了床之后,她又让我拿走一百块。

〔沉默。

穆海姆　一百块?

〔奥古斯特和尼芬施万德又透过门缝朝画室里张望。

施威特　是一百块。

〔沉默。

穆海姆　多久了？

施威特　两年了。

穆海姆　月月如此？

施威特　从不例外。

穆海姆　我妻子十五年前就过世了。

施威特　深表哀悼。(从毛皮大衣里掏出一张支票写起来)这是一张一万元支票。

尼芬施万德　一万元！

施威特　买你所有的画！

尼芬施万德　一万元！奥古斯特！我立刻去银行。一万元！

〔他跑开了。奥古斯特站在门槛里。

施威特　(站起来)看门人！

奥古斯特　格劳泽先生！

格劳泽　(从楼梯走上来)诺贝尔奖获得者先生！

施威特　你把这些画弄到院子里去，浇上汽油把它们烧了！

格劳泽　是，诺贝尔奖获得者先生。(拿下画，扔给奥古斯特)

穆海姆　你跟我妻子睡了两年。每月的头一天。

施威特　十点半。

穆海姆　而五点半我已经到了工地上。我每天五点半准时到工地。

施威特　早起的人呀！

格劳泽　重要的是，钱数要对，奥古斯特夫人。(继续把画扔给她)

穆海姆　女人是很难画的。

施威特　其他画我也请你弄出去。

穆海姆　天哪！你说的是实话吗？

施威特　干吗说谎呢？

〔奥古斯特和格劳泽下。施威特关上门，又倒在床上。

穆海姆　你是什么人？

施威特　沃尔夫冈·施威特。

穆海姆　（愕然）诺贝尔奖获得者？

施威特　正是。

穆海姆　可在午间新闻里不是……

施威特　超前报道。

穆海姆　接着放了一个钟头古典音乐。

施威特　我感到遗憾。

穆海姆　那你怎么……

施威特　我从医院里溜出来，要在这儿死去。

穆海姆　为了在这儿……（环顾四周）必须痛饮。（从桌上拿起一杯水，走到盥洗盆前，倒掉水，拿着杯子回来斟上白兰地）要是一切不这么庸俗就好了。（盯着眼前）每月。

施威特　要不然我们不就明明会饿死了吗！

穆海姆　就为了一百块钱。

施威特　那一百块你是绝不会给我免去的。

穆海姆　我绝不会给任何人免什么。（喝着酒）

施威特　我妻子是后来的，那个水性杨花的东西。她背着我跟一个屠夫混上了，而我却享用了一生中最好的牛排。（笑起来）打那以后，我又结过三次婚。一个比一个水灵。穆海姆，那是一场误会。最终我娶了一个应召妓女为妻，她是最出色的一个。

穆海姆　又结了三次婚。（喝着酒）

施威特　你走开！你把这画室玷污了。你在这儿损害了我的生命。

穆海姆　果真如此的话，我就走。（喝着酒）施威特，我已经八十高龄了。

施威特　恭贺你。

穆海姆　身体棒极了。

施威特　可以想象。

穆海姆　我是从下层干起的。我父亲是一个小商贩。我得跟着四处叫卖。我是个卖鞋带的，施威特，靠卖鞋带闯进了拆卸行业，后来开了建筑公司。我要让这整个城市彻底变个样子。你看一看那些建筑吊车？

施威特　你破坏了我的死亡。

穆海姆　我承认,我从来都没有拘谨过。但以社会鼓动家自居,四处游说,这毕竟也不是我的本意。我现在高高在上。那些党派乃是我囊中之物。我的敌人害怕我,而且我有许多敌人。可我的私生活……(掏出一支雪茄)没有幸福的婚姻,就没有真正宏伟的事业;没有温情就混不了日子;没有丰富的内心世界,就会在堕落中走向毁灭。(欲点上雪茄)

施威特　在我死的时候,别抽烟。

穆海姆　对不起。当然如此。(把烟又放回去)

施威特　请你最好把那两根蜡烛点着。

穆海姆　好吧。(点上蜡烛)而那些女人追来缠去不过是偎偎我的胸膛而已,没有一个得逞的。我忠于我的妻子,即使在她死了以后也一如既往,这一点你尽管相信我好了。

施威特　请你拉上窗帘吧。

穆海姆　这就拉。(拉上窗帘。昏暗了。只有烛光)可惜我现在才知道。要是我早知道这些的话,我准会干掉我妻子,还有你,施威特,我准会……而我现在也会把你……如果你不是……(站到床头前,凝视着施威特)一个行将死亡的人是不可伤害的。

施威特　你别强制自己。

穆海姆　我恨不得把你撕个粉碎。

施威特　随你便。

穆海姆　捣个稀巴烂。

施威特　你尽管下手吧。

〔穆海姆走到靠背椅前。

穆海姆　我的上帝啊,她不知骗了我多少回?(坐下)

施威特　她少说也有不下几十个情人吧。

〔穆海姆盯着眼前。

穆海姆　她肯定太贪得无厌了。

〔奥尔加上,施威特的第四个妻子,十九岁,漂亮妩媚,身着黑装,上气不接下气的样子。施威特惊恐地坐起来。

施威特　你这个应召妓女。

奥尔加　沃尔夫冈。

施威特　一切都乱了套。

〔奥古斯特在她身后向里探望着。

奥尔加　你活着……

施威特　可能吧。

奥尔加　(低声地)你活着……

施威特　我知道,这事越来越叫人难堪了。

〔奥尔加觉察到奥古斯特,关上门,停在那里。

奥尔加　门口……那个牧师……

施威特　护士长把他送到这里来了。

奥尔加　他死了。

施威特　心肌梗死。

奥尔加　而你活着……

施威特　你这已经是第三次责备我了。

奥尔加　我在医院里给你合上了眼睛。

施威特　殷切周到。

奥尔加　我合拢起你的双手。

施威特　可亲可爱。

奥尔加　我摆好了鲜花和花圈。

施威特　我醒来后领受了这精心搭配的杰作。

奥尔加　我告别时吻了吻你。

施威特　真可爱。

〔沉默。

奥尔加　那么现在呢?

施威特　这不是糟了么。

〔她犹犹豫豫地走近他。

奥尔加　请原谅我现在才……我……我一回到医院就昏过去了,而你突然不再……

施威特　我可以想象。

奥尔加　施拉特教授也莫名其妙了。
施威特　我知道,我会躺在他的解剖台上。
　　　　〔奥尔加扑到他身上,抽泣着。
施威特　又来这一套。
奥尔加　现在一切都好了。
施威特　戏又从头演起。
奥尔加　我就留在你身边。
施威特　我爱慕的奥尔加,一年来我一直躺着等死,可我总是在最后的时刻被救活了。我再也不受这个罪了。我躲开了一帮顽固不化的医生。我最终想安然地死去,不要嘴里插着体温计,不要连接在某个仪器上,不要周围站满人。因此你走开吧!我们早已告别过了,告别几十次了,再这样下去不是太滑稽了吗!请你要理智些,快悄悄地走开吧!再见!(扯起被单蒙住头)
　　　　〔穆海姆站起来。
穆海姆　我走了。(向奥尔加躬了躬身)穆海姆。伟大的穆海姆。
　　　　〔奥尔加站起来。
穆海姆　我恨不得杀死他。(走到门口)可死是神圣的。(下)
　　　　〔沉默。施威特又从被单里露出头来。
施威特　(十分生气地)还没走。
奥尔加　我是你妻子。
施威特　我的遗孀。(坐起来)我再也受不了这肃穆气氛。拉开窗帘吧!
　　　　〔她照办。画室里此刻又充满耀眼的阳光。
施威特　打开窗子!
　　　　〔她照办。
施威特　牧师的鞋!(下了床,抓起放在床前的牧师的鞋和桌上的那顶帽子)牧师的礼帽!(把帽子和鞋扔出门外)牧师把什么东西都落在这儿了!(砰的一声关上门)熄灭这讨厌的蜡烛!
　　　　〔她照办。
施威特　这过分虔诚的香火气氛使我依然健康!我要死则需要太阳。

我要在它的灼热中窒息;我要被太阳烤干;我要干枯。我的身上还有太多的生命。(想坐到靠背椅上,看见自己的鞋)我的鞋。我也不再需要了!(把鞋扔到屏风后面去,坐到靠背椅上)

〔双胞胎开始号叫起来。

施威特　真好笑。我总是离不开这靠背椅!(想喝酒。瓶子空了。又把瓶子放到桌上)奥古斯特!

〔奥古斯特出现在门口。

奥古斯特　施威特先生。

施威特　双胞胎号叫起来了。快!

奥古斯特　就来,施威特先生。(把躺着双胞胎的洗衣筐搬出去)

〔格劳泽从楼梯走上来。

格劳泽　诺贝尔奖获得者先生,那些画在燃烧着。

奥古斯特　安静,伊尔玛;安静,里塔。(在门口停住步)要不要我也把这些尿布……

施威特　出去!拿白兰地来!再来一瓶!

奥古斯特　是,施威特先生。

〔她走了。格劳泽也走了。

奥尔加　你要大衣吗?

施威特　不要。

奥尔加　你还疼吗?

施威特　不疼了。

奥尔加　那是一场噩梦。我真不该相信那帮医生的话。

施威特　还能怎么样呢!

奥尔加　他们一年前就告诉我,你活不久了。

施威特　我自己现在也明白了。

奥尔加　他们也告诉了你儿子,他见到酒吧女招待就这样说。当你还抱着生的希望时,人们却到处都在谈论着你的死;他们对待我的神气,就像你已经死去一样,拿我当妓女来诽谤……

施威特　你本来就是嘛。

〔沉默。

施威特　你那讨厌的谦卑还在折杀着我。

奥尔加　请你原谅!

施威特　我不敢奢望,你会出于对我虚情假义的考虑而放过答应我的任何一个朋友追求你的机会。

奥尔加　我没有答应过任何人。

施威特　你的义务不是忠于我;你的义务是向我说出实话。

奥尔加　我害怕。

〔她无望地跪在他面前,他搂抱住她。

施威特　我也害怕。我们都害怕。我本来不了解事情真相,因为我出于害怕也不想了解它,不然我就会揭穿它。我现在知道真相了,因为它再也掩盖不住了。我的躯体真是可耻。

奥尔加　我实在帮不了你。我只能眼看着你一天天地衰弱;我只能眼看着医生折磨你。我无力去干预。我就像瘫痪了一样。一切都听天由命了。我今天一早站在你床边,那牧师在祈祷,那教授俯在你身上为你诊断,然后挺起身来说你死了,可我根本就没有哭。我很坚强,因为你曾经是那样的坚强。可你现在又活了。

施威特　你现在别再跟我说这些废话了!

〔他推开她。

奥尔加　(低声地)我要是再失去你,就活不下去了。

〔奥古斯特气喘吁吁地出现在门口。

奥古斯特　白兰地,施威特先生。

施威特　斟上!

奥古斯特　要不要换个干净杯子……

施威特　废话。

奥古斯特　是,施威特先生。

施威特　斟满。

奥古斯特　是,施威特先生。

施威特　你还是走开吧!快!

奥古斯特　是,施威特先生。(走开了)

施威特　这个可怜巴巴的家伙,我惟一还能忍受的就是她。(喝着酒)

叫你走就走开吧！

奥尔加　我不走。

施威特　你惹我讨厌。（喝着酒）

奥尔加　请你别喝这么多了！

施威特　酗酒有助于告别人世。

　　　　〔救世军少校弗里德利身穿军装出现在门口，并且凝视着施威特。

弗里德利少校　他活着！他活着！他活着！（开始唱起来）

　　　　永恒的晨曦

　　　　非上帝创造的光明之光。

施威特　住口！你在瞎唱什么呢？

弗里德利少校　他活着！他活着！他活着！（又走了）

施威特　一个疯子。

奥尔加　我们回家吧！（拿起施威特的大衣）那恐怖森然的医院，这令人毛骨悚然的画室，还有这个死去的牧师……求求你，我们回家吧！

施威特　要说死，这儿就是我的家。

奥尔加　你肯定不会死的。我不明白到底发生了什么，可你会活下去的。

施威特　我活厌了。（站起来）我开始写作的时候无忧无虑。我满脑子里只有灵感。我嗜酒成癖，独来独往。后来有了成就，随之而来的是奖金和荣誉，金钱和享受。我变得风度翩翩。我不是修指甲就是琢磨怎样才能显得更潇洒。倘若说我第一个妻子委身于一个裁缝，为的是给我换来一套蓝色西装，那么接下来的两个妻子就只是投身于文学了；她们为我制造声誉和组织顶礼膜拜者，而我则拼命要成为一个名垂青史的大师。诺贝尔奖使我濒临绝境。一个被我们当今社会紧紧地搂在怀抱里的作家永远堕落了。所以我把你捡上了。出于愤恨。（把奥尔加搂到怀里）出于对自己的愤恨，出于对这个世界的愤恨。我人老了，可我叛逆之心不减当年。你简直太能干了。你使我痛痛快快地活了几个星期，太棒了，然后就不行了,跌落到病床上,如此摇摇欲坠的样子。完蛋了。(把奥尔加推到床上)你可以收拾东西走了。你学会了世上最正当的职业,你曾经是这个城市最漂亮最能干的应召妓女,去重操你的旧业吧,劳驾你了!(他扑到她身上)通过我们的婚姻你出了名,你的形象出现在所有的报纸上,你的裸体照到处流传,你的身价与日俱增。你是我遗赠给这个社会的一个礼物;恺撒大帝捐赠了他的花园,我捐献一个妓女!

〔约亨·施威特走进画室。他四十岁左右,高大肥胖,披着长发。

约　亨　爸爸!你看一看!

〔他看见那台收音机,打开它。爵士音乐,主题是《永恒的晨曦》。

约　亨　复活了。

奥尔加　(斥责的口气)约亨!

约　亨　你好,小后娘。太好了,又见到了你。

施威特　你来这儿干什么?

约　亨　(想了想)我那一百五十万。

施威特　你的?

约　亨　我是你的继承人。

施威特　可能吧。

约　亨　法定的,老先生。

施威特　你是应该知道的。

约　亨　我毕竟学了两学期法律。

施威特　实在了不起。

约　亨　什么?钱在哪儿?

施威特　在银行里。

约　亨　你骗人。

〔沉默。

约　亨　不知羞耻。都快咽气了还骗人。

〔沉默。

约　亨　　我刚从银行来。你把钱都转到医院里,可那儿也没有了。
　　　　　〔沉默。
约　亨　　没有料到,是吗?
施威特　　挺快的嘛。
约　亨　　我母亲因为你丧了命,而我因为你要获得一笔财产。
施威特　　有把握吗?
约　亨　　当然有。(掏出一支烟)
奥尔加　　约亨,你不许在这儿抽烟。
约　亨　　你放心,小后娘。你这个男人还会经受得住的。(点着烟)对吗?钱在哪儿呢?(把烟雾吐到施威特脸上)
施威特　　在箱子里。(喝着酒)
约　亨　　你看,你还是服服帖帖的嘛。(把一只箱子放到床上)没上锁,太大意了,我的大财神。(打开,愕然。空空的。走到另一个箱子前,把它放到桌上打开。同样空空的。抓起酒瓶)
施威特　　酒瓶也是空的。
　　　　　〔约亨把酒瓶摔向身后。
约　亨　　好吧。看来不动真格的不行了。你这个小婊子把我的一百五十万弄走了。(他走近奥尔加)
施威特　　你这样认为吗?
约　亨　　我就这样认为。(欲大打出手)
施威特　　要是我的话,就在炉子里看看。
　　　　　〔约亨先跑到右边的炉子前,再跑到左边的炉子前,在炉灰里翻来翻去。
约　亨　　尽是纸灰。
施威特　　我最后的手稿和我的一百五十万。
约　亨　　化成灰烬。(他发疯似的在炉灰里翻来翻去)
施威特　　我终于可以去死了。(他摇摇晃晃地走到房子中央)好极了。我正好精神焕发,气度昂然。
约　亨　　仅剩下一点余火。

〔格劳泽走进画室。

格劳泽　诺贝尔奖获得者先生,警察已经把牧师拉走了。
施威特　我已经灌得满满的!
格劳泽　警察最终把牧师的尸体搬走了。
施威特　清扫干净!
格劳泽　是,诺贝尔奖获得者先生。(战战兢兢地下去)
施威特　把这些尿布拽下来!拽下来!拽下来!

〔约亨跑到右边的炉子前。施威特跳上床,把尿布拽下来。

施威特　拽下来!它们使我想起生命,想起性交,想起临产的大肚子!拽掉这些破布片!我不想再闻到这小孩的屎尿味!我要泥土味,我要坟墓里的空气,我要永恒的迷雾。(从床上下来走到靠背椅前)
约　亨　化为灰烬。(站起来,捧着满满两手灰)一百五十万。
施威特　它们烧得有滋有味。
约　亨　你为什么要烧掉它们呢?
施威特　我不知道。
约　亨　这肯定会有原因。
施威特　情绪所为。
约　亨　我负债累累。
施威特　上等妓女可不是白玩的。
约　亨　明白了。

〔沉默。

约　亨　捉弄人的本事可够高明了。我还指望着你的财产呢。
施威特　如意算盘打错了。
约　亨　你恨都不会恨我一下。你一点不在乎我。我就是去见鬼,你也根本无所谓。
施威特　我也要去见鬼。
约　亨　你不近人情。
施威特　死就是不近人情。
约　亨　那就快死吧!(走到门口)就算你帮我一个忙。这是你一生中的第一次,劳驾了,老东西,快死吧!你死了,那我就可以活着,而且会成为一条汉子,我告诉你,一条特别能干的汉子。

施威特　快滚开!

约　亨　滚就滚进酒吧去。(笑起来)此外我还可以得到全部版税。(走开)

〔施威特摇摇晃晃走到门口,关上门,背靠到门上。

〔奥尔加关掉收音机。

施威特　还在这儿。

奥尔加　我这就走。

施威特　我可能……(想了想)我喝了多少……

奥尔加　两瓶白兰地。

施威特　(神采奕奕)真行。(若有所思地注视着奥尔加)我坏吗?

奥尔加　不。

施威特　挺坏的。

〔沉默。

施威特　因为我要死了。

奥尔加　因为你活着。

施威特　你不是看见了吗,我的小宝贝。(笑起来)我的财产全都化为灰烬了。

奥尔加　我早就留了一点。

施威特　我能料到。(笑起来)我们那阵子过得多痛快呀,我的小宝贝。多美妙的几个星期。

奥尔加　是啊。

施威特　我们笑得墙都抖动起来。

奥尔加　那是仿佛。

施威特　我们喝得天昏地暗。

奥尔加　就是那样。

施威特　我们爱得地动山摇。

奥尔加　跟你在一起简直美极了。(下)

〔施威特倒下去,躺在那儿像死了一样。奥古斯特从门口向里探望。

奥古斯特　施威特先生。

〔寂静。

奥古斯特　（提高嗓门）施威特先生。

施威特　奥古斯特。

奥古斯特　尿布都在地上。

施威特　很抱歉。

奥古斯特　没关系,施威特先生。

〔从屏风后面拿来一个筐,把尿布拾进去。

〔施威特站起来。

奥古斯特　你妻子很漂亮,施威特先生。

施威特　曾经是我妻子。

奥古斯特　她哭着下了楼。

施威特　她还很年轻。（躺到床上）

奥古斯特　我可以提个问题吗,施威特先生?

施威特　问吧!

奥古斯特　是不是胡格天生就不是绘画的料子?

施威特　是的。

〔奥古斯特把筐放到桌上。

奥古斯特　尿布都捡起来了。

施威特　插上门!快!

奥古斯特　是,施威特先生。（插上门）门插上了。

〔他盯着窗子。

施威特　拉上窗帘!

奥古斯特　是,施威特先生。（照办）

施威特　过来!

奥古斯特　是,施威特先生。（不慌不忙地走到他跟前）

〔外面尼芬施万德开始按动门把手。

尼芬施万德　奥古斯特!

施威特　靠近些!

奥古斯特　是,施威特先生。

〔尼芬施万德敲门。

尼芬施万德　奥古斯特,开门!

施威特　我发冷。

奥古斯特　要不要我把毛皮大衣……

施威特　你脱去衣服!

奥古斯特　是,施威特先生。

尼芬施万德　开门,奥古斯特,开门!(砰砰地敲门)

施威特　躺到我身边来!

奥古斯特　是,施威特先生。

〔她脱着衣服,而尼芬施万德又是敲门又是摇门。

尼芬施万德　开门!开门!这张支票是空头的!

〔暗。幕落。

第 二 幕

　　一个钟头后。尼芬施万德的画室。床上花圈下躺着终于长眠的施威特。床周围站着形形色色身着黑装的先生,其中有著名评论家弗里德里希·格奥尔根。左边靠背椅上坐着施威特的出版商卡尔·康拉德·柯佩,六十五岁,脸刮得很干净,衣冠楚楚。后面站着尼芬施万德和格劳泽。起初站在停尸床前的奥古斯特被新来的人挤到后边。屋子里,几个新闻记者拍来拍去,照相机闪个不停。斗室前的窗帘又拉上了,蜡烛重新燃起。

　　一个前来吊唁的客人让用录音机播放哀乐。圣曲《永恒的晨曦》。音乐一结束,弗里德里希·格奥尔根开始致悼词。
(前来吊唁的人遭受着盛夏酷暑的折磨。致悼词的时候,他们一个接一个地向死去的施威特鞠鞠躬便离去。)

弗里德里希·格奥尔根　　朋友们,沃尔夫冈去世了。全国和我们共悲,世界和我们同哀,因为它失去了一个使它变得富有的人。他的遗体躺在这张床上,卧在这些花圈下。后天将要为他举行一个诺贝尔奖获得者应该享受的隆重葬礼。而我们,他的朋友们,要有分寸地、沉着冷静地悼念他。我们不要廉价的赞美,也不要没有批评的钦佩,我们要让知识和爱心指引我们。只有这样我们才无愧于这伟大的死者。他倒下去了。他的死令世人震惊。我们现在聚集在他昔日的画室里就是最好的说明。不是他的精神,他的活力在为自己辩护。他,一个拒绝悲剧的人,没能逃脱悲剧的结局。在这昏暗的烛光下,我们要看着他,也许是第一次看得格外分明,把他看作是一个正准备克服绝望时代的最后一位绝望者。对他来说只有赤裸裸的现实。可正因为如此,他渴望正义,渴望博爱。结果是徒劳。只有相信黑暗的事物具有光明意义的人,才能认识到这个世界上存在的非正义是不可扭转的,才会停止那毫无意义的斗争,才会和解。施威特则始终与之势不两立。他缺少信仰,因此也就缺少对人类的信念。他是一个从虚无主义之中滋生出来的道德者。他始终是一个叛逆者,一个真空世界里的叛逆者。他的创作是内心绝望的表现,而不是现实的翻版:荒诞的是他的戏剧,而不是现实。他的极限就在于此。施威特以一种郑重造作的方式流于主观;他的艺术不是在治疗,而是在损伤。我们虽说喜欢他,钦佩他的艺术,但是我们一定要克服它,以便使它达到一个必然的阶段,那就是要肯定被我们这个可怜的朋友所否定的,他在其崇高与和谐中死去的世界。

〔柯佩起身同格奥尔根握手。

柯　佩　弗里德里希·格奥尔根,谢谢你。
〔少数几个留下来的人向死者鞠躬后离去,其间照相机闪个不停。

格奥尔根　你是他的出版商,柯佩。深表哀悼。(鞠躬)

柯　佩　你的悼词要登在晨报上?

格奥尔根　今天晚上就见报。

柯　佩　骇人听闻。他是一个从虚无主义之中滋生出来的道德者。一个真空世界里的叛逆者。荒诞的是他的戏剧,而不是现实。出色的定论,恶毒的表述。

格奥尔根　不怀恶意,柯佩。

柯　佩　恶毒至极,格奥尔根。(把手搭在他肩上)你的厚颜无耻令人折服。你当我面借着对死者祈祷,把我们善良的施威特撕得粉碎。实在敬佩!在文学上他被毁光了,还有一本小册子一出,他也就被遗忘了。可叹!他比你想象的要纯真。还有一点,我们私下说吧,你骨子里的用意在于毁坏声誉,格奥尔根,你的讲话纯属胡说八道。施威特从来就没有绝望过,你只要让他有煎排骨吃,有像样的酒喝,他就心满意足了。我们走吧。这个地方令人毛骨悚然。我要把施威特的家人召在一起,我预感到要发生什么不幸。

〔两人下,新闻记者也下。奥古斯特、尼芬施万德和看门人留下。

格劳泽　这就算结束了。空气!(拉开窗帘,打开窗子,外面依然是大白天。熄灭蜡烛)来这儿寻死,他们给了你多少钱,尼芬施万德?

尼芬施万德　二百,出版商给了二十。

格劳泽　太可怜了。祝你平安,奥古斯特夫人!你的画室马上就会恢复正常。天这么热,他们很快就会把尸体弄走的。(下)

尼芬施万德　厚颜无耻。今天终于有评论家和出版商上我这儿来——为了看一具尸体——而我连一幅画都没有了。在这儿画了数年之久……奥古斯特!(呆呆地望着停尸床)

尼芬施万德　你脱掉衣服!我给你在停尸床前画一张。生与死。一个活着的人与花圈。

奥古斯特　不。

尼芬施万德　奥古斯特……(吃惊地注视着她)

奥古斯特　(镇定自若)我不要。(开始收拾她的东西)

尼芬施万德　奥古斯特,这是你第一次拒绝当模特。

奥古斯特　该结束了。

〔沉默。

尼芬施万德　可是生命,奥古斯特……我只想表现生命,这个空前的、强大的、了不起的生命……

奥古斯特　我明白。

尼芬施万德　(忧心忡忡)奥古斯特,我敲了半个钟头门你都不开。

奥古斯特　我知道。

尼芬施万德　当你最终打开门时,他已经死了。

奥古斯特　(毫不在乎地)他死在我怀里了,我要穿好衣服。他死前我跟他睡觉了。

〔沉默。

尼芬施万德　可是……

〔奥古斯特看着尸体。

奥古斯特　我是他最后一个情人,我为此而感到自豪。(继续收拾)

尼芬施万德　你怎么能这样做呢,奥古斯特,你不该这样做。

奥古斯特　我就这样做了。

尼芬施万德　跟一个行将死亡的人!

奥古斯特　他是一个男人。

尼芬施万德　你不感到羞耻吗?

奥古斯特　不。

尼芬施万德　他让人烧了我的画,我全部的作品。

奥古斯特　那又怎么样?

尼芬施万德　(吼叫)我只不过是在表现生命呀!

奥古斯特　我已经看够了你的画。

尼芬施万德　可你毕竟相信我呀,奥古斯特,在这个世上,惟独你相信我呀,以前无论遇到什么困难,我们都心心相印,同舟共济……

奥古斯特　我不过是你的模特而已。(收拾好了东西)我们各走各的路了。

尼芬施万德　这是不可能的。

奥古斯特　我走了。

尼芬施万德　我们的孩子……

奥古斯特　我带她们走。(在死者床前停了一会儿)

尼芬施万德　你不能这样,奥古斯特。

奥古斯特　祝你如意!(下)

尼芬施万德　奥古斯特!(追她,下楼)回来吧,奥古斯特!我原谅你。

〔施威特在床上坐起来。他身着庄严的寿衣,下巴绑着绷带,脖子上挂着花圈。他取掉绷带。尼芬施万德返回。

尼芬施万德　这简直荒唐至极,奥古斯特!你不能离开我呀!难道就为了一个死人!

施威特　床放错了地方。(观察着画室)

尼芬施万德　你……你……(注视着施威特)

施威特　床原来在现在放桌子的地方,桌子原来在现在放床的地方。(两腿从床上伸出来)所以我总是死不了。(把花圈举过头顶)又是花圈。它们尾随我滚滚而来。(下床)开始干吧。床要挪过去。

〔尼芬施万德呆呆地望着,一动不动。

施威特　我们先把桌椅搬到一边去。

尼芬施万德　(绝望地)你跟我妻子睡觉了。

施威特　那个比利时部长也跟我第三个妻子睡觉了。

尼芬施万德　我跟你那个没完没了的比利时部长有什么关系呢?

施威特　你像他。搭把手!

〔把桌子搬向后台,尼芬施万德不由自主地帮着他。

尼芬施万德　你的死不过是一个借口!

〔施威特指着靠背椅。

尼芬施万德　一个狡猾的骗局。(把靠背椅搬到后边)一个阴险的伪装!一个恶魔般的圈套!

施威特　接住!(把椅子扔给尼芬施万德)

尼芬施万德　你让人焚毁了我的画。

施威特　我也焚毁了我的画。

尼芬施万德　你又不是画家。

施威特　你也不是。

尼芬施万德　你开的是空头支票。

施威特　要死的人不关心钱的事。只想着这床。

尼芬施万德　你破坏了我们的婚姻!

〔施威特走向床头。

施威特　你在前面拉,我在后边推。

尼芬施万德　她离我而去了!

施威特　这有什么关系。

尼芬施万德　对我有关系。

施威特　尼芬施万德,我真想有你那份忧愁。我在这里死来死去,在这要命的大热天里一分钟一分钟地熬着要庄严地走向那永恒的世界,我苦苦挣扎着,因为总不是那么称心如意。而你却拿这不足挂齿的事来打扰我。

尼芬施万德　(愤怒地)我不死。(把一个花圈扔到床上)

施威特　可我要死。(把一个花圈扔到床上)

尼芬施万德　在停尸床上应该做的是祈祷,而不是勾引女人。

施威特　尼芬施万德,如果说要有人祈祷的话,那非你莫属。这样你就可以从你的绘画中解脱出来了。你的画使我整个下午对死感到厌恶。你要表现生命,拿你妻子当裸体模特儿涂抹,这会使人羞得面红耳赤。

尼芬施万德　我画我妻子,我看她什么样就画什么样!

施威特　那么你的盲目无知无疑非同小可了!你的妻子,尼芬施万德!我一走进画室,就看见她赤身裸体;她后来睡到我身边时亦是如此。心甘情愿。要说勾引,谈不上。她是出于人性、出于豪爽委身于我。她感到了一个行将死亡的人需要什么。请你帮忙把床推过去。(推着床,尼芬施万德拉)你妻子躺在我怀抱里,她颤抖不已,她情意缠绵,她紧紧地搂抱住我,她喊叫着。这就是生命。而在你的画里则毫无生命可言。使劲拉,尼芬施万德,使劲拉。好啦。床到位了。现在要把桌子挪过去。

〔他们把桌子搬过去。

施威特　你画画简直是浪费时间!

尼芬施万德　我的艺术对我来说是神圣的。

施威特　只有半瓶醋才觉得艺术是神圣的。因为你什么都不会,所以才固守着一种理论。在你的怀里,你妻子就没有生命了,就像她在你的画里一样没有生命。你妻子理所当然地离开你了。现在搬靠背椅吧。

〔他们把靠背椅搬到右前方。

尼芬施万德　我恨不得把你撕个粉碎!

施威特　随你便。

尼芬施万德　砸个稀巴烂!

施威特　你就心安理得地下手吧。(把椅子给他扔过去)接住!(环顾)我的画室。它又恢复了原样。我终于可以死了。安静地、庄严地、全神贯注地死去。(走到床前,躺到花圈上)都怪这些家具。美极了,尼芬施万德!死神像火车头一样呼啸而来,永恒的旋律回响在耳边,万物哀号,山崩地裂,一场巨大的灾难,整个……

尼芬施万德　死去吧!你总说要死却死不了!(失去控制,走到后台,拿着捅火钩回来)

〔穆海姆进来。

尼芬施万德　你祈祷吧!

施威特　想不起来祈祷什么。

尼芬施万德　要算账。

施威特　请吧。

尼芬施万德　我要杀了你。

施威特　反正我要死了。

尼芬施万德　我下手了。

施威特　我一点都不反对。

穆海姆　(吼声如雷)住手!居然要打一个行将死亡的人!

尼芬施万德　我在外面拍门,他在里面跟我老婆睡觉!

穆海姆　拿过来。

〔尼芬施万德服服帖帖地把捅火钩递过去。

穆海姆　(不慌不忙地)只有我一个人有权杀死施威特。(把捅火钩扔到后台去)我不杀他。(抓住尼芬施万德的胸口,把他推到前边去。克制着)你打门的时候,他在跟你老婆做爱。你自然不用抱任何幻想了。可我总是抱着幻想。四十年之久呀,我一直爱着一个女人,我这个伟大的穆海姆,一个遐迩闻名的建筑大亨。她死了以后我简直就活不下去了。

尼芬施万德　穆海姆先生……

穆海姆　我始终爱着她。你不明白这意味着什么,可我呢,到了耄耋之年才知道了那事。

尼芬施万德　穆海姆先生……

穆海姆　生存就是权力、斗争、胜利、屈辱和犯罪。我免不了因此而玷污自己的人格。竞争容不得温良谦恭,最卑鄙的人往往获胜,而我始终充当着这个最卑鄙的角色,并且只能如此而已,因为我爱着一个人,爱得昏头昏脑,爱得没有节制,爱得心甘情愿地为她在污秽里摸爬滚打。可结果呢?一切的一切只不过是个骗局。你知道吗,我这成了什么东西呢?

施威特　凡事都没有一帆风顺的。

穆海姆　一个滑稽透顶的人!

尼芬施万德　可别这么说,穆海姆先生……

穆海姆　你为什么不笑我呢?你笑啊!你笑啊!

尼芬施万德　我笑,穆海姆先生,我笑!

穆海姆　你这是摆起艺术家的高傲要报复了!

尼芬施万德　穆海姆先生……

穆海姆　伟大的穆海姆是不会听之任之的,你在这里装模作样,可伟大的穆海姆在这里容不得开玩笑。你不过是虚荣心受到了伤害,可我完蛋了,被彻底摧毁了,遭到了践踏,受人嘲弄,名声扫地!

〔他把尼芬施万德挤到门外的走廊里。

尼芬施万德　穆海姆先生……

穆海姆　滚下去!

尼芬施万德　行行好吧!穆海姆先生!行行好吧!

穆海姆　滚下去!

〔咚咚咚的响声。一声叫喊。寂静。穆海姆气喘吁吁地、慢腾腾地回来。门开着。

穆海姆　我把那个臭东西从楼梯上推下去了。(解开衣领)热死人了。

〔施威特又从床上下来。

施威特　我现在才知道是什么干扰我了。(抓起一个花圈)你把这些花圈统统扔到门外去!(把手里的花圈扔给穆海姆)这个是笔会送的。

〔穆海姆接住它。

穆海姆　跟着那个臭东西去吧。(把花圈扔出门外)

施威特　这个是政府送的。"献给她伟大的儿子。可爱的家乡"。(把花圈一个接一个地扔给穆海姆,穆海姆再把它们扔到门外)市长的,诺贝尔基金会的,联合国教科文组织的,作家协会的,民族剧院的,出版家协会的,戏剧协会的,电影制片人协会的,书商协会的。

穆海姆　扔完了。

〔施威特环顾四周。

施威特　这床……再靠墙近些。这桌子……稍微向中间挪一挪。这两把旧椅子……这靠背椅……(把这些家具换一换位置)

穆海姆　施威特,我开着我的凯迪拉克在城里风驰电掣般地兜来兜去。我闯过了一个又一个红灯。罚款单准会雪片似的飞来。如果我不是伟大的穆海姆,驾照早就让警察给没收了。可谁叫我是伟大的穆海姆呢!我赶回来为的是看看你的遗体。我要久久地看着你的遗体,想像着一种更崇高的正义,感受着苍天之上有一个上帝主宰沉浮。

施威特　很抱歉。

穆海姆　你的命真长。

施威特　我自己也感到奇怪。

〔穆海姆精疲力竭地坐到靠背椅里。

穆海姆　我第一次感到自己到了耄耋之年。

施威特　(满意地)现在再也没有什么干扰我了。我回到床上去,然后便会死去。

穆海姆　天哪,这正是我梦寐以求的。

〔施威特上床盖上被单。

施威特　最后的时刻到了。

穆海姆　那怎么还不死呢?

〔施威特又一次环顾四周。

施威特　我不知道……

穆海姆　还缺少什么?

施威特　我还需要庄严气氛。你可不可以把那两根蜡烛立在我床头……

穆海姆　当然可以。(把那两根蜡烛立在床头两边的椅子上)点着吗?

施威特　再拉上窗帘!

穆海姆　遵命。(点起蜡烛,拉上窗帘。画室里又是庄严气氛)行了吧?

施威特　很好。
　　　　〔穆海姆又坐到靠背椅里。
穆海姆　那么现在就死吧!
施威特　别着急。
　　　　〔沉默。
穆海姆　怎么?
施威特　穆海姆?
穆海姆　你死吧!
施威特　我竭尽全力。
穆海姆　我等着。
施威特　我真的感觉好极了。
穆海姆　(吃惊地)该死的!
施威特　可这脉搏……(摸脉)
穆海姆　又怎么啦?
施威特　跳得越来越慢了。
穆海姆　谢天谢地。
施威特　别着急。
穆海姆　你还要喝酒吗?
施威特　奥古斯特。
　　　　〔寂静。
施威特　奥古斯特!快!
　　　　〔寂静。
施威特　(失望地)没有人。
穆海姆　画家的老婆随那个臭东西去了。(想点起一支雪茄,吃了一惊)对不起,请谅解。
施威特　你放心地抽吧!
穆海姆　不能当着一个行将死亡的人。
施威特　我也想抽一支。
穆海姆　当然可以。
施威特　这是最后一次了。

穆海姆　明白。(把烟盒递过去)哈瓦那。

施威特　越来越少见了。

穆海姆　火。

施威特　谢谢。

穆海姆　还有一个花圈。

〔走到门口,把花圈扔出去,关上门,回到靠背椅前,坐下,点着雪茄。

穆海姆　施威特,我跟我妻子是幸福的。她跟你睡过觉,这再也无关紧要了。(使劲地抽烟)她已经死了。况且,这世上本来就没有什么不结双配对的。谁不骗人,谁又不被骗呢。尽管如此,那还是事关紧要。我忠于我妻子,并且相信她也会忠于我——我生命中的这一点点诚实——伟大的穆海姆沙滩建楼,基础沉陷了。(跳起来,把雪茄狠劲地扔向炉子)我不知道真情,施威特,这简直要折磨死我了。她还跟谁睡过觉呢?跟市议员?跟建筑委员会的人?跟我的律师?跟她的医生?跟那些打高尔夫球的绅士或者红白骑马俱乐部的那些先生们?还有那些艺术家?她认识所有那些人。再说为什么常常有意大利工人到家里来?为什么?我的上帝,埃尔弗里德还跟谁睡过觉呢?

施威特　埃尔弗里德?

穆海姆　埃尔弗里德。

施威特　你妻子不是叫玛丽吗?

穆海姆　(愣住了)天哪。

施威特　你当时住在阿玛丽街上。

穆海姆　(冷漠地)哎呀,五十年来我一直住在欧拉尼恩林荫道的一栋别墅里,我妻子叫埃尔弗里德。

施威特　肯定吗?

穆海姆　我不是白痴。

施威特　见鬼。(使劲地抽着烟)穆海姆,我从来就不认识一个叫埃尔弗里德的。我显然把你夫人跟住在贝托尔特街上的一个房东的妻子搞混了,我后来在那里住过。

穆海姆　你这不是在捉弄我吗？

施威特　你妻子对你是忠诚的。

穆海姆　岂有此理！

施威特　（若有所思地）可是本来……她也不叫玛丽……（坐起来使劲地继续抽着烟）临终的时候我觉得一切都乱了套。（让两腿耷拉在床边）穆海姆，也许你的夫人叫伊尔姆加德……

穆海姆　埃尔弗里德！

施威特　反正我还记得欧拉尼恩林荫道上卧在你家门前的那两头石狮子。

穆海姆　（发愣）我家门口就没有过狮子。

施威特　没有过？真奇怪。

〔施拉特教授猛地拉开门，他带着医疗箱、纸盒和X光片。

施拉特　施威特。

施威特　施拉特？

施拉特　我简直无话可说。

施威特　我还活着。

施拉特　作为医生，我面对这实实在在的事全然莫名其妙。我两次确诊你已经死亡，可你还在抽着雪茄。

穆海姆　（吼叫着）我从来就没有过狮子！

〔警署总督沙夫罗特走进画室，后面跟着两个警察和格劳泽。他们三个拿着刚才被穆海姆扔出去的花圈。

格劳泽　诺贝尔奖获得者先生，下面楼梯口又躺着一个男人。

施威特　那又怎么样？

总　督　画家胡格·尼芬施万德，已婚，两个孩子的父亲。

〔沉默。穆海姆转向总督。

穆海姆　穆海姆，伟大的穆海姆。

总　督　穆海姆先生？

穆海姆　是我把那个臭东西推下楼梯的。

〔沉默。

格劳泽　天哪，天哪。

〔沉默。

总　　督　　把花圈放到墙边去。
警察甲　　是,总督先生。
格劳泽　　施威特先生又活了。(同两个警察把花圈放到墙边)
警察乙　　放好了,总督先生。
总　　督　　我是总督沙夫罗特,市刑警处的。我要请你跟我走一趟。我们最好开你的车去,穆海姆先生。
穆海姆　　为什么?
　　　　　〔沉默。
施拉特　　我是市医院的施拉特教授,穆海姆先生。
穆海姆　　怎么回事?
　　　　　〔沉默。
施拉特　　那个人死了。
　　　　　〔沉默。
穆海姆　　(惊慌失措)可我不过是把他轻轻地……
　　　　　〔沉默。
穆海姆　　(低声地)推下去了。
格劳泽　　今天下午已经是第二个了,穆海姆先生。
　　　　　〔穆海姆慢慢地转向施威特。施威特还在使劲地抽着烟。
穆海姆　　(无可奈何地)我杀死了一个人。
　　　　　〔总督示意,两个警察走到穆海姆身旁。
穆海姆　　施威特,你在跟死神搏斗。你的灵魂已经游到别的地方去了。我们对你来说都是无所谓的。尽管如此,我一定要问个水落石出。我妻子……她跟你一起……
　　　　　〔施威特镇定自若地抽着烟。
施威特　　我不知道。
穆海姆　　施威特,我可以忍受很多事情,但是……我当然不能平白无故地杀人呀……
施威特　　真实情况……
穆海姆　　我必须知道它。

施威特　穆海姆。(喜形于色)我想起来了。(笑起来)那事是臆造的,穆海姆。

穆海姆　(不知所措地)臆造的?

施威特　在死的搏斗中臆想出来的。别相信它,我把我的一篇小说当成真的了。那是我的幻想,穆海姆,那是我的幻想,我总是按时把一百块钱通过邮局汇去,可从来没有上过你夫人的床。

穆海姆　(疑惑不解地)从来没有……

施威特　只有我第一个妻子跟那个葡萄酒商人的故事是真的。

穆海姆　你说的是一个屠夫。

施威特　屠夫?也可能。

穆海姆　弥天大谎。

施威特　真笑死人。

　　　　〔穆海姆开始咆哮起来。

穆海姆　捅火钩!捅火钩!

　　　　〔警察制止住他。穆海姆突然安静下来,变得彬彬有礼。

穆海姆　请原谅,我失去控制了。

总　督　请吧。

穆海姆　施威特。

施威特　伟大的穆海姆。

穆海姆　你为什么要毁掉我呢?

施威特　纯属偶然。

穆海姆　(无可奈何地)我……我丝毫也不会伤害你的。

施威特　你陷入了我的死亡圈里。

　　　　〔沉默。

穆海姆　伟大的穆海姆老了,太老了。

总　督　我们走吧。

穆海姆　我们走吧。

　　　　〔他们带着穆海姆下。格劳泽和施拉特留下。

施拉特　看门的,给这令人窒息的屋子透点空气和光亮。

　　　　〔格劳泽拉开窗帘,打开窗子,熄灭蜡烛。

格劳泽　连你也没有使诺贝尔奖获得者安息,施拉特先生。
施拉特　你不懂现代医学,我亲爱的。
　　　　〔格劳泽下。
施威特　对你的误诊我无可奈何。
施拉特　误诊?(打开医疗箱)你的病情我是不会误诊的,我最亲爱的。
施威特　我终归没有死呀。
施拉特　可别这么说。
施威特　你可不要再对我说我复活了。
施拉特　我肯定不会给你扯来神学上的道理。
施威特　我还活着,可谓是骇人听闻。
施拉特　可以这样说,我最亲爱的。(从医疗箱里取出一个听诊器,坐到桌旁)给你再检查一次。你过来。
　　　　〔施威特把雪茄放到左边的炉子上,走到施拉特跟前。
施拉特　先查一查脉搏。
施威特　它先前跳得很慢。
施拉特　别说话!(伸出手)老兄。(用怀疑的目光注视着他)解开衣服!(用听诊器给他检查。先查心脏)闭气。吸气。闭气。(检查肺、背)深呼吸。深呼吸。咳嗽。(施威特一一地按照他说的去做)天哪!(又一次用怀疑的目光注视着他)坐下!(施威特坐到靠背椅里)再看看血压。(给他裹上血压计,量血压)神圣的艾斯库拉普。(量着血压)我吓得都出汗了。(独自出神)
施威特　查完了吗?
施拉特　查完了。(把血压计和听诊器放回医疗箱里)
　　　　〔施威特站起来。
施拉特　真热。(擦了擦眼镜)仿佛太阳就不想落下去。
施威特　最长的一天。
施拉特　末日。(又戴上眼镜)至少对我们医生来说是这样。亲爱的,我来本是为了鉴定你尊贵的遗体。
施威特　我想也是。

施拉特　还没到这个地步。

施威特　连你最终也急不可耐了。

施拉特　我最亲爱的,医学遭受了本世纪最大的挫折。你的心跳和肺音简直棒极了。

〔沉默。

施拉特　我的心里实在无法得到安慰。

〔沉默。

施拉特　简直叫人百思不解。(站起来)连血压也几乎无可挑剔。

施威特　这不是真的！我在变质,我在腐烂。我到了奄奄一息的最后时刻！

施拉特　你的体质是绝无仅有的。

施威特　你在骗我。

施拉特　尊敬的大师,如果你现在不相信我的话……

施威特　你向来不说实话。

施拉特　我是外科医生。

施威特　再做一次手术,我亲爱的,我们就渡过了难关；再做一次小手术,尊敬的大师,我们就熬过了最危险的时刻；再治疗一次,我最亲爱的,我们又会好棒了。

施拉特　在你病情非常糟糕的时候,连哄带骗是起码的人之常情。

施威特　你的话我一句也不相信。

施拉特　从道义上讲不再存在哄骗你的理由。

施威特　(吼叫起来)我要死了。

施拉特　终归要死的。

施威特　现在！

〔沉默。

施威特　几个钟头了,我就等着死！

施拉特　我已经等了几个月了,可现在,甚或你的肠肌蠕动又有了活力。

〔出版商柯佩拿着花圈走进画室,吃惊。

柯　佩　啊！施威特！

〔施威特跳上床。

柯　　佩　　施拉特教授！他又活过来了！
施拉特　　那还用问！
柯　　佩　　活见鬼！你能给我解释……
施拉特　　没什么可解释的。
柯　　佩　　可你不是确诊他死了吗！
施拉特　　是这样。
柯　　佩　　有两次，我都在场。
施拉特　　他是死了两次。

〔他把 X 光片挂到原先挂尿布的绳子上。

柯　　佩　　太绝妙了！
施威特　　我一点儿也不觉得这有什么绝妙，我倒觉得这极不体面。
柯　　佩　　我是急急忙忙赶来的！我只待一会儿。天知道，我习惯于耳闻目睹我的作家们的逸闻趣事，可是沃尔夫冈，你在这儿所做出的惊人之举我还没有经过。你究竟是怎么搞的？
施威特　　不知道。
柯　　佩　　请允许我坐到你跟前。（把花圈靠到左边的炉子旁）这是我个人送的。（靠近施威特坐到床边上）我喘口气马上就得走。出席出版家宴会，去戏剧协会，还要去高特弗里德·凯勒基金会……你还在抽烟。
施威特　　我的最后一支烟。
柯　　佩　　太妙了！简直难以想象，我就在这画室里已经为你合了一次眼睛！
施威特　　一心一意。
柯　　佩　　合拢起你的双手。
施威特　　讨人喜欢。
柯　　佩　　整好了鲜花和花圈。
施威特　　让人高兴。
柯　　佩　　你说说，是你自己把家具换了个儿吗？
施威特　　我自己。

柯　佩　　了不起。刚才我在酒吧里碰到你儿子。他说你把你最后的手稿都烧了。

施威特　　它们一文不值。

柯　佩　　还说有一百五十万元也付之一炬了。

施威特　　我觉得冷。

柯　佩　　太妙了。

施威特　　其中有三十万是属于你的。

柯　佩　　五十万。实在了不起。这么说我的出版社一并化为灰烬了。

施威特　　破产了？

柯　佩　　彻底破产了。

施威特　　所以你就来了？

柯　佩　　我亲爱的，我真的不敢相信，我这一生中还能跟你说说话。我本来只打算在我这个故去的朋友身边默默地待上片刻，仅此而已。不过我得赶快走了。沃尔夫冈，我最后一次跟你握手。你真的要死吗？

施威特　　真的。

柯　佩　　你有把握吗？

施威特　　完全有。

柯　佩　　不然人们对你就会另当别论了，给你蒙上一层基督教的色彩。这样我的出版社也会得救了。

施威特　　无法改变了。

柯　佩　　等着瞧吧。（站起来）我要是你的话，会慢慢变得多疑的。死对你来说简直成了一种精神行为；你怀着一种再也没有人能与之匹敌的活力一往直前地去死。尽管如此，你却还活着。难道你不也觉得这不可名状吗？你应该振作起来，对生活充满希望，沃尔夫冈，至少在你活着的时候。可我得走了。要赶时间了！教授，在你面前我心里惶恐不安。我敬佩你的手艺，可是这一次，我看你好像犯了灾难性的错误。

　　　　　　〔柯佩下。施威特站起来，把雪茄扔进左边的炉子里。

施威特　　我们到此为止吧。

〔他挽起右臂的袖子，向施拉特走去。

施拉特　好吧，我亲爱的，无论从道义上还是医学上来讲，你都有义务这样做。你的肺如同废墟；（一边指着 X 光片）你的肾破烂不堪；你的心像一块坟地，纵横交织着一道道血管梗塞的痕迹；你的脑子钙化了；你的前列腺……

施威特　简直糟糕透顶。你就给我来一针吧！

〔施拉特把施威特推回床上。

施拉特　要是我能这样做就好了！要是我能这样做就好了！亲爱的，有多少次，我完全出于同情，干脆就想给你打一针，让你安乐地死去。那样做是不会有人责怪我的。你是我在手术台上见过的最糟糕最没希望的病人。然而，我并没有随随便便地让你死去，而是被鬼迷住了心窍，不顾一切地挽救你的生命。我日日夜夜守着那些破烂不堪的东西。我给你接了一个人造肾；我给你的腹腔里植入了塑料肠；我给你的肺里充满了毒气；我让你深受放射性元素之害。我不相信你会痊愈，这是可悲的。我狂怒地阻止着你的死亡，可是无论是哪个助理医生，哪怕是他给你一丝的生存希望，都会被我亲手赶出医院！

施威特　你就给我一针吧！

施拉特　你疯啦？

施威特　我求求你了。

施拉特　不可能。

施威特　你的顾虑不可理解。

施拉特　顾虑？尊敬的先生，你拿死活不当回事，可你至少要认认真真地设身处地地为我想一想！假如我当初在医院里给了你一针，你早就被埋葬了。可要是我现在给你一针，检察官就会让人把我埋葬。难道你不理解我的难处吗？（怒吼着）骇人听闻。动脑筋的人认为我荒唐可笑，而信仰者则深信你复活了。我的老兄，这可是灭顶之灾呀。在一些人眼里我变成了白痴，在另一些人看来我被上帝愚弄了，反正我把脸丢尽了。（坐到桌旁）偏偏非得是一位诺贝尔奖获得者当着我的面复活了！卫生部长在电话里把我狠狠地训斥了一顿。我信誓旦旦地断言你活不过今天下午,才把文化部长的火气压下去了。现在他正等着致悼词和举行国葬呢。这个丑闻简直闹得太大了。一切都落到了我身上。拿上你的大衣吧!

施威特　为什么?

施拉特　你赶快跟我回医院去。

施威特　回医院?

施拉特　没错儿,亲爱的。

施威特　我去那儿干什么呢?

施拉特　我要对你进行临床分析,证明你正在失去知觉。我要把这复活探个水落石出。我敢打赌,你还活着,这纯属一种神经机能现象。

施威特　又要弄得沸沸扬扬。

施拉特　除此之外,没有别的办法可以恢复我的名誉。人们对我早就拭目以待了。如果我不能无可非议地证明你曾经死过两次,我甚至在那些末流之辈面前也不会再有抬头之日了。

施威特　越来越不像话了。

施拉特　我们快走吧!

施威特　为了继续折磨我!

施拉特　为了最终能够治好你!(坐到施威特近前的床边,变得慈祥起来)彻底的。你不要自欺欺人了!我们可以为你总的健康状况唱赞歌,可除此以外呢!我一再说过,你的胃得切除。一旦你的食管直接和你的小肠连接起来的话,那么就可能而言,好转就不只是暂时的,而会是长久的。振作起来,尊敬的大师,现在可不能垮掉呀!连我都抱以乐观的态度。

　　〔沉默。

施威特　不。

施拉特　施威特!

施威特　我不想再抱希望了。

施拉特　哎呀,你应该重新抱以希望!

施威特　我希望够了。我对希望不感兴趣了。

〔沉默。

施拉特　难道说……（站起来）尊敬的大师,我感到很意外。你拒绝陪我走一趟?

施威特　你让我一个人待着吧!（盖上被单）

施拉特　这叫我太寒心了。我奋力要挽救你的生命,而你却把我遗弃了。

施威特　是你把我遗弃了。

施拉特　施威特先生……（走到靠背椅前）你可不能赶我走呀。

施威特　那你就自己出去吧!

施拉特　我是医生。我失去了病人的信任。你再给我一次机会吧!

施威特　我们俩都没有机会了。

施拉特　你毁了我。

施威特　也许吧。

施拉特　这种屈辱我受不了。

施威特　可能吧。

施拉特　我要结束我的生命。

施威特　随你便。

施拉特　我要自杀。

施威特　你的自私无与伦比。

施拉特　我求求你了。

施威特　我这最后的时刻不想伴随着你的嘴脸度过。

〔沉默。

施拉特　你临死前的狂怒现在也把我推上了绝路。

〔诺姆森夫人出现在门口,身材肥胖,表情冷酷,身着黑色连衣裙,头戴礼帽,手里拿着白色丁香花。

诺姆森夫人　上帝啊!

施威特　你到底是什么人?

诺姆森夫人　施威特先生!这可使我难堪了。真没料到。请先生们原谅,我得坐下。我是个日薄西山的人了,该入土了,早该入土了,这登踩楼梯的劳累,这意外……（蹒跚向前）我喜欢坐在硬处,在贝勒维宾馆里我也坐的是硬椅。(坐下)我是那儿看厕所的,所以我认识你,施威特先生。从我的位子上可以一览男女厕所。上帝啊,我的腿。肿了。(按摩着她的腿)

施拉特　这就是结局。(跟跟跄跄地下)

诺姆森夫人　那不是施拉特教授吗?我也认识他。

施威特　快出去!要不我就动手了!

诺姆森夫人　我送鲜花来了。

施威特　不需要。

诺姆森夫人　尽管收下吧。我一分钱都没花。这花是我从一个公墓守护人那里弄来的,也是他刚从墓地上偷的。我本来打算把这些丁香花献到你灵床上,施威特先生。我简直太喜欢看尸体了,然而你根本就没有死。相反,你看上去就像获得了新生。说是神采奕奕,一点也不言过其实。我最后一次在贝勒维宾馆看见你的时候,你脸色显得苍白肿胀。当然啰,那不过是光线昏暗罢了。请吧。(愤怒地把花递给他)

施威特　(生气地)我不认为你是因为崇拜我的著作而来的。

诺姆森夫人　也是,施威特先生,也是。我经常看大众演出,觉得你的剧作出类拔萃。

施威特　(粗暴地)把你的烂草扔到花圈那儿去,你走吧!

〔她把花扔到床上。

诺姆森夫人　我是诺姆森夫人。威廉米纳·诺姆森夫人,奥尔加的母亲。你是我的女婿。

施威特　小家伙从来没有跟我提起过你。

诺姆森夫人　但愿如此。我绝对不让她讲出去。一个看厕所的母亲会坏了她的前程,男人们在这一点上是很敏感的,更何况是一个诺贝尔奖获得者……不,施威特先生,这不能苛求于你,我宁可不声不响地敬佩你……也就是说,我禁不住感叹你的气色是那样的好,简直是容光焕发。但是奥尔加却以为你死了。

施威特　你完全弄错了。(坐起来)如果你愿意满足一个行将死亡的人的最终请求的话,那就请你在离开以前给我点上蜡烛,拉上窗帘!

诺姆森夫人　很乐意,施威特先生,很乐意。不过站起来就是了,施威特先生,我现在正坐在这儿……不行。我是个病魔缠身的老太太,你自己听一听我是怎样喘息的。(喘息着)

施威特　那好吧。就让我自己来为我效这临终之劳吧。(站起来拉上窗帘,走到蜡烛前)

诺姆森夫人　施威特先生,你知道我为什么来吗?奥尔加死了。

〔沉默。

施威特　奥尔加?

〔他点上蜡烛。画室里又充满肃穆气氛。

诺姆森夫人　(不动声情地)我的孩子在我家里服了毒;我的先生,她以前认识一个药剂师,当然是在跟你结婚以前。

〔施威特慢慢地坐到床边。

施威特　这出乎我的意料。

诺姆森夫人　她肯定立刻就气绝身亡了。我在她手包里发现了这画室的地址。

施威特　很抱歉,夫人……

诺姆森夫人　诺姆森。我父亲是个法国人,他叫德……德……反正是个法国名字,奥尔加的父亲也是个法国人,只是他叫什么我不知道。另外我还有两个孩子,英格和瓦尔德玛,他们的父亲我也不知道叫什么。一个家庭,按理应该是一个父亲所养,只是因为没有理想的结合。(喘着气)我的心脏。咳,贝勒维宾馆里的空气偏偏不怎么样,尽管有空调。闹得人越来越体弱多病。(打开手包)不劳你大驾了!可我现在得服药丸了。

施威特　理所当然。

〔他走到后台,端来一杯水。

施威特　请吧。

〔诺姆森夫人拿出一个药丸,喝着水。

诺姆森夫人　英格你也认识。

施威特　我怎么会认识呢?

诺姆森夫人　她出头露面用的名字是英格·封·毕洛夫。

施威特　我隐隐约约记得这个名字。

诺姆森夫人　你不是隐隐约约记得这个名字,而是她那丰盈的乳房。英格是个脱衣舞女,享有国际声誉。瓦尔德玛也挺有出息。他本来就是个讨人喜爱的孩子,文静,喜欢幻想,其实我以前也是这个样儿。我特意让他接受良好的教育,上高级小学,进商业学校,他不知从哪儿就滑下去了,在海夫利格股份公司贪污挪用。不是我反对犯罪的人,我母亲就是个罪犯,据说我父亲也是,但是犯罪不需要受教育,有正常人的见识就够了。受教育是为了冒比犯罪小得多的风险而干更大的生意。不提这个了。四年很快就过去了,九月就出来,他也不用去服兵役了,幸亏他们不要有前科的人。

施威特　我的好毛姆森夫人……

诺姆森夫人　诺姆森,不是毛姆森。奇怪,许多人都管我叫毛姆森,连贝勒维宾馆的那个经理也总是这样称呼我。他经常下来上我看管的厕所,尽管他有自己的卫生间……天哪,我的背。一天到晚坐着,穿堂风,潮湿……贝勒维宾馆的地下厕所虽然全都加有密封隔层,但冲来洗去,时间长了,所有的卫生设备都潮湿了……我最好还是坐到靠背椅上。(吃力地站起来,施威特同样也站起来)

施威特　要不要我帮帮你……

诺姆森夫人　最好别帮了。你是诺贝尔奖获得者,而我只是个看厕所的,两个世界把我们截然隔开,还是保持这个距离为好。(踉踉跄跄地走到靠背椅前坐下,合拢双手,喘息着,闭上眼睛)

施威特　烛光影响你吗?

诺姆森夫人　你尽管让它们点着吧!这光亮就像贝勒维宾馆地下厕所修缮前的样子。

施威特　闷热。

诺姆森夫人　我觉得冷。

〔施威特把毛皮大衣盖到她腿上,从床上拿来一只枕头垫到她背后,把她送的丁香花插到一个玻璃瓶里放到桌上。

诺姆森夫人　(向后靠着面向施威特)施威特先生,我想再次申明,只怪那有关你死去的消息把我们阴差阳错地拉到一起来了。然而不幸毕竟发生了,可我要当面好好地教训你一顿。

〔施威特又坐到床上。

诺姆森夫人　（威严地）我认真地培养奥尔加干起了她的职业。她日子比我过得自在,她没有受到常规的妓女行当的烦恼,而我当年不得不苦苦挣扎。如果说我到了这把年纪还当看厕所的,那只不过是因为不可违抗的生意策略的改变造成的:先生们都下来找我询问妓女的地址,我以此为生。门卫得百分之二十,姑娘们拿百分之三十。你看看,我所干的可不是非社会性的。而奥尔加呢?我让我的孩子得百分之八十,门卫当然一个不给。她有一套舒适的住房。这个可怜的东西却非要结婚不可!（施威特想说什么,但是诺姆森夫人坚决不给他任何说话的机会）我知道,你跟她在一起很幸福。你拿她寻欢作乐,不过她毕竟是供你享乐的。那么为什么还要结婚呢?要是我结了婚的话,还不知今天身在何方呢,施威特先生?我想告诉你的是,那是不可想象的。而今天?我在英语区有两幢别墅,在市中心有一栋营业楼。不,施威特先生,我们这样的人一生品行端正,却不结婚。人要么是自尊,要么是沉沦。我们就有现成的证明。我们抱怨我的孩子。你知道为什么?因为奥尔加易动感情。我一再提醒她别那样,但母亲的话被当成耳旁风。作为作家,你在你的职业中动过感情吗?你看看!感情是不可拥有的,它无非是做出来的,一旦顾客需要。感情与生意毫不相干,除非你借感情来做生意。我的孩子做了一桩糟糕透顶的生意。

〔她又拿出一个药丸,施威特又给她端来一杯水。

施威特　诺姆森夫人……

诺姆森夫人　这事终归要说的,施威特先生。

施威特　我尊敬的岳母大人……

诺姆森夫人　请叫我诺姆森夫人。

施威特　我尊敬的诺姆森夫人……

诺姆森夫人　施威特先生,我没有你那旺盛的健康体魄。我还活着就是奇迹了。我所做的一切无非是为了瓦尔德玛。我要为他守好房子,等他回来时能够把房子井井有条地交给他。英格现在在美国工作。那小子不能再幻想了。他一定要学着当阔佬,我再三这样嘱咐他。他只管靠着利息生活就是了。我了解他。他只要一工作,就会想入非非,立刻被投入牢笼。我们的孩子们有权利不像我们那样受苦受累,施威特先生。奥尔加的死对我是一个多么沉痛的教训啊!我对她在职业上的希望太高了,可惜她不是干这个生意的料,结果逃到你的怀里,一个诺贝尔奖获得者的怀里!

〔沉默。

施威特　谢谢你上楼来我这里,我亲爱的诺姆森夫人。我终于有人可以说说话了。你让我深深地同情。你出卖肉体换取金钱,一种光明正大的生意。我羡慕你。你忙于卖身,我则忙于文学。毫无疑问,我努力要做个堂堂正正的人。我写作无非是为了挣钱。我没有兜售过任何道德和生存道理。我在虚构故事,除此以外别无所求。我使那些买我故事的人的想象驰骋,因此有权利赚取酬报,而且也赚取了。诺姆森夫人,我现在甚至可以怀着某种自豪断言:在生意和道德上你我不相上下。(站起来)还是言归正事吧。小家伙死了。我既不想辩解,也不想自责。你别指望我会做出这种俗不可耐的事来。罪责、赎罪、正义、自由、宽恕、爱情,这一切人们用来为自己的安宁和强盗行径辩解的花言巧语我则不屑一顾。生活是残酷的,模糊不清的,变化莫测的。它与偶然息息相关。不合适的事情发生在合适的时刻,我要是从来就没有遇上奥尔加多好啊。我们两个都倒霉,这就是事情的全部……

〔沉默。

施威特　你一语不发,诺姆森夫人。对你来说,生活还有一种意义。我简直连我自己也无法忍受了。我吃饭时考虑着登场,同居时寻思着退场。面对一片杂乱无章的东西,我把自己禁锢在一个由理性和逻辑组合成的幻影之中。我让虚构的形象包围我,因为我无法同实实在在的人打交道。现实不是在写字台上可以捕捉的,诺姆森夫人,它只出现在你那用蓝瓷砖铺成的地狱里。我所走过的一生是没有价值的一生。

施威特　因为有痛苦,诺姆森夫人,要打针,要动刀子。长了见识,学了知识。不可能再遁入幻想了。文学把我遗弃了。除了我这衰老的、肥胖的、糜烂的躯体就一无所有了。除了恐惧还有什么呢!

〔沉默。

施威特　就在这时候,我让自己倒下去了。我一天一天地倒下去了。什么都无足轻重,什么都没有了价值,什么都没有了意义。死亡是惟一现实的,诺姆森夫人,是惟一永恒的。我不再怕死。(吃惊地)诺姆森夫人!

〔沉默。

施威特　诺姆森夫人!(注视着她)你倒说话呀,诺姆森夫人!(走到她跟前,摸摸她的额头)诺姆……(恐惧侵袭着他)奥古斯特!

〔沉默。

施威特　跑掉了!看门的!(拉开一道窗帘)这该死的太阳!它也不落下去!(冲到门口狠劲地拉开门)看门的!

〔约亨站在门口。

约　亨　版税也捞不到一个子儿。

〔施威特蹲到床上。约亨打开收音机。

约　亨　我从酒吧来。柯佩都给我讲了。你已经不时髦了,老东西。你的书在图书馆都发霉了,你的剧作被人遗忘了。这个世界要的是严酷的事实,不要虚构的故事;要文献,不要传奇;要说教,不要消遣。

〔施威特起来用毛皮大衣盖住诺姆森夫人,然后又坐到床上。

约　亨　作家要么承担义务,要么变成多余的。

施威特　你过来!

约　亨　我来是想看着你的尸体发泄几句亵渎神明的诅咒。(他注视着那个被盖住的躯体)是谁……

施威特　别问!死了就是死了!坐下!

〔约亨顺从地坐下。

施威特　坐近点!我害怕。

约　亨　　怕什么？

施威特　　怕我还得活着。

约　亨　　胡说八道。

施威特　　永远活着。

约　亨　　没有人会永远活着。

施威特　　我一再复活。

约　亨　　你终归会死的。

施威特　　我再也不相信这话了。在这该死的画室里，一个个都命归西天了：牧师、画家、伟大的穆海姆、奥尔加、医生，还有可怕的诺姆森夫人，只有我还要活下去。

约　亨　　不对，老东西。你把我忘了。我也要继续活下去。我没有成为一条汉子。我要找几个供养我的臭娘儿们。遗憾，我没有太多的要求。我本来只想要你的财产。钱没臭味。那一百五十万是你惟一正当的东西，我本想拿它来堂堂正正地过活，不像你那样靠你的艺术破烂和你的想象生活。我想自由自在地生活，唾弃你的荣誉，可想不到你用几根火柴把我毁掉了。

〔约亨关掉收音机。

约　亨　　施威特家族从此完蛋了。

〔他昏厥，倒在靠墙的花圈里。与此同时，喇叭里传来女高音的歌唱。两边的窗帘慢慢地拉开。后面画室窗外出现救世军，影影绰绰，就像在天上；救世军少校弗里德利慢慢上楼走进画室。

女高音　　永恒的晨曦
　　　　　非上帝创造的光明之光
　　　　　这个晨时把你的光芒
　　　　　映照在我们的脸上

弗里德利少校　　我是救世军少校弗里德利。

救世军　　（伴随着亨德尔的救世主乐曲）哈利路亚！

施威特　　出去！滚！

弗里德利少校　　（不为所动地）欢迎你，耶稣基督奉你为神明！

救世军　哈利路亚！

施威特　你们走错地方了。这儿不是祈祷之地,而是死亡之所！

弗里德利少校　欢迎你,复活者！

救世军　哈利路亚！

弗里德利少校　一切听凭你的信仰！你的职责就是永生！

施威特　我的职责是死亡,惟独死亡才是永恒的。生存是大自然独一无二的虐待,是它猥亵地误入迷途,是地球表面上的毒瘤,是不可治愈的伤疤。我们由无生命的东西组合而成,又化解成无生命的东西。

〔开始响起短暂的长号前奏。

施威特　(站起来)撕碎我吧,你们这些天国的鼓手！

救世军　哈利路亚！哈利路亚！

施威特　踏碎我吧,你们这些手风琴教友！

救世军　哈利路亚！哈利路亚！

施威特　把我从楼梯上推下去吧,你们这些颂歌的歌唱者！

救世军　哈利路亚！哈利路亚！

施威特　开开恩吧,你们这些基督徒们！

救世军　哈利路亚！哈利路亚！

施威特　(走到弗里德利跟前扼死他)用你们的吉他和长号打死我吧！

救世军　(最后一次拖长声音)哈利路亚！

〔弗里德利倒下去。

施威特　我到底什么时候才死呢！(转向后面)我到底什么时候才死呢！(他跑下楼梯)我到底什么时候才死呢！我到底什么时候才死呢！

〔宏伟的合唱声响起。

合唱声　用你的力量驱赶走(黑暗)我们的黑夜。

〔幕落。

"名著名译丛书"书目

(按著者生年排序)

第 一 辑

书　名	著　者	译　者
荷马史诗·伊利亚特	[古希腊]荷马	罗念生　王焕生
荷马史诗·奥德赛	[古希腊]荷马	王焕生
伊索寓言	[古希腊]伊索	王焕生
一千零一夜		纳　训
源氏物语	[日]紫式部	丰子恺
十日谈	[意大利]薄伽丘	王永年
堂吉诃德	[西班牙]塞万提斯	杨　绛
培根随笔集	[英]培根	曹明伦
罗密欧与朱丽叶	[英]莎士比亚	朱生豪
鲁滨孙飘流记	[英]笛福	徐霞村
格列佛游记	[英]斯威夫特	张　健
浮士德	[德]歌德	绿　原
少年维特的烦恼	[德]歌德	杨武能
傲慢与偏见	[英]简·奥斯丁	张　玲　张　扬
红与黑	[法]司汤达	张冠尧
格林童话全集	[德]格林兄弟	魏以新
希腊神话和传说	[德]施瓦布	楚图南

书名	作者	译者
高老头 欧也妮·葛朗台	[法]巴尔扎克	张冠尧
普希金诗选	[俄]普希金	高莽 等
巴黎圣母院	[法]雨果	陈敬容
悲惨世界	[法]雨果	李丹 方于
基度山伯爵	[法]大仲马	蒋学模
三个火枪手	[法]大仲马	李玉民
安徒生童话故事集	[丹麦]安徒生	叶君健
爱伦·坡短篇小说集	[美]爱伦·坡	陈良廷 等
汤姆叔叔的小屋	[美]斯陀夫人	王家湘
大卫·科波菲尔	[英]查尔斯·狄更斯	庄绎传
双城记	[英]查尔斯·狄更斯	石永礼 赵文娟
雾都孤儿	[英]查尔斯·狄更斯	黄雨石
简·爱	[英]夏洛蒂·勃朗特	吴钧燮
瓦尔登湖	[美]亨利·戴维·梭罗	苏福忠
呼啸山庄	[英]爱米丽·勃朗特	张玲 张扬
猎人笔记	[俄]屠格涅夫	丰子恺
包法利夫人	[法]福楼拜	李健吾
昆虫记	[法]亨利·法布尔	陈筱卿
茶花女	[法]小仲马	王振孙
安娜·卡列宁娜	[俄]列夫·托尔斯泰	周扬 谢素台
复活	[俄]列夫·托尔斯泰	汝龙
战争与和平	[俄]列夫·托尔斯泰	刘辽逸
海底两万里	[法]儒勒·凡尔纳	赵克非
八十天环游地球	[法]儒勒·凡尔纳	赵克非
马克·吐温中短篇小说选	[美]马克·吐温	叶冬心
汤姆·索亚历险记	[美]马克·吐温	张友松
爱的教育	[意大利]埃·德·阿米琪斯	王干卿
莫泊桑短篇小说选	[法]莫泊桑	张英伦
契诃夫短篇小说选	[俄]契诃夫	汝龙
泰戈尔诗选	[印度]泰戈尔	冰心 等
欧·亨利短篇小说选	[美]欧·亨利	王永年

名人传	[法]罗曼·罗兰	张冠尧 艾珉
童年 在人间 我的大学	[苏联]高尔基	刘辽逸 等
绿山墙的安妮	[加拿大]露西·蒙哥马利	马爱农
杰克·伦敦小说选	[美]杰克·伦敦	万紫 等
卡夫卡中短篇小说全集	[奥地利]卡夫卡	叶廷芳 等
罗生门	[日]芥川龙之介	文洁若 等
了不起的盖茨比	[美]菲茨杰拉德	姚乃强
老人与海	[美]海明威	陈良廷 等
飘	[美]米切尔	戴侃 等
小王子	[法]圣埃克苏佩里	马振骋
钢铁是怎样炼成的	[苏联]尼·奥斯特洛夫斯基	梅益
静静的顿河	[苏联]肖洛霍夫	金人

第 二 辑

威尼斯商人	[英]莎士比亚	朱生豪
忏悔录	[法]卢梭	范希衡 等
罪与罚	[俄]陀思妥耶夫斯基	朱海观 王汶
哈克贝利·费恩历险记	[美]马克·吐温	张友松
漂亮朋友	[法]莫泊桑	张冠尧
斯·茨威格中短篇小说选	[奥地利]斯·茨威格	张玉书
海浪 达洛维太太	[英]弗吉尼亚·吴尔夫	吴钧燮 谷启楠
日瓦戈医生	[苏联]帕斯捷尔纳克	张秉衡
大师和玛格丽特	[苏联]布尔加科夫	钱诚
太阳照常升起	[美]海明威	周莉

第 三 辑

神曲	[意大利]但丁	田德望
吉尔·布拉斯	[法]勒萨日	杨绛
都兰趣话	[法]巴尔扎克	施康强

书名	作者	译者
叶甫盖尼·奥涅金	[俄]普希金	智量
笑面人	[法]雨果	郑永慧
红字 七个尖角顶的宅第	[美]纳撒尼尔·霍桑	胡允桓
死魂灵	[俄]果戈理	满涛 许庆道
南方与北方	[英]盖斯凯尔夫人	主万
莱蒙托夫诗选 当代英雄	[俄]莱蒙托夫	余振 等
前夜 父与子	[俄]屠格涅夫	丽尼 巴金
白鲸	[美]赫尔曼·梅尔维尔	成时
米德尔马契	[英]乔治·爱略特	项星耀
小妇人	[美]路易莎·梅·奥尔科特	贾辉丰
娜娜	[法]左拉	郑永慧
一位女士的画像	[美]亨利·詹姆斯	项星耀
十字军骑士	[波兰]亨利克·显克维奇	林洪亮
樱桃园	[俄]契诃夫	汝龙
约翰-克利斯朵夫	[法]罗曼·罗兰	傅雷
我是猫	[日]夏目漱石	阎小妹
嘉莉妹妹	[美]德莱塞	潘庆舲
月亮与六便士	[英]威廉·萨默塞特·毛姆	谷启楠
人性的枷锁	[英]威廉·萨默塞特·毛姆	叶尊
人类群星闪耀时	[奥地利]斯·茨威格	张玉书
尤利西斯	[爱尔兰]詹姆斯·乔伊斯	金隄
好兵帅克历险记	[捷克]雅·哈谢克	星灿
城堡	[奥地利]卡夫卡	高年生
喧哗与骚动	[美]威廉·福克纳	李文俊
老妇还乡	[瑞士]迪伦马特	叶廷芳 韩瑞祥
金阁寺	[日]三岛由纪夫	陈德文
万延元年的Football	[日]大江健三郎	邱雅芬